文林艺园徜徉录

德铭文艺论文选

◎吴德铭 著

云南大学出版社

图书在版编目（C I P）数据

文林艺园徜徉录：吴德铭文艺论文选/吴德铭著.
—昆明：云南大学出版社，2010
ISBN 978-7-5482-0023-9

Ⅰ. ①文… Ⅱ. ①吴… Ⅲ. ①文艺评论—中国—现代
—文集 Ⅳ. ①I206.7-53

中国版本图书馆CIP数据核字（2010）第026622号

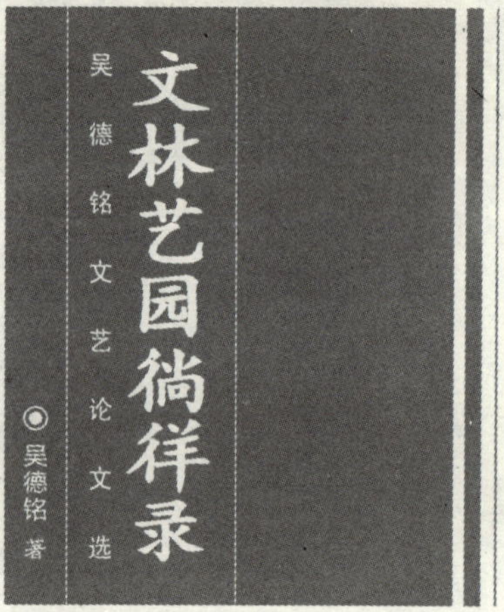

策划编辑：柴　伟
责任编辑：冯　峨
封面设计：卢　斌

出版发行：云南大学出版社
印　　装：昆明佳迪兴隆印刷有限公司
开　　本：787mm×1092mm　1/16
印　　张：24.25
字　　数：372千
版　　次：2010年5月第1版
印　　次：2010年5月第1次印刷
书　　号：ISBN 978-7-5482-0023-9
定　　价：42.00元

地址：云南省昆明市翠湖北路2号云南大学英华园内（邮编：650091）
发行电话：(0871) 5033244 5031071
网址：http://www.ynup.com　E-mail : market @ ynup.com

开拓和扩展我的
精神空间。

致
姜德铭教授

王蒙
九九九　六月

杏坛拈花

（总序）

2000 年 9 月，历史将我推到了云南艺术学院院长的位置上。

深感责任重大的我，首先想到的事情是：一所边疆综合艺术院校的生存状态与发展可能是什么；如何不辜负上级组织和广大教职工的厚望，在自己的任期里达到新的发展高度，获得新的办学收成。

在我上任前一年，1999 年，我们刚刚开展过一次活动，就是云南艺术学院的建设发展 40 周年校庆。那一次活动给我留下了悠长的思索：云南艺术学院在历届领导班子努力、一代又一代教职工奋斗和学生们的热情簇拥下走过了 40 年的艰辛道路，取得了桃李满天下的巨大成就，为今后的发展创造了一个历史高度和前进起点。在此基础上百尺竿头，更进一步，就成为新班子新生代的历史任务。在总结经验，盘点家当，为成绩骄傲的同时，我们面临的问题是：本科教育办学有较长历史，但没有研究生教育层次；实践型队伍创作能力强，但理论成果少；历史的错综与道路的曲折，体现在校园建筑的犬牙交错状态与后校园因为缺少投资而闲置荒芜的情况当中；规模小、社会影响力不够而被提议“合并”的悬剑仍在项上……硬件建设与软件建设的迫切性，成为新里程途中首先遇到的关隘。

勒紧裤带，创造条件建设校园。我们设法获得政府的支持，废除了穿过校园、将校园一分为三的不合理的城市规划道路，从而获得了校园被占用的近20亩土地；建成了美观、现代、受人交口称赞的12 000平方米的四号教学楼；购买了后门外4 300余平方米的楼房成为五号教学楼；购买了紧邻校园的倒闭工厂的20亩土地，拓宽了校园空间；建设起了13 000平方米的现代化学生公寓留学生楼和完成了虽然不豪华但是在云南省属最高专业水准的12 000多平方米的展演中心——剧场、展厅、藏画室、陈列室。极大地满足了教学发展的需要，扩大了办学规模，后来顺利通过了2004年的教育部的本科教育水平评估，获得了“良好”的等级。

但是，这个等级绝对不仅仅靠这些办学条件的创造，更重要的因素，来自教学、研究、创作展演鼎足而三、齐头并进的发展成果。认识到这些，并在常态工作中变为现实，实在是教师艺术家们、同事们殚精竭虑思考云南艺术学院的生存和发展问题时凝聚起来的群体智慧和在实践过程中付出的共同努力。

我们明确云南艺术学院教学、研究、创作展演三位一体的人才培养模式；建立基点（核心课程）、热点（新学科新领域课程）、特点（传统优势和地域资源课程）的课程结构体系；强调地处边疆，便于与民间艺术互动，与地方经济、文化建设结合的发展立足点；突出教学中的实习、实训、实践、实战、实用环节借以增强云南艺术学院学生动手能力，成为办学亮点；探索云南艺术学院依托地区资源和政府支持能够长足发展、具有不可替代性意义和寓个性价值于共性原则的教学体系；我们开始凝练大舞台（戏剧、舞蹈、音乐）、大美术（国画、油画、版画、壁画、雕塑、公共艺术、视觉传达、平面广告、环境艺术、室内装潢、产品包装……）、多媒体（电影摄影、电视摄影、录音剪辑、电脑辅助设计、广播电视编导与制作、动画绘画、动画制作、摄影广告、电视广告、网络设计）和新交叉（艺术生产与管理、艺术经纪人、艺术法规、民族艺术与人类学、教育与戏剧）4个学科大类，将综合艺术院校的综合优势、交叉能力发挥到最大。在明确的思路被教学单位贯彻和被艺术教育家、学者们掌握的情况下，成绩巨大。云南艺术学院的学术能力、学科建设能力、专业建设能力和课程设置能力，有了巨大的发展和长足的进步。有了戏剧学、音乐学、美术学、设计艺术学、舞蹈学和艺术学6个硕士学位授权点；有戏剧学、音乐学、美术学3

个已经建成挂牌的云南省级重点学科和艺术学1个在建的省级重点学科；有戏剧（影视）文学、和声、绘画3个省级重点专业，有“戏剧概论”、“视听语言”、“作曲”、“图形创意”4门省级精品课程；有了被国家权威机构组织5 500余名专家认真“定性”评审、在学术影响力、社会贡献率的9项指标“定量”衡量后、从24 300余份期刊中筛选出来、最后认定的“全国中文核心期刊（艺术类）”的《云南艺术学院学报》作为学术高地与交流平台与国际国内风云对接的窗口；有全省“艺术类师资培训基地”的重托；成为云南省博士学位授权单位、授权点建设单位……硕士点、艺术硕士点、教师硕士课程教育点、艺术本科教育、艺术专科教育、艺术高等职业教育、留学生教育，云南艺术学院的办学，已经逐渐进入了教学、研究、创作展演的良性循环。

我们正在由传统的教学型走向教学研究型大学，而创作展演，是检验教学研究和服务社会、贡献文化产品的关键。

我们的转型发展中，研究平台的建设和锻炼队伍的措施，就显得十分重要。通过研究项目和创作项目来锻炼队伍，检验研究成果，经验证明是一种良好的方法。

2001年8月，我们组织出版了云南艺术学院重点学科丛书第一、第二辑共20本，主要分布在戏剧学、美术学和音乐学3个学科，还有艺术学。8年过去，除了不断支持特色教材丛书和精品课程丛书的出版之外，学院各个教学单位和研究单位，也不断支持教职工出版研究和教学成果。我始终认为，一个学校的办学传统和办学成果，一定要有物化形式来承载，否则，在人事代谢、岁月沧桑之后，一所有历史的学校，它的办学成败、优劣、特色和常态，都将会随风而逝，将会成为一种不确定的民间传说。我们积极推动的云南艺术学院特色教材丛书、云南艺术学院精品课程丛书和云南艺术学院重点学科丛书就是重要的物化形式。加上其他不同形式的出版物、制度化的规章制度等等，都成为云南艺术学院办学历史的承载平台，同时会成为学校发展的现实推进器。教材建设、课程建设、专业建设和重点学科丛书建设，就是实实在在的办学核心内容，通过这些建设使师资队伍的建设有了看得见、摸得着的一些措施、手段和重要检验标准。应该说，成效是显著的。把恒常的工作和持续的努力回顾一下，来路的景点集中起来观察，成果丰硕。而且，学科建设的成果扩大到了设计艺术学、电影电视学、舞蹈学、艺术学。不但是艺术史、艺术理论、艺术欣赏、艺术家研究，而且，对艺术人类学、艺术教育学领域的研究也有重要收获。尤其是艺术教育学内容的艺术教育政策、艺术教育规律、艺术发展生态等等的研究，在艺术教育被“艺术考生热潮”推动着迅猛发展、办艺术教育成为办学热点的时候，显得具有强烈的现实针对性。8 年前，我在为重点学科丛书写序的时候，书写的是《必要的基石》，讲述的是学术“兴校、强校、名校”的道理；今天，怀着喜悦的心情，打量我们在学术基石上有了长足发展的教学单位、学科点和专业，抚摸坚实的学术基石上沃土沛然的杏坛，阅读教师们捧献出的杏坛执鞭生涯中产生的研究成果，就像是在欣赏艺术教育的杏坛中争奇斗艳的花朵，芬芳扑面，清新怡人。

身在杏坛27 年，如果算上自己念师范中文系的4 年岁月，就是31 年。从未离开教学岗位和研究领域的我，在与同行探讨教学、交换心得的过程中，自信懂得教师、职工和艺术教育家们的情感方式和情感内容，深知他们的喜怒哀乐，深知耕耘在校园里的教师们那琐屑的辛苦与平凡的伟大，深知杏坛中人那份苦口婆心的后面有多少“三更灯火五更鸡”的自我激励、自我要求、自我敦促的修为。我要在云南艺术学院新的重点学科丛书（第三、四、五辑）出版之际，向云南艺术学院的辛勤园丁鞠躬致敬，感谢他们对云南艺术学院党委和行政一代又一代的领导班子的支持和信任，感谢他们在我学习教育管理、办学育才的这9 年中用认真教学、热情创造和潜心研究的实际行动对我的认同和帮衬。

阳春三月，花艳南疆。常言：杏花，春雨，江南。但是，我熟悉的是南疆，不是江南。也曾江南看花，花繁春深；更多南疆踏春，春深如海。南疆花香拂面的时候，我往往油然而生一番比较的心思：较之江南的杏花，亭台楼阁，柳丝烟雨，令人生怜；南疆的杏花顶骄阳、远好雨、亭亭于高山野坝，却别有一种倔强的热烈、艳丽的天然，使人生慕。

云南艺术学院的艺术教育家们，就是南疆的杏花了。在繁忙教学工作、管理、服务的间隙，在重要的社会资源分配的末梢和幸运青眼顾盼的盲点，他们的顽强坚持和奋力拼搏，往往比生活在占尽天时地利的中心城市的艺术教育家、艺术学者们付出的多得多。而且，获得的艺术影响和社会名声，还远不如后者。正因为如此，他们是可敬的、为数更多的一群人。中国大地上，更为广阔的艺术空间里，春光是由他们铺就的。

正逢云南艺术学院建校50周年的日子，出版重点学科丛书意义特殊。杏坛拈花，不敢微笑，只有回顾的记忆和瞻望的沉思。因为，我不是智者，我只是杏坛执鞭的一个劳作者，和作者们一样。

是为总序。

吴　戈

2009年仲春于昆明麻园

百艺相通 虚实相生

（自序）

新中国成立初期，我在北京读书时，一日游览北海公园琼华岛，偶见某公在一亭中挥笔卖字，围观如堵，原来那位书法家是双管齐下，左右开弓，同时写一副对联或两行诗句，不仅笔力遒劲洒脱，且敏捷如龙飞凤舞。某公见我看得目瞪口呆，久久不肯离去，竟主动赠我一对条幅。因此，自少年始，我对善于“双管齐下”的文化人及其神奇功能就钦佩不已。1987年9月，在新疆参加第一届中国艺术节盛会，我有幸站在时任文化部长的王蒙老师身边，亲眼观赏他娴熟地左右运笔，同步完成两幅漂亮的维吾尔文的书法作品。以上绝技高艺，令不才联想到许多文化现象，其中感触最深的莫过于文艺创作和文艺理论的关系问题。

常言道：“光说不练是假把式，光练不说是真把式，连说带练是全把式。”自古以来，文坛就有三种大家：一是专门从事创作的，以丰富、精美的传世作品而著称；二是主要研究文艺理论和评论他人作品的，以观点明锐、慧眼独具、深中肯綮的不刊之论而取胜；三是创作、理论同时并举、相辅而行，且都造诣非凡、成就斐然者。无须说，后者是最难能可贵的，也是小我终生奉为圭臬、心慕手追的楷模，如古代的曹丕、陆机、韩愈、白居易、苏轼等，现代的鲁迅、茅盾、闻一多、朱自清等，当代的冯牧、王蒙、钱钟书等。

我从中学发端，在嗜爱文艺创作的同时，也关注和学习文艺理论，认为文艺的理论素养和实践经验如鸟之双翼，不可偏废，缺一则难以保持主体的健全和平衡，更不易冲天高飞，扶摇直上。区区在大学任教几十年，既讲授一般文艺理论和各种文体（诗歌、散文、小说、报告文学、戏剧、电影电视等）的理论知识，也承担各类文艺形式的写作实践课程。在教学中我从来主张并深切体会到：逻辑思维与形象思维是相辅相成、相得益彰的，二者密不可分；文艺理论是创作实践的经验总结，应对创作进行有益的向导和推动，而创作又是检验理论的试金石和不断丰富、完善理论的源头水。身为综合艺术大学的文艺理论和创作实践课的教师，必须同时挑起两副重担，这与普通大学和师范院校的中国语言文学专业的要求是有所不同的。因此，窃以为，艺术院校的文艺学教师，最好一手抓学术研究，一手抓艺术创作，而且两只手都能抓出一点货真价实的成果，这样，在学术和艺术问题上就拥有了较大的发言权，在教学上就会有些独出心裁、属于自己的创新见解，而不至于人云亦云，拾人牙慧，照本宣科，隔靴搔痒。正如一位游泳教练，倘若只是站在岸上指手画脚当导师，自己却不下水作示范，是很难熟谙水情、精通水性的，也不足以诲人、服人，更遑论为人师表。所以我很赞赏陆游的两句诗："纸上得来终觉浅，绝知此事要躬行。"（《冬夜读书示子聿》）

文艺界、理论界的有识之士早已提出：作家要学者化，学者要作家化。这种崭新的人才观，要求文艺家具备全面的精神素质、完善的知识结构，成为能说会写、知行统一的名副其实的社会典范。倘若作家和学者、创作与理论各自为政、独善其身，势必导致互不理解、互不信服，彼此敬而远之，甚至会出现互相轻蔑、冷漠、排斥、对峙的不良心态，这对于繁荣创作和提升理论都是极为不利的。作家与评论家应当是知音和诤友，而不是路人和对手。如果说，理论是务虚，创作是务实，两者之间唯一正确的关系只能是虚实相生、虚实相长。

基于上述理念，近三十年来，鄙人在教书育人之余，创作、发表了一些文学作品，包括散文、诗歌、小说、报告文学、剧本乃至相声等，出版了几本纪实文学和散文集，编创、拍摄、播映了几部电视剧。与此同时，又撰写了一些文艺理论和评论文章，除了对带有全局性的重要文艺思想、典型文艺现象阐发自己的观点外，大多是对各种艺术门类、样式和具体的文艺家及其作品做些研究、探讨，涉猎对象有文学（含散文、诗歌、小说、报告文学、儿童文学等）、戏剧、影视、美术、音乐、舞蹈及书法等。百艺相通且可互鉴，是我奉守的一条美学准则。本书所选理论文章大都刊登于中央报刊、全国核心期刊、高校学报和省级媒体，部分著述获各类奖励。时间跨度从1979年直至2009年。值得庆幸的是，有些论文发表后，不仅被其他报刊转载，受到广泛关注和好评，还因之参加全国性、全省性的有关会议，使自己得以扩大眼界，有所充实、提高，乃至结识了著名的文艺家和中央领导同志。例如，《全方位观照　多元化审美——对未来戏剧的思索》一文，系出席1986年全国戏剧理论研讨大会的产物，被先后选入中央戏剧学院《戏剧》季刊和云南省向新中国成立四十周年献礼的文集《云岭剧论》。又如，1993年12月，为纪念毛泽东同志诞辰100周年，中共云南省委隆重组织了毛泽东同志生平和思想讨论会，我应征撰写的论文《发扬毛泽东的文艺思想　繁荣社会主义文艺市场》被选为该会交流材料（全省只核准了两篇文艺性论文）。在为期四天的纪念暨学术研讨活动中，我颇受教益，最难忘的是，有幸聆听了正在云南视察的时任中共中央政治局常委、书记处书记的胡锦涛同志专程莅会所作的重要报告（本人做了详尽记录），并有机会与胡锦涛同志合影留念，单独交谈。无疑，这次缘于一篇文艺论文而荣幸地受到党和国家领导人的亲切接见和当面指教，对我坚持从事文艺理论的学习、研究确实起到鼓励和鞭策作用。

窃以为，文艺理论和文艺创作是不可分割的联体，文艺创作是文艺理论的应用、体现和延伸，而创作者的世界观、价值观、荣辱观、文艺观、美学观等一系列主观思想都必然要渗透、融化到客观作品里。故而，了解一个文艺理论工作者和文艺教育工作者的学术和艺术观点，不仅要听其言，也可以观其行，一个重要渠道就是剖析他自己的作品。为此，本书选录了同行专家对本人部分作品的评论文章，它们先后发表在《人民日报》、《光明日报》、《文艺报》、《云南日报》、《边疆文学》等报刊和作家出版社等出版的书籍中。在此，对长期关心、指导和扶持我的良师益友们深表敬谢之忱。

最后，对书名略作阐释。“徜徉”一词，《辞海》有条目曰：“自由自在地往来。”《现代汉语词典》说得更潇洒些：“安闲自在地步行。”韩愈曾写道：“从子于盘兮，终吾生以徜徉。”（《送李愿归盘谷序》）我自称大半生都在文艺园林中徜徉，一则表达了对所从事的专业的快意和乐趣，一则说明不才在文学艺术的大千世界里，不过是兴会淋漓、漫无边际地散步闲游，很少对哪一种艺术之花、学术之果刻意琢磨，潜心研究，可谓博而不精，专而不深，所以只能留下如此稀疏、浅薄的足印，委实愧煞老夫矣。在此，诚挚敬请各位方家和读者赐以批评、教正。

吴德铭写于2009年8月2日（家母胡蔼仁大人九十诞辰）

目录

论文学艺术的主观性和客观性

文学艺术的客观性和主观性以及两者的相互关系问题，涉及文艺的源泉、本质、特征和规律，关乎文艺理论和创作实践的根本原则。当前艺术和学术领域的许多不同观点的分歧和论争，几乎都凝聚在这个焦点问题上。如对文艺创作与生活、时代的关系，作家艺术家与人民群众的关系，现实主义与现代主义，文艺的继承借鉴与革新创造，以及文艺的现代化与民族化等重大问题的各种看法等，都牵连到对文艺的客观性和主观性的认识。因此，深入探讨、正确辨析这个复杂的问题，具有重要的理论价值和实践意义。

文学艺术这种意识形态，既是一种社会现象，又是一种心理现象，是主观（审美主体）与客观（审美客体）的辩证统一体。纯主观主义或纯客观主义的作品是不存在的，只是有些偏重于再现客观、有些偏重于表现主观而已。无论哪种内容和形式的作品，都不可能使主客观两方面截然分离。所以，在讨论中，任何偏执一端的片面观点和简单化的论证方法，都是不足取的。

必须首先坚持唯物主义的反映论

文学艺术是社会生活的反映。这是我们研究文艺现象的根基和出发点。凡是站在先进的唯物主义立场上的文艺家、理论家，都以各自的语言表达方式揭示和肯定了这一真理。从古希腊哲学家亚里士多德的“模仿说”，到俄国民主主义革命者别林斯基所谓的“艺术是现实的复制”，以及车尔尼雪夫斯基所谓的“再现生活是艺术一般性格的特点，是它的本质”等等，都早已为这种文艺本源说奠定了厚实的理论基础。然而，诸如此类的说法是不完善的、有缺陷的，它们并不能周密地解释全部庞杂的文艺现象，透彻地阐明文艺这种精神产品与“物质工厂”的关系及生产特点，因此它们在同形形色色的唯心主义的文艺观论战中也就不能保证稳操胜券。只有在辩证唯物主义和历史唯物主义产生以后，才可能对文艺的本质和规律作出全面的科学论断。马克思在提出“存在决定意识”这个命题的同时，又确认了意识的反作用。列宁深刻地发挥了能动的革命的反映论的学说。毛泽东同志将物质和精神的辩证观点具体运用于文艺领域，不仅指出社会生活是文学艺术的唯一源泉，而且强调“作为观念形态的文艺作品，都是一定的社会生活在人类头脑中的反映的产物”，同时，经过文艺家的“创造性的劳动”，“文艺作品中反映出来的生活却可以而且应该比普通的实际生活更高，更强烈，更带有集中性，更典型，更理想，因此就更带普遍性”。这些精辟论述，既与一切唯心主义的文艺观彻底决裂，又与机械唯物论的文艺观划清了界限，是我们领会和把握文艺的主观性和客观性的主要理论依据。

文艺创作的客观性，主要是指作品的内容必须以客观现实为基础。文艺家直接的描写对象（即题材）是从客观的生活材料中选取、加工而成的，即使是以表现内心世界为主的作品，也是现实生活的一种折光反映。而作品的主题，则是通过植根于客观生活的题材而体现的。至于作品的艺术形式，又决定于、服务于作品的客观内容。由此可见，在文艺创作中，客观因素是第一性的，主观因素是第二性的。脱离客观生活的任何作品，都将成为无源之水、无本之木。如今，在马克思列宁主义、毛泽东思想日益深入人心的我国文艺界、理论界，公开地、赤裸裸地否定这一绝对真理，宣扬主观唯心主义的创作思想的同志，大概已经为数甚少了。然而，必须清醒地看到，有些同志或者出于对辩证唯物主义的反映论缺乏正确理解，或者源自主观世界存在的某些弊病和认识上的差错，或者因为受到西方资产阶级文艺思潮、文艺作品的消极影响，他们在实际上对文艺创作的客观性采取了轻蔑、反对乃至抹杀的态度。他们过分地不适当地强调和夸大文艺家的个人主观作用，片面追求表现个人主观精神，将文艺的主观性同客观性割裂开来、对立起来。如有的同志主张“诗是诗人心灵的历史”，“是一种情绪的扩张”，诗只“反映人的心灵真实”，“诗人创造的是自己的世界”。有的鼓吹诗是诗人“对心理的直观”，诗要表现的是“心灵的曲线”。有的宣称，当前我国诗歌掌握世界方式的“根本转移”，就是要冲破“艺术反映生活”的原则，“向人的内心世界进军”。他们的文艺观的核心，可借一位“新艺术家”的表述以概括之：“新艺术是忙于表现自我，一个自我就是一个世界。在这个世界中，唯有自我才配得上是主宰。”显然，他们是把文艺家的主观世界视为创作的唯一源泉和对象，把表现自我当作至高无上、凌驾一切的创作目的。有鉴于此，我们有必要着重探讨一下文艺创作的主观性和自我因素，对其进一步作出严密的界说和科学的阐释，明确它与文艺的客观性的辩证关系，分清它同“表现自我”说的本质区别。

关于文艺的主观性的基本内容

遵照辩证唯物主义的反映论，我们认为，文艺创作的主观性和自我因素，主要包含以下几个基本内容。

首先，表现在文艺家的世界观以及由此决定和派生的艺术观、美学观方面。

古今中外浩如烟海的文艺现象证实，任何一个文艺家都要对他所反映的生活作出一定的判断和评价，表明自己一定的倾向和态度。从观察生活、选择题材、揭示主题、艺术构思直至塑造形象，都渗溶着他对客观世界的根本看法，都体现了他对艺术性质、创作目的、审美理想等等一系列问题的主观见解。这一点不论文艺家本人是否意识到，在创作中表现得鲜明还是隐蔽，都是不能回避和忽视的事实。否则，就无法解释，面对同样的艺术对象，何以会产生出政治态度、思想观点迥然相异以至对立的作品。如宋代诗人陆游的《卜算子·咏梅》，借梅花抒发他遭受投降派打击后无可奈何的悲愤、伤感和孤芳自赏的寂寞心绪；而毛泽东同志反其意而用之填写的《卜算子·咏梅》，却是通过对梅花的高尚风格的赞颂，展示了作为一个共产主义战士的英雄气概、昂扬斗志和革命乐观主义精神。又如，同样是描写梁山泊农民起义的《水浒传》和《荡寇志》，前者热情赞扬被压迫者的正义斗争，后者则极尽诬蔑、丑化之能事。再如，对于1976年的“天安门事件”，“四人帮”肆意颠倒人妖，混淆黑白，把它作为反革命活动来表现。革命的文艺家却把觉醒、反抗的人民群众描写成可歌可泣的英雄。在反映当前现实生活的作品中，也经常存在着如何正确进行歌颂与暴露的态度问题。大量的文艺现象表明，作品的思想内容总是要受到文艺家的世界观的制约的。

世界观是文艺家的灵魂。作品的主题或创作倾向，往往就是他的世界观的直接或曲折的表现。不过，这种表现不是以抽象的概念和论断形式构成系统的理性思考，而是同文艺家对生活的具体感性的认识联系在一起的，是通过丰富多样、有血有肉的艺术形象体现出来的。作品的主题，虽然蕴涵着文艺家对生活的某种思想认识，带有明显的主观色彩，但它不是纯主观的东西，它“是从作者的经验中产生，由生活暗示给他的一种思想”（高尔基语）。它是潜藏在具体题材之中的“不言之理”，而且正如恩格斯所指出的：“作者的见解愈隐蔽，对艺术作品来说就愈好。”

尽管世界观在文艺创作中的表现有其固有的特点，然而，它对作品思想主题的正误和深浅所起的举足轻重的作用，是绝对不应忽视和低估的。一般说来，凡是掌握了先进的正确的世界观的文艺家，总是能够比较正确和深刻地认识和反映客观生活，在作品中揭示出具有积极意义的思想主题。列夫·托尔斯泰曾经说过，一个艺术家要创造出伟大的作品，就“必须处于他那个时代最高的世界观水平”。今天，一切为人民、为社会主义服务的文艺家，都应当树立辩证唯物主义和历史唯物主义世界观，以期科学地认识和反映客观世界的本质和发展规律，用共产主义的思想品质和崇高理想去教育、鼓舞人们，这是人类灵魂工程师的义不容辞的职责。当然，无产阶级世界观作为最先进、最科学、最新型的一种意识形态，仍然是客观世界在人们头脑里的反映的产物，是在长期的革命的社会实践中逐渐形成的，因而要求文艺家除了重视马克思主义理论修养外，还必须深入人民群众的生活、劳动和斗争中。

其次，文艺创作的主观性和自我因素，突出地表现在文艺家塑造形象时的具体、独特的思想感情方面。

世界观是人们对整个世界的根本看法，然而它只能指导而不能取代文艺创造过程中的具体的思想感情。每个文艺家基于他自己的个性特点，如生活经验、性格气质、兴趣爱好等等的差异，在塑造某一个具体的艺术形象时，都必然要倾注自己独有的思想、认识、感受、情绪。这就是为什么世界观相同或者基本一致的作者，在描写同一个客观对象时，往往具有各自相异的思想感情的原因。

文学艺术的一个显著特征就是以情动人。情感在创作活动中具有重要地位。文艺家在塑造形象时，必然要把他对于客观现实的审美判断和与生俱来的情感反应融会、凝聚在艺术形象之中，因此，这形象已经不是生活的纯客观的再现，而是渗透了文艺家主观的审美情感。别林斯基说过："没有情感就没有诗人，也没有诗。"鲁迅也说过："创作总根于爱。"情感因素是创作中的主观性的一个必不可少的内容。文艺家的心灵应该始终燃烧着炽烈的感情的烈火，并以之去熔炼、铸造富有鲜明感情色彩的艺术形象。不能想象，对现实生活冷漠无情、麻木不仁，对生活中的真假、善恶、美丑没有真挚、强烈爱憎的人，能够创造出感化人心、拨动心弦的艺术精品来。文艺家的主观感情的性质和色彩直接影响着作品的艺术感染力。

当然，"世上决没有无缘无故的爱，也没有无缘无故的恨"（毛泽东语）。一定的情感总是建立在一定的思想基础上的。文艺家在生活中有所感受，激起某种情感，同时也就对生活进行理性思考，而理性思考又必然会强化和深化他的情感体验，创作中的情和理是互相渗透、互相渲染、彼此催化、共同推进的，它们统一熔铸在情理相契的完整的艺术形象之中。别林斯基说得好："在诗的作品里，思想是作品的激情。激情是什么？激情便是热情洋溢地浸沉于、热衷于某一思想。"

此外，文艺创作的主观性和自我因素，还表现在文艺家塑造形象的方法和风格特点方面。

一个文艺家采取何种创作方法和体现什么样的艺术风格，其原因是复杂多端的。就主观条件来说，除了世界观的制约作用外，同文艺家的生活阅历、文化修养、艺术气质、审美习惯、艺术才能及形象思维特点等等是分不开的。这一切因素糅合起来，构成了文艺家的创作个性。不同的创作个性，不仅表现于对纷繁复杂的社会生活的具体感受、认识和态度上，表现在选择、概括、评价生活的独特性上，也表现在艺术构思、传达手段和艺术语言的运用上。所谓“文如其人”、“画如其人”、“诗中有我”、“画中有我”之类，就是作者个性的纹章烙印。

在文艺创作的整个过程中，艺术构思是中心环节。从心理学上看，艺术构思是一种极为复杂而紧张的心理活动。在这种活动中，大脑所具有的多种互相联系的功能会很自然地开动起来，彼此配合着，对客观世界作出更为深入的艺术反映。艺术构思的任务，是将生活素材在头脑中综合、改造、加工、制作成为一种全新的完整的艺术形象或艺术境界，包括虑及思想内容与艺术形式如何完美结合的问题。艺术构思的主要的基本的方式是形象思维，而运用形象思维进行艺术构思的过程，实质上是一个典型化的过程，即依据生活原型、生活基础，在个别的具体的形象中，揭示人物和事物的本质的、具有普遍意义的特征，达到概括化和个性化的统一。而典型化又离不开作者的源于生活的想象、联想活动，离不开对人物和事物进行合乎逻辑的分析、综合和艺术虚构。

诚然，对于不同艺术门类、艺术样式和不同题材的作品，典型化的方法和要求不能强求一律、定于一格。一般说来，叙事性作品（如小说、戏剧、电影、电视剧、叙事诗等）要注重塑造典型环境、典型人物以及典型的事件、情节；抒情性作品（如叙事诗和大部分音乐作品等）也必须经过对生活的提炼、概括、想象、虚构，表现某种典型的感情、意境和氛围。不同文艺家和不同文艺作品进行形象思维的能力、手段和特点的不一致，也是形成不同艺术风格的一个重要原因。

综上论述，可见文艺的主观性和自我因素贯串于创作的全过程，并渗透在作品内容和形式的各个方面。

文艺是主观和客观的辩证统一体

现在，我们再从理论与实践的结合上、从哲学和美学的角度，进一步探讨文艺的主观性和客观性的辩证统一关系。

马克思在《1844 年经济学——哲学手稿》中曾经这样阐释人类劳动的特点："动物只是按照它所需的那个物种的尺度和需要来进行塑造，而人则懂得按照任何物种的尺度来进行生产，并且随时随地都能用内在固有的尺度来衡量对象；所以，人也按照美的规律来塑造物体。"在《资本论》中论述人的劳动时又说："他不仅造成自然物的一种形态改变，同时还在自然中实现了他所意识到的目的。这个目的就给他的动作的方式和方法规定了法则（或规律）。他还必须使自己的意志服从这个目的。"文艺创作是人类的一种精神劳动，自然也应当按照"美的规律"和符合"美的规律"的"尺度"来塑造艺术形象。由于文艺创作是一种创造性的劳动，就不仅要遵照审美主体外在的"物种的尺度"，而且要遵照它"内在固有的尺度"。这个"内在固有的尺度"，就是审美主体从事创作时"意识到的目的"，以及为了实现这一目的所必须遵循的法则与相应的方式方法。文艺创作这种精神劳动的特点，正是将外物的尺度和创作者本身的尺度结合起来，既要合乎客观的规律性，又需具备主观的目的性。因此，它既是客观现实的反映，又是主观的自我创造。文艺家在反映客观现实的同时，必然蕴涵着自己的源于生活的思想、观点、感情、心理等主观因素。在整个文艺创作过程中，客体与主体、对象与自我，始终是融会、交织在一起的。从审美角度说，我们绝不能单从主体方面（人）去寻找美，也不能单从客体方面（自然、社会）去发掘美，只有从主体和客体，人和自然、社会的统一中才能真正揭示出美的本质来。

这一美的法则，在我国古典的诗论、文论、画论、乐论中多有言简意赅的阐述。汉代《乐记》中说："乐者，音之所由生也，其本在人心之感于物也，"南朝钟嵘《诗品·序》说："气之动物，物之感人，故摇荡性情，形诸舞咏，"刘勰《文心雕龙》说："写气图貌，既随物以宛转；属采附声，亦与心而徘徊，"都以朴素的唯物主义观点，说明了客观事物、主观感受与艺术创造三者的关系。传统画论中关于以自己的主观情思熔铸客观现实的作用的见解，更是俯拾即是，如："境与性会"、"思与神合"、"应目会心"、"创意立体"、"情景交融"、"以意融景"、"以意使笔"、"意造景生"、"神具心胸而生自指腕"等等。在此，需特别提及唐代张璪那句历万古而犹新的名言："外师造化，中法心源。"（一说"内法心源"，一说"中得心源"）这八个字概括了客观现象——艺术意象——艺术形象的全过程。隋代姚最在《续画品》中提出："立万象于胸怀。"他赞赏湘东王的"心师造化"的妙论，认识到绘画是自然万物的主观映象。张璪将"外师造化"与"中法心源"相提并论，联为一体，从而明确了绘画创作中的客观与主观、"造化"与"心源"以及"师"与"法"的辩证关系，这是颇有见地的艺术经验总结，对后人有深远的影响。明代王履在《华山图序》中曾一脉相承地说："吾师心，心师目，目师华山。"清代石涛也提出："搜尽奇峰打草稿也。山川与予神遇而迹化也。"实际上都是对"外师造化，中法心源"创作方法的沿袭和发展。石涛所说的"神遇"，就是使自然的山川变为画家胸中的山川这一过程；"迹化"就是把画家胸中再造了的山川"物化"为纸上的山川这一过程。

"造化"与"心源"是有机的相互因得的辩证关系。"师"与"性"又是统一的认识过程的两个阶段。"造化"是艺术创作的源泉，"师"是来自"造化"的感性认识。"法"是从感性到理性，进而概括、提炼成为艺术形象的构思过程。对照马克思的话，所谓"外师造化"就是掌握"任何物种的尺度"，而"中法心源"则是依照人的"内在固有的尺度"。只有遵循和运用这两个"尺度"，才可能一方面根据客观现实来真实地准确地描写审美对象，一方面在创作中渗透进作者自己的审美理想、审美趣味、创作个性和艺术才能，发挥其主观能动性，从而达到主客观的和谐一致。这种和谐一致，就是马克思提出的关于“自然的人化”和“人的对象化”的统一，亦即美学家们经常称道的“身与物化”、“物我交融”、“物我同一”、“物我两忘”的境界。唯其如此，创作者才可能做到“从心所欲不逾矩”（《论语·为政》），“不疾不徐，得之于手而应于心”（《庄子·天道篇》）。

中国艺术理论关于“意境”这个美学范畴的认识，亦同此理。一般说来，“境”指生活形象的客观反映方面，“意”指糅合了作者情思、理想的主观创造方面。“意境”是在这两方面的有机统一中所体现出来的客观生活的艺术真实。

对于主观作用在文艺创作中的积极发挥，国外美学家们也有不少精辟的识见。普列汉诺夫说：“艺术开始于一个人在自己心里重新唤起他在周围现实的影响下所体验过的感情和思想，并且给予它们以一定的形象的表现。”（《论艺术——没有地址的信》）德国诗人梵里斯说：“心灵的宝座是建立在内在世界与外在世界相遇之处，它在这两个世界重叠的每一点上。”（美国当代诗人罗伯特·布莱编的诗集《宇宙的消息——两种意识之诗·序引》）

由此可见，主客观的统一论是古今中外文艺家、理论家所共同发现和总结的一条艺术规律。任何文艺创作都脱离不开“自我”，脱离不开“主观性”。只是有些作品侧重于再现客观生活，有些作品侧重于表现主观感受。毫无主观色彩的纯客观的作品是不存在的。即使是自然主义、超级现实主义的作品也都包含了作者对生活素材选择、提炼的意念和爱憎、褒贬的态度。同人类改造世界的一切生产劳动一样，作家艺术家在文艺创作中必然要“能动地、现实地复现自己，从而在他所创造的世界中直观自身”（马克思：《1844年经济学——哲学手稿》）。马克思还明确地表示，文艺家在他的作品中“有权利显示自己的精神面貌”（《马克思恩格斯全集》第1卷，第7页）。

我们同“表现自我”说的原则分歧

我们充分肯定文艺创作中的主观性，承认作品中的“自我”因素，并赞成文艺家立足于自己熟识的生活，对客观现实用“我”的眼睛去观察，用“我”的心灵去感受，用“我”的头脑去思索，最后用“我”的风格、方法去塑造艺术形象，其目的是尊重文艺创作的特点和客观规律，发扬艺术个性，更深刻、更本质地反映生活，发挥文艺的审美教育作用。但是，我们的观点与各种唯心主义理论是根本不同的，必须与之严格地划清界限。下面就着重辨析我们同目前甚为流行的“表现自我”说的主要分歧。

首先，我们是以主观性和客观性辨证统一的原则来看待文艺创作的主观性和“自我”因素的，同时，我们确认客观是主观的前提和基础，主观必须依赖于客观。而“表现自我”说却是把主观性从客观性中分离出来、割裂开来，主张孤立地表现主观，把表现主观片面地强调和扩大到极端的程度，乃至于鼓吹创造“纯主观”的文艺。

我们认为，创作过程中的“自我”时时处处都植根于客观生活的土壤，是客观生活与人的大脑的能动活动相结合的产物。而作品中的“我”，永远同作品中的其他客观因素融会在一起，而且“你中有我，我中有你”，构成统一的完整的艺术形象。这在情景相生的抒情诗中显示得尤其突出。正如明末清初的唯物主义思想家王船山说的：“夫景以情合，情以景生，初不相离，唯意所适，截分两橛，则情不足兴，而景非其景。”（《姜斋诗话·夕堂永日绪论》）只有做到“一切景语，皆情语也”，才能呈现“物皆着我之色彩”（王国维：《人间词话》）。试看：

"心是醉呀，还是醒？
水迎山接入画屏！
画中画——漓江照我身千影，
歌中歌——山山应我响回声……"

——贺敬之：《桂林山水歌》

诗人自身的形象完全融入了那"神姿仙态"、"如情似梦"的桂林山水之中。"桂林山水入胸襟，此景此情战士的心——是诗情呀，是爱情，都在漓江春水中！"景生情，情生景，景因情而明，情因景而深，相映成趣，妙合无垠。

又如，在举国痛悼周总理溘然长逝之日，许多诗人出于自己对这位伟大的人民公仆的敬爱之心和怀念之情，采取具有深刻、独特感受的一端，写出了寄托衷情哀思的个性鲜明的优秀篇章。石祥的《周总理办公室的灯光》，选用"灯光"作为全诗艺术构思的聚光点，从开篇到结韵，字字围绕灯光咏唱，层层衔旨遥深，表达了自己对周总理鞠躬尽瘁、死而后已的革命精神的认识和感怀。李瑛的《一月的哀思》，从百万人民哭送灵车的特定情景出发，抒写了自己深沉细腻的情感，甚至有"请为我们敬爱的总理，披一件大衣"的典型细节的描写，还有"我只相信，即使把他交给火，也不会垂下辛勤的双臂"这样的令人回肠荡气的佳句，打上了诗人自己心灵的烙印。柯岩的《周总理，你在哪里？》是以发问寻觅的形式，倾诉了自己对周总理镂骨铭心的缅怀深情，讴歌周总理的足迹遍及"革命需要的每一个地方"，颂扬了周总理的丰功伟绩以及他同人民的血肉联系。即使是表现同一对象的诗，作者们也有各自的独特语言。李瑛写道："我不相信一九七六年的日历，会埋着个这样苍白的日子。"张志民则说："我没有勇气去撕下那一页，比铅块更沉重的日历。"显然，这些优秀诗作都有"我"在其中，都有诗人对于生活的深切的体验、独特的感受。对于同一题材，他们各自选择了新颖的角度，并有不同的艺术构思、艺术表现和卓尔不群的情思和意境。然而，这种情思、意境和艺术上的多样性，首先是由生活内容的多样性规定的。周总理的客观形象本来就是极其崇高、丰满的，他的光辉品德和丰功伟绩也是多侧面、多层次的，在人们主观世界里矗立起一座立体化的心碑。只因为诗人们善于发掘生活的底蕴，探求生活的真谛，把握生活的特殊性，并把自己的身心心声融会到特定的生活形象之中，才写出了情深意挚、别具一格的好诗来。

再如，对于谁也不曾见过的“圣母”玛利亚，人们为什么能塑造出千差万别的美术形象来呢？除了画家们的主观因素（本人的个性、气质、修养和审美习惯等）不同外，还滥觞于现实生活中审美对象（包括模特儿）的迥异。如鲁本斯描绘的圣母，像一个庄严、丰满、雍容华贵的人间女皇；在米尼亚尔笔下，圣母是漂亮俏皮、情窦初开的少女；马克思说伦勃朗把圣母画成了尼德兰的农妇；而梅茵滋的大主教柯尔伯图斯则索性请人按照自己情人的样子来画圣母。纵令是同一个画家笔下的众多圣母，也由于主客观情况的变迁而出现了不同的造型。拉斐尔居住在佛罗伦萨时画的圣母像和他在后期画的圣母像就有不同的特色。如前期作品《旷野中的圣母》、《拿着金丝雀的圣母》和《花园中的圣母》中的玛利亚，是美丽、健康、和蔼可亲的母亲形象，她的表情是喜悦、幸福的，洋溢着对生活的热爱和信心。（马克思、恩格斯在《德意志意识形态》中写道：“拉斐尔的艺术作品在很大程度上同当时在佛罗伦萨影响下形成的罗马繁荣有关。”）而在最著名的后期作品《西斯丁圣母》中，玛利亚几近一个善良的农村妇女，那双秀美、深邃的黑色的眼眸里，既有对美好前景的期待，又流露着淡淡的哀愁（这多半是艺术家受到罗马教廷的消极影响的结果）。

以上事例可以证实，文学艺术归根结底是客观生活的反映，文艺家的主观能动性终究要受到客观必然性的制约。为此，我们重视深入实际生活，提倡到客观世界中去获取创作所需要的素材、情思、美感、灵感、主题、构思及艺术表现手段。

然而，“表现自我”说却与我们的看法全然不同。18世纪末德国哲学家费希特所创立的以“自我”为中心的哲学体系，把人的主观精神、“自我意识”抬高到统治一切的地位，认为一切存在于“自我”之中，一切都是

"自我"表现所派生、推演、创造出来的。他鼓吹"自我"是为所欲为、绝对自由的，人的意志、行为是不受客观存在、客观规律的约束的。费希特说："注意你自己，把你的目光从你的周围收回来，回到你的内心，这是哲学对它的学徒所作的第一个要求。哲学所谈的不是在你外面的东西，而只是你自己。"法国直觉主义的代表人物柏格森说："我们在不断地创造自己。愈是对自己的作为加以思考，这种由自我进行的自我创造就愈加完整。"（《创化论》）这种赤裸裸的唯心论和唯我论观点，就成了西方某些现代流派的哲学基础，成了文艺上的"表现自我"说的精神支柱。另一个意大利的直觉主义代表人物克罗齐认为"艺术的特征为心灵的活动"，艺术美即"心灵综合"的结果。奥地利的精神分析学派创始人弗洛伊德说："作家用自我观察的方法将他的'自我'，分裂成许多'部分的自我'，结果就使他自己精神生活中冲突的思想在几个主角身上得到体现。"（《创作家与白日梦》）德国的表现派则主张："绘画就是表现自己的心灵和自己的精神。"他们鼓吹把人的直觉、幻觉、梦境、下意识、潜意识等等非理性的所谓"心灵活动"作为艺术表现的内容。

当前我们国内的"表现自我"说的拥护者们也提出了类似的论点。有的同志说："诗是什么？是感觉（精神感觉、器官感觉）和幻想（幻觉和想象）的结晶。"（王小龙：《请允许青年探索》）有的同志说："'诗是诗人心灵的历史'、'诗人创造的是自己的世界'——这是新的诗歌宣言！代表了整个新诗人的艺术主张。"（徐敬亚：《崛起的诗群》）他们"主张艺术上的自由化想象，主张表现和挖掘艺术家的直觉和潜在意识"。并断言："这是继文艺复兴和浪漫主义运动之后，在世界范围内文艺的一次重大变革，是人类物质文明发展到一个特定阶段的产物。"（同上）有的同志把"不是直接去赞美生活，而是追求生活溶解在心灵中的秘密"，标榜为一种崛起的"新的美学原则"（孙绍振：《新的美学原则在崛起》），其实，这些并不是什么"新的美学原则"，也不是什么"新的诗歌宣言"，而是极其陈旧的唯心主义观点。按照这些"原则"和"宣言"而表现的"心灵的历史"、"自己的世界"，即所谓纯主观的作品，不过是一种超然物外、不知所云的

“心造的幻影”，只能给人以迷茫、空濛、神秘、混沌的错乱感觉，使人如坠五里雾中。同时，那种无所依凭的“自由化想象”也必然会把“新诗人”们引向脱离现实、违背生活的创作歧路上去。

其次，在对待文学艺术与人民群众的关系问题上，我们同“表现自我”说也存在着原则性的分歧。根据马克思主义的文艺观和历史观，文学艺术既然是社会生活的反映，而人民群众又是历史的创造者和整个社会的主体，那么，我们的文艺就理所当然地应该以表现人民的生活，歌颂人民的劳动和斗争为主要任务，把为人民群众服务作为我们的方向和宗旨。19世纪40年代，别林斯基第一次把“人民性”的概念用于文艺理论时，便揭示了人民性的实质，就是要反映“人民的意识”、“人民的精神”和“人民的使命”。杜勃罗留波夫捍卫别林斯基的观点，指出文学反映人民的生活、思想感情和利益的深度，在于“究竟把某一时代和人民的（自然意向）表达到什么程度”。马克思主义经典作家赋予“人民”这个历史范畴以更科学的含义，强调指出：“有识之士往往通过无形的纽带同人民的机体联系在一起。”（《马克思恩格斯全集》33卷，第178页）毛泽东同志认为，对过去时代作家作品的评价，首先必须视其“对待人民的态度如何，在历史上有无进步意义”。因此，我们的文艺家应当置身于人民群众之中，满腔热忱地关注和体察人民群众的生活、思想、感情、愿望，做人民的忠实代言人。文艺创作中的“自我”，应当与人民的意志和利益相一致，而绝不能脱离人民，更不能与人民的思想情绪格格不入，落落寡合。作品中的“小我”，应是“大我”的一个分子、一个缩影，并以“小我”体现“大我”。别林斯基说得好：当文艺家“谈着他的‘我’的时候，也就是谈着大家，谈着全人类”。

凡是属于人民的文艺创作，都是站在人民的利益一边，热衷于表现同人民命运相关、休戚与共的题材和主题，爱人民之所爱，憎人民之所憎，勇于为人民说真话，抒真情。相传彭德怀同志作于1958年12月的《故乡

行》便是这样一首好诗:①

谷撒地，薯叶枯。
青壮炼铁去，
收禾童与姑。
来年日子怎么过?
我为人民鼓与呼!

直抒胸臆的质朴语言，不仅感人肺腑地表达了人民的疾苦和心声，也使我们看到了一种忧国忧民、坦白磊落的胸怀。“我为人民鼓与呼!”这诗中为民请命的“我”，已完全同人民化为一身了。

再举一个美术上的例证。德国女画家凯绥·珂勒惠支的每一幅作品几乎都浸透了自己的强烈感情。有时在创作中，当她这种感情活动勃发到高潮的时候，便不由得把自己的形象引进画面，与作品中的主人公同呼吸、共行动。《反抗》(《农民战争》组画里的一幅)中那位妇女的背部形象，即是作者自己的化身。显然，这是画家与农民反抗者的思想感情高度一致、浑然契合而造成的“身与物化”、“身与人化”的美学境界。

由是观之，在文艺创作中正确地表现“自我”，得当地处理“小我”与“大我”的关系，非但不应受到排斥，往往还会因此增强艺术的真实性和感染力。当前国内出现的一些优秀作品(如小说《人到中年》、《乔厂长上任》、《改革者》、《高山下的花环》等)，无不融入了作者“自我”的身影，闪耀着作者灵魂放射的光辉。这些作品都真实地表现了人民的现实生活和喜怒哀乐，深刻地揭示了人民关切的社会矛盾，成功地塑造了有灵有肉的社会主义新人的形象，给人以前进的信心和鼓舞的力量，因此当之无

① 吴德铭按：近日从网络上查知，《湖南师大社会科学学报》1987年第2期曾载《彭德怀同志1958年回平江》一文，称此诗是在平江的一次座谈会上，老红军黄杜芳递给彭老总的纸条上写的。但不论作者是谁，此诗都表达了当时许多干部、群众的真情实感。另一说，“我为人民鼓与呼”中“我”为“请”。

愧地受到人民群众的欢迎和好评。

但是，“表现自我”说却摆错了“我”和“人民”的位置，将“我”孤立于人民之外，凌驾于人民之上，甚至站在人民的对立面（在思想、感情、意志、利益诸方面）。在《一个“面向自我”的新艺术家和他的友人的对话》中所谓的“新艺术家”宣称：“新艺术是忙于表现自我，一个自我就是一个世界。在这个世界中，唯有自我才配得上是主宰。”（吴亮：《一种崭新的艺术在崛起吗?》）“新艺术家”们把客观世界和这个世界的真正主宰者——人民——不放在眼里，不作为表现对象，“他们甚至于回避去写那些我们习惯了的人物的经历，英勇的斗争和忘我的劳动的场景”（孙绍振：《新的美学原则在崛起》）。那么，他们要表现什么呢？当然只有与人民群众无关的个人的悲欢、个人的恩怨、个人的情趣、个人的遭遇以及个人生活中琐屑的细枝末节，总之，他们要表现的大多是些没有什么社会意义、思想价值的内容，也就是萨特式的“孤独的、封闭的自我”。更有甚者，在这种以“我”为核心的艺术纲领指使下，有的作品竟至于从表现自我出发，宣扬资产阶级极端个人主义思想，宣泄消极、颓废、空虚、孤独、悲观、厌世等等不健康的情绪。这也就是离开人民，一味“追求生活溶解在心灵中的秘密”的必然后果。

“表现自我”说从个人的角度褊狭地、错误地看待文艺的本质、目的和功能，因而在艺术表现、审美趣味上也往往缺乏群众观点，置广大人民的欣赏习惯、审美需要于不顾，甚至将“现代化”与“民族化”割裂开来，对立起来。他们毫不讳言：诗歌“具有现代倾向的主干部分，在中国目前的情况下，是一种超现实、超生活的现象，不仅超过最多数的农民，而且超越了相当多的知识界”（徐敬亚：《崛起的诗群》）。绝大多数读者、观众、听众不理解、不喜爱他们的作品，他们却自视清高、自我陶醉、孤芳自赏，单方面责怪广大群众水平低下、见识浅薄，是“落伍的读者”云云。一言以蔽之，他们对文艺创作事业没有什么责任感，完全不虑及作品的社会影响和艺术效果。

现在有的同志打着反传统的旗号，否定一切传统的创作方法。他们主张“排斥现实主义”，轻视乃至摒弃艺术的典型化原则。他们不是从实际生活出发，也不按照作品特定的内容、题材的需要来选取适当的创作方法，而是任凭主观的情绪和意念，随心所欲地想怎样表现就怎样表现，一味地追求标虚妄缥缈之新，立离奇古怪之异。他们不是立足于现实的基础，进行合情合理的想象和虚构，而是由兴而发，想入非非。他们惯于使用一些晦涩的词句、怪诞的比喻、令人难以捉摸的联想和无法跟踪的跳跃来哗众取宠，愚弄读者。

列宁曾经明确指出：“艺术是属于人民的。它必须在广大劳动群众的底层有其最深厚的根基。它必须为这些群众所了解和爱好。它必须结合这些群众的感情、思想和意志，并提高他们。它必须在群众中间唤起艺术家，并使他们得到发展。”（蔡特金：《回忆列宁》，《列宁论文学与艺术》）列宁的教导，在今天仍然是我们正确认识和处理文艺与人民的关系的指南，也是对“表现自我”说的有力的批评武器。

基于对文艺与人民、文艺与生活的关系的认识不同，我们同“表现自我”说在文艺与时代的关系问题上的观点也必然是大相径庭的。

一般说来，文艺创作中的“自我”倘若受孕于客观生活的母体，与生活本身血肉相连，就能像细胞之于整个人体组织那样，从一个方面真实地反映社会生活的本质、规律和发展趋势；倘若作品中的“我”如同人民群众的大海中的水珠，能在一定程度上代表人民的意志、利益和前进方向，那么，这样的文学艺术就能或多或少地反映它所由诞生的时代，或显或隐地表现时代的面貌和时代的精神。反之，就会脱离时代，抑或歪曲时代的本质和主流。

哥德说：“诗人的人格不是什么无条件的、孤立的、超脱任何外在影响的东西。诗人首先是一个人，然后是他的祖国的公民、他的时代的子孙。”（《哥德谈话录》）雪莱认为作家是“他们时代的创造物”，契诃夫也称“文学家是自己时代的儿子”。文艺史上的杰出作品，都是以各自对时代的某些本质方面的深刻揭示而放射出思想的光芒。郭沫若的《女神》，因其对狂飙突进的“五四”时期反帝反封建的时代精神进行热情澎湃的呼喊和放歌而成为“时代的一个肖子”（闻一多：《〈女神〉之时代精神》），田间的《给战斗者》激荡着抗日战争时期中华民族高昂的爱国主义精神，擂响了时代的鼓声，诗人也被誉为“时代的鼓手”（闻一多：《时代的鼓手》）。1976年四、五月间的《天安门诗抄》是“爱的大纛”、“憎的丰碑”（《鲁迅：《白莽作〈孩儿塔〉序》），是掷向“四人帮”的精神炸弹，是“于无声处”发出的惊雷般的时代号角声。

一切有思想、有才智、有出息的文艺家，都应当站在时代的前列，雄踞于当代精神领域的高峰，对无限丰富、生动的现实生活反复考察、体验，努力探索和发现当代社会中典型的新人新事和矛盾斗争，并“对当代提出的尖锐问题和人民一同思考、和人民一同回答”（艾青：《诗论》）。惟其如此，文艺创作才可能体现时代的要求、时代的理想、时代的情绪；作品中的“自我”因素才可能具有时代的色彩、时代的音响、时代的节奏，作品中的“我”才可能同时代的脉搏灵犀相通、一起跳动，就像李瑛在荣获全国新诗奖而发表感想时所说的：“我觉得诗人应该记住，在写我们自己的时候，就是在写我们的人民和时代，这就是我对自己和自己的诗所说的第一句话和最后一句话。”（《人民、时代与自我》）

可是，“表现自我”说却完全背离了时代的要求，摈弃了历史赋予文学艺术的神圣使命。有的同志居然公开宣称，诗“不屑于作时代精神的号筒，也不屑于表现自我感情世界以外的丰功伟绩”（孙绍振：《新的美学原则在崛起》）。有的同志提出艺术竞争的首要条件，是所谓“独特的社会观点，甚至是与统一的社会主调不谐和的观点”（徐敬亚：《崛起的诗群》）。他们要表现的“自我感情世界”，既然与时代精神断然绝缘，就自然只能是毫无社会意义和思想价值的自我感觉、自我直觉乃至幻觉、潜意识等一类人的生理本能反应。这样的作品只能使作者自己陷入荒僻、阴暗、迷惘、神秘的唯我论的沼泽地而不能自拔，只能把读者引诱到游离于时代和现实之外的海市蜃楼中去。

至于“与统一的社会主调不谐和的观点”云云，就更明确地披露了“表现自我”说的思想倾向性，说明它与我们的分歧已经远远超越了创作题材、艺术风格和表现手段之争的范围。我们当今所处的社会主义新的历史时期的“统一的社会主调”是什么呢？就是共产主义、爱国主义、集体主义的崇高思想，就是亿万人民团结一致建设社会主义现代化强国的奋斗精神。这也是我们时代的最强音。离开这个主调的一切不谐和音都是不足为训的。由这些不谐和音而炮制的文艺作品，是绝不会有什么感奋人心的力量和美学价值的。如果有的作品走得更远，竟然唱出时代的反调，那就更要受到人民的唾弃，被历史抛到不干净的处所去。

值得注意的是，这种与社会主调不谐和的观点，在西方资本主义社会，在精神文明趋向穷途末路的一切旧时代，表现了某种反抗意识，具有一定的进步性；这正如西方现代派的某些作品（包括有的表现自我感情世界，揭示个人变态畸形心理的作品），对暴露资本主义社会千疮百孔的腐朽肌体和盘根错节、无法克服的矛盾，具有一定的认识作用。然而，如果有人无视社会制度和国情民心的根本不同，在我们正进行着伟大变革的社会主义祖国亦步亦趋地追随西方现代流派的艺术观点，盲目模仿其艺术方法（当然，绝不排斥对其中合理部分的借鉴、利用），肆意表现与现实社会和广大人民的利益冰炭不相容的个人情绪、个人心理，那就无异于逆时代的潮流而动了。

常言道：“识时务者为俊杰。”刘勰说：“文变染乎世情，兴废系乎时序。”（《文心雕龙·时序》）石涛主张：“笔墨当随时代，犹诗文风气所转。”（《题画跋》）我们诚恳地奉劝那些甘心蜗居于“自我”的斗室，置“世情”“时序”于不顾的同志：对新时代展现的大好风光漠不关心，无动于衷，对社会矛盾采取敬鬼神而远之的消极态度，而只是以表现渺小、狭隘的“自我”为能事、为乐事，绝不是一条光明、宽广的创作正道。

马克思、恩格斯曾把那些真实地体现了时代精神和历史发展趋势的作品赞之为“时代的旗帜”。毛泽东同志号召文艺家“必须和新的群众的时代相结合”。只有在文艺思想和文艺实践上高举“时代的旗帜”，我们的文艺家及其创作事业才能与时代并存共荣，与时代同步前进。

综上论述，就文艺创作中的主观性和“自我”因素问题，我们同“表现自我”说无论在概念的内涵和外延上，还是在观点的精神实质上，都存在着原则性的区别和分歧。“表现自我”说对文艺与生活、人民、时代诸方面的关系的观点和态度完全违背了文艺的基本规律，偏离了文艺为人民服务、为社会主义服务的总的方向。这也再一次告诫我们，文艺战线上的思想斗争并未结束，我们从事文艺创作、文艺理论研究的同志，仍然需要继续学习和掌握马克思主义，不断发现和研究新的问题，努力提高自己的思想、理论水平。马克思指出：“如果你想感化别人，你本身就必须是一个能实际上鼓舞和推动别人前进的人。”（《1844 年经济学——哲学手稿》）别林斯基说过：“没有一个诗人能够由于自身和依赖自身而伟大。”（《别林斯基论文学》）因此，我们的结论是：正确的思想、美好的感情来源于丰富、深入的社会实践；而高尚、健全的主观世界又是真实地本质地反映客观世界的内在根据；唯有审美主体与审美客体尽可能地达到完善结合和高度统一，才有希望创造出无愧于时代、有益于人民的真、善、美三位一体的文艺作品来。

（原载 1984 年《云南艺术学院二十五周年院庆专集》）

简评“表现自我”说

“表现自我”说，是当今颇为流行的一种文艺思潮和创作倾向。其特征是：片面强调表现个人主观精神，把“表现自我”视作文艺的源泉、本质和目的。长期的社会实践和大量的文艺现象早已证明了“表现自我”说的荒谬，那么为什么今天还有人把它奉为圭臬呢？这除了从复杂的社会历史背景和思想根源找原因外，还需要以辩证唯物主义观点，从文艺本身的特点和规律方面进行一些分析。

文学艺术作为一种特殊的意识形态，是一定的社会生活在人类头脑中的反映的产物。它是一种异常复杂的社会现象和心理现象，是审美主体与审美客体的辩证统一体。文艺创作者在能动地反映客观现实时，总是体现出本人对生活的选择和评价，渗透了自己的审美理想、审美感情、创作个性和艺术才能。在整个创作过程中，客体与主体、对象与自我始终是融汇、交织在一起的。我们充分肯定文艺作品中的“自我”因素，并赞成作者立足于自己熟悉的生活，对客观现实用“我”的眼睛去观察，用“我”的心灵去感受，用“我”的头脑去思索，最后用“我”的风格、方法去塑造形象，正是从文艺的特点和规律出发，为了更积极地发挥作者的主观能动性、发扬艺术个性，以求更深刻、更本质地反映社会生活，提高文艺的审美教育作用。但是，辩证唯物主义的观点与“表现自我”说是有原则区别的。

首先，在文艺与生活的关系上，我们认为生活是文艺的唯一源泉，作品中的主观因素同客观因素，都是现实生活的反映。而“表现自我”说却把主观同客观割裂开来，主张孤立地表现脱离生活的“自我”。实际上任何作品中的“自我”因素无一不是客观现实的主观映象，只不过这种反映有正确与谬误、深刻与肤浅、直接与曲折之区分罢了。如西方许多现代派作品所表现的虚无主义思想、悲观绝望情绪、扭曲变态的心理，也只不过是反映了资本主义世界人与社会、人与自然、人与人之间的尖锐矛盾和畸形关系而已。想要单纯表现“心灵的历史”、“心灵中的秘密”、“自己的世界”等等，完全是一种心造的幻影。按照这些“原则”而炮制出的作品，往往是苍白无力、缺乏生活光彩的，是作者对生活歪曲的反映。

其次，在文艺与人民的关系上，根据马克思主义的文艺观和历史观，要求文艺应当大力表现历史的创造者——人民——的生活和思想感情，勇于为人民说真话，抒真情，做人民的忠实的耳目和喉舌。而文艺创作中的“自我”则必须与人民的意志和利益相一致，作品中的“我”应是现实生活中的一分子，并以“我”去体现现实生活。然而，“表现自我”说却将“我”孤立于人民之外，凌驾于人民之上，甚至站在人民的对立面。有的“新艺术家”声称“在这个世界中，唯有自我才配得上是主宰”；有的“新诗人”扬言他们“甚至于回避去写那些我们习惯了的人物的经历、英勇的斗争和忘我的劳动的场景”。他们热衷于表现个人的恩怨，咀嚼个人的悲欢，赏玩一己的闲情逸致。有的作品竟至于从表现自我出发，宣扬资产阶级极端个人主义思想，宣泄消极、颓废、空虚、孤愤、悲观、厌世等等不健康的情绪。

“表现自我”说不仅在思想内容上脱离人民，在艺术表现上也往往缺乏群众观点，置广大读者、观众、听众的审美需要和欣赏习惯于不顾，如有些表现个人感受、心理乃至梦境、幻觉的诗歌，“朦胧”到了使人百思不解的程度，成了猜不破的谜语。

社会主义的文艺创作者应当站在时代的前列，对丰富、生动的现实生活反复考察、体验，去发现当前社会中富有思想意义的典型的新人新事和矛盾斗争，并和人民一同思考、一同回答时代提出的尖锐问题。惟其如此，文艺创作才可能体现时代的要求、时代的理想、时代的情绪；作品中的“自我”因素才可能具有时代的色彩、音响和节奏；作品中的“我”才可能体现时代的脉搏。可是，“表现自我”说却完全背离了时代赋予文学艺术的神圣职责。有的人甚至公然宣称，诗“不屑于作时代精神的号筒，也不屑于表现自我感情世界以外的丰功伟绩”。要具有所谓“独特的社会观点，甚至是与统一的社会主调不谐和的观点”。我们当今所处的社会的“统一的社会主调”是什么呢？就是爱国主义、集体主义、社会主义、共产主义的崇高思想，很显然，离开这个主调的不谐和的观点又会是什么货色？由这种不谐和观点炮制成的文艺作品又会是什么货色呢？它们绝不是社会主义的文艺作品，也绝不会有感奋人心的力量和美学价值，它们只会受到人民的唾弃。

当前，“表现自我”说已经使社会主义的文坛受到了侵蚀，产生了不良影响。有的作品，或凭借被作者歪曲了的生活形象，或采取现身说法的形式，肆意宣扬自我中心主义。如小说《失去的，永远失去了》中的艾丽丽对自己的放荡生活有段自我辩白：“人是有各种各样欲望的，满足自己的欲望，是合理的。压制自己的天性，是不合人性的。为什么当你饥渴万分的时候，面对着眼前的一杯清凉可口的水，却不能也不敢饮用呢?”这是在赤裸裸地宣传“性开放”、“性自由”和爱情“杯水主义”。有的作品不过是一个放任不羁地表现自我的标本，淋漓尽致地表露了猥琐、卑微的虚荣心理和低级情趣。这些表现不能不引起人们的深切关注。

从上面简单的分析可以看出，一个作者，如果执意把文艺形式当作表现自我的工具，那么其结果不但有害于社会主义精神文明的建设，同时也必然会使自己在个人主义的泥淖中越陷越深。因此，对于从事文艺创作的人来说，“如果你想感化别人，你本身就必须是一个能实际上鼓舞和推动别人前进的人”。马克思的教诲，值得我们谨记在心。

（原载1983年10月19日《云南日报》，《人民日报》、《文学报》先后转载）

文艺改造的正道和歧途

马克思有句脍炙人口的名言："从来的哲学家只是各式各样地说明世界，但是重要的乃在于改造世界。"就"改造"这一颇含辩证哲理的合成词来说，它应有两重含义：改者，变革、扬弃一切陈旧、过时、落后之事物也；造者，创建、发展一切崭新、适时、先进之事物也。改中有造，造中有改，且改且造，相辅相成。改造实在是万事万物提高、进步所需遵循的普遍原则，文艺工作自然也不例外。既然，文学艺术是社会生活的反映，时代在不停地前进，生活在不断地嬗变，文艺的内容和形式就势不可免地要随之发展变化。所谓"时运交移，质文代变"，"歌谣文理，与世推移"（刘勰《文心雕龙》），实乃深中肯綮之见识。因此，无论怎样讳言"改造"，文艺工作都面临着这个不可回避的重要问题，尤其是在日新月异、瞬息万变的今天之中国。事实上，无数作家、艺术家和文艺的各个领域都在或多或少、或速或缓地进行着这样那样的改造，只是各家各派改造的方向和内容不同罢了。

当前，我国在坚持四项基本原则的前提下，贯彻执行改革、开放、搞活的总方针、总政策，从事社会主义现代化建设，这本身就是一系列全社会性的改造工程。这场改旧、造新的伟大变革必然要触动文艺这根最敏感的社会神经，促使它作出各式各样的反应。不管哪种形态的文艺，欲求在新的历史时期，在人们的心目中占据一定的位置，都必须探索和实行自身的改造。任何企图超逸于社会改造的洪流之外而闭关自守、故步自封的观念和做法，都只会窒息创作的生机与活力。一切革命的进步的文艺，理当顺应时代发展的主流，雄踞于时代的思想高峰，对社会历史和现实生活作出积极的、能动的反映。社会主义的文艺，对当前改造客观世界的无比壮丽的事业更应责无旁贷地寄予高度的关心和注视，敏锐表现、热情讴歌这个内容十分丰富、生动的改造进程，并致力于描写这个进程中的劳动、斗争、人际关系和人们主观世界的深刻变化，去深情赞美社会主义祖国的建设者、保卫者的光辉业绩、优秀品德和崭新的精神风貌，从而促进人们灵魂的净化、美化，“使人民群众惊醒起来，感奋起来，推动人民群众走向团结和斗争，实行改造自己的环境”（毛泽东语）。这样的文艺，是站在党和人民的立场上，正视现实中的尖锐复杂的矛盾，展示社会改造的历史大潮下所兴起的生活波澜；善于从不同的角度和层面，感应人民群众的苦乐与悲欢，传导他们的心声和意向。实践证明，鲜明地体现社会主义的时代特征，是我们文艺改造的一个正确的主导方向。

然而，遗憾的是：近年来文艺界却出现了一种错谬的“改造意识”和创作势头，那就是：宣扬远离时代、远离现实、远离政治的“超然物外”的文艺思潮和与之相呼应、相投契的一些作品。有的作家、批评家基于漠视文艺社会功能的心理定式，一味崇尚淡化时代特征、淡化主题思想、淡化人物形象的创作指向。按照他们的观点，似乎只有淡化了上述因素的所谓“纯文学”、“纯艺术”，只有与所处时代保持距离甚或与世无涉的作品，才能突破时空的限制，获得永恒不息的“生命力”。因而，他们倾心赞赏和热衷表现的是“空灵”、“虚幻”、“古奥”、“悠远”的境界，原始、蛮荒、落后、蒙昧的民情风俗，丑恶、污秽的陈规陋习，出尘脱俗的不可思议的变态心理，令人消沉、迷惘的孤独感、失落感和褊狭、琐屑的生活末节……更有甚者，有的承袭“泛性论”的洋衣钵，鼓吹文学是“性欲望的宣泄”，“美是性感的满足”，肆意描绘性刺激、性冲动、性生活，甚至连无所顾忌地暴露中学生的性心理以及“猫叫春”之类竟也成了时髦题材。试想，这样的创作倾向会把我们的文艺“改造”成什么样子？古今中外一切严肃的高尚的文艺都绝不是仅仅抒发个人闲情逸致的“文学游戏”、“玩文学”和“小摆设”。它们无论是“近距离”抑或是“远距离”地反映生活，总要从不同的向度和层面显示代表历史进步的时代意识，体现争取民族繁荣昌盛的理想和愿望；它们无不都是振奋民族精神、激扬社会正气的文明之火。别林斯基曾说过：“取消艺术为社会服务的权利，这是贬低艺术，而不是提高它，因为这意味着剥夺了它最活跃的力量，亦即思想，使之成为消闲享乐的东西，成为无所事事的懒人的玩物。”此乃鞭辟入里之警策。

就围绕文艺的本质和功能问题而言，近几年来出现了一种片面高扬、无限夸大主体意识的“新观念”（其实是西方“本体论批评”的翻版），对某些涉世不深的年轻作者颇有影响。

本来，马克思主义文艺理论早已阐明：文学艺术是社会生活在作家、艺术家头脑中反映的产物，同时又对客观世界发生这样或那样的反作用。文艺反映生活不是机械地复制，而是能动地创造。这种能动性主要表现在：文艺作品总是渗透着创作者对实际生活的主观感受和认识，以及对自然形态的生活素材进行符合一定艺术表现规律的改造。因此，对于文艺创作中的主体意识及其积极的能动作用，马克思主义文艺观非但没有否认，而且从来都是充分重视的。

然而，现在有人提出的“文学主体论”，却同马克思主义认识论大相径庭，他们把主体纯然归结为人的精神，使它与客体相割裂、相对立，否定人的社会实践，摒弃生活这个文学艺术的唯一源泉，将主体性在创作中的地位拔到无以复加的高度。有的论者明确表述“文学是深层的精神主体学”，宣称文学的本质特征是“充分的主体性和超越性”，而“人的精神世界作为主体，是一个独立的、无比丰富的神秘世界”，“作家从内外各种束缚、各种限制中超越出来，其结果就获得一种内心的大自由”。这种主体观把所谓“内宇宙”（即作家的主观世界）当作文艺的源泉，主张文学应当向“内宇宙”延伸，“给外宇宙以巨大投影”。论者甚而认为：“人对环境具有巨大的制约和支配的力量。”这些论调完全颠倒了主体和客体的关系，把主体说成是一种具有绝对的独立性的精神和制约、支配客体的神秘力量，从而陷入了主观唯心主义的泥淖之中。

固然，文艺作为个性化的精神产品，是离不开、缺不掉创作者的“自我”因素的，正如马克思指出的，文艺家在他的作品中“有权利显示自己的精神面貌”，“能动地、现实地复现自己，从而在他所创造的世界中直观自身”。不过，作品中的“自我”，并不是脱离社会的孤立的抽象存在物，而是与作品中的种种源于生活的客观因素融合在一起的具体艺术形象，但是，有的主体论者却以表现自我为中心，将文学主体归结为人的“内心生活”，并以“自由”的“内心”去为所欲为地主宰一切，决定一切，这就走向了真理的反面。依据自我中心主义而臆造的作品，其思想内容必定是褊狭渺小的，感情格调必定是低沉晦暗的，它们往往不是自恋、自怜、自娱、自赏的无聊之作，就是宣泄自我对现实社会的疏离、反抗情绪，以及个人与广大群众格格不入的畸变心理。

非理性主义（以及反理性主义）同自我中心主义是对相互依存的孪生兄弟，前者又是后者的必然产物。主体论者既然背对不断变革的火热的人民生活，蒙蔽了审看大千世界的视野，沉迷于表现自我的一隅之地、一偏之见，就不免要陷入非理性和反理性的怪圈，在文学观念和创作中片面而极端地强调表现人的生命本能、原始情欲、直觉幻觉、潜意识、无意识，崇尚一切跟着自我感觉走，而鄙薄和排斥理性的制约、引导作用。如此，以人的自然动物性取代人的社会性和主体实践性，也就势必不会去表现和歌颂人的清明理智、高尚品德和美好情操。

关于文艺改造问题，还有一个要不要民族化的是非之争。一些把现代化与民族化对立起来的论者认为，文艺要创新，就必须彻底否定和抛弃民族传统，走西方现代派的道路。有的把民族化贬斥为“感情的厚茧和面具，语言的套轴和精神的狱墙”。有的直接指责民族化是“一个防御性的口号”，反映了“对外部世界文化的怀疑、警惕的防御性的心理机制”，是“文坛处于比较内向、封闭状态时”的“文化心理支柱”。有的则片面地大肆张扬我们传统文化的“罪状”、“劣根性”，在这种民族虚无主义情绪的影响下，某些作品不啻销蚀了本来值得自尊自豪的民族精神、民族感情，而且泯没了广大群众喜闻乐见的中国作风、中国气派。有的不顾国情和民族欣赏习惯，不顾作品内容要求，生搬硬套外国文艺的表现方法，甚至把别人的痈疽当作宝贝。有的故弄玄虚，故作怪诞离奇的“惊人之笔”，以广大群众对其作品不懂、费解而自命不凡、自鸣得意。有人公然声称他们的作品是为五百年后的读者写的。这种无视社会效果和艺术信息反馈作用的态度，完全背离了文艺的大众方向。

诚然，随着广大群众文化素质、审美能力的逐步提高，艺术视野、欣赏情趣的日益拓展，我们的文艺要更广泛地吸引群众，满足人们多层次、多样化的需要，尚需不懈地改造和发展各种创作方法和艺术手段。因此，我们的作家、艺术家应当强化开放性思维，借鉴和摄取其他国家、民族的一切有益而有用的创作经验，以丰富自己的艺术表现力。但是，对精神舶来品绝不能搞盲目崇拜、机械模仿，更不可走“全盘西化”的“洋”肠小路，使民族文艺被其他国家、民族的文艺所取代和同化，或者变成莫名其妙的“四不像”的怪物。保持和发扬自己卓然独立的品格，应该是发展我国民族文艺的宗旨。文艺的民族化，既是沟通创作和欣赏的审美中介，是文艺赢得本国本民族最广大群众欢迎和喜爱的根基，又是保证我们的文艺自立于各放异彩、各领风骚的世界文艺之林的先决条件。

最后要强调的是，民族化与现代化、民族特点与时代特征是并行不悖的辩证统一的关系。作品的时代精神，总是透过具有民族特点的艺术形式所表现的本国本民族的生活内容和民族精神、民族感情、民族心理素质而体现出来的。否则，时代特征就无所附丽而显得虚浮空泛。相反的，缺乏时代精神观照的作品，其民族化的形式和内容也不会有新鲜活泼的时代光彩和深厚的历史底蕴，就会在思想内涵上失之苍白、浅显。因此，现代化与民族化、时代特征与民族特点的珠联璧合，是我国文艺改造的一个具体目标。这一目标又是从属于为人民服务、为社会主义服务这个总的方向的。而实行文艺改造的根本途径和方法，则是作家、艺术家全心全意地投身于改造客观世界的生活激流，扎根于民族文化传统的沃土，同时自觉改造自己的主观世界，尽力使主观世界与客观世界契合一致、同步前进。由于客观世界的改造是无穷无尽的，凡是有志于开拓创新、不甘于蹈常袭故的作家、艺术家，也就需要永不停顿地在思想、艺术领域内加强自我改造。周恩来同志说得好：“自我改造是促进进步，是光荣的任务。”“人生有限，知识无限，到死也学不完，那就改造不完。”（《周恩来论文艺》）

（原载 1990 年 12 月 19 日《云南日报》）

发扬毛泽东的文艺思想　繁荣社会主义文艺市场

在改革开放的新形势下，尤其是在社会主义市场经济方兴未艾的今天，毛泽东文艺思想是否仍然具有强大的生命力和影响力？它是否仍然能像一座光芒四射的理论灯塔，在波澜壮阔、烟雾迷茫的商品经济的大海中，继续指引社会主义新文艺的方向和航道？面对当前五光十色、变幻莫测的文艺市场，我们如何坚持以毛泽东思想的基本观点和方法，去正确分析、解决层出不穷的新情况、新问题？研讨这一切，不独具有重要的理论价值，更有迫切的现实意义。

一

毛泽东文艺思想是个内涵博大恢弘、精深隽永的完整的理论体系，我们首先要提挈其纲领，汲取其精髓，掌握那些具有普遍意义和永恒价值的根本原理，借以观照和认识丰富复杂的文艺现象，指导我们的文艺实践活动。

早在半个世纪前，毛泽东同志就明确指出："一定的文化是一定社会的政治和经济在观念形态上的反映。""至于新文化，则是在观念形态上反映新政治和新经济的东西，是替新政治新经济服务的。"①这一论断深刻地阐明了文化（包括文学艺术）同政治、经济的辩证统一关系，对于今天的新文艺如何贯彻以经济建设为中心的党的基本路线，显然具有重要的指导作用。社会主义现代化建设，是我国当前最大的政治，我们的文艺工作不应忽视和背离这个总目标。

毛泽东同志强调说："革命的文艺，则是人民生活在革命作家头脑中的反映的产物。”②这里，旗帜鲜明地揭示了文艺关注和表现人民生活的重要原则以及文艺创作中的主观能动性。

现在有两种片面的观点：一种是抹杀或轻视文艺的意识形态属性，否认或贬低文艺的重大社会作用，将文艺同经济、政治完全割裂甚或对立起来；另一种是，将文艺与经济、政治的关系简单化、绝对化，不加区别地要求所有的文艺形态都直接为具体的经济、政治任务效命。这都是不符合文艺本身的特征和客观规律的，也容易使我们的创作陷入误区。

毛泽东同志将为什么人的问题列为文艺的根本问题、原则问题，他十分明晰地提出：“我们的文学艺术都是为人民大众的，首先是为工农兵的，为工农兵而创作，为工农兵所利用的。”又说：“就是要使文艺很好地成为整个革命机器的一个组成部分，作为团结人民、教育人民、打击敌人、消灭敌人的有力的武器”，“使人民群众惊醒起来，感奋起来，推动人民群众走向团结和斗争，实行改造自己的环境。”③毛泽东同志《在延安文艺座谈会上的讲话》精神，引导和鼓舞了一大批作家、艺术家深入工农兵群众，投身革命和建设的实践中，创造了成千上万的为人民所需要和喜闻乐见的新文艺作品。

然而，长期以来，毛泽东同志关于文艺方向和工作对象的指示，一直受到来自“左”的和右的文艺思潮的曲解、干扰和破坏，时至今日，人们的认识和行动仍远未达到协调一致的境地。特别值得重视的是，在商品经济大潮的冲击下，拜金主义、享乐主义、极端个人主义以及其他形形色色的腐朽思想作风对文艺队伍的侵蚀，使一些人忘却了为人民服务之本，远离了丰富的群众生活之源，而是随“一切向钱看”之波，逐污泥浊水之流。当前那些低级下流、诲淫诲盗的书刊、录像、镭射影片以及其他非法出版物的泛滥，就是严峻的事实。令人忧虑的是，对于如此众多的毒害人们心灵的精神鸦片、诱发教唆青少年犯罪的文化垃圾，竟然上有政策，下有对策，此伏彼起，屡禁不止。有的地区和主管部门对于丑恶的“文艺现象”睁一只眼闭一只眼，放任纵容，姑息养奸，从而严重地搅乱了人心，骚扰了文艺市场，广大群众对此深恶痛绝、义愤填膺。我们应当像查禁和打击贩卖、吸食海洛因那样，取缔和消灭一切“文艺毒品”，因前者损害了少数人的肉体，后者却危及整个民族的灵魂。

现在，西方的敌对势力对我国推行和平演变战略，其中一个心战攻势，就是通过文艺的渠道暗度陈仓，大力传播、渗透资产阶级自由化思想和种种腐朽的东西，图谋瓦解我国人民的意志和信念，摧毁中华民族的精神支柱，与我们争夺年轻的一代，达到颠覆社会主义制度的罪恶目的。因此，深刻认识毛泽东文艺思想的根本原则，坚持文艺为人民服务、为社会主义服务的正确方向，既是百年大计，也是当务之急。

为了实现文艺的崇高目标，毛泽东同志论述了一系列文艺工作的途径和方法问题，这对我们仍有极大的指导和启示作用。现将其中的一些主要内容归纳如下。

（一）关于文艺和生活

毛泽东同志号召：“中国的革命的文学家艺术家，有出息的文学家艺术家，必须到群众中去，到火热的斗争中去，到唯一的最广大最丰富的源泉中去，观察、体验、研究、分析一切人，一切阶级，一切群众，一切生动的生活形式和斗争形式，一切文学和艺术的原始材料，然后才有可能进入创作过程。”与此紧密联系，他又论证了文艺反映生活的内在规律、创作方法和艺术形象的典型化、审美化问题。那段深刻的名言，把文艺“源于生活高于生活”的至理阐发得很透辟：虽然社会生活与文学艺术“两者都是美，但是文艺作品中反映出来的生活却可以而且应该比普通的实际生活更高，更强烈，更有集中性，更典型，更理想，因此就更带普遍性。革命的文艺，应当根据实际生活创造出各种各样的人物来，帮助群众推动历史的前进”。④然而，现在有人无视文艺与人民的血肉联系，否认文艺家深入生活的必要性，不赞成文艺积极体现时代精神。他们把所谓“内宇宙”（即人的主观世界）当作文艺的源泉，提倡创作只是个人情绪的宣泄、原始本能和潜意识的展露，崇尚一切跟着自我感觉走，主张淡化主题、淡化人物、淡化情节乃至整个艺术形象。在这类观点影响下，一些作品成了脱离时代和人民而孤芳自赏的玩艺或者是非理性的怪物，最终遭到了广大群众的冷淡和厌弃。

毛泽东同志指出，今天的群众希望“作家告诉他们新的人物，新的世界”，“因此，我们必须和新的群众相结合”。[⑤]这是文艺作品内容创新的必由之路。

(二) 关于文艺的普及和提高

“普及的东西比较简单、浅显，因此也比较容易为目前广大人民群众所迅速接受。高级的作品比较细致，因此也比较难于生产，并且往往比较难于在目前广大人民群众中迅速流传。”“现在是‘阳春白雪’和‘下里巴人’统一的问题，是提高和普及统一的问题。”基于这种分析，毛泽东同志把提高和普及的辩证关系概括为：“我们的提高，是在普及基础上的提高，我们的普及，是在提高指导下的普及。”[⑥]

现在，我们整个民族的文化素质不高，尚有二亿文盲，广大群众的艺术鉴赏水平和审美情趣也是高低不一、参差不齐的。目前通俗文艺（这里泛指大众化、娱乐型的文学、影视、歌舞等）大走红运，颇有君临一切之势，这显然昭示了众多接受者的某种艺术爱好和普及要求。其实，通俗文艺也有各各不同的层次和格调，龙蛇混杂，良莠难分，不可一概而论，轻褒妄贬。不过总的说来，要尊重和照顾目前大多数群众的需求和水平，充分发挥“下里巴人”的正面效应。当然，对那些“只为少数人所偏爱，而为多数人所不需要，甚至对多数人有害，硬要拿来上市，拿来向群众宣传，以求其个人的或狭隘集团的功利”[⑦]的作品，要加以限制和干预。此外，通俗文艺和严肃高雅的文艺不妨互相借鉴，取长补短，使我们的作品力争做到寓教于乐，寓意于情，寓庄于谐，雅俗共赏，老少咸宜，曲高和众。而提高全民的思想文化素质，又是升华整个社会审美水平的关键。

（三）关于文艺批评的标准

毛泽东同志在抗日战争时期就提出："文艺批评有两个标准，一个是政治标准，一个是艺术标准。"他认为，对于这两个标准所谓的好坏之分别，都要看社会效果。同时，他还全面地论述了两个标准的辩证关系："政治并不等于艺术，一般的宇宙观也并不等于艺术创作和艺术批评的方法。……但是任何阶级社会中的任何阶级，总是以政治标准放在第一位，以艺术标准放在第二位的。""我们的要求则是政治和艺术的统一，内容和形式的统一，革命的政治内容和尽可能完美的艺术形式的统一。"新中国成立初期，毛泽东同志在阐述百花齐放、百家争鸣的方针时，又提出辨别香花和毒草的六条政治标准，并强调"最重要的是社会主义道路和党的领导两条"。[8]

毛泽东同志在论证两个标准时，还特意提醒人们，不要认为它们是"抽象的绝对不变的"，而要以发展的观点，判别两个标准的具体的阶级性和时代内容。诚然，即使同一阶级在不同时期，其批评标准的侧重点和强调面也会有所变化。例如毛泽东同志本人在社会主义时代制定的六条政治标准，尽管与过去的提法是一脉相承的，其精神实质也是一致的，但却充实、发展了不少新的内容。邓小平同志继承和发展了毛泽东文艺思想，他在中国文学艺术工作者第四次代表大会上的祝辞中说："对实现四个现代化是有利还是有害，应当成为一切工作的最根本的是非标准。"他动员文艺工作者："在意识形态领域中，同各种妨害四个现代化的思想习惯进行长期的、有效的斗争。"

（四）关于继承借鉴、革新创造和古为今用、洋为中用

毛泽东同志在提出建立中华民族的新文化即民族的科学的大众的文化时，就阐明了这样的观点："清理古代文化的发展过程，剔除其封建性的糟

粕，吸收其民主性的精华，是发展民族新文化提高民族自信心的必要条件，但是决不能无批判地兼收并蓄。”“中国应该大量吸收外国的进步文化，作为自己文化食粮的原料，……但是……决不能生吞活剥地毫无批判地吸收。”[⑨]在论述继承和借鉴一切优秀的文学艺术遗产时，他又说：“有这个借鉴和没有这个借鉴是不同的，这里有文野之分，粗细之分，高低之分，快慢之分。……但是继承和借鉴决不可以变成替代自己的创造。”这些充满科学的方法论和远见卓识的观点，对于今天的文艺建设，仍不失为正确的行动指南，并越来越显示出璀粲的理论光辉。新中国成立后，我们与世界各国的交往日益频繁，毛泽东同志对洋为中用的问题格外重视。1956 年 4 月 25 日，他在中共中央政治局扩大会议上的讲话里，专门论述了“中国和外国的关系”，他指出：“我们提出向外国学习的口号，我想是提得对的。”“我们的方针是，一切民族、一切国家的长处都要学，政治、经济、科学、技术、文学、艺术的一切真正好的东西都要学，但是，必须有分析有批判地学，不能盲目地学，不能一切照抄，机械搬运。他们的短处、缺点，当然不要学。”[⑩]毛泽东同志在《同音乐工作者的谈话》中也谆谆嘱咐：“我们接受外国的长处，会使我们自己的东西有一个跃进。……外国有用的东西，都要学到，用来改进和发扬中国的东西，创造中国独特的新东西。搬要搬一些，但要以自己的东西为主。”“应该越搞越中国化，而不是越搞越洋化。……向古人学习是为了现在的活人，向外国人学习是为了今天的中国人。”这里充分表明：学习古代和外国的优秀文学艺术，其目的全在于革新创造，推陈出新，建设中国化的以“我”为主的社会主义新文艺。闭关自守和全盘西化都是错误的态度。

今日之世界，东方和西方（包括社会主义和资本主义）的文学艺术必然要加强广泛的接触、交流与合作。在这个双向运动过程中，我们要按照毛泽东同志的“两点论”，既要警惕和抵制资本主义文艺中反动、腐朽、没落的消极因素，又要有分析、有批判、有适度地汲取其进步、合理、有用的积极成分，并加以消化、改造，使之中国化、东方化，这才有利于文艺的现代化和民族化。

（五）关于百花齐放、百家争鸣

“双百”方针是促进社会主义文化繁荣、艺术发展和科学进步的方针，是毛泽东同志的一大发明。他指出：“艺术上不同的形式和风格可以自由发展，科学上不同的学派可以自由争论。利用行政力量，强制推行一种风格，一种学派，禁止另一种风格，另一种学派，我们认为会有害于艺术和科学的发展。艺术和科学中的是非问题，应当通过艺术界科学界的自由讨论去解决，而不应当采取简单的方法去解决。”同时他又指出：“真的、善的、美的东西总是在同假的、恶的、丑的东西相比较而存在，相斗争而发展的。”[11]实践证明，只有排除“左”和右的干扰，全面、正确地执行“双百”方针，我们的文艺创作、文艺理论和文艺批评才可能获得真正的繁荣和发展。

毛泽东文艺思想是个极其丰富的理论宝库，它对文艺领域里的其他许多问题都有崭新的发现、深刻的研究和科学的论证，如：文艺界的统一战线问题，世界观与创作方法问题，革命现实主义与革命浪漫主义相结合问题，共同美问题，向群众学习语言问题等等，不胜枚举。此外，毛泽东同志对文学、音乐、美术、戏剧、舞蹈等艺术门类尚有不少具体的见解，这些都有助于我们对毛泽东文艺思想的总体认识。

二

今天，我们不仅要深入理解毛泽东文艺思想的完整体系，更要运用它的基本观点，去分析不断发展的纷纭复杂的文艺现象，指导正在进行的文艺改革和建设工作。当前，在社会主义市场经济条件下，特别需要我们将毛泽东文艺思想和建设有中国特色的社会主义理论有机地统一起来，研究、解决文艺市场中的新问题。

市场经济体制的确立，必然要对作为上层建筑的文艺产生重大影响，提出各种新的要求。文艺面对市场经济的冲击和挑战，也必然会发生剧烈的变化。从总体上说，文艺被纳入市场经济的大格局后，打破了多年来僵固不变的运行机制。一方面，市场的动态选择把竞争机制引进了文艺领域，进一步焕发了文艺的生机与活力，使其获得了新的发展机遇。市场体系不独制约和调节了文艺产品的生产、传播、竞争及其社会效益、经济效益，同时也极大地影响了文艺工作者的创作思潮、审美观念、艺术思维和表现手法，促使那些深居简出、闭门造车的文艺家走出“象牙塔”，丢弃“铁饭碗”，面向火热、沸腾的经济建设，加强与人民群众的联系，熟悉社会心理和舆情的巨变，努力创作符合时代和人民需求的多层次、多功能的文艺产品。然而，另一方面，文学艺术由于长期在计划经济的轨道上运行，远远没有建立起一套适应市场经济的新机制、新措施，其自身又有不同于一般产业的特点和内在规律，致使现在相当一部分文艺部门及从业人员处于困境，经济上贫穷拮据，思想上迷惘惑乱，心理上不平衡，行动上迟滞不前抑或各行其是。据不完全统计，全国有80%以上的文艺团体存在着严重的资金短缺现象，国家下拨给文化部所属院团的事业费大多仅够人头费，而下属于省市自治区的院团，国家所拨经费只占院团支出的五成左右。许多艺术门类出现了观众、读者量的大滑坡。1992年全国电影观众下降了三十多亿人次，票房收入比上年同期减少了三亿元，全国有六千多个放映单位停业另谋生路。一些文艺界人士弃艺从商，而又有许多文艺家甘于清贫，固守“圣地”，并对一窝蜂的“下海热”不以为然，他们大声疾呼：“一个社会应有正常的分工，全体人士都去经商是不理性的。”（王元化语）“中国缺少的不是商人，而是作家。日本人口是中国的20%，作家却是中国的3倍。”（陈国凯语）“如果当年曹雪芹去开餐馆，鲁迅去摆摊，我们民族今天会有多么大的精神损失！”（冯骥才语）对于文艺的商业化也有不同的看法：“写作如同买卖，创作都是商品，文学丧失了道德感召力，成为低劣的购货券。文学不再需要灵魂间的感悟，而是和金钱对话。”（蒋子龙语）“真正的艺术，均具有非商业化的特质，强求人类文化的精粹，去符合某种市场价值的规则，只会使科学和文艺都‘市侩化’，丧失进步的可能与希望。”（钱钟书语）“没有知识和文化，经济能搞得上去吗?”（巴金语）……

由此可见，文学艺术与商品经济的关系是个极其复杂的问题，而市场经济给文艺造成的亦喜亦忧的社会景观，以及人们对此作出的扬抑不一的反响，确实值得思考和讨论。现就几个有关的理论和实际问题，陈述个人的一点看法。

（一）文艺的意识形态属性和商品属性

文艺作品一旦进入市场，必然成为商品，具有一定的商品属性，即表现某种价值、使用价值和交换价值，就必须遵循客观存在的价值规律、交换规律和经济效益规律。不过，文艺产品毕竟是一种精神产品，它们在文艺市场中虽然也以物质外壳为存在形式，也有表现其商品价值的价格，并以货币为媒介进行商品的交易和流通，但是文艺产品与一般的物质产品有着质的区别，它们除了商品属性外，还有更重要、更本质的社会属性，那就是意识形态属性。

首先，文艺的产生和发展，受到整个社会存在（其中包括而又不局限于经济范畴）的制约和影响。在阶级社会里，文艺和其他意识形态一样，往往要打上阶级的烙印，为一定的阶级利益（其中包括而不局限于经济利益）服务。因而，文艺每每具有一定的阶级性或思想、政治倾向，只是有些表现得鲜明强烈，有些显得隐晦轻淡罢了。文艺的这些社会属性，是一般的物质产品所没有的。所以，将文艺完全等同于物质形态的商品，是不科学的；使一切文艺不加区别地全部商业化、市场化，也是不对的。

众所周知，文艺作品都凝结了文艺工作者的劳动，具有大小不同的价值量。作品本身的优劣、高低、精粗、美丑，决定了它的客观价值。然而，文艺创作这种复杂的精神劳动与物质生产是迥然不同的。文艺家在观察体验生活的基础上，把素材在大脑这个加工厂里进行一番改造制作（包括形象思维和逻辑思维活动)，再以特定的物质形态表现出来，因此文艺作品既有社会性，又有个体性，是两者融合的统一体。物质商品的生产，特别在社会化大生产条件下，大都是统一规格、质量的流水作业、重复劳动和成批生产，它要求标准化、一体化，而文艺作品不容许搞千篇一律的流程式生产，“要防止和克服单调刻板、机械划一的公式化概念化倾向”(邓小平语)。文艺创作渗透了文艺家独特的人生体验，蕴含着个人的意志、情愫、性格、气质，是文艺家本质力量的生动体现。

文艺产品与物质产品的另一个区别是，它不可能精确地核算社会必要劳动时间。有的作家毕其一生写了一部书；有的剧团几年创作、排演了一出戏；曹雪芹呕心沥血十载，增删修改五次，至死还没完成《红楼梦》全稿；列宾的著名油画《涅瓦河畔的普希金》，长期构思，作过数百张草图，付出了二十年的辛勤劳动；戏曲演员“台上一分钟，台下十年功”。这些，你怎样用经济学的尺度去计算其劳动量和价值量？因此，不能像对待物质产品那样，用单纯的货币、价格去衡量文艺产品的价值。实际上，现在许多文艺产品的价格都不能准确合理地反映文艺本身的客观价值。即使在商品经济最发达的国家，文艺产品也难以实现真正的公平的等价交换。在西方，除了极少数名作家、名演员外，大都不能靠艺术本身致富，如英国7 000专业作家3/4 年收入低于500 英磅；法国3 500 名作家平均年收入5 000法郎，他们的经济状况全部都在欧美的贫困线以下。

此外，物质产品是衣、食、住、行、用等方面的消费物，满足人们身体上感官上的需要和享受；文艺产品大多是作用于人的心灵、感情，满足人们精神上、情绪上的需要和享受。前者的价值和使用价值是看得见、摸得着的，后者的影响则往往是不知不觉、潜移默化的。物质产品受时空的制约和局限，而富有魅力的文艺产品却能够超越时空，对人类发生经久不息的效用。古代和中外的一些优秀作品拥有强大的继承性和传播力、穿透力，其价值是无法用金钱来标示的，这就是精神财富和物质财富的重大差异性。

当然，对于同样的文艺作品，不同的时代、国度、民族、阶级乃至不同的人群和个人，往往有不同的价值判断和价值取向。有些作品在此时此地的一部分人群中不能显示其应有的价值，而在彼时彼地的另一部分人群中却大受器重，身价百倍。所以，文艺的全部真正的价值，不能取决于一时一地一部分人的态度和评判，许多作品常常要经受历史和时间的考察，经受人们的社会实践活动的检验。当前一些庸俗低级的作品备受青睐，一些严肃高雅的作品遭到冷漠，正表明文艺价值问题的复杂性、曲折性。

由是观之，文艺的意识形态属性较之于商品属性，是更广泛更深刻更基本更重要的客观属性。在我们探究文艺和市场经济的关系问题时，决不能摒弃和忽略文艺产品的这个本质特征，应当将这两种属性结合起来分析，并毫不含糊地把前者放在首要地位。

（二）文艺的社会效益和经济效益

文艺产品进入市场后，自然要讲求经济效益，用马克思的话来说，即："在尽量少的劳动时间里创造出尽量丰富的物质财富。"但是，基于精神产品的特殊品格和特定任务，文学艺术需要特别重视社会效益，坚持社会效益第一的原则。这是由社会主义制度和社会主义文艺生产的根本任务所决定的。我国的商品经济和市场经济都是建立在以公有制为基础的社会主义生产关系上的，其目的是解放和发展生产力，满足人民日益增长的物质文化生活的需要。我们的文艺市场，也必须以解放、发展文艺生产力为旨归，把为人民、为社会主义服务定作唯一的方向。江泽民同志最近指出："我们的文艺创作，总的来说是促使人们振奋精神，鼓舞斗志，培养和陶冶人民的高尚情操，为国家的现代化建设作出贡献。当然，也要给人们在工作之余带来欢乐。"文艺的主导功能就是创造内容健康、格调高尚、利国益民而又能愉悦身心、给人以美的享受的作品，达到教育、感染、鼓舞人民奋发向前的艺术效应。

文艺产品的社会价值和经济价值应当是并行不悖的，但两者相矛盾的情况时有出现。有的思想、艺术价值颇高的好作品未必能赚钱，而有些品位很低的东西却反倒能牟取暴利。这种畸形现象，反映了某种不良的社会风尚，商品经济发展和人的精神追求的失衡、价值天平的倾斜，也是与目前有些接受者素质不高相关联的。问题的严重性还在于：充斥着消极因素的商业化的伪劣产品，既污染了文艺市场，又培育了一批情趣低下的接受者，败坏了他们的艺术口胃；而这批接受者的嗜好和欲望，又大大刺激了更加低劣、腐朽的商品文艺的扩大再生产。于是，那些单纯追逐利润而毫不顾忌负面效应的商品生产和消费之间，便形成一种“二律背反”式的恶性循环。当前一些地区的“黄毒”有增无减，就是一个实证。

（三）加强文艺市场的宏观调控

社会主义市场经济体制，是指在社会主义国家宏观调控下，让市场机制对整个社会的经济运行和资源配置状况起基础性调节作用的经济。社会主义文艺市场的经济活动，也要通过价格杠杆和竞争机制的功能，把生产资料、人力和财力配置到社会效益、经济效益较好的环节中去，实行真正的优胜劣汰，促进生产和需求的及时协调。然而，我们的国情和两个文明发展不平衡的状况，要求在文艺市场经济体制中，必须重视加强国家宏观调控的工作。

鉴于文艺是一种独特的精神产品，文艺市场是个庞大复杂的系统工程，文艺作品的生产、流通、消费就呈现出多种形态和层次、多种向度和渠道。因此，对文艺市场的宏观调控和经营指导，要根据各种不同的情况，采取不同的具体经济政策和管理方式，必要时还需使用法律、行政和舆论的手段。

文艺建设和文艺创作，就其思想内容而言，有好坏、高低、雅俗、深浅之分，就其外部形态来看，有些是规模大、投资多、周期长、见效慢、赚钱少（甚或是非赢利）的，有些则相反。对于那些“短、平、快”的文艺产品（有人称之为“文艺快餐现象”，大多属于一次性消费），只要内容有益、无害，不妨让其自由发展。至于那些社会效益好的宏伟工程、鸿篇巨制，则需要给予经济上较多的支持和投入，因为它们生产过程较长，必须经过相当一段时期，才能显示其重要的战略意义，在精神文明建设中发挥难以用量化的方法评估其价值的功能。如果不对它们实行倾斜政策，大力扶植，使其在市场经济运行中遭到困难、挫折和失利，就可能会导致文艺发展的整体性失衡和人才、艺术方面的断层现象，从而使文艺的生态环境受到破坏。

社会主义的文艺市场，必须坚持毛泽东文艺思想的指导，贯彻执行党的方针政策，决不容许变成无政府主义的“自由市场”，任凭腐蚀、毒害人们的货色流通、泛滥，而应该有一套健全的检查、监督法规和行政职能，来抑制、清除那些文化垃圾，扶掖、推崇那些优质的精神佳作，起到革故鼎新、激浊扬清的积极作用。列宁曾经激昂慷慨地痛斥和批驳过“对于钱袋的依赖、对于收买的依赖、对于豢养的依赖”的“资产阶级的作家、艺术家和演员的自由”，揭露了“作春宫画、描写卖淫来‘补充’‘神圣’舞台艺术”之类丑恶的文艺现象。他在提出“党的文学的原则”时说：“对于社会主义的无产阶级，文学事业不但不能是个人或集团的赚钱的工具，而且它永远不能是与无产阶级总的事业无关的个人事业。”“出版社和书库、书店和阅览室、图书馆和各种书报贩卖所——这一切都应当成为党的，受监督的。”[12]宏观调控，就是加强党的领导和国家、人民监督的重要手段。

事实上，即使在资本主义国家，对精神产品也不是放任不管的。许多西方国家，依据各自对社会效益的理解和价值观念，通过法律、税收、国家拨款、团体资助等，对某些文艺产品进行扶持，对某些东西加以限制。如不少国家对不同类别和档次的文艺商品实行差别税率。它们对于流行歌曲、摇滚乐的演出采取高税收政策，而对芭蕾舞、交响乐、古典歌剧的演出不仅减免税，还给予资助。法国政府对于一般图书征收7%的增值税，而对色情类图书征收的增值税却高达33%，还有的国家对那些社会效益不佳而赚钱多的出版物实行单项征收高额增值税。有的国家（如美国）是通过税收和基金、民间文化机构的调节来实施对文化产业的管理，包括对非赢利性文化单位实行免税和提供资助。日本学者名和太郎认为“文化的许多形态都要通过市场供应"，"但是，并不是所有文化都可以听任市场发展而自生自灭"，他主张对一部分传统文化，"则有必要在市场外创造某种公共环境"（《经济与文化》）。

资本主义国家尚且重视对文化市场的调控和管理，我们国家更应当强化这方面的组织领导。要按照解放思想和实事求是相结合的原则，对不同内容、品位、层次和效益的文艺产品制定不同的政策法规。对于那些社会意义重大、时代精神高昂、激励人民前进而又能弘扬民族优秀文化的作品，不仅要在舆论导向上大力支持，在经济上也要给予充分保护和优惠，为其创造良好的生存、发展环境，以增强它们在文艺市场中的竞争力。对于不同社会效益的文艺产品，在人力、物力、财力等资源配置方式上，在价格、利率、税种、税率方面，都应该有不同的政策措施，不可简单化地一刀切。对于某些低级庸俗的，甚至在法律、禁令的临界点上"打擦边球"的文艺商品，不妨用课以重税等经济手段，严加限制。至于对反动淫秽之类有害的"毒品"，则必须彻底取缔，扫荡一空。

总而言之，社会主义文艺市场的建立和健全，促进了文艺的改革、开放；文艺的建设和发展，又要求文艺市场体系不断地成熟、完善和规范。二者是互为因果、相辅相成的关系。

（四）高扬主旋律和提倡多样化

文艺兴旺发达的关键在于繁荣创作。只有创造出足够丰富的、健康有益的、艺术魅力强的佳作精品，才能适应广大人民群众的精神需求，也才能用以占领文艺市场，有效地抵制和战胜那些伤风败俗和粗制滥造的低劣商品。而繁荣创作的历史使命，责无旁贷地落在广大作家、艺术家的肩上。

文艺家要创作出反映人民心声和时代强音的黄钟大吕式的杰作，首先要投身于浩瀚的生活之海，"必须和新的群众相结合"（毛泽东语），和劳动、战斗在第一线的普通百姓同舟共济，呼吸相通，让灵敏的艺术神经去真切地感应时代的脉搏。现在一些文艺家纷纷涌入"商贸之海"，对此潮流的得失利弊固然应作具体分析，但是“商海”仅只是我们泱泱大国的生活汪洋的一部分，正如海军只是部队的一个兵种，不能搞“工农兵学商，大家都经商”一样，发展市场经济与“下海”绝非同一个概念，文艺为经济服务也不是都直接去做生意，“跟着款哥走，拉住买单的手”。否则，文艺事业将后继乏人。

文艺创作和商业行为是截然不同的，它是一种塑造人类灵魂的高贵的精神活动，带有明确的目的性、自觉性。文艺家应当有卓然独立的意志、情思和人格，对客观世界作出能动的反映和积极的影响。文艺创作和文艺接受之间应当是互尊互爱的平等关系，努力实现双向适应。作为一种精神产品的生产，文艺创作必然包孕着文艺家的人生信仰、美学理想和价值取向；如果不是出于狭隘浅薄的功利主义，文艺家应当用正确的进步的世界观、艺术观，通过丰富生动的艺术形象，去引导人们进取、向上，并致力于提高社会的审美水平和欣赏能力。现在有些人笼统而片面地把接受者一概奉为“上帝”，出现一切服从和取悦于“上帝”的创作倾向，不少文艺商品一味的媚俗，甚至不惜迎合部分人的消极落后的心理要求，满足他们的感官享受和低级趣味。其实，这些创作者心目中的“上帝”不过是金钱的化身和美称。文艺一旦变为侍奉金钱和私欲的奴婢，就必定要堕入自卑自弃、甘当玩物的泥淖之中。对此，一切具有高风亮节的、自尊自爱的文艺家都是嗤之以鼻的。

时下，在创作理论上有个众说纷纭的热点，就是要不要提出和凸现社会主义文艺的主旋律问题。有人认为，主旋律的提法与“二为”方向、“双百”方针存在矛盾，容易产生副作用云云，故而主张取消之。其实，纵观中外文艺发展史，各个国家、各个时期的文艺都有一定的主旋律，不会出现多种基调平分秋色的绝对均衡局面。这是带普遍性和规律性的文艺现象。

毛泽东同志有个著名的哲学观点：“任何过程如果有多数矛盾存在的话，其中必定有一种是主要的，起着领导的、决定的作用。”“矛盾着的两方面中，总有一方面是主要的……事物的性质，主要地是由取得支配地位的矛盾的主要方面所规定的。”[13]毛泽东同志运用这种科学的唯物辩证法分析文艺现象，总结文艺经验，指导文艺创作，为我们树立了光辉的楷模，也赋予我们一把认识主旋律问题的金钥匙。例如，在延安时期，他针对“从来的文艺作品都是写光明和黑暗并重，一半对一半”的糊涂观念，论证道：“许多小资产阶级作家并没有找到过光明，他们的作品就只是暴露黑暗，被称为‘暴露文学’，还有简直是专门宣传悲观厌世的。相反地，苏联在社会主义建设时期的文学就是以写光明为主。”他接着归纳出如下结论：“一切危害人民群众的势力必须暴露之，一切人民群众的革命斗争必须歌颂之，这就是革命文艺家的基本任务。”[14]这里所说的“基本任务”，就是当时宏大的文艺交响乐中的主旋律。

江泽民同志根据社会主义新时期对文艺工作的要求，在庆祝中国共产党七十周年大会上的讲话中指出：“反映社会主义时代精神应该成为主旋律。”最近，在上海视察工作时，他又一次响亮地提出：“爱国主义、社会主义和集体主义应当成为我们社会的‘主旋律’。”当然，强调主旋律，并非排斥一切非主旋律的文艺，也不是搞简单化的政治说教和公式化的千部一腔，正如江泽民同志所说的：“在开展精神文明建设中，要反对形式主义。思想教育的方式应当是多种多样的，要寓意于情。”高扬主旋律和提倡多样化，是文艺价值目标的一致性和价值选择的多样性的辩证统一。这也正是社会主义市场经济条件下坚持“二为”方向和“双百”方针的具体表现。确立和加强多样化的主旋律作品在文艺市场的主体地位，充分发挥它们的主导功能，正是为了更好地坚持文艺为人民为社会主义服务的正确方向，有力地带动其他各种形态的美好、健康的文艺创作一道前进、共同繁荣。

我们笃信：只要继承、发扬毛泽东文艺思想，贯彻执行党的基本路线和方针、政策，富有时代精神和民族特色的中国社会主义新文艺，就一定能呈现出百花竞妍、万木争荣的景象。

注　释：

①⑨《新民主主义论》。

②③④⑤⑥⑦⑭《在延安文艺座谈会上的讲话》。

⑧⑪《关于正确处理人民内部矛盾的问题》。

⑩《论十大关系》。

⑫《党的组织和党的文学》。

⑬《矛盾论》。

（本文原载云南艺术学院学报《艺舟》1993 年 10 月总第 6 期，曾被选为参加 1993 年 12 月云南省举行的“毛泽东同志生平和思想讨论会”之论文）

论当前文艺市场的几个问题

社会主义市场经济体制的确立，必然要对文学艺术产生重大影响，提出各种新的要求，迫使它接受市场经济的冲击、挑战和检验。文艺被纳入商品世界的大格局后，打破了过去蹈常袭故、率由旧章的运行机制，由此带来的正面效应和负面效应是复杂多端的。从总体上说，市场经济的动态选择机制把竞争机制引进了文艺领域，启动和推进了文艺改革，焕发了文艺的生机与活力，使其获得了新的发展机遇。市场经济不独制约和调节了文艺的生产、传播、竞争，同时也极大地影响了文艺家的创作思潮、审美观念、艺术思维和表现手法，促使那些深居简出、闭门造车的文艺家走出“象牙塔”，丢弃“金饭碗”，面向火热、沸腾的经济建设大潮，深入新的生活，加强与人民群众的联系，熟谙社会舆情和社会心理结构的巨变，努力创造适应时代和人民需求的多层次、多功能的文艺产品。

文艺产品一旦进入市场，必定具有商品属性，表现某种价值、使用价值和交换价值，就得遵循客观存在的价值规律、交换规律和经济效益规律。

作为一种具备特殊品格和独异功能的精神产品，文学艺术需要特别重视社会效益，坚持社会效益第一的原则，这是由社会主义上层建筑的性质及其与经济基础的关系，以及社会主义文艺的根本任务所决定的。我们的文艺市场，必须以解放、发展文艺生产力为指导，把为人民、为社会主义服务定作唯一的方向。我们的文艺产品固然也有娱乐、消遣作用，但其主导价值应当是创造内容健康、格调高尚、振奋精神、陶冶情操而又具有审美趣味的作品，达到教育、感染、鼓舞人民奋发向前的艺术效应。文艺的社会价值和经济价值也应当是并行不悖的、统一的，但两者相矛盾的情况时有出现。许多思想、艺术价值颇高的作品未必能畅销赚钱，而有些品位很低的东西倒能牟取暴利。这种畸形现象，反映了某种不良的社会风尚，商品经济发展和人的精神追求的失衡，价值天平的不合理倾斜，也是与目前有些接受者素质不高相关联的。

一手硬、一手软、两个文明发展不平衡的现实状况，要求在文艺市场经济体制中，必须重视加强宏观调控工作。鉴于文艺市场是个庞大复杂的系统工程，文艺的生产、流通、消费呈现出多种形态和层次、多种向度和渠道，对文艺市场的宏观调控和经营指导，要根据各种不同的情况和特点，采取不同的具体经济政策和管理方式，必要时还需使用法律、行政和舆论的手段。文艺建设和文艺创作，就其思想内容而言，有好坏、高低、雅俗、深浅之分，就其外部形态来看，有些是规模大、投资多、周期长、见效慢、赚钱少的，有些则相反。至于那些社会效益好的宏伟工程、鸿篇巨制，则需要给予经济上较多的支持和投入，因为它们生产过程较长，必须经过相当一段时间，才能显示其重要的战略意义，在精神文明建设中发挥难以用量化的方法评估其价值的功能。如果不对它们实行合理的倾斜政策，大力扶植，使其在市场经济运行中遭到困难、挫折和失利，就可能会导致文艺发展的整体性失衡和人才、艺术方面的断层现象，从而使文艺的生态环境受到破坏。我们的文艺市场在贯彻执行党的路线、方针、政策的同时，要坚持“抓两头带中间”的原则和做法。对于那些社会意义重大、时代精神高昂，能激励人们同心同德地建设“两个文明”而且又能弘扬民族优秀文化的作品，不仅要在舆论导向上给予大力支持，在经济上也要给予充分的保护和优惠，以增强它们在文艺市场中的竞争力。对于某些低级庸俗的，甚至在法律、禁令的临界点上“打擦边球”的文艺商品，除了给予严肃的批评、督查外，不妨用课以重税等经济手段加以抑制和约束。至于反动、淫秽之类的文艺毒品和一切丑恶的“文化现象”，决不能对它们放任纵容，姑息养奸，而必须绳之以法。总而言之，社会主义的文化领域，决不容许变成无政府主义的“自由市场”，必须建立健全并切实有效地实施一套检查监督法规、奖惩制度，充分发挥国家机器的权威和行政管理职能，坚定不移地扶正压邪、奖优汰劣，起到革故鼎新、激浊扬清的作用，从而创造人尽其才、艺尽其长的客观条件，加速培育成熟、完善、规范的文艺市场体系。

社会主义文艺市场新体系的形成和健全，还要仰赖新文艺的繁荣作为基础和支柱。只有创作出足够丰富的优质文艺产品，才能适应亿万人民群众日益增长的精神需求，也只有用大量健康有益的，富有吸引力、感召力的佳作精品去占领文艺市场，才能抵制和取代那些伤风败俗和粗制滥造的低劣商品。

文艺创作和商业行为是判然不同的，它是一种塑造人类灵魂的高贵、圣洁的精神活动。文艺家要有卓然独立的意志、情思和人格，对客观世界作出能动的反映和积极的影响。文艺创作和文艺接受之间本该是互尊互爱的平等关系，应通过相互理解努力实现双向适应。文艺家应当以正确的世界观、美学理想和价值取向，凭借生动感人的艺术形象，引导人们进取、向上，并致力于提高全社会的审美水平和欣赏能力。现在有些人笼统而片面地把接受者一概奉为“上帝”，出现一切服从和取悦于“上帝”的创作倾向，不少作品一味地媚俗，甚至不惜迎合部分人的消极落后的心理要求。其实，这些创作者心目中的“上帝”不过是金钱的化身和美称。文艺一旦变为侍奉金钱和私欲的奴婢，就必定要堕入自卑自弃、甘当玩物的泥淖中，对此，一切具有高风亮节的自尊自爱的文艺家都是嗤之以鼻的。

我们笃信：只要广大文艺工作者都能坚持“二为”方向、“双百”方针，为确立和加强多样化的主旋律作品在文艺市场的主体地位而努力奋斗，富有时代精神和民族特色的中国社会主义新文艺就一定能够以前所未有的丰姿异彩健康发展。

（原载1994年8月23日《云南日报》）

改进文艺理论教学的关键在于密切联系实际

理论脱离实际，是文艺理论教学长期存在的一大弊病，主要表现为：教学体系缺乏科学性、独立性，没有突出文学艺术的特征和内部规律。教材内容陈旧僵固，不能反映日益发展的文艺现象和文艺创作的客观实际，有些基本原理简单、片面、避实就虚，甚或观点混乱、摇摆不定，经不起实践的检验，故不足以很好地指导和推动艺术创造，有效地提高人们的艺术鉴赏能力；加上教学本身不得其法，存在着较严重的教条主义倾向，致使许多学生对文艺理论课兴味索然，感到可有可无、用处不大，有的甚至敬而远之，厌而弃之。为此，不少教师也觉得有苦难言，束手无策，对教好这门课热情不高，信心不足。

产生上述问题的原因是复杂多端、不一而足的。首先，长期以来，我国政治生活中的“左”倾思潮和教条主义对文艺理论工作有着举足轻重的影响。从20世纪50年代初期起，原封不动地照搬苏联的一套理论，铸成教学体系的先天不足，后来虽然有所改革，但仍发育不良，没有在根本上补偏救弊，更没有建立起一个符合中国国情的、独立的文艺科学体系。多少年来，我们的教学不是着眼于完整地领会马克思主义理论的精神实质，学习无产阶级经典作家的立场、观点、方法，去努力总结古今中外无比丰富的文艺实践经验，认真探索文艺的特殊规律；而是局限于死啃无产阶级经典作家关于文艺问题的几篇文章和书信，满足于寻章摘句地征引他们当时对某一文艺现象、某一作家作品所提出的个别原则乃至只言片语，然后或把这些论述加以编排、组装，或作一些诠释性质的演绎和发挥。在运用这些观点时，既可以不顾及它们在特定时代条件下的具体针对性，割断了它们同自己赖以产生的文艺现象之间的联系，也可以不考虑当前我们所面对的文艺现象的实际情况，而把它们抽象化为一种万古不变的空洞原则和包医百症的灵丹妙药。于是，某些个别原则和只言片语便成了衡量、宰割和剪裁一切文艺问题的终极标准；千差万别、千变万化的文艺现象都不过是印证它们的论据。即使出现圆凿方枘的情况，也不惜牵强附会，削足适履。至于那种在概念、词句上纠缠不休，把马列的文艺理论沦为以训诂、考据为宗旨的经学的做法，就更不足为训了。由于经典作家的论述往往言简义深，又不免笺释纷纭，歧义丛生，而摭拾一端、随意穿凿的情况，也是不乏其例的。

尤其可悲的是，文艺理论常常被充当为政治斗争的工具，从而蜕变成庸俗社会学孕育下的畸形怪胎。以鸣鞭为业、以舞棍为荣之辈，特别是林彪、“四人帮”一伙，更是对马克思主义经典著作竭尽歪曲、篡改之能事，借文艺批评之名，行狗苟蝇营之实，使理论批评的名声遭到严重败坏。这是不少人至今还对文艺理论冷眼相待、侧目而视的症结所在。

其次，在变幻莫测的政治风云影响下，文艺理论体系被越搞越乱，教师深感治丝益棼，自然也就莫衷一是，无所适从。随着阶级斗争不断扩大化，文艺民主、学术自由连遭扼杀，教师思想被禁锢、手脚被束缚的局面越来越严重。许多同志的精神状态，犹如林黛玉之初进大观园“步步留心，时时在意，不肯轻易多说一句话、多行一步路”。在现代迷信泛滥成灾的年头，更是手不离本本、言不离经传，正所谓“曾经圣人手，议论安敢到”。纵令是评论作家，分析作品，也囿于列举素有定评的，即保险系数大的名家名作（尤以作古的中外名人为主）。凡是马、恩、列、斯、毛生前提到过的人、事和作品，尽可以不厌其烦地反复讲解。而谈世界观与创作方法的关系，必举托尔斯泰、巴尔扎克；谈浪漫主义必举屈原的《离骚》、席勒的《强盗》；谈典型形象则必举阿Q……（这仅都是从蔡仪主编的《文学概论》、以群主编的《文学的基本原理》中信手拈来的共同的例子）至于当今之世的文艺状况如何，有哪些经验值得总结，有什么问题应该探究，那就讳莫如深、不说为佳了。明代前七子代表人物李梦阳“倡言文必秦、汉，诗必盛唐，非是者弗道”（《明史·文苑传》），另一代表人物何景明曾批评他“刻意古范，铸形宿模，而独守尺寸”（《与李空同论诗书》）。殊不知这种为古人早已批评过“好高古而下今，贵所闻而贱所见”（王充《论衡·齐世》）、“贵远贱近”（曹丕《典论·论文》）的学风、文风，在我们的文艺理论教学中其实是屡见不鲜的。

这几年来，“四人帮”的精神镣铐被砸烂了，然而极“左”路线的纹章烙印还没有在人们的头脑中被完全磨灭。部分教师余悸犹存，预悸又生，旧的条条框框一时尚难尽破，因此酷似久裹脚布的小媳妇，一旦解放双足，还不善于悠然自如地阔步疾走；鉴于现在许多理论问题，如政治倾向性与艺术真实性、歌颂与暴露、“两结合”创作方法、形象思维、典型以及人性、人道主义等等，都还在争论、研究中，孰是孰非尚未分晓，也就致使我们有些同志在探求艺术规律的道路上左顾右盼、趑趄不前，为了回避矛盾，隐蔽自己的观点，在教学中就不免拘泥于走老路子，讲老套子，举老例子，以不变应万变。如此，怎么能够使这门课程生气流畅、面貌一新呢？

再次，教学方法上也有不少问题。注入式，满堂灌，把现成的概念、原则、定义、结论硬塞给学生，教师按照既定的计划、内容和进度讲完了事，至于学生的思想实际，业务情况，对理论知识的理解、消化、吸收程度如何，不是置之不顾，就是不甚了了，这是我们在课堂教学中常犯的通病。由于方法单调、刻板，讲授枯燥乏味，不能针对学生的实际需求确定重点、突出难点，而学生始终处在被动听课的状态，没有积极思考和质疑问难的余地，又很少有实践的机会，这就当然激发不起学生的求知欲和主动性。他们说：“因为文艺理论是必修的基础课，为了应付考试，不得不听。”于是乎，“上课抄笔记，下课对笔记，考前背笔记，过后全忘记”几乎成了相当一部分人的学习公式。许多学生尽管考试成绩不低，但是远远没有把课堂上、书本上的知识融会贯通，化为己有，他们欣赏、分析文艺作品的水平并不高，写不出一篇像样的联系现实中的文艺问题的评论文章，要他们发表一点独创性的见解就更是无所施其技了。这些不良效果，直接反映了各个教学环节（包括备课、讲课、作业练习、成绩考核）上的严重缺点。

那么，怎样改变理论脱离实际的状况呢？针对上面列举的种种流弊及其根源，在此提出几点建议，与同行们切磋讨论。

第一，必须把文艺理论课从极“左”思潮的桎梏中彻底解放出来，进一步肃清庸俗社会学和教条主义对它的影响，摒除“阶级斗争工具论”、“为政治服务论”对它的束缚。对于三十年来，尤其是“文化大革命”以来的文艺思潮、文艺理论（包括各种出版、流行过的教材中的内容）应当进行一次大清理、大整顿，看看哪些是正确的、科学的、有生命力的，哪些是错误的、荒谬的、陈旧过时的，使是非良莠得以廓清。对于过去曾经大力宣扬的某些“马列主义原则”和反复批判的“资产阶级、修正主义观点”，有必要重新认识，重新鉴别，使那些重大理论问题经受一次历史的审查和实践的检验。只有拨乱反正，认真总结经验教训，文艺理论教学的改革才可能有正确的方向、途径，理论与实践相统一的原则也才得以贯彻执行。故此，对旧教材中出现的一些谬误，光是简单化地一笔废除，或者就事论事地针砭一番，是远远不够的，除了考察它们据以产生的政治气候、社会土壤外，还需着重从思想路线上穷本溯源。例如，用“以阶级斗争为纲”的理论来分析一切文艺现象、作家作品的倾向，对人情、人性、人道主义不加区别的粗暴批判以及关于“根本任务论”的提法等等，之所以是错误的、片面的，最根本的一点是它们违背了辩证唯物主义、历史唯物主义的认识论，不符合文艺创作的客观实际和内部规律。而树立正确的学风、文风，则应滥觞于思想路线的端正。

第二，必须对整个教学体系作大刀阔斧的改革，确立文艺理论这门学科的独立地位。文艺理论课不仅与政治课、哲学课畛域分明，也不能把它同宣传文艺的方针政策混为一谈。马克思主义的基本原理固然可以、也应当指导文艺理论研究，但是决不能取代这门具体的学科。对于无产阶级经典作家有关文艺问题的论著、书信和讲话，也要采取科学的、实事求是的态度，不但要弄清那些论述的时代背景、历史条件、具体对象以及语言环境，更重要的是把它们同我们今天的文艺实践紧密结合起来，借以总结、研究文艺领域中的新经验、新问题，从而使马克思主义的文艺理论随着实践的发展而不断地丰富、完善。恩格斯说：“科学永远不会达到这样一点，即它在发现了某种所谓绝对真理之后，就再也不能前进一步，人们除了惊愕地袖手望着这个已获得的绝对真理出神以外，再也无事可做了。”事实上，我们的文艺科学尚处在百端待举的极不成熟的阶段，距离中国化、现代化的要求还相当远。

文艺理论作为一门特点鲜明的独立科学，它的研究对象是文艺的客观规律，包括本质论、创作论、鉴赏论等几个大的范畴，其中又应主要探求和总结文艺内部的特殊规律。对于文艺的本质、地位、作用以及发生、发展等问题固然不容忽视，但在整个教学体系中，以少而精为宜。应把重点放在创作论、鉴赏论的研究上，并以创作论为基础，以鉴赏论为中心。我们需要通过对大量的古今中外的作家作品的分析研究，了解各种不同题材、体裁、风格、流派的文艺创作的产生过程、思想内容、艺术方法，将它们的成败得失及其原因加以提炼、概括，上升到理论的高度；同时，运用这些规律性的认识来指导创作实践，分析、鉴别和欣赏文艺作品，促进社会主义文艺的繁荣、发展。

一言以蔽之，我们的教学体系越具有独立性、特殊性，就越能显示其存在的意义和科学价值。

第三，不断充实、丰富和更新教材的具体内容，是理论联系实际的一个核心问题。

如果把整个教学体系喻为一部庞大而复杂的机器的话，那么，教材的具体内容就是其中的各种部件、零件。一部机器为了保持长期正常运转，不断提高生产能力，尚且需要经常加油、修理，更新部件、零件，调整它们的内部关系，直至进行较大的技术改造，文艺理论教学的情况就更复杂得无法与之相比了。

文艺的实践和理论发展了，教学内容当然要随之变革，以适应提高文艺生产力（包括培养文艺人才）的需要。我们不仅要汲取已经为大量作品所证明的经验，掌握已经被前人所揭示的真理（包括继承和借鉴中外古典文论的精华部分），而且要广泛涉猎新的（包括萌芽状态的）文艺思潮、文艺运动和各种风格、流派的文艺作品，研究、总结新的成果和经验；不仅要如实反映创作的现状，而且要勇于肯定其中的正确倾向，善于批评、指出错误倾向，同时预见文艺发展的总的趋势。这里，特别需要强调的是，关注当前我国文艺生活中的新动态、新经验、新问题，运用文艺的基本原理去分析、认识这些现象，回答、解释这些问题，并进而不断摸索和发现我国社会主义时期文艺的特殊规律。目前，文艺理论研究和教学工作面临的新课题是层出不穷的。诸如，文艺如何反映新的历史时期的矛盾与斗争；文艺如何反对官僚主义、封建主义以及其他妨害“四化”建设的思想行为；文艺如何塑造社会主义新人的光辉形象；文艺如何更好地发挥认识、教育、审美作用；文艺如何引进和借鉴外国的艺术表现手法，创立和发展富有民族特色、群众喜闻乐见的艺术形式等等问题。总之，我们要把“阐前人所已发，扩前人所未发”（刘熙载：《艺概》）两者结合起来，并立足于我国的社会生活、文艺生活的现实。惟其如此，我们的文艺理论课才可能获得永不枯竭的源头活水，才可能建立起中国化的、现代化的马克思主义的教学体系。

当然，如果我们的眼界再放开一些的话，还应当看到，今天自然科学、社会科学、思维科学的许多门类正在向文艺领域渗透、浸入，不可避免地要波及和影响文艺实践、文艺理论。例如，当前科学文艺的崛起和发展，必须引起我们的重视。新的文艺理论教材的体裁部分，有必要给科学文艺以一定的地位，不妨设立专节评介它的品种、特点和写作方法。又如，美学界有些专家（如李泽厚同志）非常注意研究审美心理学，把它视为美学的“主体工程”。因为审美心理学与艺术创作、艺术欣赏活动的关系是至为密切的，文艺理论工作者岂能置之不顾？又如，最近钱学森同志不止一次提议：在思维科学中，分别创立一门同逻辑学并立的形象思维学和灵感学，专门研究形象思维和灵感的规律。以上例证都预示文艺科学的许多内容有待于更新和深化。

此外，为了从实际出发，贯彻因材施教和学以致用的原则，文艺理论教材不必强求一律，统得太死。由于不同类型学校的培养目标存在差异，在讲授基本原理、基础知识的前提下，教学的侧重面和详略点应当有所区别，部分内容也允许有所不同。如综合大学中文系可引导学生对一些学术问题多做一点专题研究；师范院校中文系要考虑适应学生未来的教学需要；艺术院校应依据各种专业特点，注重教学内容的实用性和概括性，既要顾及这门基础理论课与专业理论的配合、衔接，更要发挥它对艺术实践的指导作用。就以评价国外艺术流派、艺术方法而言，戏剧专业可以讲点荒诞派和表现主义手法，电影专业可以讲点意识流，美术专业可以讲点印象派、表现派、抽象派，音乐、舞蹈专业可以讲点流行音乐、现代派舞蹈等。最近笔者有机会在上海戏剧学院的“艺术概论”的课堂上听同行老师余秋雨先生系统地分析、评述从古典主义戏剧到荒诞派戏剧的特点和艺术手法，颇有耳目一新之感，同学们反映，这使他们扩大了视野，弄清了不少问题，对今后的艺术创作是有益的。

毋庸赘述，教学内容的日益丰富和革新，要求我们教师镕今铸古，转益多师，不断开拓知识领域，提高理论水平和艺术修养。只有在博大深厚的基础上，努力强化和完善自己的知识结构，才能在教学中更好地发挥主导作用。

第四，改进教学方法，通过生动、多样的教学形式和行之有效的实践活动，充分调动学生的学习自觉性、主动性，致力于提高他们运用文艺理论分析问题、解决问题的能力。首先，要抓好课堂教学这个中心环节，根据教材的内容、特点和学生的实际情况，突出重点，力攻难点，讲清疑点，切忌不分主次，面面俱到。要改变单一化、程式化的教授法，即每章每节都由教师从头到尾一个人讲的方法，因为这样越俎代庖、包办一切的做法往往事倍功半。应引而不发，诱导学生自己钻研教材，使他们勤于独立思考，善于发掘问题，让学生和教师一起活动，共同解难释疑。

教学是一门艺术。文艺理论课因其涉及丰富多彩的文艺现象、文艺创作，需要接触大量生动、形象、具体、可感的艺术个体，就更具备讲求教学艺术的有利条件；它在发挥以美感人、以情动人的教学效果方面，是一般理论课所不可企及的。因此，我们的文艺理论课完全可以讲得生动活泼一些、富有魅力一些。除了遵循一般科学的教学原则，要注重严谨、缜密的逻辑分析外，它还应当扬其所长，结合具体、可感的艺术形象，掰肌分理，阐明论题，揭橥其固有的特征和内部规律。反之，倘若脱离有血有肉的艺术形象，只是一味地空谈泛论，自然就变成干巴巴的几条筋了。那样的理论说教，不是艺术享受，而是精神折磨。

追求教学艺术，还包纳正确使用艺术的教学语言。对于文艺理论课教师来说，既要重视教学用语的准确、简练和科学性，也不可无视其生动、鲜明和形象性。进而言之，这门课的教师不仅要熟谙逻辑思维，还需要懂得一点形象思维。为此，我们一方面固然应多读广看文艺作品，精磨分析、欣赏艺术形象的能力；一方面最好能尝试搞点创作，以至深得一门艺术的创作要领。这样，我们就能增强一些艺术敏感，体味一下创作甘苦，更深切地领会艺术创作中的各种内部联系。那么，我们的理论研究就不至于海阔天空，不着边际，给人以隔靴搔痒之感；在教学上，也不至于只会用枯燥乏味的概念化的语言去复述别人的经验之谈了。

为了加强本课程的知识性、趣味性，还可以根据教学内容的需要，采用一些形象化的辅助教材和直观性的教具，如文学作品、电影、电视、幻灯、唱片、绘画、雕塑等等。这种灵活多变的教学设计，能够把文艺理论和文艺作品直接结合起来，收到光凭口力而不及的教学效果。

此外，把讲授、辅导、阅读、思考、讨论、写作几个环节有机地组成一体，也是不可或缺的有效方法。最近笔者在华东师大听“文学概论”课，对其中的一些具体做法颇受启示。如教师在讲典型问题时，将高晓声的短篇小说《李顺大造屋》印发给同学，让他们自己分析、琢磨，围绕创造典型人物形象的话题展开讨论。又如，在讲人性、人情、人道主义问题时，把曾经横遭批判的巴人同志的《论人情》、钱谷融同志的《论“文学是人学”》介绍给同学，引导大家各抒己见，明辨是非。这就激发了学生的学习兴趣，使之开动了思想机器，活跃了课堂气氛。

在进行理论联系实际的过程中，需强调边学边用、学用结合，尤其是加强学生写作文艺评论文章的实践活动。王充在《论衡·超奇》中有段话说得极妙：“著书表文，博通所能用之者也。入山见木，长短无所不知，入野见草，大小无所不识；然而不能伐木以作室屋，采草以和方药，此知草木所不能用也。”在大学期间，就应该使学生把“博通能用”的能力逐渐培养起来。

统而言之，教学方法不拘一格，“条条道路通罗马”。然而，“定法则无，大体须有”（王若虚：《文辨》）。所谓“大体”，就是坚持马克思主义文艺理论与各方面的实际紧密结合的原则。而要做到这一点，最根本的保证又在于切实贯彻百花齐放、百家争鸣的方针。

我们教师要进一步解放思想，敢于说真话、讲真理，立志在学术上、教学上扬长补短，有所创新。惟其如此，才有可能打破人云亦云、千篇一律的局面，争取做到“自创一堂室，一户牖，成一家之言”（何景明：《与李空同论诗书》）。而教师的以身作则和教学民主的发扬，又必将带动学生大胆发表意见，积极探求真知，造成“商榷不同”、“喧议竞起”（锺嵘：《诗品序》）的学术空气。

“满眼生机转化钧，天工人巧日争新。”（赵翼：《论诗》）我们深信，在广大师生的共同努力下，文艺理论教学定然会出现一个生气蓬勃的崭新面貌。

（原载《文艺理论研究》1981 年第 2 期）

论报告文学的基本特征

——兼与某些流行观点争鸣

如果从文学同历史和现实的关系来看，也即是从作品题材内容的角度而言，文学创作可分为纪实性和虚构性两大类型。报告文学作为新闻与文学相结合的产物，则是纪实文学的一种重要样式。顾名思义，报告文学应是报告真实生活的文学，或者说是以文学形式反映真实生活的报告。因此，报告文学的含义似可概括为：运用文学手法，对当前社会客观存在的真实的人物、事件和问题进行及时反映的文学体裁。依据这一界说，我们对报告文学的本质属性和特征可作如下的认定和条分缕析。

首先，真实性是报告文学的生命。这个貌似老生常谈的命题，其实在学术理论上是并未定位的老大难的争端，在创作实践上更是“环肥燕瘦”，各行其是。

众所周知，新闻是事实的报告，事实是新闻的本源和基础。报告文学既然从新闻演化而来，与新闻有着密不可分的关系，就必须同新闻一样，从现实生活中选择、摄取素材，其表现的对象，应当是有真名真姓的人物、实际发生的事情、客观存在的问题，而且这些人、事和问题所依附的时间、地点和背景也同样是真实、具体的。这是报告文学与其他文学体裁（特别如小说等）最基本最显著的分野。

报告文学不能像小说那样，可以凭空虚构故事情节，塑造人物形象，设置环境、场面，也不能天马行空地随意想象，脱离实际地杜撰细节；即使是在描述事实，也不容许作过分的不着边际的夸张和渲染。这样的“清规戒律”对于报告文学的写作无疑是一种约束和限制，但又赋予了这一文体以极大的独领风骚的优越性。正因为报告文学记述真人真事，倾诉真情实感，它才具有特殊的可信性、可亲性和可读性，进而形成一种强烈的思想征服力和艺术感染力；也正因为取材的确凿有据、准确无误，许多报告文学富有科学性、权威性和文献、史料价值。然而，长期以来，文学界对于真实性原则的认识和理解歧见丛生，有的观点竟大相径庭。由于轻视和违背了这条基本原则，一些作品内容失真失实，株连结论失误，成为文化市场上的伪劣产品，造成了不良的社会影响。

20 世纪 70 年代末期的拨乱反正和思想解放运动，催促了报告文学的复苏和新生，同时对其真实性问题又展开了新一轮辩论。当时著名的作家徐迟提出，报告文学“完全是实况的写照了。但也允许略有虚构，不离真实的虚构。如果有了较大的虚构，它就变成了小说”（《再论散文》，见《湖北文艺》1978 年第 1 期）。有的论者依据“允许略有虚构”的说法，将报告文学分为两类，一类是“文学性的报告”，另一类是“报告性的文学”。徐迟本人的一些报告文学名篇（如《歌德巴赫猜想》）就“略有虚构”，被归纳为“在真人真事的基础上进行适当艺术加工的报告文学”。徐迟列举写陈景润收水果的一大段细节后，曾自己述明“反正这里头是故弄玄虚，用了一点沙粒”，并不讳言“这是虚构”。

对于徐迟的观点和创作实践经验之谈，引起文学界许多人的不同看法。如黄钢在《报告文学的时代特征及其必须严守真实的党性原则》中说：“报告文学艺术性的努力目标，集中到一点，就是‘必须显示出真实性——完全是真实的东西这一点不可；一切生动性，一切艺术感染力，都是为此目标而服务的艺术手段；离开了真实——在报告文学反映真人真事的领域——就谈不上有什么能够站得住脚根的和经受得起历史检验的艺术性；（当你所反映的是真人真事真地址真职衔的人物题材时）离开了真实，掺进了虚假（用徐迟同志的话来说就是‘故弄玄虚’，‘这是虚构’），那实际上是会削弱和剥夺了报告文学的生命。”（转引自人民日报出版社《新闻采访与写作》）

其实，徐迟在 20 世纪 60 年代论说报告文学问题时，也曾正确地指出：“在我们写作时，要进行概括、提炼、描绘和塑造形象等等，以显示事物，再现事物。概括提炼，不是虚构，描绘塑造形象，力求其准确无误。”（《一些速记下来的思想》，见《文艺报》1963年第4期）这里所说的“概括、提炼、描绘和塑造形象等等”，都属于艺术创作、加工的过程和手段，而不是内容、题材方面的虚构。后来徐迟提出的“允许略有虚构”的说法和写法，显然是不妥当的。所谓“不离真实的虚构”的解释，也是自相矛盾的。在文学创作上，“虚构”和“真实”（指真人真事）是完全不同的概念，二者不能互相包容。再者，什么是“略有虚构”？此说缺乏量化指标，难以掌握其界限和分寸。事实上，一旦开了“虚构”的“小口子”，就无法控制凭空编造、任意杜撰的势头和规模，最终会使报告文学的内容变得似是而非，真假莫辨，从而冲淡和抹杀了这种文体的独特的本性，正所谓“千里之堤，溃于蚁穴”是也。“因小失大”的严重后果，将导致报告文学的信誉度的降低。即使是少量内容的失真，也会使读者对作品大部分乃至全篇内容产生怀疑和“信任危机”，正如《红楼梦》中的一副对联写的：“假作真时真亦假，无为有处有还无。”这自然是得不偿失。

嗣后，人们出于对报告文学的厚爱和青睐，就这种文体的真实性问题一直没有停止切磋、研讨。从1988年开始《光明日报》组织的“关于报告文学现状及趋势”的讨论和《文艺报》开设的《在纪实文学热衷的思考》专栏，以及《人民日报》发表的一大批研讨文章，是对新时期报告文学创作的一次集中的规模颇大的检阅和审视，对报告文学的本质和特性（包括真实性问题）作了较深入的探究。十年转瞬而过，这些学术争论依然方兴未艾，热闹非凡。1997年11月，《百年潮》杂志和《文汇读书周报》在北京联合举办了“纪实文学能否虚构”理论研讨会。在这次活动中，“专家们都对凭空捏造、主观杜撰深恶痛绝”，“一致认为，纪实作品不能虚构，这是它的本质”，“但是，有学者认为，有些纪实作品如传记、报告文学，应该允许对材料进行选择、提炼和集中，以及对场景、细节、氛围作合理的艺术加工。”“所谓文学笔法，包括不包括细节的虚构，专家学者们有认识上的差别。”（见1997年11月25日《文艺报》）

我认为，纪实文学（包括报告文学）“对材料进行选择、提炼和集中，以及对场景、细节、氛围作合理的艺术加工”，是一回事，属于文学创作过程中的诸多环节；而“细节的虚构”却是另一回事，涉及材料、内容的真假问题。二者迥然不同，不可混为一谈。所谓“细节的虚构”，实际上就是“略有虚构”论的具体表现和应用，如果允许这种观点成立和扩张，那么在纪实文学中弄虚作假现象将会泛滥成灾，产生恶劣的社会政治影响。现在，不少打着纪实文学或报告文学旗号的作品，对一些重要的历史事件、政治活动，鲜为人知的内幕性情节，对伟人、名流的奇闻轶事，任意篡改、歪曲、割舍，甚至随心所欲地编撰和添枝加叶，这都是不应该的。其中有些属于创作态度不严肃不认真，疏于调查核实，想当然地臆测、推理，或者道听途说，以讹传讹；有的是有哗众取宠之心，无实事求是之意；有的是从个人爱憎、恩怨出发，故意对某人某事锦上添花或者佛头著粪。至于极个别的人纯粹出于某种不正当、不健康的动机，蓄意造假掺伪，就属于人品不端、良知缺失了。

关于报告文学（包括细节等）的真实性问题，中外文坛都非常重视。

巴金在1934年写了一篇《广州一月记》，该文引用了从朋友处听来的材料，说当时的海珠桥是从某家外国公司买来的旧货，殊不知在开明书店《中学生》杂志发表后，引起有关方面的交涉，致使开明书店在报上公开道歉，并赔偿了两万元大洋。事过半个世纪后，巴金仍念念不忘地说：“这件事教训了我，使我懂得写新闻报道不同于搞文学创作，任何一点失实都是不允许的。”

巴金严于自律的反省精神，充分体现了高度的社会责任感和一丝不苟的严谨作风，是值得我们深思和效法的。然而，现在有些报告文学作者向壁虚构，胡编乱造，已习以为常，不以为错；编辑出版部门对此防不胜防，查不胜查，只得抱以熟视无睹、置若罔闻的无奈态度。读者们不知底里，纵然心存疑惑，也只好姑妄读之。例如，1996年第3期《家庭》杂志刊发了题为《无人区神秘“烈士”的传奇》的“纪实性新闻特稿”（署名曾有情），在该文中，作者以部队记者的身份，描述他1995年8月18日在西藏那曲地区采访中，偶然邂逅了一位叫杨波的藏民的事。杨波原是四川泸州人，1957 年 17 岁时从泸州入伍进藏，在剿匪战斗中负伤迷路，误入无人区后，幸遇一户藏族游牧家庭相救而免一死。后杨波与那人家的女儿成婚，现依然过着游牧生活。作者在文章末尾还煞有介事地说，“我后来在西藏军区的档案库里查到了平叛时期一个叫‘杨波’的烈士，籍贯也是四川”云云。殊不知，经四川省新闻出版局所属的《读者报》记者周某多方调查，竟核实《传奇》一文是作者凭道听途说加上本人想象而虚构的故事（见《民主与法制报》）。这是有心人对虚假的“纪实”作品穷本溯源的一个特例。而更多的假冒伪劣的“纪实”作品都是无人追究、无法查禁的。这就纵容了文化市场的此类假货、赝品恶性膨胀，以致某些严肃的政治性很强的题材和描写伟人、领袖的作品也屡见不实之处。如 1997 年 6 月 2 日邓小平女儿邓榕致《作家文摘》编辑部的一封信中指出，关于邓小平的“有些时期的情况”，“在一些报刊书籍中出现了个别与史实不相符合的地方。例如……关于小平同志‘文革’期间所谓曾到广州为许世友保护一事，纯系误传”。“这样不符史实的还有……（1976 年 9 月 16 日）邓小平由驻地‘失踪’这一情节”。“这些‘故事’便会以讹传讹，以似真而又非真的面目为人们接受，并为各撰书撰文之人广为引用”。现今除了写明新闻五要素（即真实、具体的人物、时点、地间、事情经过及前因后果）的纪实文学以外，还有一种标榜为“纪实小说”的作品，这是一个具有二律背反的逻辑矛盾性的极不科学的概念。这种文体将写实与虚构“合二而一”，不分主次、多少，已远远不止于“略有虚构”了。如标明长篇纪实小说的《金岛血魂——金门大血战》（1992 年出版）和《血岛——八千壮士战死金门纪实》（1995 年出版），都捏造了女兵渡海登岛作战的子虚乌有的故事。

这里需要重点研讨的一个问题是，报告文学是否容许想象（或曰“合理想象”）。早在 50 年代初期，新闻界和文艺界就对此发轫了争端。1952 年 11 月 21 日《人民日报》刊登的《马特洛索夫式的英雄黄继光》，记者声称此文运用“一般人能够体会到的合理想象”，描写了黄继光牺牲前的细节活动。此说一出，立即引起同行们的争议，多数人对这种“合理想象”提出严肃批评。但有些人认为：“记者的想象力也可以帮助记者在采访中发现丰富的事实材料，在写作中写得更生动、更完美。”

我认为，对于纪实作品的想象，不可笼而统之地轻率地进行臧否褒贬，要作慎重的具体分析。从一定意义上说，任何文学创作都离不开想象，没有想象就无法从事形象思维活动。报告文学既然属于文学范畴，自然不可排斥和否定想象。但是，想象不是胡思乱想和想入非非。想象，从心理学上说，是指在知觉材料的基础上，经过新的配合而创造出新形象的心理过程。想象思维作为形象思维的一种特殊形式，又分为虚构性、修饰性和再现性三个类型。毫无疑义，小说创作可以进行虚构性想象，而报告文学则万万不能，它只能在客观生活和知觉材料的基础上，作适当的顺理成章的修饰性想象，以求得生动地再现真实的人物、事件、场景和细节。例如，德国作家基希在写“一·二八”淞沪抗战以后的《吴淞废墟》中，有一段被著名作家周立波称赞为“诗的想象”的文字：“有着红色太阳和红色太阳光线的日本国旗在吴淞的尸体之上飘动着……旗帜上的太阳像是一个圆的创伤，从那上面，鲜血向四周流出。”如此富于哲学意味的修饰性想象，不独符合时代生活的本来面貌，而且做到了形象性和准确性的高度统一、艺术真实和生活真实的完善结合。

坚持报告文学的真实性原则，决不仅仅限于使用何种创作方法和艺术手段的问题，还关涉遵守法纪和职业道德的大节。标明真实姓名、单位的报告文学作品，一旦违背事实，弄虚作假，往往产生侵权行为，即损害公民、法人的姓名权、名称权、肖像权、名誉权、荣誉权、隐私权、人格尊严和劳动成果，从而引发当事人和社会舆论的不满，甚至导致对簿公堂，公开赔礼道歉，赔偿损失，有的竟被追究刑事责任。某女作家曾因其作品被控侵犯他人的名誉权而被判刑一年，就是不争的事实。

除了真实性外，报告文学还特别强调题材内容的新近性，或曰时效性。这是报告文学区分于其他纪实文学而独行特立的一个重要标志，也是它特有的现实意义和审美教育价值之所在。茅盾说过：“‘报告’的主要性质是将生活中发生的某一件事件立即报告给读者大众。”“‘报告’是我们这匆忙而多变化的时代所产生的特性的文学样式。读者大众急不可耐地要求知道生活在昨天所起的变化，作家迫切地要将社会上最新发生的现象（而这是差不多天天有的）解剖给读者大众看，刊物要有锐敏的时代感，——这都是'报告'所产生而且风靡的根因。”何其芳曾给报告文学下了一个简朴明了的定义："报告文学者，记叙当前发生的事情之记事文也。"（《报告文学纵横谈》）

报告文学在第一次世界大战前后诞生和崛起，本来就与人类科技和经济迅猛发展、整个社会急剧变革、政治和军事斗争日益剧烈有着密切关系，在那多事之秋，人们对严酷的现实越来越关注，越来越急需了解各种新的信息。工人、农民、劳动知识分子的政治觉悟空前提高，要求进步文学作为时代的晴雨表、人民的喉舌、革命的号角，具有强烈的参与意识和批判精神，敏锐地反映和积极地干预现实的生活和斗争。报告文学的应运而生，一开始就带有相当明确的主体意识和历史使命感，从而决定了它是一种及时报告生活的文体。美国记者约翰·里德根据自己耳闻目睹和亲身经历的事实所写的《震撼世界的十天》，对十月革命和“那些对于理解什么是无产阶级和无产阶级专政具有重要意义的事件，作了正确而异常生动的描写”（列宁语），成为第一批报告文学的典范作品。

在世界进入信息时代的今天，更加要求报告文学迅速传播各种新的信息，交流新的情况和经验，及时反映当前人们关切的社会热点问题，并对之作出积极的思考和明智的答案，以满足人们不断增长的求知欲望，切合人们日渐加快的生活节奏和心理律动。我国改革开放的大潮，也需要季候风、及时雨式的文体发挥推波助澜的作用。而这一切，都与报告文学的新近性有着直接关系，都是报告文学胜过其他文学体裁的优长之处，也是它受到各界读者欢迎和青睐的重要原因。

那么，什么是新近性呢？所谓“新”者，首先是指报告文学的题材具有一定的新闻价值，同时又包容着更丰富的含义，如新鲜、新颖、新奇、新生、新型、新兴等。这些形容词、修饰语既可用于人物、事件，也可特指某种思想、制度、方案、事物、势力、成果等。一个“新”字，实在可以包罗万象、囊括一切。所谓“近”者，泛指最近一段时间。不过，这个时间长度该怎么确定？是近日、近月还是近年？近年的跨度又该如何计量？是一年二年，三年五年，还是十年八年？我认为这很难规定一个准确的数值。然而，只要把“新”和“近”两个概念结合起来，统一认识，对“新近性”的内涵和外延就有一定的制约。——不管怎样，总的原则应当是：报告文学的题材内容越新越好，距离写作的时间越近越佳。特别是作品中表现的主要人物和中心事件，应以当今存在和发生的为宜，一般不要早于二三年前。至于围绕和服务于主要人物、中心事件的其他次要人物、非中心事件，有时可能需回溯到十几年乃至几十年前，但是这些次要人物、非中心事件不可喧宾夺主，以末代本，只能作为当前现实生活的主体内容的辅助、铺垫和补充材料，发挥其陪衬红花的绿叶作用。惟其如此，报告文学才不致丧失时效性，不辱时代赋予的神圣使命，而保持其固有的特质。

然而，新时期以来，有些同志在报告文学的理论研究和创作实践中，完全忽略和抹杀了这种特殊文体的新近性，任意延长其题材内容的时间跨度。早在十年前，文艺理论界就有人提出了“历史题材报告文学”这一自相矛盾的新术语，同时相应地出现了一批历史题材的报告文学作品，而且其创作势头颇猛，一时间越写越热。1988 年 9 月 6 日《人民日报》载《社会问题报告文学面临困境》（谢冰）一文预言：“今后报告文学的创作倾向，很可能会向历史事件的回归，但是这些历史事件的选择必须是和当代中国现实有紧密联系的，对于已经过去的历史事件进行深刻的文化反思和重新评价将是报告文学作家的兴趣中心。”1988 年 12 月 6 日《光明日报》的一篇文章也提出应当有“发人深思的真正的历史报告”（冯立三）。1988 年 11 月 1 日《人民日报》刊登的《在历史与现实交汇处凝思——谈几部历史题材报告文学》（韩瑞亭），更是十分明确地高度评价了所谓“历史题材报告文学”，其中写道：“与许多报告文学作家以相当大的热忱关注现实生活的同时，有一些报告文学作家却将目光投向历史生活，打捞那些久已沉入记忆之海的陈迹。他们立于历史和现实的交汇处凝思，重新发掘和辨认这类历史陈迹的现实价值。近年间陆续问世的《志愿军战俘记事》、《南京大屠杀》、《中国大空战》、《西路军女战士蒙难记》等即属于这一类作品。或许不能认为，这些作品对历史生活的潜入深度和艺术制作的精湛程度已如何令人惊异，但它们毕竟是报告文学闯入历史题材领域的先遣队，带有勇尝禁果的探险色彩，它们呈现出的某些特征，便尤其值得注目。"1998 年 2 月 12 日《文学报》载《近年来报告文学创作之忧思》一文中，李炳银说："近些年来，在报告文学创作中……我认为被我称之为'史志性报告文学'的一些作品是应当有特殊地位的。九十年代以来出现了一大批以历史题材为对象的报告文学，影响还是不小的。"他列举了《昨天——中英鸦片战争纪实》、《大清王朝的最后变革》等史志性报告文学的代表。1988 年 3 月 12 日《文艺报》载《迟到的，也是及时的——山崎朋子报告文学〈望乡〉的启示》（周政保），确认这部表现"近代日本国家为了自己的强大，甚至侵略诸国，彻底利用女性"（山崎朋子语）的历史纪实作品"是一部真正的报告文学"，"《望乡》中译本的出版，或许还具有别一层特别的意义，那就是对当今中国报告文学创作的启示"。可见十年来，我国文艺论坛都始终一致地充分肯定和高声呼唤所谓的"历史题材报告文学"，几乎听不到相反的声音，而且确实出现了某种热衷于"眼睛向后看，题材向后转"的创作倾向。我认为"将目光投向历史生活，打捞那些久已沉入记忆之海的陈迹"，决不应当是报告文学承担的主要任务。那些被称为"闯入历史题材领域的先遣队"的作品，它们所反映的几十年乃至一百多年以前的历史内容，不宜纳入报告文学的题材范围，它们应分别属于纪实文学的其他样式和品种，如回忆录、人物传记、战争史之类史传文学。报告文学是现实的记录，而不是历史的陈述；前者掬取眼前波澜壮阔的时代潮水，后者追溯昔日历史长河的曲澜回流，二者不可混淆。设若无视它们之间的分水岭，形成"泛报告"现象，就势必要冲击和淹没货真价实的报告文学，最终使这种文体独树一帜、别具一格的特质丧失殆尽。

我提出这个问题之鹄的，是为了澄清和理顺某些混沌而杂乱的概念，并非否定那些追述历史的纪实文学的题材取向，也不是贬低它们具有的借古喻今、古为今用的认识功能，更不是抹杀"重新发掘和辨认这类历史陈迹的现实价值”。然而，不论“探险色彩”怎样，“现实价值”如何，都不能因此把这类历史题材的纪实文学列为以反映现实生活为主体内容的报告文学。

强调报告文学的新近性，不单纯是为了明确一个时间概念，更重要的意义还在于，“文章合为时而著”，使报告文学直面现实人生，能适时而准确地捕捉和把握时代的脉搏，敏捷而深入地体察当前人民群众的思想、感情、愿望、要求，着力表现生活中的新人物、新事物、新风尚，发现和提出现实中的新矛盾、新动向，不失时机地为人民鼓与呼，回答人们普遍关注的新的兴奋点、焦灼点、困惑点问题，起到扶正抑邪、匡世济俗的作用。新时期以来的一些具有较大轰动效应和社会影响的优秀报告文学作品，无一不具备这些共同特征。例如，赞扬先进模范人物的《县委书记的榜样——焦裕禄》、《领导干部的楷模——孔繁森》、《扬眉剑出鞘》，讴歌知识分子高尚品德、优秀业绩，呼吁尊重知识和人才的《哥德巴赫猜想》、《生命之树常绿》、《大雁情》、《小木屋》、《蒋筑英》，表现在改革大潮中的奋勇拼搏精神和辉煌历程的《无极之路》、《大王魂》、《中国有个雅戈尔》，以及一大批引人瞩目的社会问题报告文学，如《洪荒启示录》、《神圣忧思录》、《国民素质忧思录》、《国殇》、《中国的小皇帝》、《出国潮》、《世界大串连》、《东方大爆炸——中国人口问题面面观》、《神州大搏斗——知识分子评聘职称印象录》、《黄土地、黑土地》、《中国水危机》、《黄河悲歌》、《只有一条长江》、《共和国告急》、《落泪是金》、《跨世纪情愫》、《渭源县代课教师状况调查》等等。这些作品的成功，莫不得益于新近性这一特征以及由此而生发的优势。

如果说，真实性和新近性是报告文学与新闻作品互有血缘关系的主要基因，那么，文学性则是报告文学区别于新闻作品（包括记人叙事的通讯、特写、速写、小故事）的重要标志。可以说，浓厚、强烈的文学性，是报告文学得以进入文学殿堂的资格证书。这个特征似乎已为广大作家、评论家所认同，不存在多少分歧意见。然而，在实际写作中，人们对“文学性”的理解和把握差别是很大的。一种偏向是按照小说的写法——包括人物刻画、情节铺叙、环境描写、细节穿插、心理活动表现以及语言、技巧等方面的艺术手法——进行创作。这类作品往往绘声绘色，形象生动，艺术性、可读性较强，但是有些篇章过多运用想象、推测乃至虚构手段，流露出明显的人工雕凿痕迹，使清醒的读者对其失真的内容难以置信，对其艺术上的矫饰造作不易认可。另一种偏向是文学性较差。现在，许多名为“报告文学”的作品，实际上属于一般的通讯、特写、速写之类的新闻体裁，它们缺乏文学作品必须具备的形象性和感情色彩，语言粗疏，不重文采，更谈不上运用多种艺术手段和表现形式，具体生动地刻画人物，叙述故事情节，描写环境、气氛，从令人心荡神驰的生活画面中显扬审美理想。这样的作品，尽管用冗长的篇幅堆砌繁多的真人真事材料，却缺乏感染人的艺术魅力。我揣想，这是当前报告文学数量多而精品少的重要原因。文学性的强弱优劣，是关涉这种文体兴衰成败的大局问题，理应倍受作者们的关注和重视。

报告文学的另一个特征，是政论性。鉴于这种文体往往直面当今人生以及激烈的矛盾斗争和尖锐的现实问题，具有鲜明的时代精神和批判意识，其主题思想一般都带有鲜明的政治色彩和确定的思想倾向。因此，作者除了通过对人物、事件的形象化描述，显露自己的是非观念和爱憎情绪外，他还可以结合情节、场面和“角色”的言行，在其布设的文学舞台上“挺身而出”，亲自“亮相”，抒发议论，表明自己对某人某事或某个问题的主观评价和态度。作者也可以将某一社会现象的本质和历史发展趋势加以揭示；把自己对解决某一社会问题的良方善策直接诉诸文字，启迪、诱导读者对之进行思考和辨析。

报告文学的政论性使它具有极大的舆论导向作用。无论是赞颂英雄模范人物和一切正面典型，张扬高尚、美好的精神，还是批判反动、落后、消极的因素，鞭挞卑微的丑恶的灵魂，其鼓动效应都是非同小可的。所以，报告文学的政论性是一把锋锐的双刃利剑，使用时要格外严肃谨慎，作者既要具备高度的社会责任感和时代使命感，又要有准确、深刻地分辨是非、剖析真伪的思想政治水平。此外，报告文学的政论应当是抽象思维和形象思维交融凝聚的结晶，是哲理和诗意的珠联璧合，是耐人咀嚼回味、令人遐思悠扬的美文。

从以上阐述的几项基本特征，显见报告文学是综合了多种要素的文学体裁。这就自然地构成了它的最后一个特质，即综合性。其主要体现在下列四个方面。

一是真实性、新近性、文学性、政论性的综合。

这就要求报告文学从题材选取、主题表达到内容组合、艺术结构，形成一个有机的系统。打个比方说，一部报告文学作品犹如一个完整的人体，真实性是其生命之基础，新近性是其活力之所在，文学性是其精巧的骨架、丰满的血肉和生动姣好的外部形象，政论性是附着体内、流溢全身的灵魂。这几种特质合理地、天衣无缝地组合起来，互相依存，互为表里，相得益彰，才能构成精神焕发、体魄健全的完美的艺术整体。

二是多种文学样式的表现手段的综合。

报告文学题材内容的广博丰富，艺术形式的灵活多样，使其需要而且可能运用各种写作方法和技巧。从记人叙事、抒情述理、写景状物的角度来说，报告文学一般常用传统的散文笔法，纵横捭阖，行文自由，既可顺叙，也可倒叙、插叙。散文的一些基本特征——如形散神聚、诗意蕴藉以及情景交融、夹叙夹议等手法，都适用于报告文学的写作。从塑造人物形象、刻画人物性格的角度来说，报告文学与小说创作的方法、技巧基本相通。如对真实人物的肖像描绘、心理活动摹写，在典型环境、氛围和一定的情节、场面中展现人物的个性、情感、语言行为特征，以及注重细节描写等等这些小说惯用的表现手法，在报告文学中都能适当借鉴和变通应用。从直抒胸臆、激浊扬清、针砭时弊的角度来说，报告文学完全可以摄取杂文的写作特点，以实带虚，虚实相生，以小见大，以一当十，借题发挥，旁征博引，将严谨缜密的思辨逻辑和幽默、诙谐或犀利、泼辣的语言风格兼容并用，以强化报告文学的艺术性论辩特色。有的作品还以自传体和书信、日记形式来凸现作者的亲身经历、见闻和感受，更具有超群出众的现场感和信服力，如伏契克的《绞刑架下的报告》、拉贝的《拉贝日记》和安妮·弗兰克的《安妮日记》。可见报告文学是在艺术传达方式上最善于博采众长、集于一身、为我所用的文体。

三是复杂多端的人物与事物及其相互关系的综合，个体与群体的综合，短时间与长时间、小空间与大空间等一系列矛盾的因素的综合。

经过如此错综糅合而形成高度和谐统一整体的报告文学，则每每能从宏观与微观的结合上，比较全面地概括出被反映对象的某些类型和本质。

四是多种学科和各类知识的综合。

当今世界正进入以信息性、开放性、系统性为主要特征的新时代，各门类学科（特别是自然科学和社会科学）的互相渗透、交汇、浑融，各种知识的裂变、爆炸和重新组合，边缘学科的丛生和众多新兴学科的崛起，必然会在一些报告文学（尤其是涉及现代科学技术题材的作品）中有所反映。这就要求我们的作家不断涉猎新的学科领域，丰富和更新知识结构，闻悉有关科技的演进趋向。“海纳百川而成其大”。只有努力扩大作品内涵的包容量和信息量，才有可能使报告文学与日新月异的时代同步前进，长远保持常变常新的发展势头，在及时反映和推动社会生活上，在满足人民群众日益增长的精神、文化需求上，成为文学战线上的突击队和排头兵。

报告文学的综合性，是将真实性、新近性、文学性、政论性诸特质融为一体的纽带，如同贯通人体骨胳、血肉及各个器官的神经、血液系统，确保着报告文学蓬勃的艺术生命和旺盛的创作活力。

（原载1998年《思想战线》，2008年收入华夏出版社出版的《云南省当代文学研究会文学评论选》）

诗魂与诗体

——当前新诗创作之我见

当前诗坛萧条，诗风不振，读者诗兴索然，风流云散。究其症结，或曰病源在于诗的内容，或曰弊端在于诗的形式。窃以为可用八字概括新诗之痼疾，即：魂衰体弱，魂不附体。

诗歌之魂，系指其蕴含的思想、感情、哲理、意境、人生况味，以及其他一切属于精神范畴的因素。诗歌的生命本质和存在价值，正体现于这种既具象又抽象，既感性又理性，既可意会又难言传的诗魂。这也是诗歌与众多文学样式相区别的一个重要的内在特征。不言而喻，诗歌没有小说那样的引人入胜的故事情节描述、栩栩如生的人物形象刻画；诗歌没有戏剧、影视作品那样的扣人心弦的矛盾冲突、悬念设置，以及声光画面交织而成的立体美感，然而，古往今来的无数优秀诗歌，却具有非常强烈的不可取代的迷人、感人、动人的艺术魅力，何以然哉？主要原因就是，这些佳作精品，无不氤氲着令人心荡神摇的诗魂。

所谓“诗言志”、“诗缘情”，都表明诗歌的功能重在传情达意，而不是叙事状物。诗歌的中心目的（或曰“诗眼”），总是要么透露某种特定的思想蕴涵，要么体现某种特定的情绪氛围，要么营造某种具有审美意味的境界。而这一切，都可归属于诗之魂魄。

诗之魂魄，绝不是纯主观的，而是物质世界在诗人精神世界能动反映的产物。任何一首成功的诗歌，都不单是褊狭地表现个人一己的思绪、情怀和癖好，往往也关涉其他人或某个层面的群体乃至整个社会成员的生活、意志和利益，涵盖了更广泛的时代精神和审美感情。如此活跃的诗魂，总是激起更多人的共鸣和反响。纵观我国诗歌的优秀传统，从屈原、李白、杜甫、白居易、陆游、辛弃疾，到闻一多、郭沫若、艾青、郭小川、贺敬之等等大诗人的作品，无不贯穿和充溢着一脉相承的生气蓬勃的中华民族之魂。这震古烁今的民魂之核心，是爱国爱民，忧国忧民。如："哀民生之多艰"，"吾将上下而求索"，"安得广厦千万间，大庇天下寒士俱欢颜"，"人生自古谁无死，留取丹心照汗青"，"苟利国家身死以，岂因祸福避趋之"等等脍炙人口的名句，都因其富有鲜明的人民性、高尚的道德情操和强健的人格力量而成为千古不朽的绝唱。

古今中外，凡是受到众多读者赞赏的诗歌，都决不会是故弄玄虚的无病呻吟、遗世独立的自鸣得意、野鬼孤魂般的哀嚎、不知所云的谵语。即使是西方现代诗中的一些佳作，也都魂有所系，颇重视对于特定的文化意蕴的宏观揭橥。如被称为20世纪现代诗歌里程碑的美国诗人艾略特的代表作《荒原》，反映了一战后西方世界整整一代人的幻灭与绝望，以及旧日的文明和传统价值的衰落，呼唤拯救象征着一片混乱和衰退的现代社会的荒原。这样的主题，显然透露了对人类命运、前程关切和忧患的积极精神。

福克纳在1950年获诺贝尔文学奖时曾说："人之所以不朽……是因为他有灵魂，富于同情心、自我牺牲和忍耐精神。诗人、作家的责任正是描写这种精神。作家的天职在于使人的心灵变得高尚，使他的勇气、荣誉感、希望、自尊心、同情心、怜悯心和自我牺牲精神复活起来。"套用一位伟人的话来说，诗是要有一点"精神"的。然而，令人遗憾和失望的是，许多新诗却异常缺乏对新时代、新生活的激情，缺乏对人民群众爱憎思绪的关注、同情和心声的呼应，缺乏鼓励人们奋发向上的精神魅力。一言以蔽之，是犯了严重的"丧魂失魄"的流行病。从这些作品中，我们看不到应有的崇高的人生信仰、价值取向和审美理想；映入眼帘的，常常是个人褊狭情绪的宣泄，原始本能和潜意识、无意识的展露，以及"一切跟着自我感觉走"的非理性的怪诞意念。最令人忧虑和不解的是，某些理论却在为上述不正之诗风呐喊张目，鸣锣开道。曾有人鼓吹诗"是感觉（精神感觉、器官感觉）和幻想（幻象和想象）的结晶"，"诗人创造的是自己的世界——这是新的诗歌宣言！他们主张艺术上的自由化想象，主张表现和挖掘艺术家的直觉和潜在意识”。在这种理论误导下产生的所谓纯主观的作品，不过是些超然物外、莫名其妙的“心造的幻影”，只能给人以迷茫、空濛、神秘、混沌的错乱感觉，使读者如坠云里雾中。

有的人将表现自我说推向极端，不适当地强调表现脱离时代、脱离人民的个人的悲欢、个人的恩怨、个人的情趣、个人的遭际，也就是萨特式的“孤独的、封闭的自我”。有人曾经毫不讳言，认为诗歌“具有现代倾向的主干部分，在中国和目前的情况下，是一种超现实、超生活的现象，不仅超过最多数的农民，而且超越了相当多的知识界”。绝大多数读者不理解、不喜欢这样的“超级”精神产品，诗人却自视清高，自我陶醉，孤芳自赏，单方面责怪广大群众水平低下、见识浅薄，是“落伍的读者”云云。

诚然，诗歌创作并非排斥“自我”。倘若作品中的“自我”受孕于客观生活的母体，与生活本身血肉相连，能像细胞之于人体组织那样，从一个方面真实地反映生活的本质、规律和发展趋势；倘若作品中的“小我”，是“大我”的一个分子、一个缩影，如同人民群众大海中的一粒水珠，并能以“小我”体现“大我”，即能在一定程度上代表人民的意志、利益和前进方向，那完全是正确而高明的，即像别林斯基所说的，当文艺家“谈着他的‘我’的时候，也就是谈着大家，谈着全人类”。歌德也说过：“诗人的人格不是什么无条件的、孤立的、超脱任何外在影响的东西。诗人首先是一个人，然后是他的祖国的公民、他的时代的子孙。”李瑛在荣获全国新诗奖时说：“我觉得诗人应该记住，在写我们自己的时候，就是在写我们的人民和时代，这就是我对自己和自己的诗所说的第一句话和最后一句话。”

由此可知，我们要招其归来的“诗魂”，其实就是民族之魂、时代之魂，诗歌如果一味地“背对现实、面向自我”，与时代和人民相去甚远，即使作者竭力声言其感觉、情绪如何“真实”、“真诚”，也是没有生命力和感召力的，群众也是不买其账的。有些作品纵令在形式上标新立异，在语言上刻意雕琢，却由于精神内涵空虚贫乏，视点褊狭，感情苍白，导致形式与内容不相协调。这种现象可以名之为“魂不附体”。

所谓诗歌之体，是指诗的表现形式，包含诗的语言、结构、韵律、节奏乃至词句的排列状态、运作技巧等一切艺术成分，即诗的物质外壳。诗体，是诗歌区别于其他文学样式的显著的外部特征。这些特征一旦丧失，诗将不诗，诗即消亡。倘若诗歌没有相应的一定的载体，诗歌之魂也就无所依托。体之不存，魂将焉附？

当然，正如刘勰所言：“设文之体有常，变文之数无方。”诗歌之体是千差万别和千变万化的，但又毕竟存在着基本规范，这是人类历史长期的文化积淀的产物，也是诗歌创作界约定俗成的“无法之法”。那么，什么是诗体的基本规范呢？尽管名家众说纷纭，但却大同小异。鲁迅的观点是：“我以为内容且不说，新诗先要有节调，押大致相近的韵，给大家易记，又顺口，唱得出来。”毛泽东也将新诗创作的特点概括为：“精炼，大体整齐，押韵。”闻一多则主张：“诗的实力不独包括音乐的美（音节），绘画的美（词藻），并且还有建筑的美（节的匀称和句的均齐）。”郭沫若认为，“节奏之于诗，是它的外形，也是它的生命，我们可以说，没有诗是没有节奏的。”瞿秋白也说过：“即使是自由诗也一定要有节奏。”显然，大家们一致确认，字句大体均齐和韵律、节奏的和谐，是新诗形式的基本要素。这些要素若有缺失，便不是完美的好诗，至少难以成为众口传诵、流布广远的名篇。

不幸的是，现在有些新诗以“反传统”自居，对形式的轻视和鄙弃已达到毫无章法、毫无约束的地步。它们既不合辙押韵，更不讲求韵律美、节奏美，句型长短参差无序，有些诗简直就是分行排列的散文。有的诗仅有一句，充其量只能算是警句、格言。甚至还有一字诗之类的文字游戏，如《网》。更不妙的是，有的诗已不只是反传统、反形式，而且是反逻辑、反语法、反修辞了，其语无伦次、佶屈聱牙、意象杂乱、诗义晦涩的程度，何啻是令人头昏脑疼!？这样的创作倾向，无异乎自绝于广大读者，最终使人们对新诗越来越“敬鬼神而远之”。

诗魂与诗体的关系，是相互依存、相辅相成的。真、善、美的诗魂要附丽于特定的适当的诗体，任何形式的诗体都须服务于诗魂的塑造和弘扬。二者应珠联璧合而相互辉映，而不宜圆凿方枘而格格不入。

拯救新诗的灵魂，召唤诗魂回归，首要的前提是，诗人与生活同步前进，与人民同心同德，与时代精神共鸣共振。唯有从当代人民物质和精神生活的熔炉中陶冶、炼铸而成的诗魂，才是能将个人情思和人民情思相融交合的黏结剂，才是能把表现自我和反映时代风貌、民族精魂连通起来的立交桥，也才会创造出为民鼓呼、为民赞赏的好诗来。

（原载 1998 年 4 月 11 日《云南日报》）

儿童文学论

儿童文学，是滋润祖国花朵的春雨甘露，是哺育无产阶级新一代的精神食粮。新中国成立十七年来，儿童文学园地百花盛开，硕果累累。林彪、“四人帮”的文化专制主义，把这个园地摧残得凋蔽零落，满目疮痍，使数以亿计的儿童处于长期的精神饥馑之中。今天，随着文艺春天的来临，社会主义儿童文学重新破土而出，含苞吐蕊，开始呈现一片生机蓬勃、绚丽多姿的景象。在这百端待举、万象更新的新时期里，儿童文学对于塑造革命后代的灵魂，培养德、智、体、美全面发展的共产主义接班人，具有不可忽视的积极作用。在实现“四化”的长征进行曲中，儿童文学应当是以基调紧密、和谐配合而又独具音色、不同凡响的军号战鼓，来引导和激励广大儿童健康成长，奋勇向前。

然而，由于种种原因，目前这类文学作品的数量、质量，都还远远不能适应时代的需要，不能满足亿万小读者如饥似渴的欲求，使他们犹如经天旱而望云霓的禾苗，仅只蒙受了稀少的养分、不足的雨露。在此，拟就儿童文学的特点问题，发表一孔之见，借以抛砖引玉，求其日臻繁荣发展。

儿童文学是整个文学事业的组成部分，是一种用形象反映生活的特殊的意识形态，它必须遵循文学的党性原则，为人民服务，为社会主义事业服务。就其担负的根本任务和创作方法来说，都和其他文学体裁相一致。但是，鉴于读者对象的年龄、生活特点以及由此产生的教育上的不同要求，儿童文学具有区别于一般文学体裁的创作规律和特征。设若忽略或抹杀了这类文学样式固有的特殊性，就等于否定了它的客观存在。可惜对于这样一个学术上的基本问题，时至今日，人们在文艺理论和创作实践上并没有取得统一的认识。

首先，对于“儿童”这个概念的认识比较混乱模糊，确有众说纷纭、莫衷一是之概。本来，似乎人的童年、少年、青年、中年、老年，在岁数上是有一定界限可分的，不应出现歧义，其实不然，比如，人们往往习惯于将“少年”、“儿童”相提并举，混为一谈，久而久之，它们二者在不少人的心目中已经没有什么严格区分，竟至成为同样一个年龄范畴。且举最近一个实例，柯岩同志在《漫谈儿童诗》一文中，有如下一段话：“在谈到儿童读者时，还应考虑到各个不同时期。一般区分为三个时期：学前期（三岁到六、七岁）、学龄初期（六、七——十一、二）、少年期（十二、三——十七、八）。”（见《文学评论》1979年第2期）这里，显然把大至十七八岁的“少年期”也归并到“儿童读者”之列。诸如此类对“儿童”的相当广义的概念，反映在作品中，常常使某些“儿童文学”与“少年文学”相差无几，甚至混合成为一种文学类型。对于这些作品，也许有人会说：“那有什么要紧？统称之为‘少年儿童文艺读物’就是了”。事实上不少书刊正是如此含糊其词的。这种说法和做法，似乎可收“两者得兼”之效，但我认为颇不妥帖，不是实事求是的科学态度，因此不能苟同。

毋庸置疑，不论从客观实际出发，还是根据教育学的观点，儿童和少年理应属于两个年龄阶段，它们之间固然有所关联，但也存在着显著的差异。基于服务对象不同，儿童文学和少年文学也需要有明确的分工，并按照自己的特点而各擅其胜。这个道理非常简明、显豁：对待儿童和少年不可一视同仁，正如不能硬让他们吃同样数量的饭菜、穿同样尺寸的衣服、编在一个班级上课一样。试想，如果把幼儿园小朋友的儿歌拿给十三四岁的少年去唱，或者把十七八岁的“少年”（应是青年）阅读的小说拿给七八岁的儿童去看，将会出现一种多么不可思议的情况。面对这样两类迥然殊异的精神食粮，前者显然感到食不果腹、索然寡味，后者势必咀嚼不动乃至消化不良。

值得注意的是，将儿童文学拔高为少年文学的现象，确实屡见不鲜，不乏其例。这样做的结果，无异于用少年文学取代了儿童文学，从而使许多的儿童一仍其旧地忍饥挨饿，抑或饥不择食，大受其苦。

其实，这还不算是最大的弊病，因为儿童和少年之间毕竟存在着衔前接后的联系，儿童文学和少年文学之间尚有共通之处。更有甚焉的是，有些打着“儿童文学”标记的作品，从思想内容到艺术形式，简直（或者变相地）就是成人文学。据我管见，其中大致分为两类情况：一类是，虽属反映儿童生活、塑造儿童形象的作品，但从撷取题材、构思立意到表现手法、文学语言等，都没有从儿童实际情况出发，全然不顾儿童特点，作品中的小主人公，尽管长着一副娃娃的面貌，穿着一套娃娃的衣服，可是他们却以大人的思想感情待人接物，考虑问题，用大人的眼睛观察一切，言大人之志，行大人之事。一言以蔽之：这类作品描写的对象是儿童，而实际上是供大人阅读，为大人服务的。由于作品中的儿童形象成人化、概念化，失去儿童年龄的一切特征，失去真实生活的依据，所以，不仅我们的小读者不爱看、不愿听，就是一般成年人也毫无兴趣，敬而远之，因为从中既不能获得教益和启迪，又不能获得真、善、美的艺术享受。高尔基说得好："想写儿童文学的作家应该估计到读者年龄的一切特征。不然，他写的书会成为儿童和成年人都不需要的无着落的东西。"（《论主题》）另一类所谓"儿童文学作品"，内容完全或基本上是表现工农兵及其他成年人的生活（有的也与儿童生活相关联，并有孩子出场），不过为了使小读者能够看得懂，写得比较通俗、浅显一些。这类作品纵然在文字上没有给儿童们设置关卡，但是同样由于缺乏儿童文学的特点，所以仍然使他们感到味同嚼蜡。这类作品充其量只能算作简化版、普及版的成人文学。

由是观之，要使儿童文学名副其实，深受孩子们的欢迎，并非一件轻而易举的事。关键的一条是必须熟知儿童的一切特征，掌握儿童文学之特殊的创作规律。而这些特征和规律，首先取决于儿童的客观实际，包括他们的年龄、生理、心理、智力、情趣以及生活领域、文化程度、理解水平等等方面。离开这个实际，或者对这个实际一知半解、若暗若明，是不可能产生真正意义的儿童文学作品的。

从事儿童文学创作的同志应当也是教育工作者，他们需要研究一点教育学、教学法和心理学。他们不啻要洞悉一般儿童的共同特点，而且还要了解不同年龄阶段的儿童（如学龄前儿童，小学低、中、高年级儿童）的各种差异，即矛盾的特殊性。就以思维发展的特点而言，儿童时代经历着一个从具体到抽象、从不完善到完善、从低级到高级的发展过程。三岁以前的幼儿处于感知动作思维阶段，其主要特征是，思维总是伴随着动作或行动进行的。比如，孩子骑到椅子上，同时想到开车、骑马之类。进入学龄前期（三岁至六七岁），具体形象思维发展起来，并逐步取代感知动作思维，在思维活动中占据主导地位，其主要特征是，思维大多是凭借事物的具体形象或表象、凭借具体形象的联想进行的。比如，各种模仿成人活动的游戏中（如小男孩持假刀枪打敌人，小女孩抱着玩具娃娃学当妈妈）的思维活动。至于小学时期（六七岁至十一二岁），儿童的思维开始从以具体形象思维为主要形式，逐步向以抽象逻辑思维为主要形式过渡。但是，这时的抽象逻辑思维在很大程度上仍然是直接与感性经验相联系的，具有很大成分的具体形象性。儿童思维发展的这一进程和特点，既表现出连续性，又表现出阶段性。对此，儿童文学作者能有所分析研究，对创作无疑是大有裨益的。

儿童处在长知识的阶段，一般说来，都有思想活跃、好奇心强、富有想象力的共性，因此，他们喜爱生动活泼、情节有趣、形式新颖、有声有色的文学作品。同时，他们在阅读或听取作品朗诵中，往往利用丰富的想象和联想帮助理解人物、事件、情境和主题思想。然而，各种年龄儿童的思想、心理活动和艺术趣味又不尽相同。例如，低幼儿童爱做游戏，喜欢玩具。正如鲁迅所说："游戏是儿童最正当的行为，玩具是儿童的天使。"结合游戏、玩具创作一些音乐性美、节奏感强、琅琅上口的儿歌，使孩子们不仅爱唱、爱念，而且容易理解、记忆。又如，小学低年级儿童和学前儿童一样，都很喜欢富有幻想性的童话寓言故事，可是小学儿童随着年龄增长，日益明白童话寓言的虚构性，开始逐步更爱阅读现实性强、情节曲折复杂、人物形象丰满的作品。

综上所述，儿童文学的特点应当是极其鲜明、突出的。这些特点体现在主题思想的确定，题材、体裁的选择，艺术表现手法以及语言运用等各个方面，并因读者对象的年龄特征而独标一格，各呈异彩。

关于儿童文学的题材问题，历来是有不同看法的。争论的焦点，似乎不在于此类作品能否反映广阔的、丰富多样的生活画面，能否塑造工农兵等成年人的艺术形象，而在于：此类作品的题材，要不要照顾儿童的实际，做到有所特色、有所侧重，以与成人文学有一定的区别。我的意见是：一方面儿童生活是整个社会生活的有机组成部分，不可能与世隔绝，社会上的矛盾斗争必然要反映到儿童生活领域里来，因此儿童文学的题材不应过于褊狭，限得太死，更不必同成人文学划分一道“井水不犯河水”的鸿沟；另一方面，它的读者对象既然是亿万儿童，那么，在反映社会生活的主流和本质、体现时代精神的前提下，着重考虑面对儿童的现实，特别重视反映儿童自己的生活，大力塑造各式各样的儿童形象，使文学作品在他们的主观世界和客观世界中直接产生影响、发挥作用，则是理所当然的。

诚然，儿童文学的选材范围浩如烟海，包罗万象。大至宇宙天体，小至微观世界，从幻想、憧憬中的遥远未来到眼前身边的细枝末节，从三大革命运动的壮阔波澜到山水花木、鸟兽虫鱼，无不可以上书入文，正所谓“天高任鸟飞，海阔凭鱼跃”，何况儿童天生就有一对兴趣广博的好奇的触角和驰骋千里的幻想的翅膀。鲁迅说：“孩子是可以敬服的，他常常想到星月以上的境界，想到地面下的情形，想到花卉的用处，想到昆虫的言语，他想飞上天空，他想潜入蚁穴……所以给儿童看的图书就必须十分慎重，做起来也十分烦难。”（《看图识字》），鲁迅这段话，正是从儿童的年龄特征出发，精辟地阐述了儿童读物选材的广泛性和特殊性，从而说明这是一件“十分慎重”、“十分烦难”的工作。

综观我国儿童文学的现状，注意扩大题材范围，以适应小读者们渴求得到各方面知识的日益增长的需要，是完全合理的。同时，根据新时期总任务对儿童教育的要求，鉴于目前直接反映儿童现实生活的作品比较贫乏，更必须强调到儿童世界中去发掘新情况，研究新问题，从而写出更多更好的以儿童的学校、家庭、社会生活为题材的作品。

众所周知，学生以学为主，即以学习科学文化知识为主。我们的儿童文学作品，应当着力反映广大儿童为实现四个现代化而自觉刻苦学习，攀登科学文化高峰的精神面貌，塑造新长征中的小英雄、小模范的光辉形象，艺术地、真实地描写新一代儿童在自己的生活、学习环境里天天向上、茁壮成长的过程。这类题材的作品，是我们亿万小读者最喜爱、最亲切、最迫切需要的。他们可以从中看到能够直接仿效、借鉴的同辈人形象，分清是非好坏，明确前进的方向和道路，增强战胜困难、顽强斗争的勇气和力量。通过这类题材和其他题材的大量作品，教育儿童树立远大的革命理想，热爱社会主义祖国，忠于无产阶级革命事业，培养他们的共产主义道德品质，使他们成为德、智、体、美全面发展的一代新人，是儿童文学的基本任务，也是确定儿童文学作品主题的依据。

儿童文学在艺术上的特点是多方面的，除了必须遵循形象思维的一般原则外，它还具备了一整套为特定的思想内容服务的艺术表现形式。这些形式是受着儿童的思想心理、文化水平、情趣爱好、审美观念、欣赏习惯和语言表达等特点的制约和影响的。我认为，总的说来，儿童文学比诸成人文学，应该特别强调直观性、形象性、趣味性，更加注重寓教育于娱乐之中，使小读者们通过色彩鲜明、趣味浓郁、富有魅力的艺术形象和生动活泼的文学语言，潜移默化地领悟革命道理，汲取科学文化知识，受到高尚情操的熏陶、感染，获得自然美、社会生活美和艺术美的感受。儿童文学应该禁忌：抽象的政治说教、深奥的哲理表述、平铺直叙的描写、干瘪枯燥的语言。

儿童文学的具体形式和表现手法，自然是丰富多样、不拘一格的，完全可以根据作品的题材、体裁和作者的风格而变化无穷。这里，我想着重举荐一种带有普遍性的讲故事的形式。列宁说过这样一段话："我很了解，爱听美妙的故事是儿童的天性。""如果你给孩子们讲故事，故事里的鸡儿猫儿不是说的人话，那么，孩子们对你所讲的故事就不会发生兴趣。"（《列宁选集》第3卷，第466页）创作实践证明，儿童文学的艺术形象大多附丽于"美妙的故事"之中，许多为孩子们喜闻乐见的优秀作品（尤其是叙述性文体），往往都是凭借情节曲折有趣、起伏跌宕的、引人入胜的故事来表现主题、刻画人物。当然，正如列宁指出的，要使孩子们对所讲的故事"发生兴趣"，尚需注意运用富有儿童特点的文学语言。不妨可以这样说，语言儿童化，是儿童文学的一个重要标志，而语言艺术的高低优劣，又与作品的成败及艺术效果密切相关。

高尔基曾经说过："在某种意义下文学作品应当像那些向小孩们讲述故事的年老的保姆们，她们的话语是流畅的。作家们底巨大的长处就是话语流畅而且简洁。"（《我是怎样工作的》）这是对一般文学语言的高度概括。儿童文学的语言，除了流畅、简洁的要求外，当然还有其他一些独特之点，应该比成人文学更加通俗、明了、生动活泼、形象性强、感情色彩浓厚，并富有儿童情趣，使人能读得津津有味。至于作品中的小主人公的对话，则要符合他们的年龄和性格特点。如果作品中的语言满篇八股调，一副成人腔，我们的小读者肯定是会望而生畏、一看就厌的。

要掌握和运用好儿童文学的语言，是非下苦功不行的。我们的作者应该了解和熟悉生活中的儿童语言，从儿童语言的原始矿藏里去采选、提炼生动、新鲜、精粹的语言材料。儿童的日常口语是相当丰富、有趣的，不同年龄的孩子有他们自己的语汇、遣词造句的习惯和表情达意的方式，值得仔细分析研究。例如，低幼儿童一般不用"阶级敌人"、"犯罪分子"这类名词，而是说"老坏蛋"，又如，在"星光闪烁"和"星星在眨眼睛"这样两个短语之间，孩子们往往对后者更感到形象、亲切，更容易接受。常言道"言为心声"，我们的作者唯有深入到儿童的内心世界，和他们有了共同的语言，再把那些天真、淳朴、充满稚气的口语进行一番加工、制作，形成一种既有浓厚的生活气息、儿童特点，又有个人独特风格的书面语言，才有可能创造出真正的名实相符的儿童文学作品来。

为了繁荣发展社会主义儿童文学，充分发挥它的特殊性能和作用，我们必须彻底批判和清算"四人帮"否定、抹杀儿童文学特点的阴谋罪行，这是在儿童文学领域里拨乱反正、正本清源、肃清流毒的一项重要的战斗任务。长期以来，"四人帮"出于取消儿童文学、毒化儿童文学，使之为其所用的罪恶目的，他们围绕儿童文学特点这个问题，散布了许多破坏性极大的反动谬论。他们将矛盾的特殊性和普遍性对立起来，胡说讲了儿童文学特点，就是否认文艺的普遍规律和共同原则，就是鼓吹"儿童文学特殊论"。谁要提及反映儿童生活，谁就会被诬蔑为宣扬"童心论"、"儿童本位论"，就要遭到无妄之灾。至于对有关儿童文学作品的艺术性、技巧、语言等等问题，更是被他们视为讳莫如深的禁区。与此同时，他们又要求儿童文学“触及时事”，“紧密配合形势”，大写什么“反复辟”、“反倒退”，与“走资派”、“还乡团”斗争的“重大题材”，并在儿童文学创作中推行“三突出”的模式，把作品中的儿童形象捏造成高大完美、聪明绝顶、无所不能、扭乾转坤的“第一号英雄人物”。流毒所及，即令是小学一、二年级的孩子也只得看尊法批儒、批宋江之类的“历史故事”，即令是幼儿园的娃娃也只得念那些干巴巴硬梆梆的、诘屈聱牙的“革命儿歌”。“四人帮”的余党叫嚷：“只要搞出来，不是儿童文学也不要紧。”“不要考虑什么儿童特点，作为政治任务去完成。”这就暴露了他们的险恶用心是要把儿童文学纳入阴谋文艺的轨道。

随着“四人帮”的覆灭，他们炮制的“儿童文学”的鸩毒和赝品早已被扫进历史的垃圾堆了，然而，那种以“主题先行”代替从生活出发，以政治说教代替形象描写，以标语口号式的大话、空话、绝话、假话代替生动活泼的儿童语言的帮风帮气、帮腔帮调并没有销声匿迹，还依然在污染着儿童文学园地。尤其是将儿童文学成人化的倾向，在一些作品中还时有所见。现在有些儿歌不“儿”，童话不“童”，儿童小说不“小”（篇幅不小，从内容到形式却都与小读者的特点格格不入、大相径庭）的现象，不正表明“四人帮”的流毒还需要进一步肃清，儿童文学的本来面貌还需要大力恢复吗？可见，今天我们为儿童文学正名，大讲特讲儿童文学的特点，对于促使这个小百花园的欣欣向荣，是很有意义的。

“问渠那得清如许？为有源头活水来。”一切有志于儿童文学创作的同志，都应当深入到儿童生活和其他社会实践的“源头”中去，认真观察、体验儿童的思想、感情、心理、性格、语言、行动以及他们周围的环境、人物、事件，并通过锲而不舍的创作实践，不断摸索总结儿童文学的各种特点和规律。惟其如此，才有可能写出深入童心、脍炙童口的优秀作品，起到教育儿童、娱乐儿童、提高儿童的思想境界和审美观念的作用。

（原载昆明高等师范专科学校《教学探索》1979 年第 1 期）

全方位观照　多元化审美

——对未来戏剧的思索

一

预测和展望未来戏剧的发展趋势，既要植根于对过去中外戏剧历史传统的检验和反思，又要立足于对今天戏剧状况的审视和剖析，然而更重要的是，必须站在现代意识的高层次上，高瞻远瞩整个人类社会的发展前景，同时投身到社会大变革的洪流，对实践中涌现的各种新事物、新问题、新观念及其走向进行全方位的观照和深层次的探索。倘若只是囿于戏剧本体，孤立地、静止地“运筹帷幄之内”，是难以“决胜千里之外”的。

面对未来，研究未来，树立科学的未来观念，是当前社会改革、发展的要求，也是振兴、繁荣戏剧的重要依据，著名的美国未来学家阿尔温·托夫勒说：“我敢说，人要是不动脑筋去推测未来，就连十分钟也过不去。”“从总体上说，各种文化都有某些共同的、影响很大的未来形象。”能否正确地推测未来，关系到一项事业的兴衰成败。

未来学所以能够进行科学的预测，而非空想和臆造，是因为它依据过去、现在和未来的内在的必然联系，善于发现和遵循事物的普遍规律与特殊规律。我们研究、推导戏剧的变革、创新，试图描绘戏剧的“未来形象”，就必须在对时代、社会发展规律的宏观认识的基础上，把握这门艺术的具体活动态势和前进趋向。因此，我们需要对所处的时代、社会的诸多特点以及它们施于戏剧的重大影响，在总体上作一番条分缕析。

首先，现代社会是个信息社会。在这个社会中，信息（包括人类的一切知识、各种消息和情报）资源越来越丰富，发展势头越来越强大，传播速度越来越迅捷，其对人类进步、社会变革的作用也越来越显要。戏剧同一切文学艺术一样，也是一种信息。戏剧艺术创作凝结了编剧、导演、演员与其他艺术工作者的大量心血和汗水，甚至还渗透、包含了广大观众的创造活动。戏剧的主要使用价值是满足人民的文化和精神需要，它以直观的、活生生的舞台艺术形象，通过人们的视觉、听觉器官，产生具有特殊氛围的戏剧情境，使观众获得某种审美的愉悦和审美认识。优秀的剧作、成功的表演，具有净化和美化心灵、促进人类精神文明的效益。

戏剧作为一种形象化的立体性的精神产品，欲求增强时代的适应力和应变力，实现供、产、销诸环节的周密、完善、协调一致，赢得众多的“顾客”，取得积极的社会效应，就要最敏捷地掌握信息（诸如生活、艺术、观念、理论以及社会心理结构、观众审美情趣等等方面的信息），并努力形成良性循环的信息反馈系统。

现代社会又是一个开放社会。从封闭走向开放，从民族走向世界，是人类社会发展的势不可当的潮流。马克思、恩格斯早在一百多年前的《共产党宣言》中就庄严地宣告：“过去那种地方的和民族的自给自足和闭关自守状态，被各民族的各方面的互相往来和各方面的依赖所代替了。物质的生产是如此，精神的生产也是如此。各民族的精神产品成了公共的财产。民族的片面性和局限性日益成为不可能，于是由许多种民族的和地方的文学形成了一种世界的文学（这里‘文学’一词包括科学、艺术、哲学等等——译者注）。”现在，我国已将对外开放定为一项长期的基本国策，正在主动地克服民族的片面性和局限性，广采博取世界各民族的精神产品，使其转化为我们自己的文化财产，其中也必不可免地要大量引进、借鉴、利用资本主义文化。列宁指出：“我们不能设想，除了以庞大的资本主义文化所获得的一切经验为基础的社会主义以外，还有别的什么社会主义。”今天世界各民族文化，尤其是东西方文化的交流融合，已成为不可逆转的时代大潮。我们现在的戏剧创作、戏剧改革，都无法抵御这个时代大潮的冲击，恰恰相反，随着开放形势的稳定发展，世界各民族，包括资本主义的戏剧文化，必将以日益浩大的流量倾泻而来，为我所用。与此同时，当今世界的各种现代意识（哲学、历史、艺术、美学等方面的）都会竞相渗透到我们的思想领域中来，强烈地影响我们的戏剧观念和戏剧实践。

就美学角度而言，开放是全方位的观照。从空间上看，大至无穷浩渺的宇宙运动，小至人的思维活动的精微表现，都被囊括为审美对象，而且天、地、人融贯一体。从时间上说，过去、现在、未来紧密相连，构成完整的审美运动过程，同时通过把纵向和横向的观察与思考联结起来，达到审美主体与审美客体的高度统一。由是观之，"开放"这一概念的覆盖面和触及度是极为深广的，它要求我们的戏剧家具有"全方位触角"，眼观四处，耳听八方，审美视线能在三百六十度的空间和无限的时间长河中自由"扫描"。惟其如此，戏剧艺术才能在广阔的时空中正确判断自身的参照系。过去，我们的戏剧工作多注重纵向比较，对比参照系局限于本身，把自己的今天与自己的昨天相比。这种深闭固拒的旧观念所造成的恶果，即是只看到自己的长处和成绩，画地为牢，故步自封，墨守成规，从而窒息了民族传统戏剧的生机与活力，使之变成老化、僵化的"文化古董"，逐渐丧失和削减了它在当代人们审美活动中的竞争力。按照新的开放的观念，确立新的对比参照系，也即是把纵向比较与横向比较结合起来，就能形成一个完整的坐标系。我们的戏剧家只有在上下左右纵横交错的联系中，发现当代戏剧和未来戏剧在坐标系中的确切位置，才便于制定今后戏剧艺术的发展战略。

就以戏剧而言，它自身是一个整体系统，从内部联系来看，它包含若干结构层次（如编、导、演等），每个结构层次又由各种要素（如创作中的各个具体元素）组成。根据系统方法，由各个要素、结构层次系统联结而成的有机统一整体，各部分不是杂乱无章地偶然堆积和机械拼凑的，而是合乎规律的排列组合。戏剧与时代、戏剧与人民的关系往往出现变动不居的状况，这就要求戏剧家遵循动态原则，孜孜不倦地广泛吸收生活信息和扩大输出生活信息，密切关注反馈，增强艺术创作的适应性和灵活性，以满足观众层次繁复、不断更新的审美需要。

二

未来戏剧的总的形态，是五光十色、万象纷呈、空前丰富多彩的。这是由未来社会复杂多端的生活结构和未来意识、未来戏剧观念的多元化、多极化所决定的。

未来世界是一个信息资源空前富足、信息传播异常神速、开放程度特别高、整体性分外强的庞大系统。这就给未来戏剧提供了十分广阔、深邃的创作源泉。而生活在不同环境条件（可称为子系统）下的未来戏剧家，又总是根据自己获取和积累的生活信息，运用自己具有的带着一定主观色彩的未来意识（包括多向多维的哲学思想、美学观点、价值观念、戏剧思维等），来观照、剖析、综合、概括社会、历史、人际关系，以及人的思想、情感、心理、性格、经历、命运等。因此，未来戏剧的思想内容不仅有较大的信息量，而且必然是“千岩竞秀，万壑争流”的胜景。随着社会主义民主的完善和发展，戏剧创作主体获得高度自由，戏剧在选择题材、艺术构思、表现主题、审美意识等方面的活动天地必将空前辽阔。它既可以反映社会、历史与大自然这样的宏观世界，也可以对人的隐秘的心理、情绪、潜意识这样的微观世界洞幽烛微，开掘精神范畴的较深层次；当然还可以将两者有机地结合起来，或者着力表现主客观世界的结合部。在戏剧与内容的具体审美表现上也是不拘一格的，有的偏重写“实”，有的偏重写“意”；有的偏重写“理”，有的偏重写“情”；有的偏重写“人”，有的偏重写“事”。当然，无须赘言，还有一部分剧作虚实相生，情理交融，人事结合，很难分清孰轻孰重。

未来戏剧内容的多元化，又同未来观众结构的错综复杂以及他们对戏剧的反馈有着密切的联系。未来观众在年龄、职业、性格、知识水平、审美心理机制、个人兴趣爱好等方面的千差万别，促使戏剧内容必须适应鉴赏群众的多层次、多方面的审美要求。

未来戏剧在风格、气派上，鉴于国家、民族、地域和社会、时代的不同，艺术传统、欣赏习惯的差别，尤其是戏剧家创作个性的迥异，也必然呈现出千姿百态的繁盛景象。所谓“体有万殊，物无一量，纷纭挥霍、形难为状”（陆机《文赋》）是也。

著名剧作家洛贝·德·维加在谈及悲剧与喜剧的结合时说过：“我很喜欢各种艺术因素的这种混和；观众宁愿看这种一半严肃、一半滑稽的作品……大自然本身教给我们这种丰富多彩。”既然在同一出戏里严肃与滑稽都能集于一台，不同的戏就当然更“不要求玫瑰花和紫罗兰发散出同样的芳香”（马克思：《评普鲁士最近的书报检查令》）。莱辛在《汉堡剧评》中也说过：“平凡和崇高、滑稽和严肃、欢乐和悲哀的掺和”，“从卑微到高贵，从恶作剧到严肃，从黑到白的最荒谬的更迭，比冷冰冰的单调更能讨我喜欢。”从艺术内容到艺术风格的多样统一，将使未来戏剧世界构成一个完整的戏剧性生态平衡系统。

未来戏剧的创作方法也必定是各式各样的，除了形形色色的现实主义、浪漫主义以及两者结合的创作方法外，尚有认识、表现生活的其他艺术方法，即如某些偏重于形式美、技巧美或娱乐性、休息性的戏剧，也自有其审美价值和愉悦身心的功能。基于生活实践和艺术实践的发展，无疑还会新生或杂交出更多的前所未闻的创作方法。

至于戏剧塑造形象的具体表现方法和特殊艺术手段，则更是容许各从其志，各行其是。例如，既可以遵循典型化的原则，也可以遵循非典型化的原则；既可以创造个性化的形象，也可以创造类型化的形象；既可以采取近似生活本来面貌的艺术手段，也可以采取夸张、变形、抽象、荒诞以及其他标新立异的奇特手段，有如文学、美术创作所采取的方法和手段那样。

未来戏剧思想内容的极大繁博，未来戏剧家审美意识、戏剧观念的现代、多元化，以及物质条件的不断演进，决定了未来戏剧艺术形式的空前新颖、多样。

首先，未来戏剧的结构，表现为多类型、多层次、多角度的审美样式。

每一种戏剧结构都应是一个完整的审美系统。在这个系统中具有其内在的结构层次、要素及其组成方式，同时也具有其内在的表现形态。

从戏剧情节的组织安排来看，未来戏剧的结构既可以是单线的，也可以是复线的；既可以是平列的，也可以是交错的；既可以是平面化的，也可以是立体化的；既可以是锁闭式的，也可以是开放式的。当然，也无妨有情节淡化甚至无情节的剧体。

从戏剧冲突的表现形式来看，有集中统一地贯穿人物矛盾冲突的整饬严谨的纯戏剧式结构；有着意揭示各方人物在冲突中的关系和内心世界的史诗式结构；有矛盾冲突分散、缺乏贯穿行动的散文式结构；有随意而深入地表现人物情绪感受的诗式结构；有在自由变换的时间、空间中展示冲突的电影式结构，等等。当然，也不排斥因果关系不明显、场面不完整和矛盾冲突弱化的剧体。

从时间观来看，未来戏剧可能按照时序逻辑发展情节，也可以在颠倒和交叉的时间中表现各种场面。

从空间观来看，则有更大的自由。不同的空间可以荟萃一台，在不同的演区同时展开。

未来戏剧的“剧场”概念是十分宽泛的。演出地点可以是标准样式的剧场，也可以是亚剧场，还可以是非剧场样式的其他活动空间。

至于舞台样式上也是不一而足的。如有镜框式、延伸式、斜面式、中心式、全方位式，还可以有广场式、街头式等。惟其如此，方可机动灵活地表现各种戏剧场景，更有效地服务于更广大的观众。

未来戏剧的表演体系和流派，既可以追求生活的幻觉性，也可以致力于艺术的假定性；既可以强调间离效果，也可以推重移情作用；既可以置身高台，教化于人，也可以与观众打成一片，共同扮演角色……

毋庸赘言，未来戏剧在创新、发展过程中，其内容和形式是相得益彰、相辅而行的。而戏剧形式和内容朝着多元化方向进展、携手改革的结果，致使戏剧的“综合”本性中的包容性、变异性、创造性得到充分自由的发挥。随着戏剧艺术对其他各种艺术因素、艺术手段的吸收，随着现代化科学技术在戏剧艺术中的应用，未来戏剧必将不断扩大自己感性直观的形象性的载体。戏剧一旦与各种艺术联姻结缘，便会孕育和诞生出一些新剧体来。它们或者称为“泛戏剧”、“多边戏剧”、“边缘戏剧”、“自由体戏剧”、“多媒介混合交错戏剧”……这类剧体的优长之处是：丰富了审美内容，扩大了复合审美空间，充实了观众审美机制；因此，自有其特殊的功能和价值。上述只是未来戏剧的几种形态，而不是唯一的模式。独尊一体，贬黜百家，是与未来戏剧形态多样化和发展创作个性的原则相违逆的。尺有所短，寸有所长，每种戏剧形态都各有长短。不论何种形态的戏剧，依然要以思想艺术质量作为衡量其优劣高低的标准。即使是单靠语言与动作为手段的传统话剧及一部分歌舞结合的中国戏曲，经过本身的变革，尤其是内容上的更新换代，仍然会自立于未来的戏剧之林。

三

全方位观照、多元化审美的未来戏剧是千汇万状、常变常新的，然而每个剧体又决不是主观随意性的产物，而是各自都受到某些质的规定性的制约的。换言之，未来戏剧是可变性和稳定性的对立统一，在某个发展阶段和一定的情势下，这二重性又是可能互相转化的。

那么，未来戏剧一般具有哪些质的规定性，或者说相对稳定的独立品格呢？窃以为至少包含以下几个基本要素。

第一，未来戏剧依然是活人当众表演的一种综合艺术。

观众是戏剧艺术的审美主体，演员现场表演是戏剧艺术的审美客体。这不仅使戏剧在一切艺术门类中具有最强烈、最亲切的美感的直观性，而且可以实现表演者与观赏者在思想情绪上的直接交流。这是戏剧艺术永远不可变易的特质，也是它最突出的审美优势。

萨赛说：“没有观众，就没有戏剧……戏剧艺术必须使它的各个‘器官’和这个条件相适应。”（《戏剧美学初探》）梅耶荷德说：“一旦观众对舞台上发生的事件有了反应，剧院就开始存在。”英国著名导演彼得·布鲁克在《空的空间》一书中写道：“维系一切戏剧形式的唯一的共同点是——需要观众。可以毫不夸张地说：戏剧艺术的最后一个创作过程是由观众来完成的。”他认为：“演员和观众只有分工上的不同，而没有本质上的区别。”“因此每一个创新的戏剧艺术家，都十分重视和观众的交流。”未来戏剧的内部结构和外部表现无论怎样千姿万态、变化无穷，其上述本性是不可移易的。它的各个“器官”（构成戏剧艺术系统的一切层次和要素）都必须注意如何更有效地发挥演员的主观能动性，特别是要顾及观众的临场感觉、审美效果和反馈情况。

可以预见，未来社会人们文化素质等方面的普遍提高，必将使演员和观众的同步创造活动达到一个更高的层次、更和谐一致的境界。

第二，未来戏剧应当充盈着浓烈的时代感和丰厚的当代意识。

普列汉诺夫说：“一个艺术家如果看不见当代最重要的社会思潮，那么他的作品中所表达的思想实质的内在价值就会大大地降低。这些作品也就必然因此而受到损害。”（《艺术与社会生活》）人类历史的每个时期，都有其特定的时代精神。未来戏剧不论选择什么题材，体现怎样的美学观念，它要在当代社会立足，在人民心中生根，就必须认清和把握时代精神的主流及其奔腾的方向，以当代意识去观照和表现社会现实和历史生活；就必须同当代人民休戚与共，命运相连，尽力依傍富有历史纵深感和时代穿透力的戏剧艺术形象，去诱导观众从生活的表层去获取新的感受和启示，对当代社会的内层作深入的理解和思考，激励他们向往和追求美好的未来世界。惟其如此，才能调动当代观众参与戏剧创造的主动性、积极性，使之产生审美情感和审美心理上的共鸣。

第三，未来戏剧仍把塑造活生生的人物形象视为主要任务。

戏剧是一种人学。离开了对人的生活、命运、思想、情感的再现或表现，离开了对人的复杂丰满的性格的刻画，戏剧就失去了对观众的思想吸引力和艺术感染力。即使是反映神话、童话、科学幻想世界的剧作以及哑剧、木偶戏等剧体，也不能不折射出人的生活，人的心理、情绪，人的价值观念。因此，着力塑造鲜明的人物形象，是未来戏剧本质的一个稳定因素。

第四，未来戏剧将分外重视和强调寓教于乐、寓理于趣的原则。

古今中外举凡深通艺术之道的贤哲，都能充分估价艺术的娱乐功用。我国孔子首先提出“乐而不淫”的理论，荀子说：“夫乐者，乐也，人情之所必不免也。故人不能无乐。”并明确阐述了“美善相乐”的社会意义。《乐记》中还指出：“乐也者，圣人之所以乐也，而可以善民心。”诚哉斯言。公元前罗马帝国初期的批评家贺拉斯十分鲜明地举起了“寓教于乐”的旗帜。法国戏剧家大仲马也强调：“剧本要有兴趣。”千百年来的艺术实践证明，娱乐性、趣味性是戏剧与观众建立密切关系的纽带，而“寓教于乐”原则体现的好坏，是关乎戏剧艺术兴衰荣枯的一个重要条件。

未来时代必将日益充满生活的乐趣和希望，日益向马克思所预言的“世界历史形成的最后一个阶段”——“喜剧”阶段——演进。人们将越来越热烈地追求轻松、愉快、风趣、和悦的生活环境和时代气氛，越来越执著地向往更高层次的审美趣味，也更加注重以利于休息和娱乐的艺术来调节自己的工作和生活。因而，大家对面目可憎的说教式的艺术越来越敬而远之，退避三舍。这种社会审美心理定式是相当稳固和恒久的，而且将随着世界局势的日趋安定、和平而愈益强化。

戏剧艺术赋予观众的审美愉快，既是视觉的，也是听觉的，更是心理的审美满足。它既来源于戏剧的内涵美，又生发于戏剧的形式美，是一种全方位的审美感受和审美意识。由于未来不同层次的观众的审美情趣存在着差异性，戏剧艺术的娱乐性也将会出现多方面的内容和多样化的表现。

第五，未来戏剧定然会大量吸取科学技术的新成果，借以丰富和发展它的艺术表现。

不论剧场建设、舞台设计、布景、灯光、音乐、服饰、化装……以及导演的综合处理，都会根据不断创新的戏剧观念和实际演出需要，运用各种新材料、新设备、新技术、新方法。即使是古老的剧种，也概莫能外地要借重新的科技手段用以延展其艺术的表现力和生命力。这就必然导致戏剧的艺术构思和传达方式向多极发展，使观众的审美领域大为扩张，增强艺术欣赏中的当代感，从而形成簇新的信息反馈系统。

第六，未来戏剧的部分地方、民族特点将在整个戏剧艺术系统中得到同化和进化。

诚然，民族化是未来戏剧多元化的一种表现。不少剧种的地方民族特点在一个相当长的时期内尚会保留。然而，在信息性、开放性、系统性日臻加强的未来社会，戏剧中的有些地方、民族因素必将逐渐发生变异，趋向统一。这种必然而又必要的同化实质上是一种进化现象，不必为之惊慌和惋惜。现举一例略加辨析。

语言，是戏剧传递信息的一个主要工具。随着世界经济、文化的广泛交流，有些在国际上经常使用的语种（如汉语、英语、法语、俄语、西班牙语、阿拉伯语和世界语）为越来越多的人所掌握。这就有可能使几个影响最大的语种成为未来某些国家、民族通用的戏剧语言，从而（至少是部分地）取代了原来本国戏剧中沿用的本民族的语言。

再看我国戏剧（包括戏曲）的语言。由于国家统一，经济、文化、交通发达，人们流动频繁，逐渐打破了地域之间、人际之间的封闭状况，特别是在全国范围内积极推广“以北京语音为标准音，以北方话为基础方言，以典范的现代白话文著作为语法规范的普通话”，使许多少数民族语言和方言逐步向我国社会全体成员通用的共同语靠拢，有朝一日，有些局部地区使用的语言最终会被共同语取而代之。马克思、恩格斯曾经指出：“方言经过经济集中和政治集中为一个统一的民族语言。”（《马克思恩格斯全集》第3卷，第500页）。在这个前提下，一些地方戏和民族戏势必要采用普通话作为表情达意的主要手段。天长日久，这类戏剧在语言风格上就要变味，变成我国各族人民都能接受和欣赏的口味。可以预测，这是戏剧文化历史发展的一个必然趋向，也是地方戏、民族戏消除外地、外族观众审美的阻隔，扩大流行范围，增强艺术活动能力的良方善策。仅此一举，决不会影响戏剧地方、民族特点的其他成分的沿袭和发展，如不同地域、不同民族的独特的生活内容、风土人情、音乐舞蹈以及审美心理、欣赏习惯等等，并不因为采用普通话而引起变异。

综上所述，未来戏剧既有统一化的一面，又有多样化的一面，是多样的统一、统一的多样。这正是艺术辩证法的胜利。

（原载中央戏剧学院学报《戏剧》1987 年第 2 期）

戏剧艺术欣赏中的审美心理

艺术欣赏是以艺术作品为主要对象的一种审美活动，也是凭借艺术形象去认识客观世界的一种心理过程。任何艺术创作的客观效果之充分显现，都是创作者和欣赏者共同发挥主观能动作用的结果。艺术的欣赏活动和创作活动应当形成互相依存的关系，因此，艺术欣赏不独是把作品和读者、观众、听众联系起来的纽带，也是艺术实现其社会功能的中间环节。

艺术欣赏有一个由浅入深、由表及里、由不全面到全面，即从感性认识到理性认识的复杂过程。一般说来，欣赏者的审美活动都离不开感觉、知觉、联想、想象、情感、思维等基本心理因素。欣赏者基本上是按照艺术形象提供的范围、重点和方向去进行再造想象，去分析、评价生活，从个别的艺术形象去感受和认识一般的客观生活的面貌和本质。同时，由于欣赏者生活经验、审美观念、艺术修养、心理特征等等主观条件不同，他们对同一艺术作品的感受、理解以及对所描写的生活的再现、再创造和再评价也是存在差异的。

需要强调的是，不同门类的艺术，因其表现方式和塑造艺术形象的物质材料不同，在欣赏活动中也呈现出各自的特点。马克思曾经指出："对象如何对他说来成为他的对象，这取决于对象的性质以及与其相适应的本质力量的性质；因为正是这种关系的规定性造成了一种特殊的、现实的肯定方式。眼睛对对象的感受与耳朵不同，而眼睛的对象不同于耳朵的对象。每一种本质力量的独特性，恰恰是这种本质力量的独特的本质。"（《1844年经济学——哲学手稿》）各类艺术的欣赏的特殊性，首先是由创造艺术形象的媒介因素的不同而作用于欣赏者不同的视觉、听觉产生的。以艺术的感知方式作为标准，可把艺术分为视觉艺术（绘画、雕塑）、听觉艺术（音乐）、想象艺术（文学）三种基本类型。在欣赏中，它们各自具有独特的审美心理活动形式。这里仅就戏剧艺术欣赏的特点和规律进行一些分析、研讨。

戏剧是由演员扮演角色，运用多种艺术手段，在舞台上当众表演故事情节的综合艺术。这一戏剧概念的内涵，不仅使戏剧与单纯的视觉艺术或听觉艺术的区别泾渭分明，也划清了戏剧与电影、电视的界限。

首先，由于戏剧是演员以自己的全部身体作为创造工具，在舞台上当着观众扮演角色，再现生活的，因此，它具有极大的直观性、逼真性和现场感。演员的形体是活生生的、有血有肉的，他们的语言、行动面对面地直接诉诸观众的感觉和知觉，同观众互相交流、感应，引起观众的一系列心理活动。戏剧演出既是演员的艺术表现过程，又是观众的审美感受过程，戏剧的表演和欣赏是同步进行的。观众总是通过舞台上的艺术形象，不由自主地与演员同时同地经历角色活动的全过程，这是戏剧得天独厚的优长之处。在舞台上，那些思想性、艺术性高超的剧本，一旦经过演员的成功表演，就能诱导观众同演员一起身临其境，与角色同呼吸、共命运，甚至达到同仇敌忾、同病相怜、同声相应的程度。剧场上不时发出纵情欢笑、失声痛泣的现象，以及中外戏剧史上都不乏其例的观众误打扮演反面角色的演员的事实，正是某种欣赏心理活动的外在表露，也是戏剧艺术所取得的某种特殊的社会效果。正如《元曲选》的编者臧晋叔所描写的：富有感染力的戏剧演出，使欣赏者“宛若身当其处，而几忘其事之乌有，能使人快者掀髯，愤者扼腕，悲者掩泣，羡者色飞”（《元曲选序二》）。可见，“假戏真做”、“弄假成真”的戏剧表演，最易于激发观众的情绪，使他们产生“假戏真看”、“以假当真”的心理反应。

当然，表演者和欣赏者的思想交流和感情共鸣是有一定的条件的，那就是双方对剧中人物、事件必须具有共同的立场、态度和大体一致的审美观点、审美趣味、审美心理。而在戏剧效果这个问题上，表演者又无可争辩地起着主导作用。他们首先要以精美的表演构思和准确的动作效应，把角色演深演活，真挚地表达人物的思想感情，才可能吸引和打动欣赏者。有戏曲演员提出，在舞台上“不要用刀杀人，而要用心杀人”，“演员不动情，观众便走神”，就是强调要以丰沛、强烈的感情征服人心。反过来说，广大观众的心理、情绪反应，又是检验戏剧效果的重要标尺。毛泽东同志说过：“戏唱得好坏，还是归观众评定的。要改正演员的错误，还是靠看戏的人。观众的高明处就在这个地方。一个戏，人们经常喜欢看，就可以继续演下去。有些戏，人们不大高兴看，就必须改变。”（《在中国共产党第八届中央委员会第二次全体会议上的讲话》）所以，戏剧演出必须把观众摆在第一位，尊重观众的审美要求和欣赏习惯，处处考虑多少观众能在多大程度上同演员交流感应，参与舞台形象的创造。一出好戏，总是妇孺皆晓、雅俗共赏的。明代戏剧理论家王骥德说：“作戏剧，亦须令老妪解得，方入众耳。”这其实是难度很大的高标准、严要求，也是从观众心理学的角度尖锐地提出戏剧艺术的通俗性问题。因此，深入浅出、平易近人、通俗明白，应当是戏剧艺术被广大观众欣然赏看的先决条件。同其他艺术样式（特别是小说之类文学作品）比较，戏剧中的环境场景要集中一些，情节脉络要清晰一些，人物思想性格的倾向要鲜明一些，对白要简洁、显豁和口语化一些。当然，这只是相对而言的总的原则，并不排斥戏剧舞台背景和场次的变化多样、情节结构的复杂组合、人物思想性格的丰富多彩、台词的含蓄蕴藉。正相反，上述两方面的关系是矛盾统一的。这也是戏剧创作难能可贵的高明之处。

其次，鉴于戏剧的舞台性特点，为了使观众长时间地安坐在剧场中，并能始终全神贯注、情绪饱满、兴趣盎然地看完一出戏，就特别要求加强戏剧的娱乐性。马克思说：“人的眼睛的感受和享乐不同于粗野的非人的眼睛，人的耳朵的感受和享乐不同于粗野的不发达的耳朵。”（《马克思恩格斯选集·论艺术》）周恩来同志也说过：“群众看戏、看电影是要从中得到娱乐和休息，你通过典型化的表演，教育寓于其中，寓于娱乐之中。”（《周恩来论文艺》）法国戏剧家大仲马曾强调：“剧本要有兴趣。”千百年来的艺术实践证明，娱乐性、趣味性是戏剧吸引观众的重要磁力；欣赏戏剧艺术的审美活动应始终伴随着观众心理上的快感；因声容并茂的舞台表演而激发的观众之喜怒哀乐，其本身就是一种美的享受。即使是主题严肃的正剧，也要演得生动活泼，寓庄于谐，切忌冷若冰霜地板着面孔教训观众。那些惊心动魄的悲剧，同样不可缺乏一定的审美愉悦性。对于哭声连连、一悲到底的剧目，观众是敬而远之的。清代戏剧理论家李渔认为："科诨二字，不止为花面而设，通场脚色皆不可少。……于嬉笑诙谐之处，包含绝大文章。"（《闲情偶寄》）列宁说过，插科打诨是"戏剧艺术的一个特殊形式"，是"对大家承认的东西抱着讽刺或怀疑的态度"。关汉卿的《窦娥冤》、老舍的《茶馆》，尽管都是悲剧，却都穿插了一些"嬉笑诙谐"的情节，寓悲愤于笑声之中。广义的娱乐性、趣味性是显示戏剧美学价值的重要标志，也是增强戏剧欣赏效果的不可或缺的艺术手段。

此外，由于戏剧"是对于一个严肃、完整、有一定长度的行动的摹仿"（亚里士多德《诗学》），戏剧演出是在一定的时间、空间里进行的，这就要求它必须内容紧凑、情节集中、语言凝练，它们不能像看文学作品那样，可以时断时续，反复阅读，从容思索，仔细玩味，而必须在至多两三小时内，保持高度的、稳定的"有意注意"，把频繁的心理活动持久地集中和指向于舞台，紧随戏剧的人物、语言、行动和矛盾冲突的发展变化，进行积极的形象思维。惟其如此，才能从稳定的注意中得到充分的思想教益和审美感受，这是由于在注意时所采取的分析或综合的态度，可以使被反映的事物的局部或整体相应地突出出来，获得更清楚的印象。

诚然，作为综合艺术的戏剧，它要求欣赏者对舞台上出现的一切都能全面地注意，只有对角色以及为其服务的所有艺术因素同时感知，才能对戏剧的总体艺术形象进行最完备的审美，不过，在整个演出过程中，是很难让大多数观众做到全面注意的。人的心理活动常常指向和集中于对他最有意义、最有兴趣的事物。不同个性的观众，可能会有不同的注意对象。譬如，美术爱好者也许注意舞台设计；喜欢打扮的人也许注意演员的服装和发型；节目主持人和播音员也许更注意演员的风度、步态及台词的韵律、节奏。因而，如何将广大观众的注意力吸引到主要的审美对象上来，是戏剧艺术需要重视和解决的一个心理学问题。

欣赏戏剧确实是一种复杂的、充满主观能动性的审美活动。舞台艺术形象尽管有极大的直观性、可感性和立体性，戏剧的综合性虽然有利于多角度、多层次地表现客观事物，但它毕竟不等同于实际生活本身，鉴于时空条件的限制，大量的生活、艺术内容都必须放到舞台后面去处理，许多“象外之象”、“景外之景”、“言外之意”、“弦外之音”，都需要欣赏者依据舞台上的所见所闻“思而得之”。换言之，就是凭借直接的戏剧艺术形象，通过联想和想象，把舞台之外的间接形象再现出来。由于联想和想象的作用，欣赏者可以认识和补充更丰富、更完整的客观内容，进行适当的再创造。一般说来，联想和想象的活跃程度与艺术欣赏的深刻程度形成正比。

固然，任何艺术种类的欣赏都离不开联想和想象，尤其是语言艺术（文学），没有联想和想象的心理活动形式，要对其欣赏几乎是不可能的。不过，戏剧艺术和语言艺术（文学）相比较，两者在欣赏过程中的联想和想象是大相径庭的。文学作品既不是视觉艺术，又不是听觉艺术，它只是以语言（文字）符号作为媒介来叙事抒情，写景状物，刻画人物形象。语言艺术为欣赏活动开辟了联想和想象的广阔天地，但它在人们心目中构成的间接形象具有较大的可塑性和不稳定性，因人而异的情况和特点格外明显，远不如戏剧舞台上的直接形象那么明确、清晰。例如，《红楼梦》中对林黛玉的容貌特征的描写：“两弯似蹙非蹙笼烟眉，一双似喜非喜含情目”，“泪光点点，娇喘微微”等等，不同的读者可以根据自己的生活经历、审美观念对林黛玉的外表形象作再创造，想象出各各相异的古代佳人来。即使是技巧卓绝的不同的画家，他们笔下的林黛玉模样也绝不会是雷同的。正如鲁迅说的，民国人所想象的林黛玉，恐怕是“剪头发，穿印度衫，清瘦，寂寞的摩登女郎，或者别的什么模样，我不能断定。但试去和三、四十年前出版的《红楼梦图咏》之类里面的画像比一比吧，一定截然两样的，那上面所画的，是那时的读者心目中的林黛玉”（《花边文学·看书琐记》）。然而，舞台上林黛玉这个角色，因为扮演者是活灵灵的真人，具有她自己固有的外貌特征、性格气质和表演作风，林黛玉这个舞台形象在欣赏者眼里比通过文字想象出来的再现形象要明晰、稳定得多。如梅兰芳在京剧《黛玉葬花》中男扮女妆的角色，和王文娟在越剧《红楼梦》中饰演的林黛玉，由于两位戏曲表演艺术家的性别、容颜、个性、语言、动作、表演风格以及两种戏曲艺术特点的大不相同，他（她）们各自塑造的林黛玉的舞台形象在观众心目中是迥然有别的。

此外，即使是同一个演员塑造的戏剧人物形象，鉴于观众带有各自不同的主观色彩，他们的欣赏结果也存在着差异性。人们常说："有一千个观众，就有一千个哈姆雷特。"信哉斯言。德国诗人、剧作家歌德说，莎士比亚所创造的哈姆雷特是"一个美丽、纯洁、高贵而道德高尚的人，他没有坚强的精力使他成为英雄，却在一个重担下毁灭了"。俄罗斯批评家赫尔岑认为，哈姆雷特是莎士比亚全部作品中的典型。他看完了这个戏的演出，"不但两眼流泪，而且号啕大哭"。而俄国作家托尔斯泰则完全否定了哈姆雷特的艺术形象，指责这是一个"没有任何性格的人物，是作者的传声筒而已"。为什么对于同一个戏剧人物，会出现如此不同乃至相反的欣赏结果呢？原因自然是复杂多端、不一而足的。除了因为欣赏者生活经验、思想水平、文化素养、审美理想、艺术情趣等方面的差异外，从心理学的角度考察，还有其他一些个人因素在起作用。譬如气质不同的观众，对戏剧艺术往往会表现出各自的心理活动特点。早在公元前 5 世纪，古希腊医学家希波克拉特就指出，人主要有四种类型的气质，即：多血质、胆汁质、粘液质和抑郁质。一般说来，多血质的人，情绪兴奋性高，外部表露明显，反应敏捷而灵活，这类观众大多喜爱内容新奇、形式活泼、刺激性强的剧目。胆汁质的人，经常是精神振奋较少沮丧，外倾性明显，抑制能力差，反应速度快而不灵活，这类观众大多喜爱情绪激烈、气氛热闹的喜剧，并且在看戏时容易发笑。粘液质的人，情绪兴奋性低，外部表现少而内倾性明显，反应速度慢，具有稳定性，这类观众大多喜爱诗意蕴藉、气氛宁静、风格淡雅的抒情性表演，对即使是节奏缓慢的剧目也能坚持看完。抑郁质的人，情绪兴奋性高，情感的主观体验敏感而深沉，但表现很弱，并倾向于沉闷，这类观众一般不喜欢热烈闹腾的场面、风趣活泼的剧情。应当说明，上述概括只具有相对性，大多数人都是近似于某一种类型而同时又具有另一种气质的某些特征，或者是介乎各种类型之间的中间型。人的气质既有一定的稳固性，又可在教育和生活环境的熏陶下发生变化。但是，气质这种典型的相对稳定的个性心理特征（巴甫洛夫的研究，揭示了气质的生理实质，对心理学上的气质的个别差异问题初步奠定了科学的基础），对于艺术欣赏的潜在影响却是毋庸置疑的。刘勰在《文心雕龙·知音》中写道："慷慨者逆声而击节，蕴藉者见密而高蹈，浮慧者观绮而跃心，爱奇者闻诡而惊听。"这表明审美认识的差异性和艺术趣味的多样性是同欣赏者的性格、气质颇有关联的。

戏剧艺术欣赏习惯和审美上的爱好兴趣，同在民族的、地域的历史文化等条件下形成的人们的心理素质和社会心理定式也是分不开的。基于各个民族、各个地区都有其统一的独特的艺术传统和共同的审美心理，以及通行的艺术样式和民族母语、方言的影响，许多观众对本民族、本地区的戏剧种类必然有特殊的感情和偏爱，如藏、壮、白、彝、傣等民族的观众分别爱看藏剧、壮剧、白剧、彝剧、傣剧（含赞哈剧），北方人爱看京剧、评戏，江浙和上海人爱看越剧、沪剧、滑稽戏，广东和港澳人爱看粤剧，四川人爱看川剧，云南、贵州人爱看花灯戏等等，其欣赏心理都是经年累月自然形成的。

再者，因年龄上的距离而造成的审美意识、审美趣味的差异，也会影响戏剧艺术的欣赏能力和欣赏态度。从总体上说，对表现传统历史题材的京剧和地方戏曲（如川剧、滇剧等），老年观众比较熟悉甚而入迷，而相当多的年轻人却缺乏热情，更不可能酷嗜。这不能不从当代青年的心理状况和文化环境入手加以具体地剖释。为了使戏曲观众后继有人，扩大戏曲的欣赏队伍，一方面，固然要对年青一代加强民族和地方传统戏曲艺术的宣传、普及工作，诱导他们逐渐能够感受和理解戏曲艺术美；更重要的方面，是要致力于改革戏曲的内容和形式，特别是注重反映当代生活，增强其现实性和时代感，以满足和适应新老观众不断变化发展的审美要求。各类剧种及其表现方式都有它的长处和不足，为了开创社会主义戏剧艺术的新局面，不同风格流派的戏剧都应遵循扬长避短、互相借鉴、取长补短和推陈出新的原则去发展。

长期以来，中外戏剧界存在三种戏剧观，也即“三分天下”的表演体系——斯坦尼斯拉夫斯基体系、布莱希特体系、中国戏曲体系，在世界已进入以开放性、信息性、系统性为主要特征的新时代后，理应进一步打破门户之见，在继承、发扬各自的独创性的过程中，本着一切服务于广大观众不断丰富、更新的审美要求和欣赏心理的宗旨，加强各种戏剧观念、表演体系的相互渗透、吸纳、交汇融合，从而使戏剧领域构成全方位观照、多元化审美的崭新格局。以斯坦尼斯拉夫斯基为代表的“体验派”，主张如同生活那样逼真地反映现实世界和人物的精神面貌，提倡演员要直接体验角色，进入角色，与角色合二为一，并竭力使观众和舞台表演“打成一片”，没有距离，从而造成生活的幻觉。1887 年法国剧作家让·柔琏宣称：“演员必须表演得好像在自己家里一样，不要去理会他在观众中所激起的感情；他们鼓掌也好，反感也好，都不要管；舞台前面必须有一面第四堵墙，这堵墙对观众来说是透明的，对演员是不透明的。”这也就是后来斯氏所谓的演员“当众孤立”自己的原理。布莱希特的“表现派”却主张拆掉舞台上的第四堵墙，破除生活的幻觉，舞台与生活、演员与角色要有一定距离，尽量防止两者融为一体，也就是起到间离的效果，其目的是让演员和观众都不要过于感情用事而失去理智，能够冷静地清醒地认识剧中的生活和现实的生活，“在欣赏中思考，在思考中欣赏”，进而更好地改造和推进生活。布莱希特盛赞梅兰芳或京剧为代表的中国戏曲体系，并著文论述了中国戏曲艺术创造中的陌生化效果（即间离效果）。

中国戏曲在世界剧坛上是独树一帜的。它除了服从于戏剧艺术的一般规律外，还形成了一系列超群出众的显著特征。这些特征既扩展着又制约着观众对戏曲的艺术欣赏。

第一，戏曲比之话剧有更大的综合性，它以唱、念、做、打为基本手段，几乎将各类表演艺术成分集于一台。戏曲演员必须掌握“四功五法”（即唱、念、做、打，口、手、眼、身、步）。为此，观众要通过多方面的媒介，才能尽善尽美地领略和欣赏舞台上的形象整体。假若对戏曲中的宾白（独白和对话）及唱词、唱腔不明了，对演员的一招一式不能解悟，则首先在心理上产生了审美阻隔，就妨碍了对人物性格、情绪、行动的感受和认识，也就不可能获得充分的艺术感染和美的享受。

第二，戏曲舞台只是角色活动的场所，具有极大的假定性、虚拟性，并不能单独地转化为戏剧情节中的地点，其时空特征主要靠表演来表现。所谓“三、五步行遍天下，七、八人百万雄兵”，“一个圆场千百里，一支曲牌五更天”。舞台上的环境、景物是由演员随身“带”出来的，门帘台帐、桌围椅披以及某些物品、道具只起装饰或暗示的作用。对于戏曲来说，反映生活真实、创造艺术真实的任务，大都集中在角色程式性、虚拟性的歌舞化表演上。例如，《柳荫记》中的《十八相送》这场戏，观众随着演员的载歌载舞，可以通过视听感受而想象出不断变幻的物景（田野、小河、水井、庙堂等），这对认识祝英台坚贞、聪敏，梁山伯忠厚、淳朴的性格以及体察二人依依惜别的深情，是颇有助益的。又如，《空城计》中司马懿和赵云在同一块舞台平面上带兵过场，诸葛亮坐在景片画的城楼上，同司马懿咫尺相对，都能表示较远的空间关系；《三岔口》在明亮的灯光下表现刘利华和任堂惠在伸手不见五指的黑夜里的肉搏战等，都完全是依仗虚拟、假定的身段、动作、神态来完成的。这一切虚拟的技巧丰富的程式性表演，“作者得于心，览者会以意”（宋代诗人梅尧臣《六一诗话》），由于它们是在生活基础上提炼出来的经过夸张、浓缩、变形和审美化了的艺术造型，能够使观众不仅承认和接受舞台上表演的一切，还能使他们根据各自的生活经验、审美习性，积极调动形象思维，特别是想象力，将舞台以外的没有直接表现的内涵加以引申、扩展和补充，进行艺术上的再创造。

第三，鉴于戏曲主要是通过演员的表演创造虚拟的环境，用真假结合、虚实相生的手法来反映生活，在人物塑造（从角色的化妆、脸谱、服饰到语言、唱腔、动作）上，不但讲究形似，更追求神似，着力于以形写神，神形兼备，这就决定了戏曲艺术基本上是写意的美学范畴。京剧表演艺术家程砚秋说得好：“戏曲表演要‘贵乎真实，而又不必果真’，这是一句老话，很有道理。戏曲本来是假的，但于假之中却能见其技艺之精，超乎象真，倘若处处求真，势必减少演员的技术，反而失掉表演的精神……我们必须要求演员表演时‘形容见长’，做派微妙。”所谓“超乎象真”、“形容见长”，正是戏曲艺术美之精华。

按照文艺心理学的规律，审美主体和审美客体之间、艺术欣赏和艺术创作之间，宜于保持适当的恰如其分的心理距离。距离太远，欣赏者不能对艺术形象亲临其境，如闻其声，如见其形，获得充分的深刻的美感，难以达到情动于衷的艺术效果；距离太近，又会使欣赏者沉醉于如痴如迷的情感之中而不可自拔，妨碍他们从形象的外部窥探形象的内部，进行冷静、客观的分析综合，进而深刻领受艺术的思想内涵和美学意义。优秀的中国戏曲艺术，由于是抒情性和哲理性相结合、写意性和写实性相统一的典范，最合乎心理距离说的原则，为观众正确欣赏戏曲艺术形象提供了极其有利的客观条件。

当然，艺术欣赏的真正效果，最终还要通过审美主体的一系列心理活动、心理过程才能实现。从这个意义上说，欣赏的主观能动作用又是十分重要的。所以马克思强调：“如果你愿意欣赏艺术，你就必须是一个有艺术修养的人。”（《马克思恩格斯论艺术》第1卷，第244页）他又指出：“艺术对象创造出懂得艺术和能够欣赏美的大众。”（《政治经济学批判》导言）显然，要提高观众（尤其是年青一代）对戏剧（特别是戏曲）的欣赏水平，就必须在革新、发展戏剧艺术的同时，吸引和诱导观众在长期的欣赏实践中，熟悉和掌握这门艺术的特征和规律，不断培养和提高他们的审美能力和审美趣味。

今天，在戏剧不景气、观众大量流失的情势下，我们试图从审美心理学的角度，研究探讨有关戏剧艺术欣赏方面的理论和实践问题，这对于求索振兴戏剧的良方善策，也许不无裨益。

（原载中国戏曲学院学报《戏曲艺术》1998年第3期）

冯牧的散文

《昆明日报》编者按：为了深切悼念中国作家协会副主席、著名作家、文艺理论家、我国文学界的卓越领导者、组织者冯牧同志的不幸病逝，我们特编发此篇曾由冯牧同志生前审阅过的稿件。冯牧同志是我省文学界最为敬重的老领导、老前辈，冯牧病逝后，我们已收到大量悼念的诗文，因版面有限，不及一一刊发，特此敬告，望予谅解。

冯牧是著名的文艺评论家，同时是一位优秀的散文家。他的散文作品数量并不算多，然而艺术质量颇高，几乎篇篇都是耐人品味、文采斐然的精品。这一创作成就植根于冯牧丰富独特、超越常人的生活经历，也得力于他深厚的文学功底。冯牧写得最多最好的散文，应当首推取材于云南的作品。

冯牧是1949年底随着解放大军进入云南的。他在云南工作了七年之久，调离云南后又十二次重游边疆故地。他对云南既十分熟谙，又怀有深挚的桑梓之情。正如冯牧自己所说："我爱上了这块土地，爱上了这里的朴实勤劳而又热情诚挚的各族人民，爱上了那些不分日夜地在边疆的原始老林和高山峡谷中驻防和巡逻的边防战士，爱上了这里的广阔富饶、绚丽多彩的自然风光。一直到现在，我还时常亲切地感到，在我同云南边疆之间，已经形成了一股无法割断的时时牵动我的心灵的思想和感情的纽带。这也就是为什么即使我的工作岗位已经是远离云南多年以后，我仍然时常思念那里的土地和人民，并且决不愿意放弃任何可能对那里进行一次新的访问和旅行的机会。"（《我在云南边疆》）

对云南大地和边疆军民的深情挚爱，诚然是冯牧作品的文心，是充溢和跃动于他的每篇佳作的生命，也是这些作品具有强烈艺术感染力的根源。

最初，冯牧不是以作家和旅游者的身份，而是作为边防部队的干部，参加严酷的行军和壮烈的战斗，来到云南这个陌生的异乡僻壤的。冯牧写道："在这次进军中我还发现，即使是在经历着酷烈的战斗生活，人们也不会丧失对于大自然的美妙风光的审美能力。……一个战士带着深情的目光眺望着眼前的景象对我说，'这里多美！打完仗，我真愿意到这里来安家！'"冯牧第一次到西双版纳，是在那里没有一公里公路的情况下弃车步行而去的。他以激动的心情追溯着当时的所见所闻、所思所感："我们感到自己进入了一块奇异的土地。但很快我们就被傣族人民的热情、开朗、欢快和友好的面容所吸引。我们同他们一道度过了泼水节，分享了他们的快乐；夜晚，当我们和一群边防战士一道坐在寺庙前，观看人们放着焰火，跳着孔雀舞，并且在纺车前谈情说爱时，我不禁愉快地想道：一旦在这块土地上，建立起先进的社会制度以后，这些聪明快乐的人们，将会把这块土地建设成怎样一座人间乐园啊！"

正是由于冯牧在云南的特殊而难能可贵的阅历和新奇深切的感受，使冯牧在担任部队文化领导工作中为培养军内外年轻作家做出了引人瞩目的成绩，同时自己也从边疆生活的热土沃壤中汲取了富足的创作养料，写出一批令人赞叹的优美生动的散文。

冯牧的足迹涉及许多外界鲜知乃至人迹罕至之地，他那敏锐的目光善于对客观事物作细腻入微的观察。那些描绘云南绚丽多彩的自然环境、风土人情和社会变革的散文，无一不是他对生活的翔实而艺术地审视和再现，即使是事逾多年才追述的作品，也大都撷取于历次旅程所写日记中的素材。赏读这些充满新鲜感、神奇感和真切感、审美感的篇章，使人如临其境，如见其景，随之进入其特有的氛围。无论是高耸入云的高黎贡山雪峰，千载难逢的澜沧江边的蝴蝶会，还是虎跳峡那令人惊心动魄的人间奇观；不论是刚刚回到祖国怀抱的边寨片马，抑或是坐落在原始森林中的高原湖泊——碧塔海……在作家的生花妙笔之下，一切难写之胜境、难状之奇物、难绘之美景，尽都成为一幅幅色彩斑斓、悦目赏心的画卷。

冯牧的散文具有恢弘的气势、豪放的风格、壮美的情调。他长于用亮丽的重彩、丰满的形象和铺张扬厉、挥洒自如的笔触，畅快淋漓地表现他的所见所闻，抒发他那丰沛、热烈的激情。

冯牧的散文，是形象思维和逻辑思维之花共同孕育、凝结的硕果，是诗意审美和哲理思索浑然一体的合金。在《春光长在的地方》里，作家围绕“春天”这个聚焦点，依凭大量活生生的事实，展现了新中国成立前后云南边疆的强烈反差和深刻变化，将自然界的春天和社会生活的春天的辩证关系作了充满诗情画意的描述和论说，使人们油然感悟到“伟大的社会主义的春天，已经和边疆的自然界四季常在的春光一同降临到了我们祖国边疆的一切河流、山峦和田野。”在《沿着澜沧江的激流》里，作家在尽情赞赏、生动摹写了傣族、汉族船工们驯服汹涌波涛的勇敢精神和惊人技巧后，发自胸臆地感叹道：“在伟大的澜沧江的怀抱里，在我们眼前呈现的是一片无比壮丽、无比丰富的大自然的面貌。”“但是，人们比大自然更加壮丽，更加伟大。人们有着比大自然更巨大的力量。”在《瀑布之歌》里，有一段含义深邃隽永的文字，简直可以视为一则启人心智的文理并茂的寓言：“站在虎跳石上，使人产生了一种遐想：在遥远的年代，这里一定进行过长期的接连不断的洪水和岩石的斗争。岩石封锁了江水的出路，但江水的冲激力量是这样的强大，就像是一把锋利的巨钻一样，一路冲垮了山崖，冲碎了巨石，然后，在这里把一块浑然一体的巨岩冲开了一道门缝，大盈江——这条巨龙就由此奔腾而去。胜利的是奔流不息的江水，失败的是静止不动的岩石。”多么美妙的哲理化的诗和诗化的哲理！

从艺术构思的角度来看，作家的发散思维和收束思维的结合是相当和谐、自然的。冯牧每每从一个动情点出发，以寻觅到的最能体现创作意图、最能寄托某种情愫的意象作为核心物，并借助于丰富的想象和联想，将种种有内在审美联系的意象吸附和凝聚于核心物之上，形成一个崭新的融合了形、情、理的意象群体，从而收束成一组主旨分明而又丰腴多姿的艺术形象。如《瀑布之歌》，作家从二十年前观赏过的腾冲瀑布启笔，把记忆的荧光屏上闪回出的金沙江、大盈江、高黎贡山等处的巨瀑飞流联系起来，集为一体，加以赞美，最后，收束为一串语重心长、忧心殷殷的警世之言：

“大自然对我们是慷慨的，它所赋予我们的，是那样地丰富，那样地美好，而我们，自然也应当以一种相称的态度和感情来报答它。不然，当我们有一天看到那象征着生命的绿色在我们的土地上被日益抹掉的时候，我们在这里怀着赞叹的心情所描述的足以使我们自豪的一切自然奇观，也就会在我们的国土上消失。我们为此将会悔恨无穷。”这一画龙点睛的神来之笔，表达了作家对云南边疆怀有多么深厚的珍爱，对大自然将会惨遭毁坏怀有多么深沉的忧思，对保护生态环境怀有多么殷切的瞩望。

冯牧散文的语言，从总体上看是异常富丽、色彩缤纷的，他善于运用多种修辞方法，特别是比喻、象征、排比、对偶等辞格来表情达意；句子形式长短结合，交错配搭，而且更喜爱用结构复杂、严密周详的长句，这显然是为了精确明晰地叙述、描绘客观事物，为了气势畅达地抒发澎湃、奔放的内心感情，也为了便于进行委婉细腻的夹叙夹议。冯牧自己认为，他的一些文句有点过于华丽。其实，上述语言特色，正是冯牧散文艺术风格的一种体现，是其恢弘、豪放、壮美、率真等等气质得以附丽的重要载体，也是适应作品内容需要的美学追求。似乎只有如此，才足以传达和表现作家的思想感情，尤其是他对云南的美丽、富饶、神奇的不遗余力地展示和宣扬，以及他对边疆各族人民的热爱之心和赞美之情。

作者附记：1992年1月，我赴北京向冯牧同志汇报和请教编撰《云南地方文学史》（当代卷）的有关问题，并将书稿中我执笔所写的“冯牧的散文”一节面请作家本人过目、指点。意想不到，该书尚未出版，冯牧同志已仙逝矣。为纪念这位对云南当代文学作出了特殊而重大贡献的著名作家和评论家，兹将他生前曾审阅并首肯的拙文发表，聊表缅怀之忱。

（原载1995年11月13日《云南日报》）

“孜孜不倦、光彩照人”的艺术家形象

——赏读孙道临的《走进阳光》

近几年来，演艺界的名人著书者络绎不绝，窃以为总的说来是件好事，借用姜昆的话，这至少说明表演艺术工作者们开始注重“向文化靠拢”吧。然而，其中有的书籍内容比较单薄，思想主题有失肤浅，个别人志得意满地自我吹嘘以哗众取宠，或者恣意展示自己的婚恋纠葛、隐私秘闻以招徕读者，它们既没有写出对人生世事的深刻体认和感悟，又缺乏对艺术实践经验的释析、提炼和探究，因其文化含金量过低而于人几无教益。有的著述虽然言之有物，明白如话，但却语言粗鄙，文采太差，读之如饮一杯不够纯净的淡水，甚或味同嚼蜡。

何以然哉？文学功底过于浅薄耳。

近日认真读了孙道临的《走进阳光》（上海人民出版社），将它与某些“明星”、“大腕”的出版物细加比较，深感彼此差距悬殊，不可同日而语。前者比后者不仅拥有更广阔的视界，更深邃的内涵，更丰沛的诗情和哲理，而且文笔要优美、生动、精粹得多，更具书卷秀气。因此，这本艺术家的作品结集，就显得不同流俗、不同凡响，富有可读性和鉴赏价值，许多篇章及其妙词佳句值得反复咀嚼和玩味。

《走进阳光》收录了孙道临从四十年代到现今的近百篇散文和诗歌。书中大部分文章翔实地记录了作者在电影、电视、戏剧领域长期跋涉的足迹，特别是叙述和总结了一些影片编导、表演、拍摄的情况与经验。众所周知，在《家》、《雷雨》、《渡江侦察记》、《永不消逝的电波》、《革命家庭)、《早春二月》、《李四光》、《一盘没有下完的棋》、《非常大总统》等故事片里，孙道临塑造的主人公的银幕形象无不栩栩如生、光彩照人，给亿万观众留下了美好、深刻的记忆。读者如果系统地领略一下艺术家自述的创作甘苦和经验体会，不独能对委婉细腻的笔触所传达的充满情趣的人物故事感到亲切、新鲜、兴味无穷，更可从字里行间窥探到一位艺术大家虚怀若谷、孜孜不倦、精益求精、一丝不苟的敬业精神，感受到他那诗人般炽热、澎湃的创造激情。毫无疑义，年轻的影视艺术家乃至一切文艺工作者都宜以此为楷模，从中汲取智慧、勇气和力量。

孙道临的学贯中西、多才多艺是遐迩闻名的。这本集子的涉猎广博，或可作一佐证。它的题材包罗文学、电影、电视、广播剧、朗诵、音乐、舞蹈、绘画等艺术门类，甚至还把笔端伸向英语学习、足球比赛等。令人叹服的是，孙道临对上述各个专业竟都有所钻研和实践，并能提出一些独到、精辟的见解。例如，在《我和朗诵》一文里写道："我感到：诗，不再只是环流于心底的孤独的潜流，她插上了声音的翅膀，飞向听众，引起交叉共鸣和回响。她沟通千万的心灵，共同溶入一个时代的感情巨流之中。比起演戏来，朗诵需要和观众更直接的交流和相互感应，因而具有一种特殊的吸引力、煽动力。"《我的朋友舒伯特》这篇洋洋万言的抒情散文，满怀深情地描述了作者年轻时向外国教师们学习声乐的历程，同时也堪称一篇解读、欣赏世界名曲的别具一格的音乐专论。显然，孙道临的博学多识和高超素养，是他在导、表演艺术中取得卓越成就的重要渊源。这对我们演艺圈的晚辈后学想必是会有所启迪和激励的。

本书另有相当一部分篇幅，是对中外艺术家和一些普通人的纪念文字。"人越古稀，却越来越觉得人情、友情、同志情之可贵。"孙道临在"前言"里单独成段的这句话，强调和凸现了他是异常珍视人间情义的。他所倾心怀恋和热忱描述的对象，除了父母、亲属、老师、同学、同事、朋友外，还有仅只一面之交的国际友人和萍水相逢的凡夫俗子。他说："我愿意向我记忆中的一切角落中去搜寻，去挖掘出人们馈赠我的爱和善意，常常记住他们的微笑，他们的眼睛"，并"在未来的也许不太长的路程中，把同样的爱和善意回赠给同行的人们。"这些情真意切、感人肺腑的文章，实际上反映和联缀了作者从童年到老年的行踪和心迹，是一位充满爱心、良知的艺术家的高尚人格精神的自我写照。

孙道临的许多散文是完全可以视为文学佳作来欣赏的，不论是素朴、自然的直叙白描，还是生动、逼真的写景状物，抑或是简练传神的人物刻画，酣畅淋漓的抒发情怀，都俨然显示出他是一位才藻富赡、功底不凡的创作高手。即使是议论说理，也每每是语言形象，文采斐然。这一切原因应追溯到孙道临在大学时期就已奠定了厚实的文学基础。这一点，由本书最后一辑的“诗文旧作”即可尝鼎一脔，窥豹一斑。

江泽民同志在庆祝孙道临电影生涯四十年系列活动之际，曾为孙道临题词：“孜孜不倦，光彩照人。”我想，这八个字高度概括了孙老师的德艺双馨。而《走进阳光》一书，正是孙道临高贵人品和美好文品融为一体的结晶，它同样闪耀着夺目的光彩。

今年元旦，我与道临老师在电话中互致问候、共贺新岁时，我谈到阅读《走进阳光》的感受、心得，道临老师却谦虚地说：“那大都是过去写的零散的短文、杂感，不足称道。今后，我要写些比较系统的文章，对自己走过的艺术道路好好回顾和总结一番。”我们热切地期望着……

（原载 1999 年 2 月 8 日《云南日报》）

攀登精神高原的珠穆朗玛峰

——赏阅吴传玖将军的散文集《当兵的人》

我虽然是地方上的一名普通教师，却因喜爱文艺创作，与吴传玖同志以文相交，建立了二十多年的不解之缘和深情厚谊。回首往事，我们的人生旅程竟有众多共同点和结合点，存在着不少重叠的步履与足迹。当然，更多的情况是，我亦步亦趋地“跟随”传玖同志不平凡的军旅生涯，步其后尘地扩大视野，开掘题材，学习创作，正可谓步武前贤，受益匪浅。特别是赏读过传玖同志这部 35 万字的新著《当兵的人——我的人生笔记》后更是别有一番感动在心头。

传玖新近问世的长篇纪实散文集《当兵的人——我的人生笔记》，荟萃了他近半个世纪以来丰富的社会阅历、深刻的生命体验、鲜明的思想感情，从文学的角度和精神的层面，具体而生动地反映了他自己从学生到军人、从战士到将军的成长过程。其中许多精彩内容我是比较熟谙的，读来倍感亲切，兴味无穷。例如，他在滇西北的十年边防生活记录，使我联想到在藏族、纳西族地区的所见所闻、所感所思，我曾将自己编创的影视剧本《香格里拉之恋》送请传玖指教。在那场自卫反击战中，身为团政委的吴传玖文武兼施，采写了被誉为“独臂勇士”的一等功臣、全国优秀边陲儿女金质奖章获得者蒋培勇和被共青团中央授予“全国优秀辅导员”的失去双脚的何平等英雄，而我在 1979 年也曾带领学生到昆明军区总医院慰问从前线归来的重伤员，我今天一边拜读传玖的《南疆笔记》，脑海里就同步浮现出当年那些身残志坚的年轻战士的形象。1989 年我曾带着刚出版的长篇报告文学《未完成的交响乐》，到老山、扣林山、八里河东山等前沿阵地给连队赠书，探访新时代最可爱的人。传玖笔下所写的低矮狭窄的潮湿的猫耳洞，随时都可能引爆的一触即发的雷区，部队创办的因陋就简却声名远播的帐篷小学和南疆红领巾辅导站等等，我都有幸作过观察或体验。当我读到《清明，将军又来到这里》时，禁不住心潮激荡、热血沸腾，仿佛又肃立在麻栗坡烈士陵园中，再一次瞻仰被“高山上的花环”簇拥着的层层叠叠的坟茔和墓碑。

吴传玖的长篇纪实散文《当兵的人——我的人生笔记》，大多是记叙他在滇西北、滇东南和西藏的军旅生涯。虽然，我曾在一时一地亦步亦趋跟随他的行踪而总是望尘莫及，但我毕竟与作者有过共通的身临其境的经历，有过相同的见闻和感受，因此，阅读那些作品就会油然产生相当热烈的关注心理和亲切感，同时也就容易激发评说的欲望和兴趣，不论判断正误与高低，姑妄言之。窃以为，传玖表现边防部队的散文有这样三个主要特点：

首先，是以边疆少数民族地区的丰富多彩的生活为根，以反映和讴歌边防部队的英雄模范为本。

传玖大学毕业后，始终生活、战斗在祖国的西南一隅。庄严而艰苦的戍边岗位是磨炼坚强意志、陶铸优秀情操的熔炉，神奇而新异的民族地域是滋育文心诗意、建树艺术美林的沃土。正是这种自觉改造、锻炼的心态和乐观、潇洒、以苦为荣的精神，激发了这位文学爱好者的创作灵感，调动起一种高尚、豪爽的审美情趣。无怪我们阅读传玖那些自传体的边地军事题材的散文，不仅被其中描绘的惊心动魄的恶劣自然环境所震撼，更为字里行间不时涌现的革命英雄主义和积极浪漫主义气息而感动。请看，当他第一次远离内地大城市，向雪山深处的小县城中甸（现名香格里拉）进发时，尽管“风雪越来越大，气候越来越冷，车活似患了高原感冒似地打着‘喷嚏’，时走时停”，“我们一边抖落飘洒在头上和衣服上的雪花，一边会心地笑起来，那是一种成功者、胜利者的笑。尽管我们大家都已是一脸一头的热汗，却感到了一种从未有过的愉快和惬意”。传玖把分配到藏族连队当兵视为“人生历史中一次光荣的入列”。他以豪迈的笔触这样描述“第一次雪山千里野营大拉练”：“一方面部队要翻越一座与西藏毗邻的海拔近五千米的哈巴雪山，一方面还要下到海拔仅有几十公尺的炎热的澜沧江河谷，如此垂直型气候条件下的行军无疑对部队是一次高强度、高耐力、高意志的考验。”20世纪70年代传玖在更加艰苦的怒江边防部队工作了七年，他将驻扎于世界第二大峡谷的怒江军分区称为“驮负我人生历史的一个重要的驿站”。《滇西往事》中作者回忆在丽江军分区的老战友们的故事，着力体现“年轻时用天性、纯洁和真诚浇灌培育起来的友谊之花，竟然永远是那样繁花似锦，馨香四溢”。其中有一组“不爱红装爱武装”的女兵的趣闻，写得活泼、灵动，令人回味无穷。当年传玖和一位后来成为夫人的女兵谈恋爱，有一次，他从怒江给身在丽江军分区的对方写了封情书，投入一个地方邮箱，事后方知这个邮箱早已停止使用，为防止“缠绵悱恻的隐私”扩散，最后是买了两斤包谷酒，找到乡邮员才取出那封情书。在通信神速、安全的今天，重温这些往事真有恍若隔世之感。

金戈铁马的战争生活，对于身先士卒、亲临火线的指挥员兼作家来说，更是难得一遇的军事文学的“活水源头”和“富矿宝藏”。传玖在《南疆笔记》里开宗明义地写道：“那场战争于我依然是那样刻骨铭心。在我人生的日记里不仅永远记录下了那些已经长眠南疆的战友，同时也永久记录下那些当年叱咤风云，如今早已淡出人们视野的仍然活着的勇士和英雄。”例如，一位当年誉满全国全军的“猫耳洞大王”，为了戍边卫国，曾经在前沿一线潮湿的仅能一人存身的地洞里待了整整七年，即二千五百多个日日夜夜，别说没人将它列入吉尼斯世界记录，就因为文化低一点（他离不开驻守的高地而放弃了进院校深造的机会）、年龄大一点（已足三十岁）、身体差一点（在猫耳洞里每天的睡眠时间不超过六小时，全身是病），当了十年兵和七年排长而不能提拔，后来经省军区司令员、政委巡视阵地时发现和指示，才破格提升为副连长。此人此事，固然彰显了新时期最可爱的人不计名利地位的无私奉献精神，也反映了当时军内外干部人事制度的某些缺陷。作者亲自参与了对这位叫尹国亮的“老英雄”的升迁事宜，并精描细述地写进文章，足见他对自己的战友和下属怀有多么真挚而深厚的感情。又如，那位来自老山前线的特务连的班长、一等功臣何平，在排雷中失去了双腿，但是这位年仅十八岁的特等残废军人并未灰心丧志、停滞前进的脚步，他说：“没有了双腿，我可以用我健全的手去更好地生活和工作。”1987年8月底，何平安装了假肢回到连队，正赶上无线电修理培训班开学，他每天坚持到离连队五百米远的教室去听课，还要爬三十三级陡峭的台阶。“四个月，至少二百四十次往返，行程达十七公里，该是要付出何等大的忍受疼痛的代价啊”！学习结业时，他竟取得了理论和实践操作考核第二名的好成绩。

散文大家杨朔总结自己的创作经验说：“杏花春雨，固然有诗，铁马金戈的英雄气概，更富有鼓舞人心的诗力。你在斗争中，劳动中，生活中，时常会有些东西触动你的心，使你激昂，使你欢乐，使你忧愁，使你深思，这不是诗又是什么?”“凡是遇到这样动情的事，我就要反复思索，到后来往往形成我文章里的思想意境。”（《〈东风第一枝〉小跋》）传玖的散文正是善于抓取那些“富有鼓舞人心的诗力”的“动情的事”，加以浓墨重彩的描绘和渲染，寄寓自己不吐不快的激越思绪和炽热情愫，营造一种崇高的时代精神和壮美的艺术意境，故而能够深深地打动读者，使人们的心灵在潜移默化中得以净化和升华。

吴传玖的边防题材散文的第二个特点是，它们是作者工作和军政任务的产物，因而具有突出的纪实性、亲历性和现场感。

传玖的许多作品涉笔于举世闻名的自然景观、胜地古迹、历史文化和奇风异俗，奉献给读者的是丰盛、新鲜、独具色香味形的知识大餐，赋予我们美不胜收的精神享受。而这一切珍贵素材的获取和积累几乎全是与作者的本职公务同步进行的，可以说是其担负的艰巨、复杂、繁重、紧张的国防任务的有机组成部分，或者说，这些文学成果是一个职业军人在努力完成政治军事使命后的副产品。传玖不是专业作家，没有刻意深入生活、体验对象和调查采访的条件，当然也没有创作假。他更不是旅行家和冒险家，可以随心所欲地到处游览、自由活动。不，作为一个高级将领，他要模范地遵循令行禁止的原则，“人在其位，身不由己”。可谓“高处不胜寒”。当然，在受到某些行动限制的同时，他又拥有一般地方干部所没有的诸多便利，得以进入某些禁区（如军事要地、边防前沿），亲身经历不少常人难能接触的事物，掌握鲜为人知的第一手写作原料。对于任何业余作家来说，无不存在一个共有的矛盾：本职正业与文学创作在奋斗目标及时间、精力等方面的冲突。欲求二者和谐统一，最佳方案是找到彼此的交叉处和焊接点，使之相辅相成，珠联璧合。通观传玖的大量散文，可以毫不含糊地判断，他是非常善于把握正副二业的共同点和结合点，处置好相互间的辩证关系的。本书中的许多优秀篇章，都与作者从事的正业和主业密切结合，有些甚至就是其本职工作的一部分，如《南疆笔记》里所记述的南疆红领巾辅导站，作者在任师政治部主任时曾兼任过其总站长，所以“对她有着极其深厚的感情。她书写了前线军人与红领巾们一个个动人心扉的故事”。文中记载，该站从1982年成立起，在七年里全师共有三千七百名官兵分别与全国一百一十多所中小学挂钩，担任校外辅导员，向孩子们寄去信件一百八十多万封、各种实物五千四百多件、录音磁带五百多盒，还先后派出一百二十多人次到四十多所学校给师生作报告，战功卓著的指战员们“孜孜不倦地用他们的献身精神和心中纯洁的圣水去净化孩子们的心灵”。同时抄录了几封当年红领巾们写给前线的叔叔们的信。这类文章与其说是工作报告式的文学，毋宁称之为文学式的工作报告。又如，《在西藏》这篇近一百五十页的超长散文，系统地记录了作者在世界屋脊历时八载的工作日程。我们跟随这位军区首长脚步，几乎可以走遍西藏的绝大部分版图，阅尽雪域高原最神奇、最壮丽的风景线，同时，通过那娓娓道来的精彩解说（一位作家的优秀作品的文化含金量远远超过一般导游的粗浅介绍），我们眼前仿佛打开了一部关于西藏的自然、社会、历史和人文的教科书。传玖赴藏履职的第一件大事，就是筹备中国人民解放军进军西藏胜利五十周年和西藏和平解放五十周年纪念活动。为此，他赶到藏东重镇昌都参加整个庆祝活动的序幕，得以详细了解解放祖国大陆的最后一仗——昌都战役——乃至西藏和平解放的复杂过程，并走访和参观了当地的工厂、农村、学校及佛教寺庙。继之，率队去到距昌都军分区五百多公里的察隅边防团。察隅是与印度、缅甸接壤的边境小县城，边防线长达几百公里，巡逻守卫任务十分艰巨，有的前哨至今未通公路。在此，身为将军的作家着重采访了边防团骡马运输队及其队长——尹祥美，并指导、帮助基层整理材料，进一步宣传他们的先进事迹。十四年间，尹祥美带领骡马队翻越雪山一百四十多次，趟冰河八百五十次，穿越沼泽和泥石流多发地段一百四十多次，累计行程二万五千余公里，创造了个人徒步输送四百多吨物资没误一次的记录。尹祥美2001年被评为中国十大杰出青年，2003年被授予全国优秀共产党员称号。作者在从事和总结部队思想政治工作的同时，业已给我们生动地描绘了察隅地区的山川地貌、气候风物、民族构成、历史事件，甚至介绍了1962年那场反扩张、反侵略战争的重要战场。

当作者循着时间的顺序，向越来越高的雪域攀援后，我们也随之欣赏到更加险峻的无限风光——“2002年的冬天，我曾走进了驻守在海拔4 700米的岗巴爱国奉献模范营，亲自目睹和感受了他们边防执勤巡逻的酸、甜、苦、辣。”“10月，我走进了海拔5 300米的查果拉高原红色边防队驻守的查果拉哨所。——我们亲眼看见了那面1965年由中华人民共和国国防部授予的书有‘高原红色边防队’七个大字的锦旗。尽管它已经历了近四十年历史的风雨，但仍是那样熠熠生辉。”“2003年的中秋，我在驻亚东的某边防团蹲点。这是我们军区主要方向上的一个边防团队。团部所在地的亚东县是西藏的边防军事重镇。位于西藏南部喜马拉雅山脉中段，东面是不丹，西南面与印度交界。——亚东是三国交界点，也是多国民族文化和边贸的汇集点。亚东的著名，也因这里曾是英军入侵西藏的通道和藏军阻击的战场，是《红河谷》故事的发生地和拍摄地。”“我们驱车从亚东县城的团部出发，奔赴海拔4 318米的中印边境乃堆拉哨所。——乃堆拉哨所一年中有8个月处于与外界隔绝的封山期。数十年来，一茬茬官兵在这里圆满完成戍边任务，被誉为‘雪域雄鹰’。”“2003年又去日喀则边防某团蹲点，在去珠峰脚下的边防三连和樟木口岸边防一连检查工作途中有幸去拜谒了我多少年来，一直魂牵梦萦的雪域之魂——珠穆朗玛峰。”回顾本人2007年9月的珠峰之行，我可以肯定地评断，传玖的如下描述是完全真切而准确的：“通往珠峰的路，都是凹凸不平、崎岖狭窄的山路，沿途可见零零落落的藏族村庄，水流湍急的溪涧、小河，层层叠叠、形象各异的奇岩异石，特别是大大小小的鹅卵石铺满在了路的中间和路的两边。总之，越接近珠峰，越强烈地感觉到这里在远古时期曾经是一片望不到边的汪洋大海，应该是一个科学的推断和判测。”“当我们爬到 5 400 米的海拔高处时，著名的中绒布冰川冰塔群就呈现在我们面前了。千姿百态的冰塔布满在山谷之中，置身其中犹如进入水晶世界。晶莹的宝塔呈现蔚蓝色，绚丽夺目。”

我们这位高级指挥员，惟其长期脚踏实地，深入基层（包括连队乃至哨所），亲临边防第一线，虚怀若谷，不耻下问，善于用军人与作家的双重身份和文武兼备的目光去注视一切、捕捉一切，才可能写出真实感、现场感那么强烈的佳作精品。吴传玖从云贵高原到青藏高原，不仅是在地势上越走越高，直至珠峰 5 400 米的冰雪世界，而且是在对最恶劣的自然环境的认识、对人的体力和毅力的极限的考量、对最艰苦的高海拔地区的边防卫士的理解方面，增长了出自实践的真知，也自然提升了自己的精神境界与审美能力。他的《珠峰》一诗或许蕴涵了质朴而切实的人生感悟：“珠峰不见峰，尽在云雾中，要识真面目，自在攀登中。”这也再次雄辩地印证了陆游的至理名句：“纸上得来终觉浅，绝知此事要躬行。”（《冬夜读书示子聿》）

吴传玖的边防题材散文的第三个特点是，将文学与地理、历史、政治、军事、经济、文化、哲学、民族、宗教以及众多艺术、学术知识和问题有机地结合，融为一体。

传玖天资聪颖，勤奋刻苦，博学多才，三十余年的解放军大学校的培养、锻炼以及政治学院、国防大学、国防科技大学的系统学习和深造，使其成为德才兼优、文武双全的儒将和知识结构完善的学者型作家。鉴于他总是根据工作和创作的需求不断汲取新知识、建树新观念，又善于从社会实践的广博精深的无字之书中吸收养料，致使他的散文不仅题材新颖独到，与时俱进，而且内涵丰赡，信息充盈，思想视角开阔，给读者光彩斑斓、耳目一新之感。这一特色集中而突出地体现在抒写西藏的长篇散文中。应该说，传玖文采斐然的笔下的近乎全景式的西藏画卷，对我而言已不陌生，其中大部分最重要、最精彩的自然风光和人文景观我都亲历亲见过，某些崇山大川、古庙名寺我也作了一定的探究，但是，面对传玖的华章拭目细看，方悉自己在认知上的许多盲点、误点和空白点，不得不叹服作者对所写对象博学多闻，胸有丘壑，了如指掌，落笔则能汪洋恣肆，取精用弘，厚积薄发，控驭自如。例如，在西藏第二大城市日喀则，我曾花了大半天时间参观规模和地位仅次于布达拉宫的黄教四大寺之一的扎什伦布寺，是逐层逐室地仔细瞻赏，且有导游讲解，还照了不少相片，自以为是“应知尽知”了。然而读过《在西藏》后，才发觉对扎什伦布寺的了解是多么欠缺和肤浅。姑且不提作者对该寺的地理环境、历史沿革和建筑结构等等都作了充分的介绍，单说关于新建十世班禅大师的金质灵塔和举行十世班禅法体大迎请仪式的过程，就有绘声绘色、细致入微的生动描述，仿佛回放了 1993 年 8 月 30 日那次最隆重的宗教大典的录像。请看——

天还没亮，扎什伦布寺的大门已提前打开，迎接来自西藏各地的人们。……在一片鼓乐声中，在孜甲经堂被存放 4 年多的十世班禅的法体，被 8 名僧人缓缓抬了出来。——数以万计的日喀则的百姓们在仪仗队的后面，向移动的十世班禅的法体抛去潮水一般的哈达。十世班禅的真身法体被涂上金粉，端端地坐在一顶黄色的轿子里。

众多的僧人护送着法体摇摇晃晃拥进了释颂南捷大殿，大殿里的空间立刻变得十分的狭窄，僧人们小心翼翼地将法体抬上二楼的回廊，在这里预先搭好了一座天桥，从二楼回廊的正面径直通往灵塔的入口处。灵塔深处放着一只特制的保险柜，法体将被放在保险柜里……

第二天灵塔的入口处已经完全封好，那上面安放着一座镶银的十世班禅的塑像，代替法体，供人们永远瞻仰。这一天，扎什伦布寺密宗院的喇嘛们围坐在二楼回廊，在黄色袈裟袍的外面，罩着锦缎彩色坎肩，他们头戴塔形黑帽，两股黑色丝穗从耳边垂在胸前。他们坐在这里，整整一天，念诵着神秘的《大威德金刚经》……

第三天，整个典礼中最隆重、最富于神秘色彩的火供仪式拉开了帷幕。……众僧们的诵经声中，祭火被点燃。坐在防火隔断后面的嘎金活佛用一只长柄铁勺舀起被化成液体的酥油，一边念经一边浇向火中……

班禅灵塔开光法事从藏历七月十五日开始，连续进行三天，内容是“曲江尼色”（一种护法神仪式）……“开光”就是要给佛像装饰，并且收集鲜花、青稞等，还要洒水进行洗礼。

火供的主持人必须是“金刚上师”，还要具备十个条件，包括要受过沙弥戒、比丘戒。扎什伦布寺自一世达赖根敦珠巴创建以来，是宗喀巴所创格鲁派的最大的宗院，所以只有受过比丘戒以上的喇嘛才能主持火供。……宗教上讲火供的仪式是祈求吉祥、防病、平安无事、解脱苦难、长寿、辟邪。洒水洗礼，就是象征性地洗澡、穿上干净衣服。

十世班禅灵塔的祀殿的修建，用了3年的时间，取名为“释颂南捷”，藏语中“释颂”的意思为三界致胜，佛教中的地下、地面和上空为三界；“南捷”则是战胜的意思。这座祀殿里的金质灵塔高度为11.55米，总投资为6 406万元，据说灵塔里共用黄金614公斤，白银275公斤，塔身镶各种宝石1 080颗，是历代班禅中唯一全部用黄金包裹的灵塔。

如此细腻、精致的文化含金量很高的章节，在吴传玖的散文中比比皆是，可以称作文学性与知识性紧密结合的典范。

当然，作品里还娴熟地运用了诗情与哲理的交织、艺术与科学的统一等美学原则，值得我们在阅读时加以品赏和玩味。囿于篇幅，不再一一举例。

这里，我想强调的一点是，诚然，传玖此类作品的大量内容都在热烈赞美祖国西南边疆的壮丽神奇的锦绣江山，纵情讴歌各民族的悠久历史和丰繁文化，大力宣扬我们党领导的人民军队的高贵品质和丰功伟绩，不过，作者并没有忽视和回避现实世界中存在的一些尖锐矛盾和敏感问题。例如青藏高原生态环境变异的现状和保护问题，就牵动了这位将军作家的忧患神经，他写道："冰雪国际委员会预测：喜马拉雅山部分冰山，将在2035年消失。这是让人毛骨悚然的事情。他们报告说：喜马拉雅山的冰川在未来的40年之内消失。融化后的冰川将引发洪水，洪水过后，南亚的一些河流会因缺水而干涸。一个最明显的例子就是恒河源头的冰川正在以每年30米的速度消失，以目前的速度看喜马拉雅山冰川将在上述年代里消失殆尽。——冰川的融水为南亚的河流提供了2/3的水量，而这些河流又是为数以亿计的人提供水源。科学家们还认为：冰川在融化的同时，会在周围产生许多湖泊。而湖水中则充满了冰块和冰碛。冰碛相当不稳定，一旦湖泊崩溃，将引发洪水，洪水会危及印度、巴基斯坦、不丹和中国。这就是未来的喜马拉雅山的命运，这就是珠穆朗玛峰的最后归宿，让人不敢相信。"现在，为此危机而担忧和呼救的人与日俱增。我在往返珠峰的旅程中，就听到国内外不少人发出的一种声音：不赞成大规模开发珠峰的旅游业，以遏止环境、气候的加速恶化。

吴传玖的散文除了军旅题材，写得最多的是表现个人成长历程和感情生活的作品。这些作品我最爱看，每每手不释卷、必欲一口气卒读而尽兴，原因是想窥见一位将军作家的人生轨迹，对他的成功诀窍探赜索隐，何况他是我尊敬、佩服的亲如兄弟的老友。这类散文贯串和渗透了丰沛而真挚的人情：亲情、爱情、友情、师生情、同学情、同事情、战友情，甚至还有一面之交情，当然也应包含乡情、第二故乡情以及对长期战斗、工作过的沙场和地域的眷念之情。这些情深意切的作品，题材不拘一格，信手拈来，感触发自胸臆，呼之即出，表达方式宛若行云流水，文理自然，挥洒自如，语言更是从容畅达，质朴无华，无须刻意雕饰。

我很喜欢传玖写他父母亲和少儿时期的一组文章，确乎深情缱绻，幽思绵绵，充满童真和童趣。特别是那篇《听妈妈讲那过去的事情》，记叙母亲用地道的重庆方言回忆作者的童年生活，真是妙趣横生，别有风味。你听："有一天你们班主任又来家访，说起你家娃儿都读三年级，快升四年级了，都还没有争取入队。班里有好多同学一二年级就入队了。……你还要点小脾气说老师又没给你说，好像要等老师主动来请你入队。……大概是又拖了几个月才批准入了队，听班主任说，主要是你上课时坐的姿势不端正，后来改过来了，好了，所以才批准你入了队。我记得你入队以后，回家那天才有点滑稽哟，只穿了件白衬衫，却没有戴新红领巾，我问你为啥子不戴红领巾，你说都四年级了才入队，碰到院子里的人，好羞人哦！我叫你赶快把装在裤子荷包里的红领巾拿出来，不要揉皱了。我当时心头想，这娃儿快有出息了，知道害羞了。其实我知道你从小就是个裤裆面包的，害羞、怕见人。你现在长这么大了，好像是改过来了哈。入队以后，你就活像变了个人。学习成绩越来越好。每学期好像都是全班第一了吧……其实，我们做父母的也帮不了你多少，你爸爸文化高一点，还可以说两句。我记得他小时侯教你练毛笔字倒是嘿严的。叫你手心空着握个鸡蛋，把毛笔夹紧。我看还是起作用，否则你现在写字还是鬼画桃符……""你考上南开中学在机关大院都引起了很大的震动，活像中了状元一样。……我和你爸爸心头嘿高兴，但也没有在别人面前去表露出什么……"从年迈母亲絮絮叨叨的"摆龙门阵"里，我们即可尝鼎一脔，体味到多么温厚、深沉的母爱和父爱；那些平淡、率真的倾诉，又流露出对成功儿子的掩饰不住的自豪感、荣耀感。而在另一篇《母亲八十岁生日庆贺会致辞》里，则淋漓尽致地表达了作者对双亲的感恩戴德之情，其中写道："吾辈儿孙将永生铭记母亲和父亲所赐予我们的骨血之情，所滋润我们的养育之恩，所传承我们的圣贤之德。真可谓天地之悠悠，宇宙之煌煌，莫若父母之惺惺兮！"而传玖又继承父母亲的高尚德行，将之用于对女儿的培养、教育。在《给女儿的信》里，集中凝聚了一位素养很高的军人父亲的人生观、苦乐观和教育观。他在信末称"这不是父亲对女儿的某种说教，而是一次朋友之间平等的思想交流。"严格而合理的家庭教育，父母亲的表率作用和正确爱护方式，使生活条件优裕的独生女儿从小受到良好影响，身心健康地成长。

传玖同志有一个美满幸福的军人家庭，他的岳父母、妻子都是参加革命几十年的老军人，女儿、女婿同时于国防科技大学毕业后，分别在国防大学和总参谋部供职，从事高科技的研究和教学工作。这些亲人无不成为传玖的写作对象。故而，这部书的主人公们囊括了年龄和职务大大小小的几代军人，题为《当兵的人》是名至实归、非常贴切的。

吴传玖将军利用繁忙的军政要务之余的时间，始终不渝地坚持搞创作、做学问，孜孜不倦地著书立说，迄今已公开出版《当兵的人——我的人生笔记》、《与诗歌同行——吴传玖将军诗选》、《戍边儿女英雄传》、《金石恋》、《生命与思想》、《难忘的岁月》、《遥远的金朗鸟》、《圣歌》、《鲁迅诗释读》、《中国成语诗话》、《敬业奉献好军医——李素芝》、《经常性思想工作实用手册》、《新编经常性思想工作实用手册》、《文山州军事志》等十四部著作，并在全国报刊上发表长、中、短篇小说，纪实文学，散文，诗歌，影视文学剧本及文艺理论文章等，计二百六十余万字。此外，他还完成了不少功底不凡的书法佳作。如此多样的文化艺术造诣集于一人，如此丰硕的创作与学术成果出自他的手，这在军内外职业作家中都是难能可贵和出类拔萃的。

吴传玖同志在精神文明的领域里已然作出杰出的贡献，但他仍在不断地奋斗和进取，有如一位文化战线的老将，即使长踞高原阵地，身经百战，功成名就，依然还要朝着文学艺术的珠穆朗玛峰的目标不断攀登。他，不愧为我们学习的楷模和标兵。今天，在恭读他的新著之后，写下这篇心得体会式的小文章，也是为了抛砖引玉，向作者和方家们请教，敬求雅正。

（原载《边疆文学·文艺评论》2009年第3期，2009年5月29日《云南日报》转载）

不断发掘生活的诗意

——白族作家张长及其创作

我这个在上海、北京长大的汉族人，所以主动要求调到少数民族众多的云南工作，而且深深地爱上了祖国边疆的这块宝地，一个重要的原因，是因为这里绚丽多彩的自然美、生活美吸引了我，迷醉了我；反映云南各族人民生活的文艺作品感染了我，陶冶了我。其中也包括张长的许多优美诗文对我的潜移默化的影响。早在20世纪60年代初，我在北方一所大学任教时，就从报刊上读过张长的一些描写西双版纳风情的诗歌和散文，觉得新奇秀丽，别有韵味。1965年夏天，我带着一个创作任务到西双版纳勐海县格朗和区深入生活，适逢张长也在那里出差。这次邂逅相遇是我们友谊的发轫。当时他还是个容貌稚嫩的年轻人，常年穿着一套洗得泛白、打着补丁的蓝制服。瘦削、颀长的身材，显得体质单薄，然而清秀、白净的脸上，一双大而明亮的眼睛却炯炯有神，对周围的一切都怀有一颗炽烈的童心和浓厚的兴趣。由于爱好相投，我们一见如故，时而并肩徜徉在风景幽美的僾尼山野，时而促膝交谈于绿草如茵的黑龙潭畔，海阔天空，无所不谈，话题最多的是西双版纳的风土人情和文学创作。那次初交，张长直率、热情、朴实、平易的性格和生气勃勃的诗人气质，给我留下了亲切的印象。尤其使我感到惊异和钦佩的是，这位并没有进过大学，也从未出过省界的少数民族业余作者，竟有那样广博的知识、丰富的感情和敏捷的才思；他对生活、对创作的一些深刻体验、独到见解，委实令我自愧弗如。

张长今年四十五岁，生于云南省大理州云龙县一个白族贫农家庭。从童年起，他就受到白族民间口头文学的滋养和熏陶。1950年家乡解放后，他进入初中，开始接触到“五四”以来的新文学。1953年他考上昆明医士学校，除了学习专业外，得以阅读各种外国名著，扩大了文学视野，并不时悄悄地试写一点学生式的小诗。1956 年毕业分配时，他填报的第一志愿是西双版纳，想到那神奇富饶而缺医少药的异乡当一名“摩雅”（傣语：医生），同时也憧憬着搞点业余写作。就这样，他翻过无量山脉，穿过原始森林，来到版纳勐养（相当于公社）的一个小卫生所工作。

勐养方圆二百里的重点自然保护区，举目是蛮荒的亚热带雨林。那里时时可以听到原鸡“茶花两朵”的歌声，处处可以见到野象群的活动足迹……这块未经开发的处女地，保持着最原始、最鲜明的大自然的美。那里的民族风情也是最绚丽、最醇厚的：节假日喧闹的象脚鼓和铓锣声，月夜里串姑娘的缠绵恋歌与轻柔琴声，以及欢腾的贺新房、风趣的拴线礼、娇美的孔雀舞……这一切使张长目迷五色，如痴如醉，仿佛坠入一个妙不可言的童话世界。“啊！这里是美丽的：每一个角落都能画一幅好画。这里是神奇的：每一张树叶都能写出好诗一首。”（《西双版纳欢迎您》）正是这种由自然美、生活美唤起的无比新鲜的艺术感受，像燧石击发的第一朵火花，像种子萌生的第一枚幼芽，诱动了张长歌唱西双版纳的最初的诗情。

1957 年，他的处女作——题名为《傣寨速写》的一组诗在《红岩》上发表了，署的是原名赵培中。接着，他取了“张长”这个笔名。他用母亲的姓氏，是为了表达他对故乡那位善良、淳朴的白族劳动妇女的挚爱和眷念；而整个笔名却来源于《说文解字》中的“张长我弓”，寄寓着一个有志青年奋发努力的抱负。他曾对我说：“张开的弓，总意味着一种积极进取的精神。我决心像张弓待发的一支箭，飞速奔向自己的目标。”果然，自此以后，张长就像磨砺箭簇一样地刻苦练笔，不断提高文学的“弓法”、“箭术”。他更加自觉地观察体验生活，矢志不渝地去追求、发掘、表现边疆的自然美和少数民族的生活美、心灵美。从 50 年代末到 60 年代初，他在各地报刊上发表了近百首诗和数十篇散文。其中有些作品被收入全国性的诗歌、散文选集，《捣米》一诗还被译成英文。1960 年，上海文艺出版社为这个二十一岁的年轻人出了第一本诗集《澜沧江之歌》。当时国民经济正遇到暂时困难，为了支援当地群众的生产发展，张长把近千元稿费全部捐献给了他曾为之洒过汗水的曼茂耐水库的修建工程。也就在那一年，张长被调到中共景洪县委工作。然而，他大部分时间仍然扎在农村，从春耕到秋收，从征粮到调整生产关系，他无不参加。他同傣族、哈尼族、拉祜族、基诺族的群众一道出工劳动，一道饮食起居，一道在山头、河畔、竹楼上、篝火边……欢度各种独具民族风采的节日。于是，张长从生活土壤中汲取到愈益丰沛的养分。他对各族兄弟姐妹的爱更加浓烈，对边疆生活的感受也更加深切了。

张长那些富有真情实感的成功之作，都是从生活矿藏中开采和提炼的宝石，都是爱与美浑然一体的结晶。

张长作品的基本主题是歌颂边疆各民族的普通劳动者。他笔下的人物大都是农民、社队干部、小学教师、知识青年、乡村医生、农业技术员、乡村邮递员、伐木工人、边防战士、小报记者……由于张长熟悉他们，热爱他们，尽管他们各有不同的职业、身份、性格、气质，却都使人感到真实、自然、淳朴、可爱。他们身上散发着浓郁的乡土气息、民族风味，又体现出了时代精神。

在大量激情荡漾的短诗里，张长的歌，唱给“爬着几十度的陡坡，背着几十斤的重负，手里还要搓一根线，鼻孔里还要哼一支歌”的僾尼姑娘，唱给“身形那么剽悍，不大喜爱说话，百来斤担子不弯腰，走路一跨三尺八”的基诺族的儿子；他颂扬“来无影，去无踪”，“每尺土地上都有个脚印”的“边疆潜伏哨”；他颂扬把“宇宙里一株奇妙的树——电光”移植地上，“让它闪光的果子照亮生活”的“光的播种者”；他赞美雷锋式的哈尼族先进妇女——“丹格的心”；他赞美“一颗无名的艺术之星”——“恩帅三的鼓点”……在这一幅幅人物速写组成的画廊里，“看啊，他们像是星星那样闪光，星星则如他们那么瑰丽”。在许多兼长抒情、叙事之美的散文里，普通劳动者的形象美和精神美则附丽于独特的诗化的艺术形式之中。张长擅长运用虚实相生的结构和寓意隽永的比喻，把被歌颂者的内在本质和某种物象的外表特征融为一体。请看：

太阳花，“是一种不知名的小红花。花虽小，却红得灼眼。不开花时，朴素得像一丛小草，路边、墙脚，不注意根本认不出来。可只要一见太阳，哗一下，一片地全红了!”这是在写一群朝气蓬勃、富有理想的回乡知识青年。

柚木，是一种珍贵的热带植物，“木质之坚硬，在所有木材中首屈一指。虫不能蛀，水不能腐。”这是在写任劳任怨、意志坚韧的伐木工人。

那飞翔于高山密林间的鸿雁，是“双脚踏遍了边疆的万水千山”的“春的使者”——乡村邮递员。

至于“今天从这条箐沟钻下去，明天又从那个山头钻出来”的蚯蚓，则是一心改良土壤的农业技术员的动人形象。

张长歌颂先进人物，除了凭借具体物象达到诗意和哲理的和谐统一外，还由此生发，推而广之，去作更广阔、更本质的概括。《我们边疆的山》，把边防战士喻为连绵千里的一座座巍峨的高山。文中写阿佤山某哨所的一位排长:“目送我远去，频频挥手，当我再回头时，只模糊看见一个绿色的身影，越来越淡，最终消失在一片绿色的梯田和苍碧的森林的背景上了，和山化为一体。”多么含蓄，多么耐人咀嚼。这是作者刻意追求的一种美学趣味，是他从先进人物身上发掘到的一种美学趣味，也是他从先进人物身上发掘到的一种具有普遍意义的品格和素质。

张长从事创作，是按照诗—散文诗—散文—小说这条轨迹发展的。青年时期，他写诗的激情，有如拔地而起的凤尾竹喷涌出“翡翠的喷泉”。接着，为了以挥洒自如的笔墨抒发日益丰富的生活感受，他又学写行文自由、无须押韵的散文诗。后来，他要表现有情节、有人物的更充实的内容，又开始学写兼能叙事抒情的散文。经过十年内乱，在历史的曲折发展中，他博览世态，熟谙人情，对生活进行了严峻、深沉的思考。于是，他不再只是睁大单纯、童真的眼睛去观察一切，不满足于写早期那种色彩缤纷、情调安恬的牧歌式的诗文。近几年来，他探求着用小说的形式，通过塑造典型人物，去揭示矛盾，剖析人生，开掘主题，赋予作品更大的容量和更深的内涵。张长不管创作体裁有怎样的变化，始终保持着一脉相承的艺术风格，那就是致力于追求一种幽深、隽永的诗意美。他的散文、小说都像写诗那样，充满了诗的情致、诗的构思、诗的格调、诗的语言。

一般说来，他的诗，色彩柔美而不浓烈，音调悠扬而不高亢；文笔清丽而不失之纤巧，内蕴含蓄而不陷于晦涩。他的诗以阴柔之美为主而时露阳刚，以婉约之风为主而偶显豪放。

张长说："我有意地在自己的散文中承继了来自诗和散文诗的一些特点。"（《紫色的山谷·后记》）张长散文中的意境，一般不是豪放淋漓的尽情倾吐，而是以委婉曲折、含蕴沉湎的笔触抒写细腻的意象和感情，但又不是令人扑朔迷离，捉摸不定的。它们往往将抒情与写景、写人与状物结合起来，在情景交融、事理相契之中，做到文有尽而意无穷。

张长的短篇小说沿袭和发展了散文的写法，同样具有盎然的诗意。作者不着意追求故事结构的完整、缜密，塑造人物不作孤立的肖像描写、静止的心理刻画，而是让有灵有肉的人物在典型化的环境、情势、氛围中进行活动，展示性格，以诗的语言去描绘人物的微妙感情和内心世界，形成一种叙事诗式的结构，从而创造出一种促人深思遐想的诗化的意境、诗化的艺术形象。

当然，张长的创作个性还在继续变化、发展，他还在不断地捕捉新的题材，探索新的表现手法。如以匡正时弊、针砭痼疾为主旨的《希望的绿叶》和近年来发表的《失灵了的算盘图腾》等短篇小说，不论从内容、主题或艺术形式来看，都开了张长作品的新生面：它们是讽刺诗和抒情诗的浑然化合，于俊爽雅洁中闪现锋芒，于委婉含蓄中显出骨力，可谓刚柔相济。然而这些作品并没有改变张长艺术风格的基本特色，而是在他长期形成的创作个性相对稳定的基础上，为了适应时代和生活的发展，沿着自己艺术特长的方向，在思想和艺术上进行更宽广、更深厚的探求和开拓。这是一个作家勇于独辟蹊径、不愿故步自封的进取的表现，也是他的美学思想和艺术创作日趋成熟的重要标志。

如今，张长已从一个普通的业余文学爱好者成长为一个颇有成就的少数民族作家。近几年来，他出版了短诗集《凤尾竹的梦》、《边寨的爱》，长诗集《勐巴纳西》，散文集《紫色的山谷》与散文诗、散文、短篇小说合集《三色虹》。他的作品在全国、全省多次荣获文学创作奖。张长是中国作家协会会员、作协云南分会理事,《边疆文艺》编委,但我常听他谦逊地说:“我仍然还是个业余作者,而且写得太少。我还要认真深入生活,刻苦学习各种知识,加强创作实践,努力争取向人民多奉献一些好的作品。”

(原载《民族文学》1983 年第 4 期)

瑰丽的青春　热情的赞歌

——赏析全国优秀小说《空谷兰》

我省白族作家张长同志的《空谷兰》（发表于《解放军文艺》1979 年 12 月号），被评定为 1979 年全国二十五篇优秀短篇小说之一。

这篇小说用第一人称的写法，以上海知识青年居民杰在云南边疆僾尼山寨扎根，立志为边疆教育事业献身的动人故事为主线，塑造了一个胸怀革命大志而又脚踏实地地在艰苦的生活环境和斗争风雨中锻炼成长的年轻人的形象。作品在歌颂主人公的精神风貌和世界观转变的同时，还通过刻画他的对立面萍萍——这个由于浓厚的小资产阶级思想没有得到改造，终于成了新长征中的逃兵的人物形象，鞭笞了那种精神空虚、庸碌无为、好逸恶劳、自私自利的市侩式的灵魂，从一个侧面批判了无政府主义和极端个人主义思潮。张长从生活出发，遵循艺术的真实性和社会主义的倾向性相结合的原则，确定和表现了富有时代特色和现实教育意义的主题思想，在作品中创造了三个思想性格不同的典型人物形象，并通过他们之间的矛盾关系及其变化发展，提出和回答了人们普遍关心的问题：在这新旧交替、除旧布新的历史新时期，一代青年应该怎样做人，怎样生活，走什么道路。这篇反映知青上山下乡的小说，没有落于同类题材作品的窠臼，也没有赶浪头似地去编造曾经风靡一时的怪诞离奇的故事情节，或者去孤立、静止地渲染知青的痛苦、感伤、颓废、绝望的精神状态，而是描绘了知识青年的先进代表人物，对他们四海为家、以苦为荣、一心干革命、一生为人民的正确方向和平凡而伟大的业绩唱了赞歌。这也正是小说难能可贵之处。《空谷兰》里的人物、情节在现实中是有一定的原型、素材作依据的（包括上海知青与僾尼姑娘结婚的真人真事）。作者接触过一些居民杰式的先进青年，被他们志在四方的壮美情怀和勤谨刻苦的工作态度所深深感动，从而激起了创作欲望，要表现他们，歌颂他们。从作品中代表光明、美好的正面力量的先进人物的身上，读者可以看到社会主义青年一代的本质和主流。请看，在少数人大刮回城风的时候，处于矛盾冲突的漩涡中心的“我”，是何等勇敢地顶住了逆流的冲击，矢志不渝地坚守着革命岗位。当他的情侣萍萍为了拉他一起脱离边疆、倒流上海而极尽诱惑、软化、嘲讽、侮辱之能事时，他却像偻尼山那样巍然屹立，不为风雨所动。最后他尽管被对方冷酷无情地抛弃了，然而他并不感到孤独，也没有熄灭自己的理想和信念之火。他从志同道合的偻尼人民办教师兰芮那里获得了纯洁、真诚的爱情和义无反顾的前进力量，他说：“我这一辈子就要和这纯真的姑娘在一起，和青青的偻尼山在一起。”小说结尾，正是以这种高昂、明朗、乐观的抒情笔调，显示了发展中的新生事物是不可战胜的力量和展现了先进人物的锦绣前程。

小说中安排了一条贯穿全篇的爱情副线，透过三个男女青年的微妙关系和爱情纠葛，揭示了两种迥然不同的人生观和恋爱观的矛盾冲突。萍萍是个华而不实、俗不可耐的充满小市民习气和低级趣味的人物。她的处世哲学是所谓“唯物”主义，“讲究实际”；她爱慕虚荣，贪图物质生活享受；对待爱情的态度，是那样的自私、狭隘、庸俗、轻浮，纵令她与“我”已经相处几年，有了一定的感情，但为了回上海，不惜残酷地蹂躏“我”的心。比起她的“实际利益”，“我”是第二位的。他们的感情破裂是志向、性格、情操、趣味的矛盾不可调和的必然结果。小说用富有诗意美的笔触，描绘了“我”和兰芮在共同理想基础上的珠联璧合。在兰芮身上，有一颗“纯洁而又赤诚的心”，宛如寄生在老林大树上的蓝色的伊散玉瑟花（即“空谷兰”），从内到外沁发出“动人心脾的清香”。她是那样深挚地热爱自己的民族、自己的家乡，那样执著地忠诚党的教育工作。经过一段甘苦与共的工作实践，“我”突然发现：“我和她心里有一条渠道互相沟通。我想，这也许是那种都希望把这学校办下去、办好的思想感情吧？”作品中反复出现了他俩在河里架桥的情景，它象征着边疆教师的辛勤劳动是在为攀登文化知识高峰的各民族孩子“搭桥铺路”，也透露出这样一个生活真谛：共同的崇高事业和美好理想，是真诚爱情的坚实桥梁。

《空谷兰》在艺术上具有浓郁的边疆生活气息和地方民族色彩。刘勰说过："窥情风景之上，钻貌草木之中，吟咏所发，志惟深远。"（《文心雕龙·物色》）。《空谷兰》中绚丽多姿的风俗画面和自然景色，是典型环境的有机组成部分，起着烘托气氛、映衬人物、扣连情节、显示主题的作用。

“问渠那得清如许？为有源头活水来”。《空谷兰》之所以具有深刻的现实教育意义和魅人的艺术感染力，是因为作者对他所反映的生活异常熟悉，进行过深入的观察、体验。张长同志曾在西双版纳地区工作了十几个春秋，有机会与边疆少数民族朝夕相处，建立了深厚的感情。他对当地有关民族的历史、现状以及风俗习惯、心理素质比较了解，平时注意体察各种自然环境及其变化。去年夏天，张长随省委调查团到僾尼人聚居的勐海县巴达公社蹲点期间，又有了新的感受。《空谷兰》，就是他在临近国境线的一座壮丽的僾尼山上构思、创作的。这朵别具特色的香花植根于丰厚、肥腴的生活土壤，又吸收了春天的阳光雨露和新鲜空气，才开放得如此鲜艳夺目、芳馨四溢。

（原载 1980 年 4 月 24 日《云南日报》）

简评赵廷光的《论瑶族传统文化》

前几年，因工作需要，时常向赵廷光同志请教瑶族历史、文化、风习、人情诸方面的知识。他每每倾筐倒箧，不吝赐教，并将其撰写的有关论文乃至尚未发表的原始手稿奉献出来，供我参考，因此，我有幸比较系统地接触他历年来潜心研究的学术成果，受益匪浅。赵廷光的《论瑶族传统文化》出版后，我再次阅读了书中的一篇篇论文，倍觉亲切，颇有温故而知新之感。

这部十八万字的学术专著，荟萃了作者对自己民族的悠久文明历史和特殊文化传统进行长期探究、深入反思的理论精华，共收入《盘古、盘瓠考》、《试论盘古和盘瓠与瑶族的关系》、《瑶族度戒与道教的关系》、《论瑶族的传统道德观念及其演变》、《瑶、汉民族关系发展史研究》、《云南蓝靛瑶婚俗》、《瑶族彩包》七篇较长的论文。这些著述，是根据大量的汉族典籍、瑶族宗教经典、瑶族过山榜、瑶族寻亲歌信和民族学家论著所提供的文字资料，凭借20世纪50年代末、60年代初作者在瑶族聚居地区从事广泛的社会调查所获取的第一手材料，特别是熔铸了三十年来在工作实践中不断积累的经验和新知，而作出的理论上的思考和阐发。

《论瑶族传统文化》由于占有极其丰厚、翔实的研究资料，包括瑶族历史、文化、宗教、伦理道德、风俗习惯、故事传说、民族语言等等方面的真情实况和独特现象，致使本书具有很高的史料价值，同时能从宏观的角度，把瑶族与众不同、独行特立的文化传统放在广阔的时代环境里作比较全面的审视和综合分析。如作者在论述瑶族传统道德观念的演变时，就不仅仅限于从各个社会历史发展阶段一般的经济、政治状况进行解释，还特别强调了民间律法（瑶老制、石牌制等）对调整人与人之间的关系的重要作用，以及道教及其创造神盘古、“度戒”仪式等对瑶族传统道德的深刻影响。

运用历史唯物主义和辩证唯物主义观点，对瑶族的古老文化加以科学的论证、阐扬，是这部著作贯穿始终的思想精髓和哲学基础。如作者通过详尽的史料考证和实事求是的、具有信服力的条分缕析，判断盘古和盘瓠不独是两个不同时代的传说中的人物，而且都是被宗教异化了的人性神格化的人类祖先。他们既不是别的自然物类，亦非类似“绝对观念”的精神实体。至于瑶族人民沿袭几千年对盘古和盘瓠的缅怀和崇敬，以及“盘王节”的习俗历久不衰，都是出于传播“古训”，延续民族道德传统，增强民族凝聚力的愿望和表现。故而，这部著作不但具有较高的学术价值，还达到了很深的理论层次。

《论瑶族传统文化》的另一个显著特点是采取比较文化的研究方法，把一个民族的文化放置在纵横交错的大文化系统的网络之中，与上下左右的文化现象作有机的联系、对照、类比，从而探求和揭示它的本质特征和发展规律。这在书中主要表现为两个范畴：一是以瑶族文化本身素有的品格作对比参照系，将瑶族各个历史时期，尤其是社会主义新时期的文化演变进行纵向比较。如对瑶族的传统道德观念——勤耕、勤学、斗争、爱国、平等、互助、信用、和睦、公有、认祖观念——在不同社会发展阶段的变化、演进，特别是对瑶族传统文化中优良的伦理观念、道德规范在当今时代的继承和发扬，以及与社会主义精神文明建设的关系，作者都作了缜密的表述和透辟的分析。二是将瑶族文化和其他兄弟民族，主要是汉族文化进行横向比较。本书结合大量的例证，评述了瑶、汉两族在文化上互相交流、渗透的史实和彼此补益、促进的效用，其中特别提及瑶族长期借用汉族文字构成汉字瑶语，对瑶族文化教育发展的影响。由此出发，作者进而强调了这样一个真理：各民族文化的融合，对于建立平等互助、团结合作、共同繁荣的新型民族关系有着异常重要的积极意义。

《论瑶族传统文化》一书，还附录了瑶族《寻亲歌信》、《盘王遗训》两篇译文，这两首源远流长的大型诗歌，均采用七言的汉字瑶语，内涵相当繁富，涉及瑶族的起源、离散、历史发展和经济、文化、宗教、哲学思想、民族关系等各个方面，是两份珍稀文化资料。鉴于汉字瑶语有三种不同的读音，两首长诗在流传时发生变异甚至不乏错讹，翻译难度较大，需要克服语义、语韵和不规范自创字三大障碍。而赵廷光同志因为精通本民族语言，又有相应的汉语言文学修养，喜爱读诗写诗，加之治学严谨，一丝不苟，译文堪称信、达、雅高度统一，准确而通俗地表明了原文的哲理内容和诗化意境，而且做到合辙押韵、流畅自然、朗朗上口，具有很强的音乐性和格律性，这是难能可贵的。例如："黄纸灯头五更鸡，正是男人立志时。黑发不知勤学早，白头方悔读书迟。""兄弟姐妹一家亲，手足恩情似海深。前世姻缘修得好，今世同一爹娘生。""有理不在强夺口，宽宏大度才是仁，忠厚自有忠厚报，作恶害己又害人。"这类古训，诚如言简意赅的谚语和发人深思的警句。

综观全书，《论瑶族传统文化》不失为一部资料丰盈、内容新颖、观点鲜明的学术著作，作者为研究瑶族文化传统做了许多富有开拓性的工作；无怪乎楚图南、费孝通二位老先生为本书分别题词道："治学励风骨，创业为人民。""历史悠久，丰富多彩的瑶族文化。"诚然，体现于本书中的学风和文风是老老实实、扎扎实实、朴朴实实的，值得学习和倡导。当今，有的人，尤其是来自外地的某些"专门家"、"淘金者"，在从事民族问题研究或民族题材创作时，不下到民族地区深入生活、深入实际，做艰苦细致的调查工作，充其量只是去边疆走马观花地转游一下，浮光掠影，浅尝辄止，便奢望随心所欲地高谈阔论，著书立说，在学术上作出什么建树，或者搞出什么惊世骇俗的影视之类的大型作品来，那显然是违反科学原则和艺术规律的。其结果不是粗制滥造，胡编乱撰，错谬百出，就是东拼西凑，东抄西摘，甚至不惜施用改头换面、移花接木之技，将他人千辛万苦、呕心沥血研究和创造的成果窃为己有。这当然是不可取的。

目前，瑶族在我国境内共有二百多万人，在亚洲、欧洲、北美洲、大洋洲也居住着不少瑶民后裔，他们大都有强烈的寻根认祖意识，将本民族的悠久历史和优良文化传统视为家珍国宝。这本书不仅对于从事民族学、民俗学、历史学、社会学研究的同志颇有裨益，对于在民族聚居地生活和工作的人们都有启迪和借鉴意义，就是对于加强爱国统一战线和国际文化交流也自有其一定的功用。

（原载1994年6月7日《云南日报》）

微弱生命的高昂强音

——读解潘柏君其人其文

这是一位年轻的残疾人作家，叫潘柏君，在中国的文坛上这绝对是个极其陌生的名字。我们都熟知前苏联的尼·奥斯特洛夫斯基，中国的革命老前辈吴运铎、高士其和当代作家张海迪、史铁生、王占军，他们都因为是身残志坚，创作了鼓舞人心的优秀作品而闻名于世，博受尊崇的。现在我要为之宣传、评论乃至大唱赞歌的潘柏君及其作品，也许远远不及上述名人名作，犹如小草之于大树，但是，由于这位如今只有三十岁的重残一级的作家，他的身体状况和生活条件更恶劣，贫困程度更严重，因此他的写作就更艰难，他的成果也就更显得可贵。可以说，他是在一边与病魔和死神拼命搏斗，一边在煎熬自己的病残之躯进行笔耕的。真乃：“满纸肺腑言，一身血与汗。谁知文中字，笔笔皆痛苦。”

我是在一个偶然的机会结识潘柏君的。那是2004年4月18日，在云南省当代文学研究会于昆明举行的年会上，我注意到，在我身边的一个二十多岁的素不相识的面色苍白的瘦弱的年轻人，始终纹丝不动地正襟危坐着，目光专注地凝视着讲台，认真倾听着每一个人的发言，即使会间休息时也不活动一下身子，甚至从不举起他面前的纸杯喝一口水。经我好奇地询问，方知他是一位来自无量山深处的农民，与众多的与会者一样是当代文学研究会和作家协会的一名会员。令人大吃一惊和匪夷所思的是，他竟然是个满身伤残的站不起来的危重病人。会后，我们成为过从较多的朋友，他向我坦诚地陈述了自己的身世、家庭和不幸遭遇，倾吐了内心的思想情感乃至隐私，同时提供了大量发表和手写的作品，谦恭地表示，期望我能给他一些指点和帮助。除了电话和书信往来，2005年春节前潘柏君来昆明治病时，我专门去看望他，作了长时间的推心置腹的交谈。因此，我对这位可怜复可敬的文友逐渐加深了认识和理解。

潘柏君，出生在思茅市景东县漫湾镇安召村湾子组的彝族家庭。初中毕业后，曾在当地担任过七年小学代课老师。1997 年 12 月 3 日不幸遭遇车祸，造成头、面、背部和髋骨（组成骨盆的大骨）等多处重伤，双腿脱臼，乃至肝脾破裂、胸腔积液。虽经省内外专家六次重大手术、竭力救治，保留下一条性命，最终还是由于颈椎、胸椎的粉碎性骨折导致高位截瘫，四肢功能丧失。在昆明医院住了两年回到家乡不久，潘柏君的爷爷和父亲因病相继去世，后来母亲也改嫁离家，身边只剩下体弱多病的妻子和幼儿。在债台高筑、贫病交加的窘境中，潘柏君没有悲观绝望，依然能勇于直面残酷的命运，立志用文化知识和自身的力量来改变人生。可是，车祸带来的大脑、眼睛和神经系统等方面的后遗症使他连起码的常用汉字都忘得一干二净，万般无奈，只好从查阅《新华字典》开始，一字一字地重新学起。他每天坚持学五页，硬是花了四个多月的时间，才把六百三十四页的《新华字典》啃完。

记忆力渐渐恢复后，潘柏君又自学了汉语言文学专业的全部课程，并攻读了一千多万字的中外名著。“读书破万卷，下笔如有神”。“读书千遍，其义自现”。于是，这位年轻的残疾人萌发了提笔写作的欲望和激情。我们来看一看，潘柏君的第一篇作品是怎样问世的。

那是 1998 年 8 月，由于他长期卧床，褥疮感染，不时发高烧。经历了半年多的病痛折磨，潘柏君思绪万千、感慨无穷，很想把自己的一腔愁苦和悲愤之情倾吐出来，诉诸笔端，可是他脊椎上固定着两块钢板，加之因截瘫平面高致使双手一点也动弹不了，只得用口述的方法，由背着婴儿的妻子李俊玢坐在病榻边记录。记完后，让妻子一遍遍念给他听，又一遍遍修改，就这样反复折腾了几天，才好不容易完成了第一篇文学作品——《八月感怀》。从这篇散文的最后部分可以感察到，一个刚从地狱门口逃脱出来的罹难者的心境是多么悲凉和惆怅，充斥着迷茫无措的基本情调，请看：“我终于被人抬着回到了家中，妻子面对眼前这个超越所有恶梦的残酷现实，面对这个只有五分之一的躯体标明还是个活物的丈夫，终日以泪洗面，往日如花的笑靥荡然无存。突如其来的变故，使刚二十挂零的她，似乎骤然间成熟起来。残废的丈夫、幼小的儿子、多病的公婆、繁重的家务、一块块责任田，从此构成了她人生的全部风景线。而我，除了在心灵深处尘封起自己的悲叹和歉疚外，还能做什么呢！”不过，那不乏诗意的结尾仍依稀透露出些许的亮色：“走进八月，我小屋外山中的苞谷熟了，麦子黄了，虽然今年的雨水特重，可庄稼地里熟透了的苞谷香味仍溢过土墙，一股股漾进我鼻孔里来。也许，再也没有生涩的遗憾了。金秋八月，我唯一能做的只有面对土墙抒发感怀。”潘柏君让妻子把文稿寄到县委、县政府主办的《景东报》。两个月后的10月20日，《景东报》竟然刊登了这篇抒情散文。口头叙说的处女作一旦化为白纸铅字，这对患难小夫妻的欢欣鼓舞是无法形容的，仿佛在一个奄奄一息的垂危病人身上注射了一针强心剂，使他顿时复苏了生活的勇气和乐趣。嗣后，潘柏君相继给《思茅报》、《春城晚报》、《云南乡镇企业》等报刊投稿，而且大都发表了。这无疑地增强了他在崎岖的文学之路上摸索向前的信心。他先是用嘴咬着钢笔在纸上滑动。随着双手功能的渐渐恢复，他开始学会一笔一画地写字。从1999年底起，他或躺在病床上或坐在轮椅上写作，经过两千多个日日夜夜的含辛茹苦、胼手胝足的磨砺，他已经完成了一百多万字的作品。对于一位除了大脑以外全身瘫痪的家居深山的贫苦农民来说，这样的成果简直就是惊天地、泣鬼神的奇迹了。英国哲学家、散文家培根说过：“奇迹多是在厄运中出现的。”巴尔扎克也说过：“苦难对于天才是一块垫脚石，对能干的人是一笔财富。”信哉斯言。

潘柏君的创作道路，发轫和起步于自身的厄运和苦难。他最初的作品大都是围绕本人的不幸遭际，以一个生命垂危者的所见所闻、所感所受，叙事状物，抒情言志，其主题基本上都是阐发对生命的认识、对人生的态度。如散文《珍惜生命》，开头第一个自然段就吸引了我们的眼睛和心灵：“由于病情恶化和人生无望的折磨，我曾想结束自己的生命，可是后来和一个女孩的邂逅却改变了我。”那是在省城一家医院的外科病房里，“我绝望了，躺在床上，脑海里一片空白，痛苦和恐惧一阵阵吞噬着我残缺的肉体和灵魂。偏偏就在这时隔壁病房有歌声传来，我烦躁恼怒地让陪同的父亲过去干涉一下。父亲出去没多久，歌声便戛然而止，病房又恢复死寂般的沉静。当父亲重新出现在门口时，身后却多了个穿黑色喇叭裙、头戴一顶小红帽的女孩。女孩脸色苍白，帽沿下几绺干枯的长发稀疏地垂着，步履蹒跚地向我走来。她说对不起打扰你了，刚才是我在唱歌，我叫阿云，昨天才来的……”“第二天，她又来了。从她口中，我知道了她才二十四岁，北京大学毕业，参加工作还不到一年。她患的是乳腺癌，这已经是第二次手术了，昨天我听到歌声时她刚从重症监护房出来。”“接下来的几天，她天天到我的病房来，而且几乎时时都能听到她的歌声，她似乎只要有空都在歌唱。一天上午她又来了，不过这次她没唱歌，情绪有些低沉。她说医生说癌细胞已经扩散，即使再做第三次手术也没用了。……‘还是你命好。’她勉强挤出一丝笑容。……我苦笑一下，说：‘我这日子才叫过得惨呢，着什么病不好偏得这种高位截瘫，连挪都没法挪一下。’‘你是很惨，可你仍然可以活下去，不能走却还能听、能看、能想，而我，一死就什么都不知道了。’她声音有些哽咽，‘好死不如赖活着啊！’……顿了顿，她又说：‘你也许体会不到，只有走到了我这一步才知道活着是多么美好。你莫不知足，要好好活下去，生命只有一次呀！你虽然不幸，可还有比你更不幸的。’……直到半年后得知她在昆明病逝，我便再也没见到过这个名叫阿云的女孩。但她说的话却对我产生了长久的震撼。……是啊，生命只有一次，与她相比难道不算幸运？我还有什么理由不珍惜自己的生命呢！”

珍惜生命，对于潘柏君来说，决不是一句抽象的缥缈的空话，而是非常现实、具体的思想行为，那就是寸阴必夺地不断地学习、思考和写作。在《生命的意义》一文里，潘柏君写道：“此后我便再也躺不住，每天都始终强撑着往外爬。我就这样开始了自己爬着走的人生。尽管后来有一张轮椅，再不用在地上挪动着身子爬行了，可是，另一种看似简单其实更为艰难的爬法——爬格子——又随之进入了我的生活。如今，虽说在经历无数寒去暑来的青灯黄卷煎熬之后，成功离我仍遥遥无期，但我依旧痴心不改、无怨无悔、乐此不疲、义无反顾地憨爬着。”

在《拼凑的文字》一文里，他把坚持写作的真谛更是阐扬得淋漓尽致：“我要用手中的笔，让自己活出人的价值与尊严，活出生的顽强和激情，我不乞求怜悯，更不企盼施舍。我以一管笔两只手闯天下，靠轮椅爬坡，认认真真做事，坦坦荡荡做人。”“我活着的目的就是为了写作，我笔下的每个字都是用心血刻画出来的，不写作，毋宁死。”当潘柏君把写作视为生命的有机部分，把自己的情志和精力、理想和欢快寄托于辛勤的笔耕以后，这位自称是“爬着走”的高位截瘫者，其实在精神上已经是站起来了，他是拄着拐杖般的巨笔豪迈地行进着。

他在《人生》一文里有一段意气风发、掷地有声的宏论：“在我的心胸中，总是悬垂着一个太阳，它光芒四射、熊熊燃烧，它照亮我前面的路、温暖我冰冷的心，它支撑着我不论遇到什么样的艰难和困苦都毫不动摇地坚挺着活下去。这个太阳就是精神。人，是应该有一点精神的。精神是人生的支柱。人生只要有支柱存在，我们就不会轻易地倒下，就不会总是去叹惜活着的沉重与不幸。”

由此可见，经过一番自我的心理调适，较之第一篇处女作《八月感怀》，作者的思想境界已经有了长足的升华，而其作品也随之呈现出高昂、明快、奋发向上的基调。倾听潘柏君的这些生命的壮歌、心灵的强音，同时设身处地想象一下作者的特殊情状，我相信一般人是不会无动于衷的。某些性格怯懦、多愁善感、畏缩不前、无病呻吟、小病大叫、动辄哭天抹泪甚至寻死觅活的人，如果他们对照一下这面镜子，也许会自愧弗如，汗颜不已，收到振聋发聩之效。对于不甘落伍、锐意进取的大多数人群，想必都会从中受到鼓舞、鞭策和启示，汲取到排难解困的精神力量。中国散文学会秘书长王宗江在给潘柏君的一封信里称誉他是“坚强过人智慧过人的我们中国散文学会会员”，写道：“我们许多健康人远不如你活得有志气，有价值。”“你在自己的作品里多次提到要珍惜生命，你这是对你自己说的，也是给所有那些虽然有一个健康的身体却无端地消耗着生命的人发出的切身劝告。我们不能等失去了才懂得珍惜。”

鲁迅先生指出：“看人生因作者而不同，看作品又因读者而不同。”（《集外集》）不同的人生观、世界观，势必形成不同的思想境界和价值取向，乃至影响到文艺创作的审美标准。潘柏君的不少随笔、小品、杂感式的文章，既有一位坚强的残疾人的独特视觉，又蕴蓄着他自己对一些理念和事物的哲学观点、人生感悟。例如，《认识自己》、《学会承受》、《接纳孤独》、《把握今朝》、《残缺》、《幸福》等篇章，顾名思义，即可揣度他在病榻上所思考和阐释的一系列富含哲理意味的人生问题。请看他对“残缺”的见解：“在我们的生活中，残缺是无所不在的。假如你不愿平庸，不甘寂寞，渴望超越，有所建树，那么你的残缺就会较别人更为显见。你憧憬希望，希望却常常轻易破灭；你热爱生命，生命却常常惨遭伤亡；你企盼真情，真情却常常难得觅见；你追求幸福，幸福却常常昙花一现。凡此种种，看来人活着，残缺在所难免。”“总之，残缺是永恒的，完美是相对的。即便克服了眼前这些‘残缺’，同样，新的残缺又将产生，循环往复，永无穷尽。”接着，作者笔锋一转：“当然，任何事物都是辩证的，残缺也自有其壮美的一面，正如古希腊雕塑作品——断臂的维纳斯，不正是以其断臂独具的‘残缺美’征服了世界？由此可见，倘若没有残缺，那么完美至极本身也是一种缺憾了。”他又切合本人的感受，现身说法：“‘人生其实就是残缺’。自从认识了这别一种含义之后，身残的我变得豁达、坦然、开朗和乐观了，我不再视自己的‘残’或‘缺’为心理包袱……我时常默默地告诫自己，既然人生本是残缺的，那么，患有残疾的我更应善待生命、珍惜眼前的一切，竭尽全力去拼搏奋斗，争取显示生命的意义和存在的价值，尽量让人生日臻完美。”最后，他用一句问话单列一个自然段：“你是否也如我一般的认识残缺了呢？”面对一位除了大脑以外全身几乎都已残废或者说是丧失正常功能的年轻人的考问，我们这些生理上相对“完美”的正常人，不得不作出触及心灵的深思并进而在实际行动上给予回答。雨果说过：“人在逆境里比在顺境里更能坚持不屈。遭厄运时比交好运时更容易保全身心。”

对于一个身居无量山深处的只有十几户农家的小山村的危重截瘫者来说，其生存状态的孤独是可想而知的。许多哲人大家都曾对“孤独”做过文章，众说纷纭，褒贬兼有。如英国生物学家赫胥黎说：“越伟大、越有独创精神的人越喜欢孤独。”德国诗人、哲学家尼采说：“孤独使我更严酷地对待自己，也使我们对人类勇于作更深一层的憧憬。二者都会增进幸福。”德国诗人、剧作家哥德说：“人可以在社会中学习，然而，灵感却只有在孤独的时候，才会涌现出来。”俄国作家列夫·托尔斯泰则说：“任何天才不可能在孤独中得到发展。”苏联文豪高尔基又是这样说的：“没有任何东西比孤独更能丰富人的心灵了，可是有时一个人无力承受自己的苦痛……于是孤独会像干旱耗尽土地的水分一样，使人的心灵枯竭。”我们中国云南的小人物和无名作者潘柏君竟也写了一篇题为《接纳孤独》的文章，他说：“接纳孤独，不是不思进取，不是无所作为，不是没有追求，而是要你以一颗纯洁净美的心，虔诚地去学会承受，读解苦难，刻意沉静，磨砺精神。”“接纳孤独又是人生的必由之路，是使人成熟不可缺少的良药。人在静态中，不仅能看到生活的美，而且往往还能产生一些独特的感悟，所谓生命愈微弱思索愈深刻就是这个道理。”“因此，我要说：接纳孤独吧！让我们在孤独中思考得失、咀嚼成败、品味生命、反刍人生，进而更好地走向未来。”我将这些话语与外国名家的论断作了类比，发觉它们在“孤独”这个命题上的认识各有千秋，或者具有异曲同工之妙。可见，对于某些人生哲学的理解，小人物与大人物之间、残疾人与健康人之间并非横亘着一条不可逾越的鸿沟；差别往往在于对事物的认识方法的不同，是唯物辩证法还是形而上学。2004 年 7 月，著名残疾人作家史铁生为潘柏君题词：“诚实与善思，是写作的根本。”潘柏君就是一位既敢于正视现实、诚实地反映自己的所见所闻所感所想，又善于思考的作家，因此，他的这类文章都有一定的深度。

潘柏君的散文题材，是以自己身边的人群为中心，不断地向外围辐射的。他的笔触，首先是扑向与他相依为命、相濡以沫的妻子。妻子李俊玢生儿子时，因难产剖腹落下了后遗症，也是一身病痛。可她不得不用瘦弱的肩膀挑起全家的重担。她一个人要种好三亩多的承包地，要管理近十亩的茶山，对外要偿还高额债务，对内要承担繁重家务。每天，早晚两次为丈夫擦洗身子、按摩肌肉、锻炼双脚；半夜还要起来给病人翻身。她省吃俭用，采摘茶叶和核桃换钱给丈夫治病，购置轮椅。她还要帮助卧床不起的潘柏君写作。此外，李俊玢每次邮寄稿件，都须天不亮就走十多公里的山路，再乘三十多公里的汽车，去到漫湾镇邮电所。天黑了才能赶回家照料丈夫、孩子。就这样，为了投寄一篇新作，李俊玢不仅要耗费一天的功夫，还得花一二十元的车钱和邮费，真是豆腐都盘成了肉价钱。可是，一些稿件如同石沉大海、毫无回音。长此以往，妻子再任劳任怨，小两口也难免发生龃龉。《请妻子阿莲寄信》（阿莲是李俊玢的乳名）这篇作品就真切而生动地描写了上述情景和有关心理活动，颇有人情味和艺术魅力。请看："这是篇不错的稿子，是我趴在床上花了整整三个月时间才惨淡经营出的产品，耽误了岂不可惜，再说要是稿子能发表，且不提那保不定能得大奖的诱惑，光是千字三十元的稿酬，对我们这个没有任何经济来源的残疾人家庭也将是一笔巨大的收入。想到这我禁不住有些激动，可是好心情仅仅只留存那么一瞬，转眼就如过眼烟云般倏然消逝了，我忽然间就想到这样一个事实：妻子肯去吗？这以前她曾经无数次起早贪黑地赶着帮我去寄过信，然而每次都是满怀希望和憧憬而去，最终等来的仍是失望与沮丧。时间一长，妻子就冷心了，她说你别再写什么狗屁文章，我的腿都快跑断，以后我决不会去帮你寄狗屁的文章了，有寄信钱还不如买几斤豆腐来吃呢。俗话说'吃肉不及吃豆腐'，豆腐营养，寄一封信要六七块钱——我那些信总是超重——一斤豆腐才八毛，瞧你那一身瘦排骨样，还有那脸，白得像纸，说不定就是没吃豆腐的缘故。我没与她斗嘴……我每次欲寄信都是采取大丈夫能屈能伸的低调政策，求爷爷告奶奶央求她，用最最温柔、动听和缠绵的语调打动她，尽管我的这些解数使出之后，照例都要遭到一通臭骂与奚落，然而发泄完了每回她都还是去了。看来，今天也仍只能沿用老办法……必要时甚至还得准备着掴自己两个巴掌，骂自己不是人不是东西，并保证这次的作品一定能发表能得奖，到时一定给她买一双新皮鞋，擦黄色牙膏一样鞋油的那种。对，就这么办。主意打定，我忙用挂钩把轮椅拖到床边，准备到外面看看她在哪里干活……”

潘柏君在自家院子里眼巴巴地等候着，直到“四周的山峦和田野已完全被暮色笼罩，远处隐隐响起舅妈和妻子说话的声音。”可是，“一想到又将看见妻子神情疲惫的面容，我的心便突突狂跳起来，我不知道把寄信的事说出来她会是个什么态度，也不知道此刻正躺在床头抽屉里那篇文章的命运，它到底能不能发表呵?”全文到此戛然结束，而读者被作品激起的心中的波澜却迟迟难以平静。在这号称信息时代的今天，边陲山区的一个普通农民之家，不光经济上那么贫穷、拮据，交通也那么闭塞、不便，寄出一份邮件居然那么困难重重，要付出如此巨大的代价。这对于一个把生命和希望都倾注于写作和投稿的高位截瘫者，显得格外残酷和不公。举凡有同情心的读者，都会为这位文学作者的不幸、艰辛又尴尬的境遇而感叹万分以至唏嘘不已。本文以噙着辛酸泪水的幽默笔调，非常真实而细腻地表现了一个贤惠、勤劳的妻子对丈夫既心疼又怨艾的复杂感情，以及丈夫对妻子的无比爱怜、歉疚甚至惴惴不安的心态，而这一切正透露出一对小夫妻在贫困、患难中久经磨砺的真情，读来令人感动。巴尔扎克说得好：“真正的爱情像美丽的花朵，它开放的地面越是贫瘠，看来越格外悦眼。”

潘柏君的散文，除了表现爷爷、父亲、母亲、妻子、儿子等与自己的亲情，还写了不少与关心、帮助过他的人们的友情，其中有农民、教师、学生、医生、编辑以及病友等。凡是对他表示过一点爱心、给过他一丝温暖的人，他都怀着感激的心情铭记不忘，说不定什么时候出现在他的笔下。《病友“老革命”》记述同住一个病房的八十一岁的参加过抗日战争的解放军老团长和他的老伴如何关心自己一家人：“我们住进昆医附二院的时候，刚好是雪霁后的第二天，融雪的日子最冷，睡觉时厚厚的棉被裹在身上还显寒气侵骨，床上的我如此，陪护的妻儿就更不用说了。……这时，旁边忽然响起一阵‘哇啦’声……我便清晰地看见了老头脸上的神情，他嘴里哇啦哇啦的，双手也吃力地比划着（因患脑血栓而不会说话）……起初我没搞清他的意思，后来懂了，原来是要我把罩在他被子上的毛毯取下来给我的妻儿盖。”“有时，他们家里人送来了什么好吃的，老太婆必定会给我儿子留一口，要是他们先开饭，老太婆总会取一个面包或搛一块肉食，让儿子先啃着。老头儿还别出心裁地给儿子取了个名字：狗狗。他说在他们江西老家，年幼的孩子都这么称呼，平民百姓家的娃儿，再配个贱名，好养，无灾无病容易长大。那以后，病房里便时时响起老夫妻俩‘狗狗、狗狗’的呼唤声……”虽然都是一些琐细的生活小事，却给凄苦、冰冷的病房带来了温馨的气氛，还给年轻的危重病人留下了永久的思念，文章的结尾是缠绵的缱绻之情：“从此，我们便再无缘相见。如今，一晃五年过去，当年曾同室而眠过的病友还在人世吗？倘健在，他的发须一定更白了吧。多想再握握他的手，对他说一声：您好，老革命！”

如果说，在潘柏君笔下，对那些萍水相逢的人们只是做了些白描式的表现，那么，他对家乡朝夕相处的各种人物形象的刻画就更鲜明、更细致、也更个性化一些。如《何老二》。作品里的主人公何老二，是位八十三岁的老人，“个高，体瘦，须白，戴锅底南瓜帽，穿黑布摆裆裤，黑色上衣外罩乌黑对襟羊皮褂，偏偏他那天还披了一条朱红色毯子。‘黑袄大红袍，吓死小黄毛。’‘何老二’一口川话粗蛮悍野，脾气暴躁，性格刚烈，年轻时以打铁为生，时年八十有余仍能嚼炒蚕豆，抡八磅锤；善饮，一口气喝白酒一斤，不醉。”

“由于十六岁的我初次任教的小学校就在何老二家的房后，娃娃们的吵闹声惹烦了何老二，他就破口大骂，孩子们一齐起哄：‘阎老汪（阎王老爷）来了，阎老汪来了！’瞬间作鸟兽散，纷纷喊爹叫娘往家跑。村长要我去做何老二的工作，我就左手提个葫芦，里面装二斤包谷酒，右手端一大洋碗，内盛村长婆娘刚刨的蚕豆，忐忑不安地推开了何老二的屋门。……不料，何老二患痢疾，针药无效，粒米不进已多天了。……听有人进屋，他扭过头，刚要骂，我忙说阿祖别怪，我是坎子头上教学的那个，专门来瞧你的。何老二不言语。我又告诉他我能治他的病，他不信，我立即帮他把屋子打扫干净，转身跑到篾笆房后的檐沟找来几蓬‘马蹄草’，用罗锅熬了给他喝。此前我偶尔翻过一本中药书，见上面有‘酸涩止泻，苦麻止血'的说法，知道马蹄草能治腹泻，不想派上了用场。学生吵闹的事，反而没提。谁知，第二天早上我刚走到篾笆房前，何老二却在那儿候着了，他说：'想不到你年纪轻轻的还真神！'……我正欲讲那天学生吵闹的事，可还不等我开口，他却像未卜先知似的，抬起握长烟管的手摆摆制止了我：'莫说莫说，我吃了你的蚕豆也通气了，人吵才热闹，娃娃读书是个大事……'接着，何老二提议把一个小班搬到他自家的面楼上，他自己也来当学生。起初，孩子们都十分害怕他这个'阎老汪'，但何老二自有办法，他主动给他们讲故事，跟他们玩'躲猫猫'和'跌石子'，还时不时把自己平时舍不得吃、珍藏着的糖果拿出来，让大家'打平伙'。"“白天，上语文课我教学生念书，他眼睛盯住黑板认认真真跟着念，还帮助把三岁半的'小捣蛋'抱在怀里照拂着。上音乐课我们唱歌，他也哆哆来来跟着唱，双脚一磕一磕地轻轻打着拍子，有时还主动报名，给学生们来一段《东方红》和《北京的金山上》。何老二十分喜好吹拉弹唱，他能吹芦笙、弹三弦，还会拉二胡、吹唢呐，尤其闷笛，更是吹得如泣如诉。……何老二把吹闷笛不叫'吹'，叫'奏'，曲子也不称'曲子'，叫'一调'。有时碰到社员有事扫盲班停课，他便约我说：'奏它一调咋样？'……我们的配合很默契，有时是他双管低音唱和，有时是我单管高音领尖，有时则一人哼一人奏；无论是吹是唱，只要那'哩啦哩啦哩哩啦哩啦哩——'的断肠之声一起，在场的老人们笃定没有一个不落泪。每到这时，何老二都会自嘲般笑笑说，'古人云：日不弹琴，夜不吹箫；本来是想给大家一点欢乐，不想倒惹你们伤心了，不吹了不吹了。'"

最后一段写道："如今坐在了轮椅上的我，根本无法再穿山越岭到山那面的故地去奠祭他，自然，我当初曾答应给他送酒、送蚕豆、奏一调的承诺也成了今生今世永远无法兑现的谎言。呜呼，阿祖何老二，闷笛我只有在家里为你独奏了！"真是曲终奏雅，给人留下淡淡的哀愁。

潘柏君这些充满乡情、乡音、乡愁和人情美的朴实无华的作品，是相当感人肺腑的，它们是植根于山乡泥土的一株株散发着特殊芬芳的野花。这也彰显了一个创作原理：作家要多写源于生活的本人熟悉的题材，要对自己怀有真情实感的原生态的人和事进行提炼，凸现其独具的特质和特色，就能产生给读者以深刻印象的成功之作。

毫无疑义，潘柏君是个热爱生活的人，唯有对生活满怀热情和爱恋的人，才会那么执著地珍惜生命，那么顽强地与厄运抗争，那么乐观地活着。潘柏君的热爱生活，首先表现在对生于斯、长于斯的家乡的无比钟情，对所处自然环境及当地风土人情的终生酷爱，哪怕它是贫瘠、蛮荒、闭塞而无名望的。潘柏君写了许多赞美家乡的散文，大都显得文情并茂，色彩绚丽，充满诗情画意，令人遐思神往。《无量的无量山》是其中的一篇代表作，请看："从记事起，无量山就是我嬉戏的净土、玩耍的乐园。……小时候，我们每天钻进无量山最爱干的事情，就是在箐沟里寻一处僻静崖畔，然后扒光衣服，一个个静静泡在高处跌落下来的流水潭中，默默享受那份身心俱爽的惬意与清凉。""除溪水外，还有一种鸟类，与我整个的少年生活相关，那就是后来成为云南省鸟的绿孔雀，我们叫它'山公鸡'。每年包谷刚播下，一群群的绿孔雀便飞来，落在地埂边徘徊……有回我坐在地中，一群孔雀大大咧咧进来觅食，我急忙站起身撵，它们不理，翘起尾巴跳来跳去和我周旋，我气极，抓住一只孔雀的长尾巴就拽，想要逮住它，孔雀一挣逃走了，我手里落下一把五颜六色的翎毛。"——这俨然是一个神奇的童话世界！还有："目前地球上黑冠长臂猿的总数只有500只左右，而在无量山中却生活着98群450只，属中国之最、世界之冠。""是的，土地的面积是可以丈量的，然而山水的蕴涵却又是无垠无量的。"在《静静的村庄》里，作者把一个仅有十几户人家的湾子村称为"我的天堂"。他如数家珍地向我们展示这个"静静躺在绿水青山之中"的小村庄的一切：美丽和原始、丰腴和贫穷、希冀和困惑……他不厌其详地写了湾子的土地、湾子的树、湾子的路、湾子的各色人物……

潘柏君抒写家乡风物、民情并寄寓了自己的思绪、情感的散文还有很多，如像《窗外的那株核桃树》、《又到山菌飘香时》、《甜荞粑苦荞粑》、《故乡水磨》、《漫湾库区行》、《野猪湾记》等等，都是值得一读的佳作。

从以上评介的作品内容可知，潘柏君创作的主旋律是歌颂生活中的真善美和光明面，尽管身为一个高位截瘫的危重病人，又长期被禁锢在缺医少药的贫困山区，他的视野里仍然是真多于假、善多于恶、美多于丑，他的心灵中依然沸腾着欢乐的激情，燃烧着希望的火炬，他能以文学的慧眼，发现平凡中的高尚，洞察世俗中的大美，并尽力用真诚、朴实的文字去表现之、宣扬之，仅此一端，就值得我们深思和学习。爱因斯坦说过："照亮我的道路，并且不断地给我新的勇气去愉快地正视生活的理想，是善、美和真。"当然，潘柏君对生活中的假恶丑和阴暗面也没有回避和忽视。他对在医院里、农村里甚至家族中存在的自私、冷漠、薄情、寡义、不文明和腐败现象，也不时地用犀利的笔锋进行无情的揶揄、讽刺和鞭笞。

《卖狗》就是把矛头指向农村基层干部的不正之风的。其主要情节是这样的："村上要买一条狗，招待下乡的乡长过'火把节'。""本来，我是实在舍不得卖狗的。这条狗是我3年前外出打工时老板折成工钱抵给我的。""'那么大条狗，至少也可以卖个百多块的吧?'躺在床上，默想着妻将揣回来的一迭钞票，我开始盘算起狗钱的种种用途：首先必须买二百斤粮食，解决一家人的吃饭问题，最便宜的杂粮也要八十多块。然后再称一点盐，给母亲买一点药。还有我的伤口也急需治治，再拖下去会感染、生蛆的……"结果，妻子冒雨去卖的狗只值八十元。"'他们说咱家狗瘦，烀吃还要倒贴油，给八十都是照顾了呢。'妻子委屈地说。我说，'算了算了，赊三不如现二，只怪自己钱紧才卖狗，亏就亏一点吧。'又问'钱呢?'谁知，妻子在怀里摸了半天，掏出来的却是一张巴掌大的信笺纸，只见上面写着：今收到×××交来集资款80元整。我丈二和尚摸不着头脑，恼怒地朝妻子吼了一声。'村长原先又没说狗钱要抵集资款，我哪算得到他们会这样扣呀！'妻子忽然'哇'一声孩子似的大哭起来。我正想开口劝她几句，一抬头，却吓了一跳——村长不知何时已打着雨伞站在门口了。'嚎、嚎什么嚎！狗都跑球了你们还有心肠嚎！'妻子结结巴巴说：'不是递、递给你拴起来了?''哪晓得那畜生那么不通人性，连乡长亲自动刀也不给面子，头一刀才下去它就蹭起来咬了乡长一口，硬是挣断绳子跑脱了。'村长一脸狐疑，'咦！没跑回来?'他忽然把脸一垮，用伞指着我说：

'姓潘的，我可丑话说在前头，这狗要是找不着，钱必须一家抬一半，那张收条也要交回去另写，哪个叫你家养的瘟狗那样恶！'怎么会这样呢，真是越穷越见鬼了！"这篇作品把一个谄上欺下、鱼肉百姓的村官的霸道、无赖的嘴脸刻画得活灵活现、入木三分，会使读者感到哭笑不得。但是，我们在忍俊不禁之后，不由得要为饱受盘剥的农民的苦难、憋屈而悲哀和愤懑。

此外，潘柏君还写过一些批评歧视残疾人现象、呼吁为残疾人解困排难、鼓励残疾人自强互助的文章，如《这种习惯请改》、《无障碍——现代文明城市标志》、《为"残疾自有残疾助"叫好》等。

总体上说，潘柏君身为一个边疆农村的少数民族残疾人作家，在治病救命的艰难历程中，能亲自动笔写出上百万字的文学作品，不仅思想内容健康积极，给人以教育、启发和激励作用，其中一部分作品的艺术水平已达到一定的高度，能在《民族文学》、《中国残疾人》、《云南日报》、《边疆文学》等省内外报刊上公开发表，并获得过中国散文学会颁发的"特别荣誉奖"和《散文选刊》的"佳作奖"，这是非常难能可贵的，也是极其振奋人心的。基于作者熟悉农村、农民的生活和劳动生产，这些题材的作品具有浓郁的地方色彩和泥土气息；又由于作者的特殊境遇，他对高危病人的苦痛、情绪和心理感受深切，他的有关生命与人生主题的散文才会特别摄人魂魄、动人心弦。潘柏君因为阅读过大量的中外文学名著，喜欢翻看报刊上的各种信息和各类作品，已具备了较好的文学功底，所以他的作品行文流畅，语言生动活泼，富有生活气息，不乏底层民众的原汁原味的表情达意的方式。这一切都构成了潘柏君创作的独特风韵和艺术魅力。

当然，作为一个初涉文坛的青年作家或曰文学作者，潘柏君的某些作品尚嫌稚嫩和粗糙，对素材堆砌有余而提炼不足，篇章结构上也不够严谨。有些以第一人称来记人叙事的作品既像散文又似小说，在体裁上应有明确的界定。我相信，这些大多属于方法、技巧之类的问题，通过学习、借鉴经典作品，尤其是经过不断地进行艺术实践，是可以逐步解决的。

潘柏君能在文学创作中取得常人难以企及的良好成绩，从根本上说，是他本人自强不息、奋斗不止的结果；他孜孜不倦地读书、学习，勤勤恳恳地写作、实践，从而将生命中固有的文学天赋和创作潜质逐渐发掘出来、推衍开去。

除此以外，家学渊源和民间文学对潘柏君的影响和熏陶也是一个客观因素。他的爷爷14岁上就跟随马帮走南闯北，在马锅头的生涯中见多识广，刻苦自学，积累了许多民间传说故事、民歌民谣，掌握了大量的俚语、俗话和谚语，可谓出口成章，谈笑风生，语言非常丰富和生动。譬如，形容有的人只尚空谈、不务实际，经不住时间的检验，就说“花中之水，瓦上之霜”；提醒别人做买卖要小心谨慎，就说“生意八只脚，神仙摸不着”；咏叹韶华易逝，则说“万年千思成家计，转眼就成白头翁”。潘柏君说：“爷爷随口而出的这些话其实都是他的人生经验总结和智慧结晶。从小到大，我就是伴着爷爷的这种教诲成长起来的。当然，给我印象最深刻的，却是爷爷的‘诗作’。例如：‘人王面前两只瓜，三十大王去求它，二十三日下大雨，和尚口中吐泥巴。’这是一则字谜诗，谜底是‘金玉满堂’。爷爷曾经作了一首叫《泥鳅与黄鳝》的诗，语重心长地教诲子女与邻里乡亲要和睦相处、遇事忍让：‘黄鳝死了肚皮黄，泥鳅见了哭一场，虽然不是同娘养，共同钻过烂泥塘；今日泥鳅长，明日黄鳝短，是地让人三五尺，只是人长地不长。’”“爷爷每天晚上都要给家人讲《杨家将》、《瓦岗寨》、《薛仁贵东征》、《三国演义》、《红楼梦》、《西游记》、《水浒传》和《封神榜》。爷爷竟然能全文背诵白居易的《长恨歌》，还给儿孙们旁征博引地讲解。”爷爷甚至还给潘柏君讲授过中共党史，辅导他参加自学考试。所以，潘柏君在一篇回忆文章里写道：“我对文学的爱好，源于爷爷的故事的启蒙和熏陶。”“他所留下的诗作，如一坛陈年醇酒，越贮越香，每每念及都抑制不住地让我感动，让我温馨如初。”

作为一个残疾人作家，潘柏君在文学苦旅中的蹒跚前行，受到许多作家、编辑、文友的扶持、帮助和鼓励。最初，是景东县、思茅市和云南省的一些善良、热心的人们，后来扩展到北京的作家、学者和报刊编辑，不少人都对这位身残志坚的文学青年奉献了真诚的关心和爱心，伸出了有力的温暖的手，牵引和搀扶他一步一个脚印地走进了文学的殿堂。尤其值得一提的是，2000 年潘柏君参加《人民文学》创作培训（函授）班后，他读到《人民文学》副主编肖复兴的短文《第一步迈向哪儿》，其中几句话使他茅塞顿开："从写自己开始，渐渐把路走宽走长。""这里所说的写自己，是指写自己生命和生活中那些难忘而感人至深的东西。这些东西可以包括经历、感悟、感情、希冀、幻想等许多，经过了自己生命的咀嚼、血液的润透，便是属于我们自己最可宝贵的财富。"于是，潘柏君写下了平生第一篇小说，《人民文学》编审赵则训读后亲自复信、点评，告称："这是一篇不错的作品，我将向《人民文学》副刊推荐。"此后他寄去的几篇习作都获得了编辑老师的指点、教诲。潘柏君陆续参加了两届培训班，被光荣地评为优秀学员，《人民文学》常务副主编崔道怡还向他签名赠送了自己的作品。2001 年《人民文学》举行了一次有奖调查活动，潘柏君结合自己多年来的阅读体会和思考，写了一篇三千多字的评议文章，对《人民文学》所发作品的质量、栏目结构到装帧、封面、版式设计存在的问题以及如何服务读者、开拓市场等方面，提出了整整十大项、数十小项的意见和建议，该文被评为这次活动的一等奖。潘柏君说："虽然奖金不多，但每一个镍币都是来自自己心爱的刊物啊！这事让我高兴了好长一段时间。"（其实，早在 1998 年他即获过一次《人民文学》的调查奖，是全国唯一一位连续两次获此荣誉者。）这位残疾青年与文学的忧乐与共的感情，对人民的文学事业兴衰的关注和责任心，也许超过了某些主管此事的大领导和名作家，是令人感佩的。

对于这样一个极度孱弱的、随时都可能被病魔击倒但却仍然不甘愿苟活着的生命，对于这样一位蜗居于山村的阴暗（白天都需点灯）的土屋一角，但却仍然要把自己已经非常贫乏的热血投入心目中最神圣的文学事业，企望用自己萤火一般的心血之作为他所爱恋不舍的祖国和人民增添一点光明和温暖的年轻人，我们难道不应该给予更多的同情、理解和帮助吗？希望我们的社会、我们的事业，在大搞锦上添花的同时，千万不要淡忘了雪里送炭。

云南省当代文学研究会的教授、学者和作家们曾自发地向潘柏君捐赠钱款、书籍、药品及衣物，虽属杯水车薪，不可能长远地解决他的经济困难，却使他感受到文化界人士的关爱和友情。笔者曾向云南省关心下一代工作委员会主任刘树生（原中共中央候补委员、省委副书记、省政协主席）、执行主任张宝三（原省委秘书长、省人大副主任）等同志反映了潘柏君的情况，并建议该组织设法给这位残疾人作家弄一台电脑，便于他改善书写条件、收发电子邮件，迅捷地了解各种信息，提高生活质量，受到领导们的高度重视。最近，刘树生同志决定用自己的离休生活费给潘柏君购置一台簇新的电脑及打印机。当代文学研究会召开研讨会，对潘柏君等青年作家的作品进行了一天的认真研讨。远在外地出差的刘树生同志特地委托笔者对这次学术会议的成功召开表示热忱的祝贺，希望潘柏君保重身体，取得更大的成绩。

附记：本文以《奏响生命的强音》为题发表于《云南日报》等报刊，并收入潘柏君的散文集《生命绝唱》（云南美术出版社）。该书出版后，云南艺术学院作家班师生等为潘柏君举行了义卖募捐活动。在各方援救下，潘柏君获得医治，转危为安。2008年11月潘柏君被评选为第八届“云南十大杰出青年”之一，省委副书记李纪恒亲自为他颁奖。

（此文系在云南省当代文学研究会上所作的学术报告。原载《边疆文学》2007年第9期）

深挖细淘自己的生活之井

——《流逝的岁月》序言

今年国庆节期间，一位素昧平生的作者突然登门，手执一摞书稿，言辞诚挚而谦恭地请我写序。他声称是经友人荐介、慕名而来，并拜读过我的文章云云，委实令我有些惊愕，颇难为情。但区区小我却不知其人其事，也没有看过他的大作，照理是无资格承担写序的重任的。

然而，与作者一番交谈后，彼此竟生发了一见如故、相见恨晚之感。我仔细谛视了这部散文集的目录，大略翻阅了一下三百多页的书稿，就被它独特而质朴的内容吸引了。原来，面前这位文质彬彬、很重礼性的老医生，是从彝山僻壤生长成才的阿细人，他是利用繁忙的党、政、医务工作之余暇完成这些作品的；而其题材又都是源自他的亲身经历和生活环境，不仅展示了一位彝族农民出身的高级知识分子的人生轨迹，同时从一个层面和角度反映了云南省红河地域的社会历史、民族风情、生活习俗等等。这就陡然诱发了我的阅读兴趣和求知欲望，提升了应诺试笔作序的勇气和信心，因为我对毕自荣同志所写的大部分题材似乎不太隔膜和生疏，甚至还感到非常亲近和亲切，不期然地引出许多珍贵的回忆。

三十多年来，我曾经多次到红河哈尼族彝族自治州出差、工作，体验生活，从事创作，对当地的风土人情，尤其是彝族同胞的生活有一定的了解。特别是 1991 年至 1994 年间，为反映、歌颂以红河州的护林英雄周再学烈士为代表的林业战线的感人事迹，创作电视连续剧《栋梁》（中央电视台一套黄金时段播出）和长篇纪实文学《长青的丰碑—— 一个“小人物”的生命轨迹》（上海文艺出版社出版），我曾经在开远、个旧、蒙自、弥勒等市、县深入生活，翻山越岭，走村串寨，与彝族乡亲朝夕相处，结下了深厚的友情。有鉴于此，我在阅读自荣同志的《流逝的岁月》时，那一段难以忘怀的岁月又如逝水回流般萦绕在自己的心头，涌荡起热乎乎、甜丝丝的美好情愫。

这本集子的五辑作品，从标题到主题无不贯穿着一个“情”字：根深蒂固的乡情，血脉温润的亲情，甜美似蜜的爱情，醇厚如酒的友情，以及各种色香味的师生情、同学情、同事情——这些最普遍、最宝贵的人间常情，总是依附和渗透于每个人独有的生活流程中而各具特色、别放异彩的，文学创作的一项重要使命就是把这些瑰丽缤纷的感情色彩生动地记叙和描绘出来，让人们从中受到真的启示、善的陶冶、美的享受。自荣同志的散文就相当突出地彰显了这一艺术功能。

赏读第一辑《故乡情韵》里的二十多篇文章，我仿佛跟随作者走进了时而沉睡、时而苏醒、忽而幽静、忽而沸腾的“充满诗意的大山”。这里的石土草木、田川房舍乃至彝家的衣食住行，对我而言既熟悉又陌生；原因是作者的细腻笔触不但概括了本民族及其生存环境的共性，更惟妙惟肖地摹写了当地群众生活的个性。例如写“我的家乡——铜城闪光寨”：“先人们曾经骄傲地告诉晚辈说，我们山寨的地里随地都可以炼出铜来，只要你在夜里发现有闪光的地方，你赶紧跑过去，把左脚后跟立在闪光的地方使劲地转上一转，留个脚印窝窝做个记号，第二天按照脚窝点挖下去取土就可以炼出铜了。”（《沸腾的大山》）而家乡的兴衰、百姓的命运都与矿业密切联系起来。在放牛牧羊的童年，作者亲眼见大人们：“捕获老虎带回村中宰杀，当老虎的血一喷出来，大人连忙用手去捧新鲜的老虎血往嘴里送，甚至连手沾着一丝点儿血都舔得干干净净，后来才听大人说，吃了老虎的血一辈子都不会得风湿麻木病，更能强壮筋骨，等到把老虎的血吃完了，舔完了，再按参加人数（连狗都与人一样）平均分配虎肉。”（《快乐的小牧童》）足见当初山野之蛮荒、习俗之古朴、民风之淳厚。至于对当地宗教祭祀、民族节庆、生存方式等方面的精细铺陈、津津乐道，更给读者呈示了一幅幅别开生面、风情独异的画卷。即使表现“故乡的野菜”，也是写得那么有情有趣、有滋有味。请看：“山寨人常说，‘有风就有野草，有土就有野菜。'——遍山遍坡的灌木棠梨花，把山寨点缀得洁白素雅，成了山寨一道亮丽的风景线，使人目不暇接，几千年来为山寨提供了原生态的野味，在饥寒交迫的日子里，更是山寨人的救命粮食，等到棠梨果熟了，又是山寨娃娃们的野味美食。二批联谷蒿（彝族阿细语）的叶子煮熟后，漂一漂就可以吃了。——你看那生长在大山夹隙里的总波尾龙栽（彝族阿细语），以她特有的粉红色显得鲜艳夺目，拌点在饭里有色有香，别有一番滋味。"“——往事常常袭上心头，对故乡的野菜更是一番思念之情。总忘不了父母当年常说的一句话：‘要学会爱护大山深处的野菜，不要随意践踏路边的野菜，他们也是有生命的，说不定哪一天遇到天灾时，山寨人还要靠它活命啊！’”以小喻大，见微知著，从对一草一木的怀想和赞美，即可感察作者对故乡的博爱和深情。

什么是故乡?《现代汉语词典》释义道：“出生或长期居住过的地方；家乡；老家。”古时候中国人把家乡与“井”字联系起来。《辞海》对“井”字有两个解说：一曰“凿地取水的深穴。”二曰“古制八家为井。引申为乡里，家宅。”故而有个众所周知的成语：把离开家乡叫做“背井离乡”。由此我联想到：正如每个人皆有一口代表家园的“井”，任何作家也有自己的一口“井”，这就是创作源泉。一般来说，文学创作的“井”，乃是作家最熟悉、最亲近的生活，于本人关系最密切、感受最深切的人与事，自然包括家乡、亲人以及周围的一切人物、事件。常言道：“树从根脚起，水从源头来。”“登高必自卑，行远必自迩。”大多数作家最初的创作题材，都源自生于斯、长于斯的热土和身边发生的故事，这几乎成了普遍的艺术规律和人文现象。不过，正如俗谚说的：“一笔画不成龙，一锹挖不出井”，“井淘三遍出好水，人从三师武艺高。”作家必须深挖细淘属于自己的那口“井”，才可能汲取出高品质、高产量的活水来。

自荣同志的散文，就完全是从他的安身立命之地挖掘出来的“井水”，而且是相当充分地采用了这些本土资源。就以第三辑《亲缘情深》来看，可谓写遍了属于近亲的家庭成员，父亲、母亲、岳父、岳母、哥哥、嫂子、姐姐、姐夫、妻子、女儿——无所不及，而且对每个亲人都倾注了热烈的爱心，不惜淋漓尽致地挥洒笔墨，字里行间情真意切，人物形象明朗鲜活，读来令人感心动容。例如《嫂子》里的几个细节："（嫂子）当了大队的妇女主任，时不时要到县上或区上参加会议，连体面的衣裳也没有几件，反而为我读书操心起来。每到秋季，我俩就到松树林区，我爬上高高的松树去砍松果，她在地上摘，背回去后暴晒几天，抖出松子卖给供销社。一公斤松子只卖得一元六角，而我一学期的学费竟要四块，加上书费就是一笔不小的数字。等凑够了学杂费后，再去做其他的活计。""那年，我考取了一所卫生学校，嫂子比我还高兴，忙里忙外，为我特意缝制了一件阿细伙子穿的麻布褂褂，钉新被单。""自从嫂子有了孩子，我也就像当年她照顾我一样照顾侄儿，读书串联时到了北京，连我自己需要的东西都舍不得买，也要给侄儿买自动跑马机等玩具。后来，因为我妻子在服装厂，每年侄儿的过年新衣都是出自妻子的巧手。"从无数普通的日常生活情景和质朴无华的陈述中，我们感受到多么和睦、融洽、温馨的家庭氛围，多么亲密无间、令人欣羡的天伦深情。

更其可贵的是，作者的笔触没有滞留在对亲情关系的自我陶醉上，也未局限于对中国传统美德和民族民间高风良俗的表层歌颂。他往往对饱蕴人情、人性、人格和人文内涵的人生万象进行深入的思索和品味，力求发掘个中的哲理和诗意。这就犹如把身边司空见惯的生活之"井"不断地深挖细淘，对那永不枯竭的天然之"水"加以提纯取精，再配以思想与知识之类的精神原料（可否视为酒曲?），一起化合发酵，炼造出别有风味的善酿佳酒来。我很赞赏，在自荣同志的作品中，不时触景生情、托物言志、借题发挥，闪现出的一些耐人咀嚼寻味的警句、箴言。如："不熄的火塘是人丁兴旺的象征。火塘是全家团聚的地方，是产生温情的地方，是产生民间故事和传说的地方。有了火塘，夜晚不再寒冷，有了火塘，房子就不再黑暗，有了火塘，食物才有奇香，有了火塘，才有融融的亲情。"（《永不熄灭的火塘》）"每个人都要怀有感恩之心，这是一种责任感，更是一种人生境界的体现。惟有对别人的帮助怀有感恩之心，爱一切给予过自己帮助的人才会更加热爱生命，关爱他人，收获平和与快乐。怀有感恩之心，将来才会尽自己的力量去推动社会的和谐与温馨。只有用感恩之心回报父母、回报社会，世界才会多一分阳光，少一点冷漠。”（《一封家信》）

当然，自荣同志开掘的“井水”已扩大到本职工作，从边地小县延伸到遥远的京城，乃至拓展到对“幸福是什么”之类永恒而深邃的人生观、价值观的探索，即使退休以后，他依然乐观豁达地视之为“生活的又一次开始”，要坚毅不懈地“一步一步前行”，其中一件“自己最喜欢的工作”，就是辛勤不辍地笔耕。这种终其一生的积极精神是值得钦敬和学习的。

总的说来，这是一部有特色、有价值、有看头的散文集，虽然有的作品对素材的选取和提炼不够精当，布局谋篇略嫌粗疏，少量语句也有进一步推敲、打磨的余地，但是这些属于文学技巧上的白璧微瑕，无伤全书之大雅。我笃信，作为一位阅历丰厚、思想活跃、已有较深功底的彝族作家，毕自荣同志定然会有更多更好的作品问世。

应诺为《流逝的岁月》写序之际，正值家母胡蔼仁女士病重住院期间，于是我时常一边守护老人，一边抽暇阅读书稿。已届九旬高龄的母亲在漫长的输液过程中，也饶有兴趣地翻阅了书里的一些文章。她在病榻上对我谆谆嘱示：“这是一本很有教育意义的书，作者是位医生，几十年都在救死扶伤、积德行善。而这本书则可以在心灵上给人们带来营养和健康。从医和从文，两方面都是于世有益的。建议你把这个意思写进序言里。”窃以为言之有理，故遵命恭录于此。

谨为序。

2008 年 11 月 1 日

（原载 2008 年 12 月作家出版社出版的《流逝的岁月》）

关肃霜的表演艺术

鹔鹴，系中国古代传说中的一种神鸟，与凤凰齐名。关肃霜十五岁开始学艺时，其师父的一位好友说：“鹔鹴鸟能歌善舞，就给她取这个艺名吧。”从此，这位满族（正黄旗）少女的原名关素贞鲜为人知，代之而起的艺名却渐渐蜚声剧坛。不过“鹔鹴”二字笔画烦琐，有些观众不会认读，就干脆叫她关鸟鸟啦。新中国成立后，关肃霜决定舍去鸟偏旁。1953年周恩来总理接见关肃霜时，亲切地笑着说：“你现在把两个鸟字拿掉了，改得好，说明你有群众观点。”诚然，这位著名的京剧表演艺术家从来不想以什么神奇的瑞鸟自诩，但称誉她为神奇的戏剧人才绝非溢美。1961年郭沫若在题赠关肃霜的一首七律中写道：“梅花谢后又逢君，声艺果然可胜君，舞姿轩昂回落照，歌喉嘹亮遏行云……”并赞扬和勖勉她“为民为国为传神”。

关肃霜在艺术上确实是个左宜右有的多面手。她戏路宽广，能生能旦，亦文亦武。她擅长武旦、刀马旦，也精于青衣、老旦，同时又可娴熟地反串文武小生和老生，而且唱、念、做、打全面精通。关肃霜嗓音宽厚甜亮，口劲极好，咬字扎实有力，唱腔清脆流丽，宛若珠落玉盘，粒粒可数，每每达到声情并茂、刚柔兼济的境界。她念白抑扬顿挫，疾徐中节，句断分明，声调铿锵，善于把人物的性格特征和情绪变化表现得维妙维肖，恰到好处。其做功（包括表情、身段、动作、舞蹈等）优美大方，生动自然，轻灵巧快，举止合度。由于腰腿灵活，训练有素，其武打技艺更是身手不凡，精美绝伦。特别是她创造的“剑打出手”、“靠旗打出手”，独树一帜，高人一筹，外行里手无不击节赞叹。如在《战洪洲》中，为了表现穆桂英的武艺高强，骁勇善战，当四周金兵的明枪暗箭向她飞蝗般袭来时，它先运用柔功把枪吸引到靠旗上，旋即让枪在旗杆上绕一圈然后用脚侧踢回去。

只见八杆枪上下左右横飞纵舞，织成令人眼花缭乱的铁网，穆桂英却在网中沉着、敏捷地左接右踢，举重若轻，游刃有余，俨然一副巾帼英雄的刚劲婀娜、翩若惊鸿的飒爽英姿。无怪乎人们赞誉关肃霜打出手的特点是：稳、准、巧、险、新、奇。

关肃霜独领风骚的表演艺术的神施鬼设的高超技巧，都服务于传神地塑造人物形象。

她主演的《铁弓缘》（曾由北京电影制片厂拍摄成彩色舞台艺术片，并获“百花奖”最佳戏曲艺术片奖），在不同的场次中，对陈秀英这个角色均有不同身份、不同行当的表现。“茶房开弓”一折里，她是应用闺门花旦穿裤袄的艺术手段：一招一式，一颦一笑，每句悦耳如铃的京白，都体现出青春处子天真活泼、聪敏伶俐的性格。“待嫁”一折里，又以花衫穿裙袄和疾而不乱、从容不迫的叠帔、脱帔动作，透露了痴情少女等待上轿、拜堂成亲的喜悦而焦急的心态。“长亭送别”一折里，却用青衣水袖和委婉缠绵、韵味深长的唱腔，倾泻了陈秀英与未婚夫匡忠难分难舍的悲愤感情。“男装出逃”一折里，则是用箭衣武小生的表演手法，活脱脱地描绘出一个风流倜傥、英俊潇洒的翩翩少年形象。“三战王富刚”一折里，乃是用长靠武生的表演手法，她身扎长靠，头插雉羽，脚穿三寸厚底靴，以边式漂亮的起霸和“掏翎”、“含翎”等翎子功，显示了大将的凛凛威风。她还运用“鹞子翻身”、“朝天蹬”和“劈叉”等特技，表现了激烈火炽的战斗氛围和陈秀英的英雄气概。最后一折“相认”里恢复女装后，又是用的女软靠的表演手法。就这样，关肃霜在一出戏里得心应手地变换了六种艺术手段，多层次、多角度地塑造了一个性格丰满、色彩斑斓的古代妇女形象。在她身上，既有青衣的恬静美，又有花旦的热情美；既有小生的潇洒美，又有武生的英烈美；既有老生的飘逸美，又有花脸的豪放美，可谓集众美于一身，广收相映生辉、出神入化之效应。

《白蛇传》也是最能展示关肃霜的艺术特色的一个剧目。在这出人们耳熟能详的戏中，她很注重根据剧情和人物的处境、心理进行表演。如在“盗仙草”和“盗银库”中，同是用武打表现人物，二者的表演却迥然有别。“盗仙草”中的白素贞，是为救许仙而被迫开打，由于心情忧急和有孕在身，不肯恋战；而“盗银库”则着意突现青儿力战众神将的大智大勇和高强本领，故而打得坚韧果断，酣畅淋漓。

关肃霜不仅在舞台、银幕、荧屏上塑造了优秀传统戏中的许多光彩夺目的艺术形象，如陈秀英、穆桂英、杨排风、白素贞、扈三娘等，还在新编历史剧和现代戏中饰演了谢瑶环、高夫人（《闯王旗》）、喜儿（《白毛女》）等。别开生面而难能可贵的是，她还悉心塑造了景颇族姑娘黛诺（《黛诺》）、哈尼族女英雄椰枝（《多沙阿波》）、佤族女民兵叶娘（《佤山雾》）等边疆兄弟民族的妇女形象。鉴于关肃霜致力在继承传统的基础上革新创造，她饰演的角色大都独标一格，具有自己的艺术特色，给观众留下过目永志、经耳难忘的深刻印象。

关肃霜之所以能取得异常突出的艺术成就，在国内外享有崇高的声誉（她曾赴二十多个国家访问演出，并在第六届世界青年联欢节中荣获金质奖章），是同她四十多年如一日的勤学苦练和不断提高艺术修养分不开的。京剧界有句老话：“要想人前夺萃，就得背后受罪”。关肃霜自己说：“谁花费多少汗水和心血，谁就收获多少果实。”这位出类拔萃的艺术家的多才多艺和一身绝技，全然是锲而不舍地苦练基本功的结果。她传授给青年演员的座右铭是：“多练，多学，多思，多演”，“成人还要自成人。”

“转益多师是汝师”（杜甫诗）。此乃关肃霜奉行的另一信条。她虚怀若谷，广采博取，善于从其他剧种（如滇、川、豫、蒲、评、秦剧）和民歌中汲取营养，化为己有。她说：“我是杂派，什么都爱学，什么都爱唱。我多年演戏的体会是：一个演员还是多掌握些艺术手段有好处。”

今年正值关肃霜六十华诞。她决心把事业的重点转移到培养后起之秀上来。从北国到南疆都有她的一些学生。“江山代有人才出”。我们冀望和预祝：国剧艺苑，一代神奇瑰丽的新花盛开怒放。

（原载《中国民航》杂志1989年第1期，并译成英文）

为民求乐趣无穷

——侯宝林大师与我谈论喜剧艺术

“为民求乐趣无穷”，是喜剧艺术大师侯宝林赐写给我的墨宝，每当我凝神观赏这帧笔力遒劲、潇洒的条幅，眼前就活现出侯宝林先生无比幽默而亲切的音容笑貌。

我首次登门拜访侯老，是 1984 年国庆节前一天。我是受云南省文化厅的委托，肩负着主持创办西南地区高校第一个戏剧编导干部专修科的重任，赴京向一批著名艺术家请教的。被毛泽东主席誉为语言大师的侯宝林先生，是我第一位访问的老师。

走进复兴门外大街的号称“部长楼”（笔者按：当时李鹏、冯牧等部长级干部的公寓，故得此名）的侯宅新居，侯宝林、王雅兰伉俪热情地接待了我。在宽敞的陈设雅致的客厅里，最引我注目的是，挂在粉墙上、插在大瓷瓶中的字画，只见正中顶梁上高悬的镜框里嵌着侯老自题的两个大字：“求乐”。一帧墨迹犹新的立轴，是头年仲秋时节中国曲艺家协会主席陶钝为庆祝侯宝林从艺五十周年而书写的：“自古滑稽代有人，东方曼倩淳于髡，危言警世皆由笑，隐语讽君能解纷，画地为台初创业，赴朝慰问建功勋，相声艺术驰中外，五十年间赖宝林。”

那天，时年 67 岁的侯老，兴致勃勃地对我畅谈了关于发展相声艺术的见解。他说：“毛主席非常喜爱相声，亲自听我说过大约 150 个段子。现在中央很重视曲艺工作，希望相声健康地发展。”他从书房里取出一封信给我看，是陈云同志 1983 年 8 月 29 日写给身为全国相声评比活动总顾问的侯宝林，并通过他转致即将召开的发奖大会的亲笔贺函，其中写道：“祝你们在发展相声艺术、丰富人民精神生活的事业中，取得更多的成就。”侯老神色庄重地说："这决不只是写给我个人的，陈云等中央领导同志一向关心曲艺工作，希望我们多出人才、多出作品、走正路啊。我们一定要照这个精神去做。"侯老认为，近几年相声艺术取得了很大的成绩，但是离党中央和人民的要求还远；电视、广播中理想的节目太少；创作队伍还没有真正形成，理论研究更薄弱，需要有人带着头干。这位北京大学中国语言文学兼职教授提出一个设想："将来我们可以在大学中文系搞一些培训班，专门招收有志于相声创作的大学生；也可举办作品讨论会，由各大学的师生联合起来搞。"谈及当前相声的内容和形式问题时，侯老直言不讳地说："相声的主要手段是说、学、逗、唱，又以说为先导和主体，有些作品过多地去搞声乐、器乐表演是不适宜的，要那样就不是相声了，为什么不叫它滑稽音乐呢?"侯老反复阐明一个观点："任何一种艺术的发展都有自身的规律，用这么一句话说吧，就是都要化他为我，而不能化我为他。在吸取其他艺术时，必须保持和发扬自己的基本特点。"我觉得这一见解很精辟，也很重要，请侯老把它写出来。于是，他接过我手中的笔和记录本，略加思忖，便字斟句酌地题写道："相声艺术也要健康的发展，必须化他为我，切莫化我为他。甲子秋月侯宝林"。那竖排的繁体草字乃是绝好的硬笔书法，1985 年 1 月 5 日和 3 月 23 日《云南日报》分两次刊登我写的专访侯宝林的文章，还特意将本题词影印出来。侯老非常关心云南的曲艺工作，他说："云南的地方民族曲艺是很丰富的，如大理白族的大本曲就很有特色。我在楚雄州考察时，惊喜地得知，姚安县还保存和流行着外地早已失传的莲花落，听说有个村寨几乎男女老少都会表演那种曲艺形式。这个现象值得研究。还有，按我的看法，像西双版纳的康朗英、康朗甩那样的傣族赞哈，与其说是诗人，不如说是民间说唱艺人。"同时，他又恳切地指出："云南没有一个专业的相声艺术团体，也没有一个固定的相声场子，这样，人们受相声艺术的熏陶就比较少了。另外，演员的基本功也需要加强，光靠业余搞是不行的。"侯老希望云南的专业、业余曲艺工作者，都能遵照陈云同志的要求，努力做出更多的成绩。

侯宝林大师先后三次专程赴滇工作和演出。第一次是 1979 年 3 月作为中央慰问团成员，到文山州边境前线为参加自卫反击战的广大指战员进行慰问演出，直到4月22日才从云南昆明转赴四川成都，继续慰问作战负伤的英雄将士。那次由于日夜劬劳，连续演出，引起喉管破裂，声带出血，嗓音沙哑。此后不久，侯老即宣布告别舞台，把工作重点转移到学术研究和著述方面。1980年1月，《侯宝林相声选》由人民文学出版社出版；同年7月，侯宝林与北京大学教授汪景寿、南开大学教授薛宝琨、山东大学教授李万鹏合著的《曲艺概论》由北京大学出版社出版；1981年10月，侯宝林与人合作的《相声艺术论集》由黑龙江人民出版社出版；1982年4月至5月，《侯宝林自传》（上）和《相声溯源》（与人合作）相继在黑龙江人民出版社出版；1983年2月黑龙江人民出版社又出版了《侯宝林谈相声》；1986年10月，《侯宝林自选相声集》由甘肃人民出版社出版。这样的出书密度是相当可观的。侯老第二次到云南，是1985年3月出席在昆明召开的喜剧创作研讨会。1985年7月，侯老第三次来昆明，是参加全国语言协会年会，在会议期间曾应邀到昆明市委党校作了一次学术报告，那天我是骑了一个多小时的自行车才赶到郊外的白沙河附近的，不过大家聆听了侯老精彩的妙趣横生的长篇演讲，一致感到绝对没有虚此一行，而是享受了一次美味无穷的精神大餐。会后，侯老到大理、保山、德宏等地州采风、考察，同行的有侯老夫人王雅兰、北京师范大学中文系主任许嘉璐教授和夫人白成高，在大理侯老给各界干部、群众作了一次专题报告，主要是讲述他自己的艺术生涯和成长历程。8月26日，侯老出席了云南省文联、曲艺家协会、戏剧家协会举办的座谈会，发表了题为《云南的曲艺队伍应该壮大》的讲话。其时，侯老虽已息影舞台，但是应云南曲艺界和广大观众要求，他难却盛情，在春城剧院连演了三场相声，场场爆满，笑声不断，真乃宝刀不老。每场只演三四个段子，其余时间穿插了其他演员的节目。我赏看后，对侯老说：“您的演出效果还是那么好，功夫不减当年，观众仍然那么欢迎您，为什么不继续登台、多演一些呢？”侯老慧黠地眨眨眼睛，莞尔一笑：“不能多演，每场说三四段足矣。”我说：“观众反映没听够，觉着还不过瘾就完了。”“对！要的就是这种效果！艺术这玩意儿，要恰倒好处，留有余地，不能搞得太满。”侯老意味深长地说：“我马上就到古稀之年了。总结大半辈子的艺术经验，多出几本著作，多培养一些曲艺人才，应该比我个人表演更重要些。”据我所知，1985 年夏日在昆明的三场相声晚会，也许是侯宝林先生最后的正式公演了。

侯老非常热爱云南，对云南各族人民怀有深厚的情谊。我不止一次亲耳听到侯老赞美：“云南是个好地方，不仅风景好，气候好，是个植物王国，也是物产很富足的省份。即使在冬天，满眼一片绿色，灾荒之年也饿不死人，到处都有山珍野菜。要好好保护这里的自然环境，千万不能破坏森林啦！”他曾对我说，真想在昆明或者大理盖一栋房子，长期居住，安度晚年。我每次到北京开会、出差，一定要去看望侯老，他也都会关切地询问云南的近况，打探云南老朋友们的信息。1991 年 8 月，我为拍摄电视连续剧《栋梁》从上海飞赴北京，突然惊悉侯老罹患胃癌，急忙赶到协和医院探望。他刚做过胃切除手术没几天，住在条件最好的“外宾楼”里治疗，那里的病房戒备很严，一般人是不容许进入的，特别是侯老这种重症，据说院方只同意了几位中央领导同志前来慰问。所以，我得先在“外宾楼”的门房打电话给医生办公室通报获准。医生办公室把守候侯老的亲属唤来接听电话，是侯老的一个孙子，我告知我的姓名和单位，强调说明是从云南来的老朋友。听筒里传来稚嫩的声音：“请您等一下。”不一会儿，侯老的孙子回话说：“吴先生，我爷爷请您进来。”我刚走进一个两套间病房，面容消瘦的侯老就从洁白的被单下颤巍巍地伸出一条赤裸裸的细瘦的胳膊与我握手。因为天气炎热，侯老的病情又不适宜用电风扇，所以他除了一条短汗裤全身几乎一丝不挂。

这位艺术大师平时是很讲求自己的仪表和衣着的，在我印象中侯老的服饰主要是三种：舞台上表演的素净长衫，开会时穿的中山装，接待外宾、出国访问时穿的西装（而且领带、皮鞋绝不马虎）。即使在家中会见客人也很注重自身形象。现在我面前的才做过手术的侯宝林先生，竟然只半掩着一条极薄的白布，使我感到陌生，更油然激起一种莫名的伤感和怜悯心。不过，侯老见了我却很高兴，那熟悉的慈祥的笑貌似乎涤荡了憔悴的病容，他缓缓地撑起上半身，靠在枕头上，用开朗、平静的语气对我说："手术做得还不错，我已经可以吃点东西了。"他听说我编创的《栋梁》马上就要由上海电影制片厂拍摄，而这部电视连续剧是歌颂云南的护林英雄、表现环境保护的重大主题后，点点头，眯缝着眼睛微笑道："好，这个内容好！环保事业太重要啦。我祝你们拍摄成功……"临别时，侯老对我的探望和慰问表示感谢，特别叮嘱道："我很想望再去云南，请代我向云南的朋友们问好，希望云南的曲艺取得新的成绩。"意料不到，这是我和侯老的最后一次晤谈。

1993 年 2 月 4 日 14 时 42 分侯宝林先生逝世时，我正在上海文艺出版社写作长篇纪实文学《长青的丰碑》，当晚从中央电视台的"新闻联播"里惊悉大师病故的噩耗，连夜写了纪念文章《我所认识的侯宝林》，该文发表在《解放日报》上，并收入侯老爱女侯珍主编的《侯宝林和他的儿女们》一书（1996 年大众文艺出版社出版）。在惠寄给我的这本近 50 万字的纪念文集的扉页上，写了如下钢笔字："吴先生：感谢您多年来对侯氏艺术及两代人的关心和爱护。"并盖有侯耀华、侯耀文与侯珍的大印。这令我十分感动和感慨：本人有何德何能又何绩，值得侯家人的如此礼遇!？这只能再一次证实：侯大师所培养的子女是多么优秀和文明有礼，他树立的家风是何等高尚和淳厚。

纵然，侯宝林大师离开我们已经 17 年了，但是这位良师益友永远活在我的心中，他那高贵的人格、品质和精神风范是我做人的楷模，他在学识上、艺术上的谆谆教诲是我终身享用不尽的的财富。

为了学习和纪念侯宝林先生，我愿把 1985 年他与我的几次个别谈话中有关喜剧艺术的内容公开发表。此文是当时记录、整理，并经过侯宝林先生亲自审阅、认可的，想必不独有一定的史料价值，对繁荣当今的喜剧艺术也有指导和借鉴意义。

2010 年春节写于昆明麻园

侯宝林大师与我谈论喜剧艺术

时　间：一九八五年七月

地　点：云南省昆明市圆通饭店

人　物：侯宝林及其夫人王雅兰与笔者吴德铭

笔　者：侯老，您好！比起去年国庆节我去您家那会儿，您胖多了。

侯宝林：是啊，我身体挺好。

笔　者："求乐"，想必是您的养生之道吧。您挂在客厅里的这个自题的横幅，我已经写进关于您的文章里了，您看到了吗？

侯宝林：您寄来的那两张《云南日报》收到了，谢谢您。

笔　者：前久中国说唱艺术团到美国访问演出，真是轰动一时啊。你们首次把中国的相声艺术带到西半球去，太叫人高兴了。嗳，侯老，海外的观众都能听懂相声吗？

侯宝林：听不懂的人不会来，大凡来的都能听懂，效果好极了。

笔　者：你们演的多是传统相声吧？

侯宝林：对。像《猜字谜》啦、《阴阳五行》啦、《戏剧杂谈》啦这些节目。

笔　者：美国人爱好喜剧啵？

侯宝林：非常爱好。美国的幽默文艺很兴盛、很活跃。好多电影院倒闭了，而喜剧演员的月工资能达到几万元。一个美国人，如果说他幽默感不强，那是很重的骂他的话，意味着这个人很蠢。里根总统的幽默感比较强，他当过多年演员。但他只是二、三流的演员，在艺术上没有达到高峰，后来竞选总统倒成功了。所以我说当演员比当总统还难。

笔　者：我国人民也很爱好喜剧，自古以来就有优秀的喜剧传统。

侯宝林：中国幽默文艺有两千多年历史了，源远流长，在地球上独具一格。俳优就是古老的滑稽戏。可是当前戏剧和曲艺都不大景气，好的喜剧作品更是太少了。

笔 者：侯老，您说这是什么原因?

侯宝林：问题很复杂。照我看，“左”的思想影响还是妨碍喜剧振兴的一大原因。有一种误解，似乎搞喜剧就是讽刺、嘲笑具体什么人，就是把矛头指向什么领导，指向社会主义制度。有些人又老爱对号入座。这样，一些作家就心存顾虑，怕担风险，不敢写、不愿写了。其实，喜剧发达，尤其是大家勇于采取讽刺性喜剧形式揭露社会生活中的不良倾向，恰恰是反映了这个社会政局稳定，正气旺盛，是领导者有力量的表现。现在，我们正处在一个大力发展喜剧的时代，人民需要笑，特别是经过“文化大革命”，人民更需要欢畅的笑。因此，我主张多创作、多演出一些喜剧。

笔 者：粉碎“四人帮”以后，出现了一些比较好的喜剧，颇受群众欢迎。

王雅兰：《左邻右舍》就是揭露“文化大革命”的，它是按照喜剧的特点来写的。

侯宝林：前几年能写出这样的作品的确不错，但那时侯作者思想上还有局限，要是现在来写，他会更解放、更大胆些。

笔 者：苏叔阳的作品很注重喜剧风味。

侯宝林：苏叔阳是相声艺术的崇拜者，他是最善于从相声中吸取养分的一个作家。他受老舍的影响很大。老舍的小说，在解放前就被有的人说成是相声。那是带有贬义的。

笔 者：其实，这应该从褒义上认识，正显示了老舍的独特的幽默风格。

侯宝林：喜剧是一种高深的难度很大的艺术，是有寓庄于谐、寓教于乐的特点，同时它又是一种雅俗共赏的、群众性很强的艺术，可是并不是大家都能正确理解和欣赏喜剧艺术。有个外国戏剧家讲过：“悲剧是童年的艺术，喜剧是成人的艺术”。这句话好些人不同意，写悲剧、正剧的人也许永远不会承认它。我是同意的，认为有道理。

笔 者：马克思说过一句名言：“历史不断前进，经过许多阶段才把陈旧的生活形式送进坟墓。世界历史形式的最后一个阶段就是喜剧。”这句话含义很深。

侯宝林：一切好的戏剧几乎都有喜剧成分。在正剧和悲剧中，常常包含着喜剧成分。关汉卿的《窦娥冤》是感天动地的悲剧，也有张驴父子和桃杌太守那样一些丑角，增添了喜剧色彩。京剧《锁麟囊》中有八个丑角，这又显得烦琐了些。

王雅兰：《将相和》里也有喜剧性。

笔 者：王老师是京剧老演员，对这些戏很熟悉呀。

侯宝林：中国的传统戏剧喜欢大团圆，使观众舒服些。其实，现在的戏不一定都搞大团圆；不搞大团圆，让观众自己去思索，可以给观众更多的回味。大团圆是个公式，是个模式，为什么一定要这个公式、模式？我们向来是提倡百花齐放的嘛。当然，不光是中国的悲剧、正剧，外国的许多戏剧名作，像莎士比亚的大悲剧《奥赛罗》等等作品，其中都有喜剧人物、喜剧情节。由此可见，即使是悲剧题材，也可以从喜剧角度，用喜剧手法去表现。就拿“文化大革命”来说吧，这是一场悲剧、惨剧，是个血的教训，同时，它也是一场闹剧、喜剧。能不能用喜剧来表现“文化大革命”呢？我看完全可以。喜剧创作，往往牵涉到一些荒诞的人物、荒诞的事件。“文化大革命”难道还不够荒诞吗？曲解毛泽东思想，对毛主席的话断章取义，不是很可笑么？糊涂人整明白人，不是一种喜剧么？白卷先生不是喜剧人物么？……

王雅兰：有个戏就是讽刺白卷先生的。

侯宝林：工军宣队“上管改”，说什么“我们就是要占领上层建筑”，不也是喜剧么？当然，光这么一句话还不能构成一出戏，还要引申、发挥，塑造成艺术形象。最近，我听了营口教育学院副院长曲啸的两次报告，他讲得很好，很有意思。他控诉了“文化大革命”，控诉了极“左”路线。可他一点也不悲观丧气，显得那么风趣、诙谐。

王雅兰：他受迫害，闹得一家人四分五裂，六口子五个姓。

侯宝林：他这个材料不用怎么大加工，就能构成一个喜剧。曲啸的故事可以上报纸，上讲台，为什么就不能写成戏，上电视、上电影？所以说，像“文化大革命”这样的题材，不必一定都写成悲剧，老是揭疮疤总是不大好吧。对“文化大革命”不要带着三气，带着个人情绪去反映，可以用喜剧、闹剧的形式去挖掘一些更深刻的内容。艺术嘛，总要有艺术的处理嘛。

笔 者：侯老，您这个见解很有启发性。

侯宝林：总而言之，现实生活中喜剧因素很多。一切不协调的事物都是矛盾的、喜剧性的。人们习以为常、司空见惯的许多现象，在喜剧作家手下也许能成为挺好的题材，从中发掘出荒唐、怪诞的喜剧因素，至于写出来的喜剧效果好不好，还要看作家的表达能力怎么样。喜剧有它自己独特的手法、技巧和语言，不能局限于一般的艺术规律，不能用一般化的语言去写。喜剧应当学习、借鉴相声的创作经验。相声之所以逗人发笑，为群众喜闻乐见，就因为它有自己独特的语言和表达方式。喜剧比正剧难演得多。有些人会演正剧、悲剧的真实，却不会演喜剧的真实。喜剧的艺术真实与生活的真实是不一样的。现在优秀的喜剧演员太少，女喜剧演员就更少了。我曾经对云南省话剧团的女报幕员说：“你要学学我们相声的语言结构、用词、韵味，这对将来演喜剧有好处。”当然，喜剧创作和导表演，还应当多方面地借鉴和吸取一些喜剧手法。最近我看了苏联、意大利合拍的一部电影，叫《意大利人在俄罗斯的奇遇》，编剧和导演的思维结构都是喜剧形式的，成功地运用了不少喜剧的处理手法。比如，有个双层包袱的安排挺不错，它表现一个到俄罗斯挖宝的女郎驾着一辆小卧车在前边跑，几个小伙子乘一辆救火车在后面追；救火车赶上小卧车后，小伙子们把救火车顶上的梯子伸长了，一个个跳出来钻进小卧车里。一般说救火车到此就没事了。可是不，镜头一转，拍了无人驾驶的救火车仍在街上东扭西歪，横冲直闯，这就引起观众哗然大笑。如果镜头到此煞住，还不足为奇，跟着又拍了撑开梯子的救火车冲进一幢楼房的底层，于是又把观众逗乐了。其实，这两个包袱都是为后面的包袱作铺垫的。接着，救火车从楼房的另一头钻了出去，呈现了一个新的喜剧场面：救火车的长梯子上高高地架了个洗澡盆，盆里坐着个正在沐浴的女人，她那露出水面的脑袋上，一双惊讶的眼睛东张西望，不知怎么回事……这一来，使观众的笑声达到了高潮。这一波未平、一波又起的情节，既是荒诞的，又是可能发生的事，产生了很好的喜剧效果。而这才是作者的真正意图，也是编导者想象力丰富的表现。而我们有些喜剧和相声，往往只是孤零零抖出一个包袱就完了，缺乏想象和联想，缺乏起伏跌宕，使观众、听众不满足。有些作品干脆没有什么有意义、有余味的笑料，即使有点，笑料之间也缺少联系，大家只得一笑了之。

笔 者：《夜行记》这个相声写得好，同您讲的这个故事很相像。那个违反交通规则的“我”，骑自行车冲到人行道上，把走路的老头儿撞进药铺……

侯宝林：对，这个情节非常夸张，表面看来很不合理，但却符合喜剧的艺术真实。老头儿进药铺后，人家问：“您买什么?”老头儿说：“我什么也不买，我是叫自行车撞进来的。”这一连串巧妙组织的包袱，逗人发笑，引人深思。

王雅兰：这个情节和后面还有呼应。过了一会儿，那自行车又撞到汽车上了，正好那老头也在场，他说了一句：“你想把汽车也撞进药铺里呀!”这就更有喜剧性了。

侯宝林：《夜行记》这段相声之所以有强大的生命力，到现在还有现实意义，还受到群众的欢迎，是因为“我”的思想性格相当鲜明，富于喜剧性。要写好演好喜剧，必须在塑造人物形象上下功夫。同时我认为，要繁荣喜剧创作，大家都得提高文化水平和艺术审美能力。要不然，根据生活实际，明明是可以表现和夸张的东西，有人偏要给你胡乱分析，硬把黑的说成白的，白的说成黑的，那就麻烦了。

笔 者：您讲的这些给我很多教益，太谢谢您了。侯老，我还想问个事，许多人把您誉为“笑神”，海外人士称您是“东方的卓别林”，对此，您本人有什么看法?

侯宝林：我自己对喜剧艺术还未达到了如指掌，运用自如，否则，每周都可以出个作品，那作品应当是不错的。《半月谈》杂志上，曾经登过自学成才十二例，有外国的，也有中国的。在外国人中举了几位革命领袖和艺术家，甚至包括了恩格斯这样的伟人。在中国人中举了齐白石，把我也列进去了。可是，我跟人家横比竖比地比了半天，觉得怎么也比不上人家，所以我常说，我是自学而不成才。

笔 者：侯老太谦虚了。今后，我要继续向您请教的。哦，请别忘了，您答应给我写几个字儿。

侯宝林：行，我一定办。您爱好喜剧，就写"为民求乐趣无穷"吧。

（此篇侯宝林与吴德铭交谈喜剧艺术的记录稿，原载《云南戏剧》1986年第3期）

批评电视连续剧《趟过男人河的女人》

最近在中央电视台第一套节目黄金时间播映的电视连续剧《趟过男人河的女人》，描述了农村妇女胡山杏的坎坷生涯，展现了她在波澜迭起的命运之河中艰难涉渡、自立自强的历程，她与四个男人曲折变易的婚恋故事构成了剧情的主要线索。这部作品的思想意义、人物刻画以及几位主角的表演艺术，都有不少值得称道之处。播出前后一些全国性大报相继发表了评论，一片喝彩声，似乎这部备受推崇和赞扬的四十四集电视剧堪称“完美无缺”了。然而，笔者却认为该剧某些重要情节的表现和处理却存在着相当明显的缺陷，不利于社会主义道德风尚的弘扬和法律意识的树立。

女主人公胡山杏的婚姻是不幸的，应当予以同情；她因不堪忍受疯癫丈夫的虐待、折磨，随着外乡来的小木匠刘大哥逃离无名屯，也是可以理解的。但是，山杏进城后，在新的生活道路上闯荡时，却与小木匠非法同居以至怀孕，并执意要把孩子生出来的行为，以及她对这件事的错误认识和态度，则有悖于当今社会的伦理道德原则和婚姻法规，有损于正面人物的形象，从而给观众的观赏心理蒙了一层难以容纳的尘垢。山杏和小木匠都有各自的丈夫和妻儿，在没有解除原来的婚姻关系之时即以夫妇身份在一起生活，实质上是犯了重婚罪，既违反了我国婚姻法规定的“一夫一妻”制度，又侵犯了双方配偶的合法权益。正如小木匠妻子发现这一事态后对山杏当面斥责的：“我们好端端的一个人家让你毁了。”山杏是在私通真相暴露后才被迫与小木匠分开和堕胎的。而她对家乡的亲人（包括大宝一家）仍然长期隐瞒着这一“公开的秘密”。

《趟》剧精心设置的重婚情节，显然旨在表现山杏的命乖运蹇，也是宣示她对无爱婚姻的抗争，对“传统世俗观念”的叛逆。她与小木匠的非法同居，或许符合特定环境中人物关系、男女感情发展的逻辑轨迹，也似乎可以作出多种“合乎情理”的解释，如生活所迫，走投无路；对法无知；误入歧途等等。文艺作品也并非绝对不能直率地反映这种实际存在的生活现象，我们更不是苛求主人公的品行都要洁白无瑕。问题的关键在于，作家艺术家应该以什么态度和思想境界来认识这种生活现象，如何恰当地对待和处理这样的故事情节。假若该剧编导居于法律和道德的高度，对山杏和小木匠的姘居给予善意而适度的针砭、指责乃至法纪上的警戒、惩处，引导观众分清是非，使一些患有法盲症和道德软骨病的人从婚恋的误区中醒悟过来，采取合情合理又合法的手段去追求自己的爱情和幸福，那当然是富有积极意义和审美价值的。然而，《趟》剧是把山杏作为倾注全力予以美化和歌颂的新生的一代妇女典型形象展现于屏幕的，是一味地以同情、宽宥甚至赞赏的态度和偏爱、袒护的情绪，去表现重婚情节以及当事人的感情和心理的，并将此情节作为山杏冲破封建意识的樊笼，争取人身自由、婚姻自主的重要一步，加以浓墨重彩地描绘。无须说，这一步被写成山杏趟过“男人河”而自我解放的惊世骇俗之举。在山杏和小木匠姘居期间，我们既看不到现行法律对他们的干预和约束，也看不到周围群众对他们的非议和劝诫，倒是一再表现邻居孙伟（知书达理、富有正义感和同情心的工程师）对这“小两口”恩爱、和美、欢乐相处的赞许和艳羡，而这对自由组合的伉俪更是充满了鸾凤和鸣、琴瑟相谐的幸福感，毫无自疚自责之意。这一切都难免在观众（尤其是一部分年轻人）中产生某种误导作用和消极影响。

《趟》剧的情节发展和结局处理，使上述弊病变得越发突出和显豁，更易造成思想上的混乱和审美上的错位。从第四十集开始，山杏的重婚“秘密”逐渐为家人所知，其夫王大宝等决计诉诸法律。对此重婚罪案，编导的整个思想感情一如既往，是倾向于违法者一边的。如在第四十二集里，山杏“理直气壮”地申辩道：“我们又没干什么丢人现眼的事！”王二宝对执意上法院的父亲再三劝阻和指责：“把人家弄得臭名远扬对咱有啥好处?”“告状打官司，理在咱们这儿吗?”孙伟也对忧心忡忡的山杏的生父宽慰道：“你放心吧，理在俺这儿。”他把山杏的重婚问题仅仅说成是“为生活所迫造成的失误”，痛斥泄露事实真相的妻子玉芬是“把别人的隐私的创口撕开”云云。总之，剧中的好人们的舆情无一不倒向山杏，竭力为她的重婚罪开脱和庇护，他们全然没有法制观念，有时竟达到混淆黑白、颠倒是非的地步。依照上述逻辑，既然只是生活上的一种“失误”，就该宽洪大度地加以谅解；既然属于个人的“隐私”权益，就更理所当然地要受到法律的保护。试问，这到底是在宣扬什么？又到底是在向观众灌输什么？

我国刑法第七章第一百八十条明文规定：“有配偶而重婚的，或者明知他人有配偶而与之结婚的，处2年以下有期徒刑或者拘役”。如果真正做到违法必究，执法必严，山杏和小木匠的结局是不堪设想的。但是，《趟》剧的最后一集高潮戏，却成了令人惊诧莫名、百思不解的一幕。在庄严、神圣的法庭上，山杏对自己的问题依旧执迷不悟，她说：“我不知道我是不是犯了重婚罪。”并语惊四座地大声疾呼：“后来我是跟人跑出来了，我也是人，难道我就没有过好日子，过平平和和的好日子的权利吗？”继而，这位被告声泪俱下地痛述了自己的不幸遭遇，顿使怜悯她的亲人们悲愤不已，唏嘘不止，更使曾经亏待过她的原告们无地自容，无言以对。于是乎对簿公堂的气氛陡然逆转，被告的重婚罪（这是审判的中心问题）被弃之一旁，竟然被山杏滔滔不绝的反诉和泪水全部冲垮和淹没了。岂不怪哉！

毋庸置辩，当大宝神经失常后，山杏在精神上、肉体上遭受的痛苦是值得同情的，然而这与她后来与人非法姘居、犯重婚罪是两个范畴的问题，不应混为一谈。前者和后者并没有必然的因果关系。不合理的缺乏感情的婚姻，可以依靠法律予以调解或者解除，却万万不能因之堕入违背道德和法纪的泥潭。正如不该以错对错，以非法手段去反抗不法行为。这是起码的处世原则和法律常识。因此，山杏无论怎样悲痛欲绝地控诉，都不能成为触犯法律的口实和自我开脱的遁词。在《趟》剧里，这位备受编导关爱和赞赏的女主人公，对自己的重婚问题自始至终毫无认识，就连痛感“失误”之类的觉悟都没有一点。在法庭上，似乎只有山杏一个人是受害者（其实，大宝和小木匠无辜的妻儿等何尝不是受害者？），似乎只有她是正义和真理的化身，法律的天平无疑地要完全向她倾斜。事实上，犯了重婚罪的山杏在剑拔弩张的法庭辩论中，旗开即得胜，口到即成功，原告唯有低头认罪的份儿，最终以被迫撤诉而败退。就这样，被告轻易地趟过了法律之河。

如果说，剧中的原、被告以及与他们相关联的当事人几乎都被描写成无知无识、感情用事的法盲，或许尚能给观众某种启示和警喻的话，那么，法官们的形象则尤其让人难以理解和接受。面对这桩昭然若揭的重婚案，审判人员的态度是暧昧的，甚至是软弱无能、无所作为的。他们既没有对原、被告及证人们进行深入细致的法庭调查，也没有以事实为根据、以法律为准绳来审理案件，只是俨然以旁观者的身份听取当事人的陈述，而且主要又是被告单方面的申诉。他们对于山杏的重婚问题始终不置一辞，连半句批评教育的话都没有说。不独如此，在整个庭审过程中，法官们一直处于极其被动的地位，精神状态显得相当冷漠和麻木。请看，二宝出于对山杏的同情，有意遮掩事实原委，诓称“我嫂子和小木匠没有私通过”；玉芬则因妒火中烧，恶意捏造山杏和自己的丈夫孙伟姘居，以至怀孕、流产云云。对这些事关案情的重要问题和妨害诉讼的故作伪证的行为，审判人员一概无动于衷，不予追究，致使法庭变成可以信口雌黄的“自由市场”，严肃的讼争演化为一场闹剧。

《趟》剧是在聚讼纷纭、是非混沌的情况下，以原告稀里糊涂地撤诉而收场的。如此随心所欲的处置，人为地把一切矛盾都化解了，把一切问题都掩盖了，似乎使一切客观存在的事实都荡然无存了，至于二宝、玉芬弄虚作假的证词当然也就不必澄清了，而法官们则可以堂而皇之地宣布“结案”了。但是，观众却因此而疑窦丛生：这一案件的是非真伪究竟何在？如果大宝等坚持要告山杏的重婚罪而不撤诉，法官们将会如何审理和判决？应该怎样体现法律的严明、公正？本案涉及的民法、刑法、婚姻法是不是弹性十足、任人摆弄的玩具？《趟》剧所设置的这场以犯了重婚罪的女主人公大获全胜而告终的官司究竟要告诉人们什么？

毋庸讳言，当今现实生活中，纷呈着形形色色的婚恋观、道德观以及与之互为表里的行为方式，婚外恋、非法同居、重婚、纳妾等类问题层出不穷，亟需社会各界高度重视、积极引导和综合治理。我们的文艺作品若对某些畸形的社会现象再作不适宜的描写，甚至有意无意地在艺术表现中宽容和美化不法行为，就可能在客观上助长那些鄙陋的社会风气。据笔者所知．许多观众之所以对《趟》剧存在的上述问题大为不满，颇有非议，正是出于这种忧思和远虑。

笔者认为，我们的作家艺术家在创作涉及法律的文艺作品时．应该认真学习法律、研究法律，必须具备足够的、清醒的法律意识，务使作品有利于法制宣传。在法律面前，是来不得半点主观随意性的，更不能由个人的好恶感情去左右司法审判。影片《秋菊打官司》中的村长踢伤村民，秋菊为受害的丈夫到处奔走告状，无非是要“讨个说法”，结果村长被公安人员拘捕而去，尽管这不是原告的初衷和本意。《被告山杠爷》中的支部书记任意打骂、处罚群众，也最终落入法网，尽管人们对他无比同情和理解。这些作品都显示了法律的公正和严明，能给人以良好的法制教育。可是《趟》剧对被告的重婚罪，连个起码的公平的“说法”都没有，却充斥了毫无原则的偏袒、辩护乃至反诉，这只能将法律之河中的清水越趟越浑。

（原载《法制与社会》1996年第2期）

一部有新意的戏剧评论专著

——评《曹禺创作启示录》

李丛中撰著的《曹禺创作启示录》最近由云南大学出版社出版。本书共十一万字，含上、下两篇。

上篇题为“从借鉴到创新——曹禺戏剧创作的成功之路”，着重以比较文学的角度和研究方法，论述曹禺善于借鉴外国戏剧艺术的精华，博采众长，融会贯通，立足于中国的现实生活土壤，创作了《雷雨》、《日出》、《北京人》、《家》等一批堪为时代丰碑的杰作，从而探索和开拓了一条话剧民族化的宽广道路。作者运用大量材料，详尽分析了古希腊悲剧和莎士比亚、易卜生、契诃夫、奥尼尔等著名戏剧家的作品对曹禺话剧的种种影响和熏陶，论证了曹禺“抽他人之金线，织自己的锦衣”的创作特点和成功经验，并进而结合当前话剧面临的危机，对开创话剧艺术的新局面发表自己的一些真知灼见，如作者认为：“话剧的魅力和思想力量，不单在于舞台组合的移位和艺术手段的新颖多样，更主要在于剧本的文学性所赋予的深刻的思想内涵和人物形象的丰满与生动。”

下篇题为“情感与理念的矛盾——曹禺创作生涯的困惑之源”，探究了曹禺创作历程坎坷不平的社会历史根源和主观因素（世界观、艺术观的复杂状况与曲折变化），特别是深入剖析了曹禺后期创作出现某些“滑坡”现象的症结所在。作者明确指出，曹禺的艺术个性在与时代要求和谐一致时，便获得了创作的自由，写出了彪炳史册的传世之作。创作中的情感宣泄与理念升华也应当是并行不悖、互相渗透的。理念和情感之间一旦发生了错位和断裂，创作也就会出现阻隔和板结。这里，作者思辨的触角已不囿于对曹禺具体作品的条分缕析，而是扩展到对戏剧艺术乃至整个文学创作的规律性的认识，尤其是批判了极“左”思潮对繁荣文艺创作的危害性，因而给人以广博、深刻的启示。

这本曹禺研究的专著没有重蹈前人的足印，停留在剧本的主题、人物、结构、语言诸方面作文章，也没有脱离人们关心瞩目的文艺现状，孤立地评论和总结曹禺个人的创作历史，它力图透过“曹禺现象”，从宏观上审视中国话剧发展的轨迹及其成败得失，密切联系当代戏剧文学创作实际，启导我们反思过去、正视现在、展望未来的话剧民族化道路，为话剧从危机走向转机和生机探寻一条切实可行的出路。这也许正是本书的创新特色和理论价值之所在。

作为一部艺术理论著作，《曹禺创作启示录》具有值得称道的文风。首先是观点鲜明，不乏独到的见解，但又力求实事求是，注意辩证地分析问题，即使对待曹禺这样的享誉中外的戏剧泰斗，也是该褒扬的则高度褒扬，该贬抑的则大胆贬抑，决不含糊其辞。又如，对于“反理性”、“反传统”的所谓“现代派”思潮和作品，作者勇于理直气壮地指名批评，同时，又竭力呼吁创造一种保证各种风格、流派的作家都能自由创作的社会环境和文艺气候。其次，本书逻辑严谨，结构完整，层次分明，条理清晰，上、下两篇虽然独立成章、各有侧重，但是内在联系紧密，相互照应、浑然一体。此外，语言朴实通俗，行文流畅自如，不像有的理论著述故作高深，玩弄词语，佶屈聱牙，艰涩费解。我以为，不仅是戏剧界，就是一般文学研究者、爱好者都可从中获得有益的启示。

（原载1990年8月22日《云南日报》）

喜看今日彝剧开新花

——观彝剧《哀牢春秋》

为庆祝楚雄彝族自治州建州三十周年，该州彝剧团于最近排演了六场彝剧《哀牢春秋》。这出戏不仅以跌宕起伏的情节、强烈集中的冲突、扣人心弦的悬念取胜，更以广厚的历史容量和耐人寻味的哲理见长。大幕拉开，舞台上即出现古代彝族奴隶起义者与土司军浴血奋战的场面。在奴隶们欢庆自由解放时，赫土司派使者将美丽的赛灵姑娘献给起义军首领伯勒。赛灵是赫土司的养女，也是土司长子大赫的情人，她得知大赫被伯勒杀死的消息后决计复仇而来到石城。她以美色迷惑伯勒，竭力助长伯勒的私心和权欲，使伯勒蜕变，从而引来城破身亡的历史悲剧。从这个故事中，观众不仅获得美的享受，在思想上也获得多方面的有益启示。

《哀》剧的主题思想并不单一、浅显，而是随着剧情的推进、矛盾冲突的激化使丰富的内涵和底蕴渐渐暗示与流露出来，也即是尽量让活生生的、行动着的舞台形象本身“说话”。《哀》剧着力刻画了几个主要人物的性格特征，如伯勒的勇武、粗犷、敦厚而又优柔、轻信，列查的坚强、忠诚、冷静、睿智，赛灵的狡诈、狠毒且又伶牙俐齿、工于心计，叛徒阿藤的贪婪、野心、粗俗、愚钝，伪装成哑巴的大赫的阴险、残忍和诡秘莫测等。塑造得最为成功的艺术形象当属赛灵。这个角色的思想价值和审美意义就在于她不是被平庸地设置成仅只充当“美人计”的工具，而是拥有自己独特而复杂的经历、思想、感情、个性的女子，她始终处在人物纠葛和矛盾冲突旋涡的中心，对剧情的发展起着举足轻重的作用。诚然，她是带着复仇的初衷而委身于伯勒的，但在半年多的夫妻关系和亲身感察中，她不得不赞叹：年轻英俊的伯勒“是位真正的英雄”，从而对他由衷地产生了爱慕之情。因此，在杀夫报仇问题上她越来越陷于矛盾、彷徨的复杂心态中。当赫土司的阴谋得逞，赛灵的旧情人、即潜伏在她身边的已然完全破相的大赫突然开口说话，狂喊“我忍辱受气，熬到了现在，就是为了让你们全都死一次”后，赛灵从一场恶梦中惊醒了，她痛彻肺腑地仰天哀嚎，自刎并倒在伯勒身旁，从而走完了一个悲剧人物乖舛而曲折的生活历程。赛灵和围绕于她的伯勒、大赫、阿藤的悲剧性格、悲剧命运以及与之俱来的悲剧结局（上述诸人同归于尽），在人奴役人的阶级社会，既有其独特性，又有一定的典型性、普遍性，可以说，《哀》剧在主题开掘和人物塑造上达到了较高的层次。

这出戏不仅在文学剧本上奠定了相当完整的艺术基础，而且在导、表演方面也有可贵的追求、探索和突破。他们始终把刻画神形毕肖的彝族人物形象视为艺术创造的头等任务。彝剧作为一个年轻的民族剧种，没有现成的行当、程式和唱腔可资袭用，这对把握彝剧的质的规定性固然会有困难，但也在艺术构建上铺展了相对自由的创造天地。《哀》剧一方面非常重视弘扬民族文化传统和民族艺术特色，如在语言上使用彝腔汉语，保持了彝语的音调、语汇和表达方式，汲取了不少彝族的音乐、舞蹈素材等；另一方面，它又兼收和融会了戏曲、歌剧和话剧的一些表现手法，将写意和写实交织在一起，达到了虚实相生的美学境界。在音乐曲调上，《哀》剧适应剧本唱词的句法结构，突破了彝剧唱腔向来用原曲填词的手法，创造出多段落、多层次结构的唱腔。全剧音乐服务于表现各种人物的性格和情感，大体上是一人一曲，一曲到底。配器上着重使用弹拨乐器（如月琴、中阮、琵琶等）和各种彝族民歌中特有的节奏音型。这些，使彝剧具有新时代的气息而更受到今天观众的欢迎。

（原载1988年2月17日《云南日报》）

逆古叛道唱新曲

——观新编历史剧《赵武灵王》

《赵武灵王》系乔嘉瑞在云南艺术学院1985级编剧班学习时的毕业创作。这个剧本选材好，立意新，文学性强，被学校推荐编入“云南戏剧”丛书《剧苑新葩》。如今，洋洋四万言的平面符号，终于化为立体的舞台艺术形象，初演成功，笔者为此深感欣悦。

赵武灵王是战国时期一位具有雄才大略和改革精神的政治家。公元前307年，他根据历次战争的经验教训，命令将士改穿胡服，以取代祖传的宽大衣袍，学练骑射，以汰弃过时的笨重战车。这一振军强兵之举，遭到贵族官僚阶层中顽固守旧势力的普遍反抗。但武灵王毅然逆古叛道，坚持变法求新。历史学家翦伯赞称誉道：“敢于这样做的人……可以肯定说是一个英雄，一个大大的英雄。”《赵》剧便是在现代意识的观点下，对这段史实进行了艺术创造的，该剧通过尖锐复杂的矛盾冲突，刻画了武灵王这一有灵有肉、独具风采的人物形象。

革故鼎新的斗争，倘若只是表现为唇枪舌剑的论战，借此宣示新旧观念的是非得失，那就绝无好戏可看。《赵》剧之所以有较强的观赏性，就在于它依傍巧妙编织的起伏跌宕的情节，展示人物纠葛、人物命运，使观众在引人入胜的戏剧情境、戏剧行动以及矛盾的合情入理的推进过程之中，获得审美上的愉悦和思想上的启迪。武灵王这个风流倜傥的君王形象之所以跃然于舞台上而不同寻常，也基于他破习俗、革兵旅的主要对手乃是“朝廷统百官，庙堂居首席”的叔父公子成。而公子成由于手持先王赐予的尚方宝剑，才敢于违逆君命，始而闯沙丘、挡宫车、杀歌女，继之反对胡服骑射，终于毒杀武灵王的爱姬胡娃。这就使得主人公的外部动作始终伴随着激烈的内心冲突，从而显出丰满、复杂的性格特征。

（原载 1988 年 9 月 23 日《春城晚报》）

一次有益的探索

——观电视散文片《狮伏龙潜》

楚雄电视台摄制的电视散文片《狮伏龙潜》，是一部内涵丰盈、形式新颖的艺术作品。它将武定狮子山的奇异风光、文物古迹、明代建文帝朱允炆流落边地为僧的传说故事和现实生活融为一体，围绕自然景观、人文景观的形象描述，对五百多年前的一段历史风云进行了深沉的反思，对人生、人性、人情、人的价值等哲理问题都作了广泛的涉猎和探索。本片以“衮龙换袈裟”的古代皇帝的传奇式的悲剧境遇和特殊、复杂的心态为主线，通过这个贯穿全片的人物与中外旅游者的神交、对话，把传统观念与当代意识，把东方文化与西方文化的冲突、对峙、错位、反差，在艺术上作了一定的表现，从而引发观众在多元化的审美和欣赏过程中，激起一些较深层次的思考。

《狮伏龙潜》充分运用电视丰富多样的艺术手段和镜头语言，凭借富有诗情画意的散文化结构以及某些荒诞手法，将现实与历史、人物与环境、声音与画面既作了具有思辨色彩的有机结合，又作了突破时空限制的综合处理，因而形成一种特定的文化氛围，达到“观古今于须臾，抚四海于一瞬”，“一粒沙里见世界，半瓣花上说人情”的艺术效用。

《狮伏龙潜》的编导、演职人员力图把电视片推进到一个较高的哲学文化层次，而不满足和拘泥于对山水风物的自然描绘、对历史典故的客观介绍，这种探索、创新精神是值得赞赏的。

（原载 1989 年 1 月 18 日《春城晚报》）

悲鸿遗墨香如故

—— 徐悲鸿与云南的美术教育

徐悲鸿先生（1895—1953）早年受康有为、梁启超、蔡元培、陈独秀等思想界先驱的影响，1919 年至 1927 年赴欧洲求学习画，看到西方工商业和科学技术的发达与文艺复兴的密切关系，主张“欲救目前之弊，必采欧洲之写实主义”（1926 年），“倡智之艺术，思以写实主义启其端”（1930 年）。抗日战争爆发后，徐悲鸿参与政治和社会活动的意识日益增强，他在国内外举办画展，宣传抗日图存，带头义卖、募款劳军救灾。徐悲鸿那种富于社会责任感的现实主义精神和针砭时弊的创作思想，更切合时代的脉搏和民族的需求，深得人心。在艺术教学实践中，徐悲鸿比当时的美术教育家们更有系统、更有规则。他以“形既不存，何云乎艺”作为其理论的出发点，认为“艺术家应同科学家同样有求真的精神”，反对一切形式主义的东西，所以他在教学中强调：“素描是一切造型艺术的基础。”他的写实主义教学体系要求学生坚持以人物为主的严格的素描写生训练。

徐悲鸿对云南的美术家的培养以及对云南艺术教育的影响是值得一书的。

早在 1932 年，云南富民县永定镇的贫苦农家子弟廖新学考入南京大学艺术系，就荣幸地受到徐悲鸿等著名画家的指点和教诲，打下了素描和油画创作的坚实基础，为日后的出国深造创造了有利条件。当初廖新学在昆明如真相馆当学徒时，因给省政府主席龙云画过一幅大型肖像，龙云赏识他的艺术才华，决定送他出国深造，并指定省教育厅长龚自知为他办理出国的有关手续，费用由教育厅提供。就在准备出国深造期间，廖新学向徐悲鸿先生整整学了八个月的素描。临出国前，徐悲鸿向他建议道：去法国，最好是学雕塑，中国很需要雕塑人才。1934 年 6 月，廖新学即远赴法国求学。由于经济拮据，他节衣缩食，刻苦自励，白天在巴黎最廉价的地下室画画，晚上读书。他还经常去卢浮宫等博物馆、美术馆观摩、临摹大师们的原作珍品，如他带回国的临摹法国现实主义画家米勒的油画代表作《拾麦穗》、《晚钟》及西班牙画家牟利罗的油画《被阳光照射的乞丐》等，后来都成了他最宝贵的教学资料。经过一年多的勤学苦练，1936 年 2 月 28 日，廖新学终于遵照恩师徐悲鸿的意见，以优异的成绩考取了巴黎高等美术学院雕塑专业。1937 年，廖新学创作的半身男雕像和半身女雕像分别荣获春季沙龙奖与世界博览会银质奖。1942 年，他以自身为原型的人物雕塑《牧牛郎》又荣获沙龙金质奖。1945 年，他创作的《黑天鹅》雕塑获"沙龙艺术之友"金奖。1946 年，他的男雕立像《掷铁饼者》获秋季沙龙金质奖，被《巴黎报》英法文版赞誉为"欧洲最有影响的中国雕塑家之一。"称他是"中国美术家中的奇才"。

1948 年 2 月廖新学回国，年底在昆明胜利堂举办了个人画展，轰动省城，名扬遐迩，当代著名画家张建中、姚钟华、郎森等对那次画展记忆深刻，认为廖新学先生的经历和创作对他们的艺术人生都有很大的影响。1952 年，廖新学任昆明师范学院教授，主持创建艺术科并任科主任。1959 年，云南艺术学院就是在昆明师范学院艺术科的基础上创建的。云艺美术系主任张元真教授、云南人民出版社美术编辑室主任陈琦等一批雕塑家、画家均为廖新学的学生。

1942 年 1 月，出访印度、新加坡后的徐悲鸿取道缅甸回国，他携带在海外参展筹集赈款的大批书画金石、艺术珍品，由畹町口岸入境，曾在云南西部的保山、大理羁留约百日，举办画展，进行美术创作和教学活动。

3 月 6 日起，徐悲鸿在保山荷花池畔的"新运服务所"举行劳军画展，在 8 间展室中共展出六百多幅名贵画作，在不到一个月内观众达三十余万人次。徐悲鸿将画展门票及卖画收入全部捐献慰劳抗战将士。在保山期间，青年学生赵国亚、王德鸿等曾多次向徐先生聆教绘事，徐先生教他如何用墨、用色，如何写生，乃至传授画马、画竹的绝技。赵国亚回忆道："徐先生对我们的求教没有丝毫推辞、敷衍之心，总是真心诚意，宽厚仁和，掏怀以示，一点没有大画家的派头。”徐悲鸿还赠给赵国亚一幅奔马图，题写了对联：“敝庐何必广，壮图在自强。”又在赵国亚的纪念册上书写：“民奋发则国昌”。1951 年，徐悲鸿在给赵国亚的回函中又附一幅对联：“正谊不谋其利，非学无以广才。”徐悲鸿先后致赵国亚书信达十二封之多，并寄赠过油画颜料。1948 年后，他又将自己的《天马图》、《鹰击长空图》以及齐白石送给廖静文的《紫藤图》寄赠赵国亚。《天马图》上题诗一首：“南使宜天马，由来万匹强。浮云连阵没，秋草遍山长。闻说真龙种，仍残志鹔鹴。哀鸣思战斗，回立问苍苍。”据后来已是中学美术教师的赵国亚说，徐先生曾在保山城外一地主庄园的照壁上画过壁画，该壁画在 1952 年土改时已被推倒。

此外，徐悲鸿曾专程参观了保山的第一国立华侨补习学校，看望了师生。他甚至与同学们一道筹划抗战壁报，亲自画了“奔马”刊头。徐悲鸿还捐款供该校购置图书。

徐悲鸿在大理停留的月余时间，举行了一次义卖，共卖出五十多幅画，当时最好的一匹马的市价不过八十银圆，而徐悲鸿笔下的一匹马却能卖到三百银圆。他将全部收入两万多元通过富滇银行汇往总部设在昆明的云南省各界抗敌后援会。

1939 年 3 月至 1946 年，私立华中大学（后改为华中师范大学）应大理的开明人士、富商董澄农等商帮的热忱邀请，从武昌迁徙到大理喜洲镇办学，校址即现今的大理二中。这对于大理乃至整个滇西地区的文化教育事业都是幸事。虽然当时校舍和教学设施比较简陋，但是深得有识之士与当地群众的支持和厚爱。徐悲鸿先生就亲自到华中大学讲授美术课，他为了感谢董澄农对文教事业的资助和扶持，曾以本地马为原型创作了一幅《滇马》赠送之，至今传为佳话。2009 年 1 月，中央电视台“探索・发现”节目，还专题播映和赞扬了当年徐悲鸿亲临华中大学讲课以及为董澄农先生画《滇马》的史实。

在大理期间，徐悲鸿一般是上午作画，下午出游、写生。在游览清碧溪时，徐悲鸿拟写了一副楹联："乞食妙香国，销魂清碧溪。"观赏过银苍玉洱后，他又留下"和风荡洱海，白雪点苍山"的楹联。

1942年3月下旬，徐悲鸿经由喜洲东渡洱海，登宾川县境的鸡足山，在悉檀寺住宿数日，揽胜寻幽，入刹访僧，留下了珍贵的书画墨宝，如水墨画《雄鸡图》、《雄鸡竹石图》、《翠竹寒林图》、两幅观音像及一幅书法等，还赋诗几首，使佛教名山更增添了璀璨的艺术灵光。在赴鸡足山的旅途中，徐悲鸿目睹农家土地肥美而生活艰辛，曾吟咏七绝一首，表达了对当局施政乏术的不满和讽喻："土壤肥沃鸡山道，可辟梯田八万顷；善政倘能分配好，丰饶足食十万人。"登山后，即将此诗书赠祝圣寺住持怀空长老，上款题："鸡足山行集诗，怀空老法师实施自给政策于祝圣寺，因书奉教。"下款署"悲鸿"并钤"徐悲鸿"阳文印章。徐悲鸿还为这位江苏同乡写过一幅赞美当地自然景色的行书中堂："泉石古，云山老，村落风光好。"徐悲鸿给悉檀寺住持亚晞长老画了一幅《雄鸡竹石图》，在淡墨勾勒的鸡足山天柱峰之巅时，以浓墨绘一左足矗立、三中趾前伸的回首啼唱的雄鸡，下侧则以翠竹山石作衬托；左侧题一七绝："信是先知先觉难，佛光早指翠微间。灵鹫一片荒凉土，岂比苍苍鸡足山。"此处"灵鹫"系印度佛家神山名，也是南亚有名的旅游胜地。该画款识"亚晞飒上人惠存，卅一年春仲悲鸿朝鸡足山。"钤方形朱印一枚。此外，徐悲鸿还为给他担任警卫的宾川籍人氏张孝政画了一幅《墨桔图》（一名《怀桔遗亲》图），现存于号称"桔果之乡"的宾川县的文化馆内。《雄鸡竹石图》等五幅书画墨宝则珍藏在云南省博物馆内。另有一幅国画《石楠》，收入人民美术出版社编印的《徐悲鸿彩墨画》中，其题款曰："石楠十里申涂府，昔为参山未见花，今我仲春登鸡足，猩红合抱艳于霞。壬午悲鸿写。"

在雄、险、奇、秀的鸡足山，徐悲鸿阅尽了千岭万壑的壮丽景色，饱览了三十六庵、七十二寺的历史掌故和艺术遗产，一日，他在金顶观赏日出时，一副赞美鸡足山的联句情不自禁地脱口而出："万仞重青峰峦合与峨嵋秀，九曲叠翠崖嶂还比泰山嵘。"

抗战期间，徐悲鸿在昆明的社会活动和艺术业绩更是应当载入史册的。

1942年4月22日，徐悲鸿从大理抵达昆明，受到云南省主席龙云和各届人士的盛情欢迎和接待。龙云公子龙绳祖、龙绳武均为徐悲鸿在法国时的学友。1942年9月，武成路华山小学大礼堂举行抗日劳军画展，作品百余件。其中大幅国画有《九方皋》、《愚公移山》、《群马》等，大幅油画有《徯我后》、《田横五百士》等。质量之高，冠绝一时，万人空巷，观者如堵，轰动了南国边疆。

最值得记忆的是，徐悲鸿对青年画家袁晓岑的鼎力指教和重要影响。

袁晓岑（1915—2008）出生于贵州省普定县的一个农民家庭，从小喜爱美术，自学成才，1938年考入云南大学文史系，以卖画收入供给自己读书。1940年，与熊秉明、刘文清、邵芳、孙福熙、周霖等组成谷风画社，举办劳军画展。1941年，为支持熊庆来夫人捐资修建弥勒大桥，参加谷风画社举办的义卖画展，这次展品多数出自熊秉明、袁晓岑之手，也有熊庆来珍藏多年的画作，甚至包括了徐悲鸿等名家的精品。1942年，二十七岁的袁晓岑闻知他仰慕已久的徐悲鸿大师来到昆明，并由其好友、云大校长熊庆来安排在本校映秋院下榻，就决心向这位近在咫尺的著名艺术家拜师求教。于是在熊庆来的引荐下，袁晓岑由熊庆来之子熊秉明陪同，带上自己的画作登门拜访了徐悲鸿先生。那幅国画以水墨为主，略施淡彩，描绘了一匹骏马正优游自在地在河边饮水。徐大师认真审视后，微笑着说："你画的马是中国马，而我画的是西洋马。"接着他拿出他的速写本，翻开一幅马的速写图给袁晓岑看，叫他要多画速写，多对实物写生，作画时注意轮廓线条与光影的关系，最好画出雕塑感来。徐悲鸿先生还将这些速写本借给袁晓岑带回家去慢慢琢磨、体会。

有时候，徐悲鸿带袁晓岑出外写生，或者当面作画示范，耳提面命、现身说法，使袁晓岑得以耳濡目染、心领神会。有一次，袁晓岑观摩徐悲鸿画水牛，只见桌案上平铺四尺宣纸，砚墨水色齐备，先生手不停挥，笔参造化，一头耕牛倏忽成型，跃然纸上，不料即将完稿之际，一滴墨水不慎洒于画面的空白处，袁晓岑顿时一惊，心中暗自惋惜，先生却镇定自若，慧黠地默然一笑，稍作凝神沉吟，就从容操笔将牛之尾尖甩向墨点误落之处，并题款曰："悲鸿写泥牛"。原为瑕疵的墨点随即成了牛尾甩出的泥水，真乃弄拙成巧，天衣无缝，妙趣横生。二人遂灵犀相通地相视大笑。

在家乡的童蒙时期，袁晓岑除了在土纸和墙壁上用木炭画飞禽走兽外，还试着取些黏土捏成一个个小牛、小马、小狗、小鸡、小鸭等等，自我欣赏。为了不失良机向大师当面领教，袁晓岑把自己捏的动物小雕塑也拿给徐先生过目，请他指点。徐先生赞扬说做得不错，同时向这位习作者讲解罗丹、巴里、蓬蓬、鲁德等法国艺术家的雕塑作品。

袁晓岑喜爱岭南画派开创者高剑父（1879—1951）、高奇峰（1889—1933）兄弟的艺术，曾向徐先生询问这两位大师的差别何在，先生答道："高奇峰的画作气势磅礴，造型严谨，用水用得好；而高剑父更注重笔墨的苍劲和意境，文人画的味道更浓些。"从此，袁晓岑在结构造型方面吸取高奇峰之所长，在用笔用墨和意境的追求上则更多地向高剑夫学习。

有一天，徐悲鸿应邀到袁晓岑家做客，见袁为写生而饲养的孔雀颇通人性，与之相戏，只见它大开彩屏，翩翩起舞，如画似锦。徐悲鸿对照袁晓岑写生的足以乱真的孔雀羽翎，兴奋不已地鼓励道："自古以来画孔雀的人不多，你既能以造化为师，加上又有云南那么好的条件，只要坚持钻研，锲而不舍，将来会独树一帜，必然成功。"这些金玉良言，几乎成为袁晓岑艺术生涯的座右铭。后来，袁晓岑将自己画孔雀的经验编成了歌诀："展纸凝神立意境，头颈为主传其神，躯干概括显体积，细铁松动写金羽，足现结构藏为好，墨含色彩亮晶晶，背景无论多与少，只作陪衬须记清。"

徐悲鸿先生在昆明期间，曾赠送袁晓岑两件作品：一幅是在新加坡画的《双鹅图》，描绘两只大白鹅正悠然自得地在水塘中嬉戏，上题"悲鸿作于星洲"；一幅是《立马图》，题款为"晓岑仁弟存"。另赠两张照片：一为《田横五百壮士》；一为徐大师最具代表性的奔马图。

袁晓岑在1994年出版的《袁晓岑国画雕塑集》"自序"中，曾回顾了徐悲鸿先生的教诲和勖勉对其艺术创作的深远影响："1941年至1942年读大学时，徐悲鸿先生漫游海外归来，居昆明云南大学，由熊庆来先生之介绍，得受教于悲鸿先生，于西法写生与艺术理论，面聆教导，获益颇多……此后之创构，在倾向于岭南画派之基础上，更强调师法自然，强调笔墨之传统功力，强调描绘对象之结构，强调简练概括，进一步追求自己的艺术道路。此为予画风之一大转变也。是时，予将所作雕塑请教于悲鸿先生，颇蒙赞许，并承其介绍法人鲁德、巴里、罗丹、蓬蓬等人之作品，故除继承中国石刻、泥塑之优良传统外，更吸收西方雕塑之长，因而对雕塑兴趣大增……从此至大学毕业，惟有师法自然，潜心绘事。正如悲鸿先生所云：'田野牛马，篱外鸡犬，皆吾之习师也。'予经常饲养笼鸟，以作观察写生之师，曾先后饲养孔雀、蜡嘴、八哥、鸽子、白鹭等等……其时多画工笔孔雀，每小时画尾翎四片，画毕与真翎共贴于壁上，直至远看颇为近似方才罢休。此时之作所追求者为形神兼备、气韵生动，以求工而不板，艳而不俗，力求摆脱前人窠臼……"可见，袁晓岑后来成为一手双绝的国画兼雕塑大师和著名教授，是与徐悲鸿先生的直接指引和教导分不开的。

1942 年，袁晓岑于云南大学结业后，终其一生的职业都是从事艺术教育。1942 年冬，他即赴昭通西南师范学校任教。1948 年至 1949 年，先后在昆明师范艺术科及昆华中学任教。新中国成立后，袁晓岑先后在昆明师范学院（现为云南师范大学）、云南艺术学院任教，他总是念念不忘地向师生们传扬徐悲鸿的高风亮节和卓绝艺术。

1942 年徐悲鸿在昆明期间，对于年仅十五岁的中学生卢开祥的关怀和提携也是令人难忘的。卢开祥曾撰文追忆徐先生指导自己的情景："他一边看我的画，一边细心地给我讲初学画画应注意的问题，然后，又从抽屉里找出几张照片，一张是他和印度诗圣泰戈尔的合影，写上'开祥弟存，悲鸿，壬午'。其余三张是他作品的照片，也都题上字，送给了我。徐先生还讲：'我到重庆后要筹建中国美术学院，等确定后，我会告诉你，你现在应把功课学好，作为一个画家，要有一定的文化知识。'"第二年，徐悲鸿先生果然给卢开祥写来信，让他去重庆读书。自此，卢开祥就在徐悲鸿身边学画，得到先生多方面的关心和帮助。

2009 年夏天，我早年的一位学生张晓诚大校（曾先后任丽江军分区和大理军分区政委）为创作有关徐悲鸿与云南的电视剧，专程到北京拜访了廖静文女士。当他们共同回顾徐悲鸿先生在云南的那些往事时，都为这位艺术大师的博大爱心和人格魅力而感慨不已。是的，徐悲鸿先生对于云南的文化教育和美术创作的历史功绩，是我们所铭记不忘的。

（原载2010年1月12日《中国艺术报》）

袁晓岑和他的造型艺术美

著名美术家袁晓岑教授，系全国文联委员、中国美术家协会理事、云南省文联副主席、美协云南分会主席、云南艺术学院副院长。他的中国画和雕塑造诣高深、成绩卓著，不啻蜚声国内艺坛，且在海外广为流传，博得人们的欢迎和好评。他的造型艺术，一字以蔽之：美！

一

是的，袁晓岑一生都在孜孜不倦地追求美、探索美，生生不已地表现美、创造美。

1915年，袁晓岑出生在贵州省普定县的一个偏僻的山区里。周围翠峦起伏，森林密布，自然环境幽雅、秀丽。因是单家独户，他从记事之日起，举目所见尽是山花野卉、飞禽走兽，各种鸟类，如画眉、雉鸡、锦鸡、苍鹰、猫头鹰、啄木鸟……经常在他眼前演唱、飞舞；野猪、野猫、豹子、獐子、岩羊……不时闯入他那童话般的生活境界。有一次，他在密林中还拾着豹子吃剩下来的麝香呢。丰富、神奇的自然景观，成了他童蒙时期的教科书，使他从小就多识鸟兽草木之名，对动物滋生了浓厚的兴趣。七岁以后，他开始帮助家里放牛牧马，终日在牛脊马背上滚上滚下，使他对这些家畜的形体动态、生活习性十分熟悉。由于是四兄弟中最小的一个，没有共同戏耍的伴侣，他便把牛、马视为最亲密的朋友，爱恋之情，与日俱增，久而久之，他幼小、天真的心灵被大自然的美陶醉了、迷住了，竟情不自禁地萌生了想要摹写它们的“创作冲动”。然而，那时袁晓岑家里没有一张书桌，他也不知文房四宝为何物，怎么画呢？于是，他从火塘里拾起烧焦的木炭，在墙上、地上描绘他喜爱的鸟兽；用和煤饼的黏土捏制小牛、小马，把它们晒干了，保存下来。渐渐地，日益灵巧的小手下，塑造出越来越多的泥牛泥马，成群结队地围在他的身边，而且越来越逼真、活脱了。他如痴如醉地凝视着它们，自得其乐地欢笑起来。不过，他万万没有料想到这些“处女作”正是他向漫长而艰苦的艺术道路迈出的第一步。

按照马克思主义观点，艺术美是人类社会实践的产物，首先是人类劳动的创造物。它们是人类用自己灵巧的双手遵循美的规律造成的东西。恩格斯曾经指出：“只是由于劳动……人的手才达到这样高度的完善，在这个基础上它才能仿佛凭着魔力似地产生拉斐尔的绘画、托尔瓦尔德森的雕刻以及柏格尼尼的音乐。”（《自然辩证法》）普列汉诺夫在分析原始艺术的起源时说：“倘若薄墟曼几乎是专画着动物，孔雀、象、河马、鸿雁以及其他的，那就因为动物在他们的狩猎生活上，充着绝大的决定的角色的缘故。在最初，人类对于动物站在一定的关系上了（开始狩猎它们了），其次——也正因为对于它们站在一定的关系上的缘故——则在他那里，生起要描写这些动物的冲动来。”（《艺术论》）袁晓岑在学龄前的“原始艺术”活动以及后来始终如一的对美的热爱和创造，是完全可以用唯物史观加以阐释的，不单纯出于天生的禀赋。

他九岁才进小学，有了笔墨纸张，对绘画的兴致就更浓了。老师叫他画窗纸，同学要他刻图章，他都欣然从命。假期间，他照旧帮助大人放养牲畜，参加各种劳动。所谓春播、夏锄、秋收、冬藏的活计他都干过，甚至还会熟练地编草鞋、编马笼头、钉马蹄铁……这些生产经验和劳动技能，对他日后得心应手地表现农村生活及动物题材的美术创作是大有裨益的。当然，更重要的是使他从小和劳动人民建立了深厚的感情，培养了勤劳、刻苦、淳朴、诚实的美德。据他的夫人时佩瑗对笔者说，直到现在，他还保留着少年时代的一些生活习惯。例如，因为过去盖惯了“秧被”（将稻田中薅出的废秧草晒干、编织成的被盖），至今他仍喜欢盖轻而薄的被褥，即是严冬亦复如是，并将其作为一种健身方法。这种劳动农民的简朴作风，对他形成朴素的刚柔兼济的艺术风格是不无影响的。

袁晓岑考入公费的贵阳师范学校后，才有机会看到当地一些画家的作品。他是普通科的学生，却经常去艺术科旁听。下课后，他把美术老师用白粉浆（粉笔磨碎后用水调成）作在黑板上的画用薄棉纸拷贝下来，学习其章法和笔法，又到裱画店里借这些老师的原作来临摹，效法其用墨和用色。他在四、五年中废寝忘食潜心拷贝的画稿，累积了一捆又一捆。同时，他把学到的技法运用到实践中去，进行写生和默画，这为他的中国画打下了底子。临毕业时，他的自学成绩已达到艺术科的高水平。

1935年，袁晓岑到昆明考大学，因未逢遇美术专业学校招生，就怀着提高文艺素养的抱负进了云南大学文史系。他在自传中说，当时其"目的仍是为了学好美术，因为自来画家大都是饱学之士，具有文学修养。古人云：观王维之画，画中有诗；画无声诗也。论画者常说，画贵有书卷气。绘画格调高、低、雅、俗，均与作者文学修养有密切关系。因此我除应付一般课程外，大部精力仍从事于自学美术与中国文学。"其时，清末云南唯一的状元和诗人、学者袁嘉谷先生在文史系任教，对袁晓岑的帮助不小，他的古典文学基础，就是在这段时期奠定的。毫无疑问，他的作品所以能用冼炼的构图和简洁的艺术语言，表达出韵味无穷的意境和隽永深邃的诗情，是得力于古典文学的精妙笔墨的。此外，他这时接触了岭南派画家高剑父、高奇峰、陈树人等的作品，在取材、构思和表现手法上深受启迪。

在大学几年里，他都是半工半读，靠卖画维持学业，其攻读之刻苦与经济之拮据是可想而知的。为了筹措大学最后阶段的费用，1938年他在昆明举办了第一次个人画展，取得意想不到的成功，受到云大校长、数学家熊庆来的器重和鼓励。嗣后，他与熊庆来之子熊秉明（现法国雕塑家、巴黎大学教授）和刘文清先生、纳西族画家周霖等组织谷风画社，互相切磋绘画，交谊过从甚密。

袁晓岑大学毕业后，即同当时多数大学生一样，遭到失业的厄运。尤其在那国难深重的岁月，一个血气方刚、风华正茂的青年知识分子，更是有志难酬、有才难骋。然而，立志献身于艺术的袁晓岑，并没有在生活的苦海中沉沦，也没有在艺术道路上踟蹰不前。他依然以坚韧不拔的精神，为美的理想而上下求索，用自己的画笔和雕塑刀作武器，在创造美的天地里孤寂地苦斗。

纵然，在兵荒马乱的战争年代，靠卖画谋生，犹如风雨飘摇日以漏船破网在滇池中打鱼，但他却甘之如饴。有一次，其夫人的一位同学出于旧谊和善心，举荐他到省财政厅去捧个铁饭碗，并极力怂恿说：凭他的学识、才能，不日即可由科员晋升为科长，这才是安富尊荣的正道。然而，一个怀瑾握瑜的美的追求者，怎么肯抛弃自幼酷爱的艺术事业而堕入仕途呢？他断然谢绝了。直至新中国成立时，袁晓岑都未须臾放下过他的刀、笔，除了有时到中学兼任一点美术课。

1941 年至 1942 年，徐悲鸿先生从印度经由新加坡回国，旅居昆明，袁晓岑曾经常向这位著名画家登门求教。徐先生的高尚的人品、渊博的学识和精深的艺术修养，给袁晓岑以很大的影响，其现身说法的结果使袁晓岑的素描和写生有了长足的进步。徐先生喜好雕塑（特别是动物雕塑），对法国雕塑家伯里的作品尤为赞赏。在他的诱导下，袁晓岑才又重操孩提时的旧业，从事动物雕塑。他坚持到动物园去写生、默塑，精心钻研解剖学，加强基本技能的训练，同时，广泛学习中国古代石刻、民间泥塑以及外国雕塑，进行比较、研究。从此，他认为中国雕塑应在继承传统的基础上，吸收西方雕塑艺术之长，融为一体，创建自己独特的民族风格，开拓一条雕塑艺术的新路。

新中国成立后，在党的文艺方针、路线指引下，袁晓岑积极投身于革命的社会实践中，在美的源泉里如饥似渴地汲取无比丰沛的玉液琼浆。随着生活视野的大大扩展、思想感情的深刻变化，他的艺术创作进入了新的里程。1951 年，他到南华县参加伟大的土地改革运动，和兄弟民族一起分享了政治、经济、文化上翻身的喜悦，先后创作了雕塑《分到羊啦》、《母女学文化》。1953 年，他参加省委民族工作队，到德宏地区宣传党的民族政策，为兄弟民族做好事，和他们一起薅秧、割谷子、打柴、采猪草……通过“三同”，他对边疆各族群众的生活、性格、风俗、习惯以及新的精神面貌有了比较深入的体验和感受，这使他的雕塑创作获得了前所未有的丰收，创作出《彝族饲养员》、《傣族姑娘收木瓜》、《庆丰收》、《孔雀》等作品。以上这些作品在国内许多刊物上发表和在全国美展上展出后，备受群众和专家的好评。《母女学文化》曾于1959年参加了“社会主义国家造型艺术展览”，博得国外艺术家的赞誉，他们撰文说：“这是具有真正的中国民族风格的雕塑。”

在20世纪50年代的昆明，从事雕塑创作的条件是很艰苦的。石膏要靠自己打碎、磨细、过滤、炒制、翻铸，这些袁晓岑都是亲自动手，独立完成。“文化大革命”前的十七年，他一共创作了六十余件作品。1964年，在北京中国美术馆举办了他的个人展览，展出了中型、小型作品五十余件，获得观众和美术界同行的热情赞扬。令人痛惜的是，在十年浩劫中，这些雕塑大部分被“文艺黑线专政”的大棒打碎、砸烂，几乎荡然无存。最近由人民美术出版社出版的《袁晓岑雕塑集》，只是那次展览会上保藏下来的一些照片而已。

在那十七年，袁晓岑同时创作了许多花鸟动物画。1956年，《中国文学》发表了他的小传，并附印了他的图画《归牧》，《新观察》发表了他的《滇池水上》。

正当这位美术家的艺术生产进入美不胜收的旺季之时，一场大革文化命的风暴席卷而至。袁晓岑被充作“文艺黑线人物”和“反动学术权威”揪了出来，遭到残酷的批斗、关押、折磨、摧残。嫉美如仇的“四人帮”一伙，对他那些优美的艺术佳作极尽污蔑、亵渎、歪曲、丑化之能事。例如，硬把那些高洁、美丽的写意孔雀，诬指为“头向西方，向往资本主义的黑鸟”云云。然而，一个对生活美、自然美和人物精神美充满坚定、执著的信念，决心为美的事业奋斗终生的艺术家，是不会被丑恶势力压倒的。即使是在隔离审查期间，袁晓岑也没有停止他的艺术劳动。他利用写“检查”、表“忠心”的机会练习书法，把篆碑、魏体研究、琢磨了好几遍。白天，被关在屋子里，他就用墨在玻璃板上勾画草图，一俟有外人敲门就迅速擦掉。夜深人静之际，就在包装纸上直情径行地作画（当时宣纸被列入“四旧”被抄去写大字报了）。只有这时，他才从毁灭美的黑暗现实，重新回到创造美的光华璀璨的极乐世界。即使是在被监督劳动的休息瞬间，他也要寸阴必争地进行美的构思、美的刻画。譬如，他常信手采撷一颗松球，悄悄制作一只鹭鸶，或把一团枯朽的老树根捧在怀里，揣摩如何依据它的形状特点雕刻一件工艺品。这些奇怪的举止、神态，往往使监工们疑惑不解，以为他大抵是被“大风大浪”吓得神经异常了。殊不知这位美的顽强追求者，此时正陶醉在最大的精神享受之中，他的灵魂终于远离暴乱的尘世而得到片刻的安宁和慰藉。

1973 年，周总理邀请一些老画家为北京饭店布置画，当时正在京治病的袁晓岑愉快地接受了这个任务。在美的感召下，他竟以一发不可遏止的热情，在半年内画了一百多幅花鸟动物画，其中不少是写意孔雀。后来，“四人帮”的余党在批所谓“黑画”时，硬是把这作为黑靶子，逼迫他回到云南接受“批判”。

在“四人帮”为篡党夺权而紧锣密鼓地大造反革命舆论时，有人诱劝他“紧跟形势”，给镇压革命群众的首都武斗民兵“英雄”塑像。但是，这位正直、诚实的艺术家，像傲岸端肃、自珍高洁的孔雀那样，宁愿孤寂地坚守美的节操，也决不肯苟同流俗。更可贵的是，在人妖颠倒的历史条件下，他始终怀着对党、对无产阶级革命前辈的深挚感情。他于 1975 年精心创作了《金沙水暖》，在这座雕塑中，他曲尽其意地歌颂了长征途上的英雄红军，再现了军民之间暖人心怀的鱼水深情和光荣的革命传统。

在“四人帮”大搞造神运动，推行现代迷信和唯心主义、形而上学时，袁晓岑谆谆嘱咐他的儿子、青年画家袁熙坤，要把艺术建立在坚实的现实基础上，使它服务于真理和科学，而绝不可屈从于谬误和神学。并经常带他到公园和野外去观察、写生，教他画了不少为科学服务的动物画。

“四人帮”覆灭，袁晓岑终于看到了真、善、美的伟大胜利，他像冲破樊笼的孔雀，决心在新的艺术天地展翅高飞。他不顾年迈体弱，以老当益壮的骐骥之心，艺兴勃发地勤奋创作，致力于反映新时期的丰富多姿的生活，使艺术为社会主义现代化的壮丽事业服务。如全国科学大会召开期间，他精雕细塑了《伯乐相马》的生动形象，以赞颂和宣扬鉴识、拔擢

“四化”人才的新风。又如近年创作的国画《奋勇前进》，通过力透纸背的笔触所表现的骏马奔腾的雄伟图景，展示了中国人民在新长征中摆脱羁绊、勇往直前的精神风貌。

1977年，文化部组织国内著名画家为我国驻外大使馆作画，袁晓岑为东南亚、西欧及日本等国的中国大使馆创作了几十幅国画。

近两年来，袁晓岑的作品不断在国内外刊物上发表。文化部创作组、中国展览公司、中国国际书店、北京画店、宝古斋、荣宝斋均展销其作品。香港《美术家》和中日合出的《亚洲美术》第一部都相继发表了他的作品和有关文字。人民美术出版社先后出版了《袁晓岑画辑》和《袁晓岑雕塑集》。1979年中央新闻电影制片厂为他拍摄了题为《画笔生辉》的彩色纪录片，发行国内外。

现在，袁晓岑仍坚持深入生活，广泛搜集更新更美的有时代感的素材。1979年12月，他刚率领中国雕塑考察团从朝鲜访问归来，就又风尘仆仆地赶到西双版纳去体验生活，从事创作。同时，他十分重视艺术教育事业，把自己积半个世纪之久的创作实践经验，毫无保留地传授给广大学生和儿子熙坤。“新竹高于旧竹枝，全凭老干为扶持”（郑板桥语）。袁晓岑多么冀望用自己的心血和汗水，为人民、为社会主义祖国培育出更多的“青出于蓝而胜于蓝”的艺苑新秀啊。

他把美的艺术奉献给今天，把更美的理想寄托于明天。

二

作为观念形态的艺术美，是生活美和自然美的反映。袁晓岑的国画和雕塑之所以是美的，给人以强烈的美感，首先是因为他正确地、真实地开掘和表现了社会生活与自然界中客观存在的美，并在自己所创造的艺术形象中，寄寓了崇高的美学评价和美学理想。

由于袁晓岑熟悉农村生活，自幼蒙受大自然美的熏陶，他的国画题材主要是花鸟动物的，新中国成立前他的雕塑也大多以动物为题材。这些作品体现了对象的美的特征，倾注了作者对生活美、自然美的感受和认识；而这种感受和认识，则是他对审美对象进行长期、深入地观察、体验的结果。

袁晓岑没有上过美术专业学校，他的艺术成就穷本溯源，是将实际生活当作第一课堂，把师法自然视为创作的前提和基础。他对传统画论中的有关至理名言，如“师古人不如师造化”（北宋·范宽语），“以马为师”，“胸有全马”（元·赵孟頫语），“搜尽奇峰打草稿”（清·石涛语）等不独心领神会，而且身体力行。

袁晓岑的写意孔雀，是其花鸟画的代表作。它之所以色彩鲜丽、形象优美、千姿百态、栩栩如生，达到了前无古人、独具一格的绝妙境地，首先是因为他对这鸟类之佼佼者进行过大量的观察研究和审美活动。

孔雀系稀世之珍禽，因其形态复杂、色彩多变，难以表现，自古以来画孔雀者寥寥无几，成功之作更是凤毛麟角。相传唐代边鸾曾为新罗国进贡给皇帝的孔雀写形状貌，画一正一背，翠彩金羽，得生动节奏之效，但谁也没有见过其真迹；明代吕纪画过“杏花孔雀”；清代大师任伯年画孔雀，也尽量设法把尾翎藏在身后或树叶中。近代少数人画过工笔孔雀，收效甚微。可是20世纪30年代袁晓岑在昆明上大学时，就被孔雀的美深深地迷住了，当他跃跃欲试想描绘它时，有的老画家劝他不要画这样难画的东西。然而，这位年少气盛的大学生却知难而进，立志去啃这个艺苑中的“酸果”。当时，在大观楼公园的铁丝笼里养着昆明独有的一只孔雀。他每天带着饭团前往观察、写生。后来，这位穷学生竟省吃俭用，积钱买了一只小孔雀，与它朝夕作伴。天长日久，他对孔雀的形状、解剖、神态、习性乃至生态环境有了精细入微的研究，从孔雀周身羽毛的分布到每个脚趾骨节的数目，他都谙熟于心，了如指掌。为了画好一片尾翎，他往往要花个把小时，而且总是把宣纸上的羽翎和真的羽翎一齐张挂在墙上，反复对照比较，不画到惟妙惟肖的“乱真”程度，是不肯罢手的。为了揣摩孔雀颈项的特征，他亲手仿制了标本（用铁丝代替颈椎，用棉花代替肌肉，将细密的羽毛敷贴其上），通过各种扭转脖子的动态，审视颈毛的疏密、重迭随之变化的情状。因此，他的以写生为主要手段的孔雀，逼真、活脱，突破了前人的窠臼，具有独特的个人风范。不过他的孔雀画真正达到炉火纯青的绝美境界，却是在新中国成立以后。

1953年，袁晓岑随民族工作队到了号称孔雀之乡的德宏地区，在同傣族老乡一起早出晚归的劳动过程中，他几番目击了大自然中成群的孔雀。它们三五成群地从密林深处翩翩飞舞出来，有的在碧绿的草地上悠然漫步，有的在清澈的溪流中饮水，有的在追逐嬉戏，有的在开屏竞美……这无限奇异、美妙的自然景象，使我们的画家眼花缭乱、心荡神驰，仿佛坠入神话中的仙境。由此，他对那象征美丽、吉祥、幸福的珍禽增广了识见，加深了爱恋之情，同时，这也启示他在孔雀画的构思、构图、意境、笔墨处理等方面要作大的变革。于是，他毅然打破了前人以缜密拘谨的工笔表现庭园中孔雀的传统，用酣畅淋漓的写意笔墨，创作了数以百计的充满大自然美和生活情趣的孔雀新图。试看，尺幅之间，气象万千：它们或栖息于古木苍藤之上，或游憩于竹林花丛之中，或徜徉于河谷芦苇之畔，或饮啄于山箐流溪之滨……生气盎然，意境一新，令人一看就是野生的，似乎随时都可展翅飞翔。这些别开生面的写意孔雀在观众心目中造成的真实感和美感，是一般孔雀画所无可比拟的。

袁晓岑的花鸟动物画题材广泛、多样，常见的还有乳鸭、雏鸡、鱼、鹤、鸬鹚、犀鸟、鸽子、马、牛、鹿、牦牛等等。这些描绘对象无不神形毕肖、情趣各异，富有生活气息，给人以高尚的愉悦的审美感受。其成功之秘诀，仍然在于师法自然，工夺造化。袁晓岑为了画好乳鸭，就买了几只饲养，细致观察它们在各种情状下的神态、动势。他在自编的画鸭诀中写道：“鸭子本来属游禽，画在水中与水滨，水中游泳显动势，水滨栖息检羽勤，检羽百态在于颈，酣睡静静少表情，笔墨变化更重要，构图尤须有意境。”可见他对鸭子的生活习性和动作特征掌握得多么细腻精微。正因为如此，他用寥寥几笔就能恰到好处地显示乳鸭在各种环境中的不同态势，做到心手相应，呼之即出。《乳鸭下莲塘》是描写乳鸭在水里休憩玩耍时的活泼表情和欢跃气氛。《春江水暖》是表现乳鸭相互追逐、竞游的生动场面，那生机勃发的早春景象，使人想起“春江水暖鸭先知”的诗句。《蒲塘水暖》中所描绘的乳鸭则别有一种情趣，有缩着脖子打盹儿的，有扭头用嘴尖挠痒的……总之，都摄取了其一瞬间的神情特征而各显其美。

袁晓岑的动物雕塑同样是传神的、富有美感的。不论是顽皮好动的小马、稚拙可爱的小牛、高傲矜持的鹅、机灵活泼的松鼠……都给人留下了鲜明的印象。

新中国成立后，袁晓岑的雕塑以刻画人物为主，着力歌颂各族人民的社会主义新生活和新的精神面貌。他在深入边疆兄弟民族地区的过程中，与群众建立了深厚的感情。一代新人的生活美、精神美在他心灵深处刻下了难以磨灭的纹章烙印，大大激发了他的创作热情。同时，他又非常熟知有关民族的风土人情、生活习惯和心理素质。因此，他的作品就像生活本身那样清新、质朴、真切、自然。如《母女学文化》对彝族农民翻身解放和幸福生活的深情赞美，是通过具体真实、平易亲切的生活画面和人物形象而自然流露出来的。那女儿认真教、母亲专心学的表情、神态，是多么生动感人哪，尤其是那位老大妈一手放在腿上，一手插在腰带里，上身前倾、目光专注地凝视着女儿指点的书本这些动作、情节，充分表现了人物那严肃、安详、幸福、陶醉的心理特征，从而由一个侧面揭示了社会主义时代的生活美和人物内在的精神美。如果作者对少数民族昔日的悲苦和今天的欢乐缺乏深切的体味，不是和他们呼吸与共、灵犀相通，是难以创造出这样美的作品来的。

袁晓岑的创作经验表明，艺术美离不开感情，一个艺术家只有把他在生活中孕育的真情实感融入审美对象，他所表现的人和物才有生命，才能以情动人。《彝族饲养员》里塑造的那个彝族姑娘，具有爱社如家的美好心灵和情操，她那准备给小牛喂食的优美身姿和亲切、欢悦的笑容，以及小牛对她亲昵偎依的稚拙神态，饱蕴着作者对饲养员的赞赏之情，也是作者对牛犊的宿爱之情的对象化。如果缺乏饲养小牛的经验和热爱小牛的感情，作品就不能刻画出那么生动的形象和具有如此强烈的艺术感染力。

三

在社会生活与自然界中虽然具有最生动、最丰富、最基本的美的东西，但是一般说来，客观事物的美大多是美在内容上，并不美在形式上。而艺术则能创造完美的形式来集中地反映现实中的生动、丰富的美的生活内容，以达到美的内容和美的形式的高度的统一、和谐。别林斯基曾说："那么，绘画优于现实吗？是的，有才能的画家在画布上所作的风景，必优于自然中任何美妙的景色。因为在画幅中，没有偶然和多余的东西，所有的部分都从属于一个整体，一切趋向于一个目的，一切都有助于形成一个美丽的、完整的、独特的东西。现实本身是美的，不过它是美在本质、成分或内容上，不是美在形式上。就这一点而论，现实好似地下矿藏中未经洗炼的纯金；科学和艺术则把现实这黄金洗炼出来，熔化在优美的形式里。"（《别林斯基论文学》第 126 页）

袁晓岑的国画和雕塑，正是把黄金般的生活美、自然美经过提炼加工、改造制作，"熔化在优美的形式里"，做到了内容美和形式美的和谐统一。在长期的艺术实践中，他注意学习和继承中外传统的理论和技法，努力创造与作品内容相适应的形式美。他广泛师承而不泥古法，博采众长而融会贯通，在艺术上不断探索、刻意求新，形成了自己的独特的风格。

质朴美，是其作品的一个最显著的艺术特色。"画如其人"，"风格即人"，这种质朴美是同艺术家本人的思想、作风、性格、气质分不开的。袁晓岑在政治上务求做老实人，办老实事，说老实话；在作风上讲究实事求是，反对哗众取宠；在生活上崇尚勤俭朴素。这些美好的品格反映在他的艺术创作上，就是严格奉守现实主义原则，从生活的实际出发，忠实地再现生活的本来面貌，表达自己的真心实话和真情实感。他的作品决不搞无中生有、无病呻吟，而都是有的放矢、有感而发。往往是现实生活中的一些人和事使他受到教育、启示和感动，产生欲罢不能、不吐不快的创作冲动，才诉诸画笔或雕塑刀的。他常说："作为艺术对象的客观事物，首先要感动自己，才可能感动别人"，"好的艺术作品，应该从刚毅的心灵里打出火花。"基于此，他的艺术创作决不装腔作势、矫揉造作，也不屑于随着"政治气候"的变化而趋附时髦，或者用给画面贴标签、让人物摆架势的办法，去简单化地图解某些政策和概念。正相反，他总是老老实实地通过典型化、审美化的生活形象，凭借朴实而生动的艺术语言，向观众倾诉自己的所见、所闻、所感、所受。这一点在他的人物雕塑中体现得尤为鲜明、突出。

袁晓岑的人物雕塑既有表现我国人民革命斗争和社会主义建设事业的大作，也有反映普通劳动者的日常生活的小品。不论选取哪种题材，都毫无叫人物故作姿态和虚张声势的痕迹。他的每件雕塑，都是以实际生活为依据，描绘人物在特定的生活场景中所应该具有的神态、表情、姿势、动作。他的作品充分发扬造型艺术的表现手段——可视"语言"的特长来塑造人物，表达内容，显示主题。即使是起画龙点睛作用的标题，也力戒使用假、大、空的标语口号式的语言，如《母女学文化》、《分到羊啦》、《彝族饲养员》、《傣族姑娘收木瓜》等等，都是语不惊人，平直如话。然而，作品的整个艺术形象，却是那样真实、自然、亲切、生动，富有魅力，耐人寻思玩味。正是通过这些极其生活化的形象本身，观众谛听着作者平易近人、娓娓动听的讲述，领悟了其中蕴蓄的深邃意旨。作品的思想倾向性和审美教育作用，也就在人们的艺术欣赏过程中不知不觉地显现出来。如《分到羊啦》描绘一位彝族妇女把刚分到的四只羊赶回家去的动人情景，她满怀深情地注视着身边的胜利果实，眉宇间流溢着发自内心的抑制不住的喜悦和激动；她不忍心挥鞭吆喝，而羊群都顺从地偎着新的主人奔上山坡。构图是简明的，对人物的表情和心理活动的刻画也是朴实无华的，但形象总体上所造成的那种意境是何等美啊，这种美的意境必然唤起人们一种美的感情，即同作者一道衷心欢呼、热烈赞颂伟大的新中国、伟大的土地改革运动。

袁晓岑在艺术上表现出来的质朴美，还和他长期形成的创作思想密切相关。远在中学时期，他就被白居易请老妪解诗的故事所感动，非常赞赏白居易平易通俗、周详明直的诗风。新中国成立后，在马克思主义的文艺观点指导下，他对文艺创作的目的、意义和社会效果有了更明确的认识。他说："我们的文艺是为广大人民群众服务的，特别是为工农兵服务的，所以一件作品就必须考虑对象，考虑能不能为广大人民群众所理解、所接受。新中国成立前对艺术品有三种评价：一种叫阳春白雪，一种叫下里巴人，一种叫雅俗共赏。新中国成立后，根据党的文艺方针，我赞成雅俗共赏这一标准，也可以把它理解为专家点头，群众叫好，这样可以使更多的人能理解。"鉴于这样的出发点，他在进行艺术构思时首先虑及的是一般群众的欣赏水平和审美能力。当作品粗具规模时，他经常仿效白居易念诗给老大妈听的做法，请一些文化程度不高的老大爷、老大妈和小孩子来看，询问他们：这件作品表现的是什么，其中的人物或动物在干哪样。如果他们看懂了，领会了自己的意图，就继续完成它；假若看不懂或者感到意思含糊不清，就毫不可惜地加以修改或者推翻重来。

正是这样可贵的群众观点和检验艺术创作效果的方法，使袁晓岑的作品为广大观众所喜闻乐见，引起观赏者同艺术家在精神上的交流和感情上的共鸣。他的优秀作品不仅得到美术界同行的赞许，也得到普通观众（包括他所表现的少数民族）的承认和欢迎。例如 1952 年《母女学文化》发表不久，他曾收到部队一位彝族战士的热情洋溢的长信，其中写道，这件雕塑，使他想起被旧社会折磨而死的苦难的妈妈，从中看到彝族人民的新生，觉得非常亲切，受到很大的鼓舞。他表示要以在抗美援朝中立功的实际行动，来感谢作者第一次用雕塑反映彝家人的幸福生活。

当然，作品的群众化、民族化和朴素的艺术风格，绝不是浅陋、粗俗的同义词，也不是构思构图上的平铺直叙、一览无余，更不是自然主义地摹拟生活。袁晓岑创作的艺术真实固然是来源于生活真实，但决不是对生活现象的机械的翻版。他对丰富的感性的生活素材的处理，无疑是遵循了集中、概括、提炼、加工的一般创作规律的，他也很注意运用想象、虚构、夸张等等艺术手段。然而，他在反映生活、塑造形象、显示主题上，尤其注重始终坚持“小中见大”、“浅中含深”、“拙中藏巧”、“平中出奇”的表现方法。因此他作品中的质朴美总是和含蓄美有机地融合在一起的。这是袁晓岑在艺术上的别出町径之处，也是其作品耐看的一个重要原因。

此外，创作作风的质朴、老实，也不意味着在描绘对象时停滞在外表的形似上。诚然，袁晓岑作品中的人和物是逼真而活脱的，但这来自于生活的真实感，是对象形似和神似相统一的产物。袁晓岑对造型艺术中的形与神的辩证关系是深有研究的。他把自己在这方面的见解表述如下：“中国造型理论，六法中以气韵生动为最高准则。以形写神而达到形神兼备。我从事绘画与雕塑，都竭力遵循这一准则。”他对于气韵生动是这样理解的：“气者，我认为包括气质、气概、气氛、气势等等，例如对一个英雄人物必须把他的气质表现出来，对一派壮丽的山水必须把它的气概表现出来，对一个战斗场面和一个欢乐场景必须把它的气氛表现出来。金沙滚滚，长江滔滔，新柳婀娜，苍藤盘绕，都必须通过相应的气势才能表现出来。韵者，味也，用一般话来说，就是有没有那个味道，也就是神态出来了没有，神态出来了，当然也就生动了。石涛说：‘写生揣意’，就是说对物写生，即写其生意。纵令是表现植物也必须注意其生意，人与动物除生意外，更有明显之神情。写生盖写其形而传其神也。揣意即探究对象之特征、精神。”袁晓岑的艺术实践表明，他在“形神兼备”的前提下，更致力于表现对象内在的精神特征。他在构图时，也对照模特儿，但仅仅是作为一种参考和辅助手段，他的经验是：“在对照模特儿的过程中，要注意不要把神态弄走了，要经常给它‘叫着魂’，不要给它弄得‘失魂落魄’，这是极其重要的。”

袁晓岑画孔雀时，尽管已有大量的生活素材作为造型基础，也常常借鉴于活的孔雀和标本，但他不满足于浮光掠影地勾取大要，更把“谨毛失貌”（《淮南子》）和“空陈形似”（张彦运《历代名画记》）视为大忌。是的，他对表现孔雀色彩斑斓的羽毛是下过一番苦功的，而且善于用浓淡相间、干湿咸宜的墨色，准确、鲜明地活现孔雀尾翎的特点，使其浓丽之中透雅洁，繁复之中见层次，既有闪光耀彩的美感，又有轻盈松动的质感。然而，他深知羽毛之美不过是外在形体的一个局部特征，要使孔雀以一个活的整体跃然纸上，就必须着力发掘和显示孔雀身上蕴涵着的统一的神韵，即它的内在美。袁晓岑把他几十年画孔雀的艺术经验编成一首歌诀：“展纸凝神立意境，头颈为主传其神，躯干概括显体积，细铁松动写金翎，足现结构藏为好，墨含色彩亮晶晶，背景无论多与少，只作陪衬须记清。”这里，把“传其神”和“立意境”相提并举，列为首要地位，既是个人经验的总结，也是抓住了我国传统画论的一大精髓，他的写意孔雀和其他花鸟动物画，都因为充分体现了对象内在的神韵美，所以才那样活灵活现、气韵生动。

这种神韵美，反映在人物雕塑上，则是一种性格美或灵魂美。

袁晓岑的雕塑中的各种人物形象，是朴实的、生活化的，同时也是生动的、典型化的。观众在这些立体的画图面前，如临其境，如见其人，似乎看到了他们的一笑一颦，听到了他们的一呼一吸。而最能给人的精神上的满足和愉快，即美的感受的，是人物的美的精神面貌和美的性格特征。

法国雕塑大师罗丹说：“在艺术中，有‘性格’的作品，才算是美的。”“如果艺术家像照相所能做到的一样，只画出一些浮面的线条，如果他一模一样地记录出脸上的纹路、而并不和性格联系起来，那么他丝毫不配受人的赞美。应该获得的肖似，是灵魂的肖似。——只有这种肖似是唯一重要的，雕塑家或画家应当通过面貌去探索的，就是这种肖似。”他又说：“‘自然’中任何东西都比不上人体更有性格。人体，由于它的力，或者由于它的美，可以唤起种种不同的意象。……我们在人体中崇仰的不是如此美丽的外表的形，而是那好像使人体透明发亮的内在的光芒。”（《罗丹艺术论》）袁晓岑的人物雕塑，就是着重刻画人物的性格，致力于“灵魂的肖似”，闪耀着一种“使人体透明发亮的内在的光芒。”这“内在的光芒”不是别的，而正是人物的性格美和精神美。这种性格美、精神美又是与人物的外貌美、形体美和谐地统一在完整的形象之中。当人物的外貌和形体的美被他或她的内在的性格和精神的美所照明的时候，则构成了一种真正的艺术美。

《金沙水暖》在表现老船工和红军干部依依惜别时，把人物的内心活动刻画得精深微妙、出神入化。那个老船工双手紧紧抓着红军干部的右手，以久旱望云霓的神情凝视着他，似乎在殷殷嘱咐："亲人哪，你们可千万要回来啊！"那个红军干部把左手亲切而有力地压在对方手上，仿佛在坚定地说："放心吧，我们一定会回来的！"这件作品不是浮面地再现革命历史的真实，也没有一般化地描绘军民之间的血肉关系，它的可贵之处在于突出地塑造了人，表达了人物在特定环境中的特定的精神状态和真挚感情。作品的思想深度和它的美，不正是由此生发出来的吗？

《歌唱祖国》，是袁晓岑精心构思的又一力作，也以体现人物的思想感情而见长、取胜。颂扬社会主义祖国，是个常见的重大主题，可以从不同角度、用各种画面来表现。但作者却在自己的生活宝库中洗选出别具异彩的黄金，并根据自己对生活的独特的感受，匠心独运地设计了这样一个民族风采浓郁的诗意盎然的构图：傣族赞哈（即歌手）悠然自得地坐在大象的背脊上，一面翘首仰望前方，一面挥着扇子引吭高歌。这位昔日受土司头人役使的职业歌手，如今是多么自由自在、心旷神怡呵。观众虽然听不到他所唱的内容，然而"乐者，发乎声；声者，发乎情"，从他那充满自豪感、幸福感的表情、神态里，是闻悉得到他对社会主义祖国热烈赞颂的心声的。在这件作品中，不仅人物有豪放、潇洒的性格和炽烈、丰沛的感情，就是他坐骑的大象也颇有灵性和情致。你看它勾卷着鼻子，摇晃着铃铛，迈着舒缓的步伐奋然前行。这样，就使歌手纵声歌唱祖国的情状和大象的动势和谐配合，浑然一体，洋溢着抒情乐曲的旋律和节奏感。

袁晓岑的许多人物雕塑都是与动物雕塑结合在一起的（如《分到羊啦》、《彝族饲养员》、《伯乐相马》等），这些动物雕塑是整个艺术形象的合理的组成部分，对人物雕塑起着不可缺少的陪衬作用。如此构图，不仅可以点示作品所描绘的生活环境或背景，且能表现一定的情节，更主要的是使人物的动作、神态有所依据，从而通过人物和动物之间的关系以及相应的情节、活动来塑造人物，体现他们的性格美。

罗丹在概括雕塑艺术的创造规律时，除了指出它是一门"塑造的科学"，还特别强调显示人物的运动感。他认为好的塑造和运动这两种特点，

“就像是一切好作品的血液和呼吸”。而“所谓运动”，“是从一个姿态到另一个姿态的转变”。袁晓岑的雕塑，正是在表面静止的造型中求得动的效果，即静中见动，这是其作品形象鲜明生动的重要因素，特别是成功地刻画人物的必要条件。

当然，强调塑造运动中的形象以突出表现人物的性格特征和精神面貌，并非意味着可以忽视作品的细节描写。袁晓岑在细节描写方面，也同样表现了严肃的现实主义的创作态度。如他对人物的衣纹的精雕细琢、刻意求工，就是一个实例。他的做法是：“在雕塑衣纹的处理上，中国雕塑以‘线’为主，西方以‘体面’为主，我把二者结合起来，在注意‘体面’的基础上，强调‘线’的应用，借‘线’之疏密、长短与方向的变化构成韵律。我的每一件作品的衣纹处理都力图做到这一点。”由此可见，艺术家的审美趣味是渗透在创作的各个方面的。

袁晓岑确实不愧为一位善于扬长补短和勇于变革创新的艺术家。在半个世纪中，特别是新中国成立三十年来，他一直坚持在国画和雕塑这两大造型艺术领域里进行美的探索、美的创造，并将两种迥异的表现手段和技法珠联璧合，集于一身，使其相辅相成、相得益彰，从而在艺术上自成一种风格，创出一条新路。这是非常难能可贵的。他在绘画方面，借鉴了雕塑的构思构图法则和透视原理，使作品结构洗炼，形象准确、概括，富有意境，能以简约的笔法勾画出对象的精神和骨气，即令是作为衬景的一草一木和风雪晴晦，都力求要而不繁、一以当十。在雕塑方面，他吸收了中国画论有关气韵生动、首重神似的传统观点，不拘泥于死摆模特儿、依葫芦画瓢，使作品言有尽而意无穷，引人遐想，耐人寻味。这也就是他的雕塑具有的民族风格的一个重要因素。

以上几个方面融合起来，即构成了袁晓岑的造型艺术在形式美上与众不同的特点。

（本文写于1980年，曾由袁晓岑教授亲自审订、修改，吴作人大师垂阅后颇为赏识，亲笔向作者致函。）

袁晓岑的孔雀画和仙鹤图

——为庆贺袁晓岑教授八十华诞、从艺六十周年而作

著名美术家、云南艺术学院教授袁晓岑，是在中国画和雕塑两大造型艺术领域里双管齐下、比翼共飞的大师，无论在二维平面抑或三度空间的形式中，他都取得了卓尔不群、世人瞩目的艺术成就。这里仅只对袁晓岑的写意花鸟画谈点个人的一孔之见和粗浅认识。

写意花鸟画，是袁晓岑中国画的主要题材取向，其表现对象是相当广博的。诸如：高洁艳丽的孔雀，俊逸娴雅的仙鹤，秀巧玲珑的翠鸟，温和柔顺的鸽子、稚拙可爱的鸡雏，先知“春江水暖”的鸭儿等等禽类，不一而足，且都曲尽其妙，各异其趣。而其中数量最丰富、造诣最深湛、影响最远大的代表作，莫过于蜚声中外的孔雀画和仙鹤图。他创作的大幅国画《瑞鸟图》（5 米 ×2 米）悬挂于北京人民大会堂；《版纳林泉》被选入第六届全国美展并由中国美术馆收藏；1983 年中共中央总书记胡耀邦访问日本时，曾将袁晓岑的《鹤舞》一画作为国礼赠予日本首相铃木善幸；1985 年，另一幅《鹤舞图》被瑞士国家银行及苏黎世市政府收藏；1992 年，江泽民主席又将袁晓岑的《白鹤》馈赠日本国会议长；1993 年，国务院副总理兼外交部长钱其琛则把《孔雀开屏》赠送给了泰国“王姐”……袁晓岑曾为西欧、东南亚及日本等国的我国驻外大使馆绘作了几十幅国画，其中大多为写意孔雀和仙鹤。

袁晓岑对这两种稀世珍禽情有独钟，爱不释笔，滥觞于他的生活经历、知识修养和美学理想。法国雕塑家罗丹说：“自然总是美的。”“自然是唯一的女神。”他认为，艺术是艺术家表现对自然的具体感受，揭示自然的真理和美；艺术就其本质来说，是人类伟大心灵与自然的同化，是开向生命

的窗口；真正伟大的艺术，不仅在于表现事物的外部真实，更要深入自然的内部，表现和传达事物内在的真实以及性格、生命、感情和意义。袁晓岑在写意孔雀和仙鹤创作上的辉煌业绩，首先要归源于客观生活的厚赠和大自然美的惠赐，他对生活和自然的无限挚爱，以及在实践中培育的敏锐的观赏、感受能力。他是用自己虔诚的心灵去敬奉自然女神，用最热烈的感情来表现以孔雀、仙鹤等为主体的花鸟世界的。

1915年6月，袁晓岑出生在贵州省普定县一个偏僻而美丽的山区。因是单家独户，举目渺无人烟，他从小与飞禽走兽为邻，与山花野卉朝夕相处。画眉、山雉、锦鸡、仙鹤、苍鹰、啄木鸟、猫头鹰等等野禽，终日在他眼前喧唱、飞舞。神奇美妙的童话般的自然景观，成了他少儿时期的教科书和大画册，使他“多识于鸟兽草木之名”（孔子语），对动植物滋生了浓厚的兴趣，以至萌发了描摹这些“人类之友”的“创作冲动”。在贵阳师范学校和云南大学读书时，他坚持到野外和动物园写生，为日后的花鸟画创作积累了素材，奠定了基础。20世纪30年代中期，袁晓岑曾私淑岭南派画家高剑父、高奇峰兄弟和陈树人等，在花鸟画的取材、构思和表现手法上深受启迪。40年代初，他亲聆徐悲鸿大师教诲，这促使他在艺术上取得长足的进步。新中国成立后，袁晓岑更自觉更主动地深入生活，进行各种艺术实践，这使他的花鸟画真正实现了“外师造化，中得心源”（张璪语），另辟蹊径，别开生面。既突破前人窠臼，又超越自我框架，充分展示了独标一格的审美创造性。

20世纪50年代初，袁晓岑参加省委组织的土改工作队，到达德宏等少数民族聚居地，与山区贫苦农民同吃同住同劳动。在亚热带的蛮荒之地，他亲眼目睹了许多珍禽异兽、奇花宝树，不由不为之心醉魂迷；尤其是那些被当地民族誉为“吉祥幸福之鸟”的野生孔雀，最使他心旌荡漾、惊喜若狂。他多次幸遇到一只只衣锦戴绣、艳美绝伦的孔雀，在眼前飞来舞去，只见它们一会儿徜徉于丛林草莽，一会儿饮啄于溪畔泉边，一会儿展开彩屏在旷野奔逐，一会儿又收翎敛羽在古木上憩息……那五光十色的新奇美景，千姿百态的鲜活状貌，令他目眩心痴、难以自持，久久流连忘返，真个进入了“情以物兴”、“神与物游”（刘勰语）的绝妙佳境。由此，袁晓岑矢志对这大自然的尤物心慕手追，挥毫洒墨，着意表现野生孔雀的本色和天然机趣。

为了经常观察孔雀的生活习性和各种形态动势，深入研究它的生理结构，袁晓岑甚至亲自饲养过孔雀，还动手制作过孔雀标本，对这珍禽的每根羽翎乃至每个骨骼、关节都进行了精细入微的考察和剖析，可谓熟谙于心、了如指掌。

由于袁晓岑从实际生活中获得了丰富的知识、经验和深切的审美感受，又有严谨不苟的科学态度，他笔下的孔雀不仅造型准确、逼真，而且多姿多彩，栩栩如生，超尘脱俗，不同凡响，真正达到了“迁想妙得”、“传神写照”（顾恺之语）的美学境界。试观袁晓岑绘作的千百幅孔雀画，内涵繁富，构思多样，形态各异，气势不一，且都体现了“形神兼备”、“气韵生动”（谢赫语）的写意要求。这也正如东汉王延寿对鲁灵光殿中壁画的描述：“写载其状，托之丹青。千变万化，事各缪形。随色象类，曲得其情。”（《鲁灵光殿赋》）古往今来，画孔雀者不乏其人，如唐代的边鸾等都是著名的大家。但是囿于环境条件限制，能亲临实地深刻体察、感受自然界野生孔雀的画者寥若晨星，故而某些人的作品只可描摹笼中栏内豢养的孔雀（实属家禽），难以得其精髓和要领。有的孔雀画往往只能状其形而缺其神，写其貌而少其情，雍容华贵有余，野性生趣不足。有的错彩镂金的工笔重彩画，尽管笔墨工整细致，周密不苟，纤毫毕现，设色富丽堂皇，鲜妍夺目，但却少有生动真朴的活气，因而也就缺乏感人的魅力。袁晓岑的写意孔雀，亦每每有妩媚绰约的丰姿，典雅浓丽的色彩（特别是尾翎部分），却是“清水出芙蓉，天然去雕饰”（李白诗），生气勃勃，野趣盎然，确实达到了自然美与艺术美的和谐统一。这正印证了画家本人的审美目标：“发自我之性灵，探求自然之美，吸传统之精神，走自己之道路。”

袁晓岑的孔雀画，善于以简约精粹的笔墨，着力描绘孔雀的各种富有动势的姿态，常常是在豪放中露俊爽，萧疏中见严谨，甚或是在狂肆纵恣中表现孔雀的灵性和天趣，宣泄画家自己的情愫和诗意。他多以鲜艳明丽的色彩和酣畅淋漓的墨色相映衬，以及奔放挺健的笔法，浓淡有致、疏密相间、疾徐参半、润燥相济的线条，使整个画面显得清秀丰润而又空灵含蓄，从而给人以超逸时流、格调一新的特殊美感。

综上简评，如果称道袁晓岑的孔雀画，是在云南这块神奇丰饶的沃土上（目前我国仅有云南尚生存着野生孔雀），由这位辛勤的园丁以自己的心血汗水及感情的雨露所培育的一枝技压群芳、独领风骚的艺术之花，这也许并非溢美之词。

近些年来，除了持续不辍地画孔雀外，袁晓岑投力最大的是创作写意仙鹤——那另一群大自然的精灵，从他的生花妙笔下纷纷飞腾而出，犹如异军突起，云集画坛，形成一道簇新的艺术风景线，大有同他自己的写意孔雀争宠媲美之势。可谓一手双绝，珠联璧合，交相辉映。

袁晓岑对仙鹤的钟情和厚爱，无疑也植根于长期的生活积累、大自然的陶冶以及由此茁长的审美情趣。除了早年在故乡山野时常接触鹤鸟外，后来他在云南的昭通、丽江等地区曾多次观察这些珍禽的活动规律和生态环境。当他感物生情，艺兴勃发，全身心地投入创作时，他对自己孵化、哺育的一只只活脱脱的宠物，如同对孔雀一样，无不倾注了一片童心和悠悠深情，寄寓了自己的生命体验、人格力量和精神追求，正所谓“神具心胸而生自指腕”。最近面世的巨幅国画长卷《百鹤图》，集中体现了袁晓岑写意仙鹤的美学特征、出类拔萃的艺术功力，以及炉火纯青的表现技巧。

《百鹤图》长二十七米，宽一米，共绘仙鹤整一百只。画家在卷首自序中题道；“此作构思已多年，几易其稿，盖追求气势与节奏也。直至1993年，春和景明时节，始一气而完成之。谨以之献诸美之神及予之知音者。”《百鹤图》堪称袁晓岑数十年艺术长途的一座奇丽的里程碑，是其花鸟画技巧和经验凝聚的一个璀璨的结晶体，也是他将文学、音乐、舞蹈的表现手法熔为一炉，在美学境界、艺术形式上勇于突破、创新的传世大作。

《百鹤图》宛若一首饱涵意蕴、情趣盎然的长诗，一部优雅动人、回肠荡气的交响曲。它凭借一百只仙鹤美妙的排列组合和丰富多姿的动态，使它们活像一卷五线谱上的一个个硕大的跳跃的音符，向人们娓娓动听地吟诵着一组鹤国的故事，令人心驰神往，遐想联翩，思接千载，视通万里。展开卷首，徐徐赏阅，只见丹顶雪羽的鹤群祥云般地从天际飞来，轻盈地飘落在广袤的原野上，它们忽而争先恐后地捷足奔跑，竞相觅食；忽而振翮引颈，仰天长鸣；忽而彼此依偎，梳理羽毛；忽而恬然自适，安然入睡。俄顷，似从梦中苏醒，蹁跹起舞，群情激荡，如痴如狂。继而，又是一派展翅奔逐的热烈场景。最后，鹤群接踵冲天而去，气宇轩昂地飞向寥廓的远方。整个画面情节跌宕，波澜起伏，变幻多端，而又虚实相生，疏密有致，气势连贯，充溢着诗歌的意境美、韵味美，音乐的旋律美、节奏美，无怪电视台拍摄了这幅长卷的全部画面后，得以依循该图蕴含的内在韵律谱曲配乐，使和谐一致的声画展示于荧屏。

袁晓岑的写意花鸟画十分注重文学色彩，即他时常强调的“书卷气”。他在自传中曾写道：“自来画家大都是饱学之士，具有文学修养。古人云：观王维之画，画中有诗；画，无声诗也。论画者常说，画贵有书卷气。绘画格调高、低、雅、俗，均与作者文学修养有密切关系。”袁晓岑系综合大学文史专业出身，当时清末云南唯一的状元和诗人、学者袁嘉谷先生在校任教，对袁晓岑影响颇深，使他奠定了深厚的文学基础，特别酷爱古典诗词。他博闻强志，过目成诵，脑中储存了许多名篇佳句，往往能呼之即来，出口成章。“才如湖海文始壮，腹有诗书气自华。”这是袁晓岑奉为圭臬的座右铭。故此，他在沉溺丹青之余，时有吟诗作词之雅兴。这对于写意画作的神思飞腾、构图简练、意境深蕴、诗情浓酽，显然都是大有裨益的。卷帙浩繁的《百鹤图》便是富有文学性、书卷气的典范作品。这幅主题鲜明、格调高雅的超大型写意花鸟画，构思新颖，匠心独运，笔墨洗练明快，色泽清纯淡雅；能使人们在画面的视觉形象和“计白当黑”的空白处理中，联想和想象到更加广阔得多的空间环境，更加丰富得多的无形意象。该图把野趣横生、动态百般的鹤群置于空濛旷阔的背景中，既凸现了主体，又引发观赏者感悟到野鹤活动于浩茫无涯的云天、原野、山林和沼泽地带……从而突出体现了仙鹤超凡脱俗、潇洒自如的风貌气概。即使是那些细枝末节，诸如鹤脚的或藏或露，飞羽的时张时敛等，固然是具体、逼真地描绘了野鹤的举止神态，同时也生动地展现了一种颇有意味的艺术形式美。这一切，都给人以高尚情操的熏染陶冶和玩味不尽的审美享受。

美哉！皇皇大作。善哉！赫赫盛举。诚哉！拳拳赤子情。

已届耄耋之年的袁晓岑教授，以其老弱多疾之躯，依然怀抱骐骥之心，一气呵成地完成了如此宏丽的巨幅长卷，委实令人感佩不已。自然，我们笃信，这黄钟大吕似的空谷跫音，并非他艺术生命的绝唱。

“莫道桑榆晚，为霞尚满天。”（刘禹锡诗）袁晓岑毕其一生都在孜孜不倦地追求美，探索美，生生不已地表现美，创造美。今年，正值这位老艺术家八十华诞，从事创作六十周年，他无意为自己举行任何纪念活动，而将《百鹤图》等新作奉献于世，并有《袁晓岑国画雕塑选集》出版，可喜可嘉。在此，谨借这篇挂一漏万、言不达意的拙文，聊表“知音者”们对他的衷心庆贺和祝福。

（原载云南艺术学院学报《艺舟》1994 年 11 月总第 8 期）

一本别开生面的画册

——赏读《张建中和他的艺术》

《张建中和他的艺术》一书，最近由云南人民出版社出版。该书在西南、西北十省区市书籍装帧艺术观摩评奖会上获整体设计一等奖。当我将张建中教授惠赠的这本厚重的画册品读后，不禁为它丰实多彩的内容、图文并茂的形式和精美的装帧设计而赞叹。

本书首次系统地层示了张建中的生活历程、创作道路和艺术成就，从中可以窥见画家四十年来在审美天地和造型领域不断跋涉的足迹。书中精选的数十幅作品，既有他在云南艺术学院就读时崭露头角的处女作（如入选全国美展的油画《景颇山上》)，也有他大学毕业后深入边疆民族生活而创作的写实风格浓郁的油画和国画（如《摩梭人妇女队长》、《傈僳族青年》和《白族少女》)，更多的乃是20世纪八九十年代被画家自己命名为“综合媒介”的现代重彩画。后者的题材取向更多样，艺术视野更广阔，从中国少数民族的风情习俗到澳洲土著人的生活状貌，从原始朴拙的古代文化到当今欧美喧嚣的都市景观，从典雅、凝重的静物到壮丽、雄浑的大自然，都无不潇洒自如地集纳于画家的笔下。其运用的物质材料和表现手法也格外新颖、独特和繁复，如在纸和麻布上用水墨和丙烯所营造的综合效应，是难以言传的奇幻美妙的胜境。画家自己写道：“观众或许可以通过我的画，看到我正力求探索和追求些什么。在可视的造型艺术中并存昨天和今天，融汇东方和西方，欲开辟新的审美领域而定须另创新的艺术手法……这是一条永远也走不完的路。”

需要强调的是，这本书并非司空见惯的单纯画册，它最显著的特点是，选编了一组评论和诠释张建中艺术的文章。这些文章与画家各个阶段的代表作交叉排列，密切契合，相映成趣。它们从不同角度和侧面阐发了张建中创作的艺术特征，帮助人们认识和鉴赏其独创精神和审美价值。如著名画家袁晓岑写于1981年的《张建中其人其画》，以简练的文字概述了画家的成长过程，并明确地肯定了："他正在为油画民族化而努力探索"，"这是一条正确的道路"。李伟卿先生写于1990年的《万物静观皆自得》，着力分析了张建中艺术观念和艺术风貌的变化，特别指出："异域文化的融媒作用，加速了变的过程。他的画变得不土不洋，亦古亦今，既具体又抽象。"杨伊达的《树的哲学》，则对张建中的艺术品位的形成和发展作出自己的哲理思考。美国艺术评论家斐舍博士曾称道这是"一篇水平很高的论文"。张福言的《走向混沌》也是从哲学与文化分析的角度，对张建中的作品进行了鞭辟入里的阐释。朱运宽的《理性与激情的颤动》，在述评画家的代表作品时，论证了其创作思想和绘画实践的相互影响与同步发展。段锡的文章着重剖析张建中近期作品在古滇壁画的基础上融进现代内容、色彩，衍化、形成多元综合艺术的风格，从而说明我们的画家无论怎样汲取外来艺术营养，依然植根于包括红土高原在内的东方的文化土壤中。苏正的《丙烯颜料·四个"之间"》，是一篇专业性很强的文章，它根据丙烯这种颜料的最抗晒、耐磨、经久的特性，易于造成水墨、水粉或油彩效应，以及将其用于纸和帆布所形成的各种肌理线条的科学和艺术相糅合的原理，条分缕析地论述了张建中的作品何以熔铸了似与不似之间、具体和抽象之间、古代和现代之间、中国传统文化和外国传统文化之间的独特风格。

此外，书中还选刊了国外一些艺术家、评论家对张建中创作和艺术追求的评议文字。它们除了从不同方位对这位中国艺术家作出高度评价外，特别关注东西方艺术、文化之间的差异、相同之处以及交流、互补的积极意义。

毫无疑义，以上评论文章，对于研究、探讨张建中的艺术观、美学观和作品题材、风格乃至表现技巧等特色，都是颇有价值的。更重要的是，这些文章有助于读者在理性之光的观照下，对画家的作品（尤其是那些新奇、独异的所谓"四不像"的构图）进行更深入的审视、更细致入微的感受，从中悟出更多的艺术情趣和美学意味。就这个意义来说，本书的构架和内涵是别开生面、独具一格的。

我之所以乐意向人们荐介这本画册，还鉴于目前美术理论研究、美术作品评论远远落后于创作实践，这在云南尤为突出。不少画家勤于绘事而疏于艺术理论的深刻探究，见诸学术论著的更属凤毛麟角。而张建中教授是重视理论修养、热衷艺术研究的艺术家，他亲自写过一些文章，可惜这本画册没有收录，仅只是在《共有的根源》一文中，摘记了张建中在美国阿灵顿艺术中心举办画展时发表的部分艺术观点，使读者不能更全面、更切实地了解画家自己的诸多见解。这也许是本书的一点美中不足。

（原载 1997 年 10 月 19 日《云南日报》）

《中国诗词楷书精选》序言

书法是中国的一门传统艺术，是我们源远流长的国粹。从甲骨象形文字到金文、石鼓文，直至篆、隶、楷、行、草各种书体演变，历经几千年的更迭、创新，形成了气象万千、流派纷呈、风貌各异的书法艺术，名家多如繁星，名作浩如烟海。这是中华民族独行特立的精神遗产、灿烂炳焕的文化宝库，是值得炎黄子孙引以自豪的。

文字，一般来说，只是交流思想感情的工具和承载、传播信息的符号，古今中外，概莫能外。特别是目前世界上广泛使用的拼音文字，其主要或唯一的功能仅此而已。而我国的汉字，却同时可以成为一种独立的艺术，具有非凡的审美价值。原来，几个文明古国也都曾经创造了各自的象形文字，如苏美尔文、古埃及文等，然而这些艺术传统早已经衰落、中断、后继无人了。唯独中国的书法艺术与优秀、绵长的中华文明相偕而行，与时俱进。更可喜的是，汉字书法不仅举国同好，千古一风，而且早已走出国门，在东南亚、日本、朝鲜、韩国、蒙古以及整个华人世界都很流行。随着改革、开放事业的发展，中国的经济、文化正在日益迅速地向五洲四海辐射，欧美国家学习汉字的人群与年俱增，喜爱和赞赏中国书法的气候呈现风起云涌之势。

但是，应当注意和令人深思的是，由于种种原因，如忽视乃至放弃书法教学、以电脑代替文房四宝、艺术素质培训的缺失等，致使现今我国的青少年普遍疏离书法（特别是用软笔写字），精通此道者实属凤毛麟角。软笔书法，尤其是楷书，因其最能表现汉字的形体结构和内在神韵，故为习写汉字的基础。毛笔字的功底深浅，必然会制约和影响钢笔、铅笔、圆珠笔等硬笔的书写水平。目前大、中、小学生的汉字书写大多不够规范和美观，甚至呈每况愈下的趋势，这恐怕已是不争的事实。基于呼唤和振兴书法艺术的强烈愿望，为了激发年青一代学习书法的兴趣，向他们提供一份可资效法和借鉴的教材，王澍华先生以丰沛的热情和严谨的态度，耗费数年时间，殚精竭虑，编写了这部《中国诗词楷书精选》。这一创意和成果是异常可贵的。

楷书，是现代汉字的基本形式。汉字，从甲骨文发展至今，大体是一个从象形化、图案化不断地向抽象化、符号化演变和简化的过程。而从汉朝开始定型的楷书，由于线条简明、大方端正，便于书写、印刷，则成为广泛应用的汉字标准书体，在书坛上长期保持着“正统”地位。

楷书的本意，是指具有法度的堪称楷模的法书，在南北朝时又名为“正书”、“真书”，并非某种字体的专名；大约时至唐代，“楷书”才成为一种书体的专门名称。楷书在艺术上的主要特点是：结字谨严，间架方正，横平竖直，点画规则，疏密有致，合体匀称。当然，在大的原则和框架下，楷书的笔法、笔势和笔意绝非僵固不变，借用康有为的说法，可谓“笔气浑厚，意态跳宕；长短大小，各因其体；分行布白，自妙其致；寓变化于整齐之中，藏奇崛于方正之内，皆极精彩。”

楷书按形体大小分类，有大楷、中楷、小楷之别。大楷的特质是：体态密结，端庄朴实，点画厚重，藏锋护尾，笔调干练，线条均匀。小楷的特质是：横瘦竖壮，布白疏朗，点画清秀，笔锋显露，结体匀称，字形扁平。中楷则汲取了大、小楷的优长而自成一体。本书的字体，属于自汉、唐以来成为官方正式字体和民间广泛使用的小楷。它不仅是楷书的主体和根基，也是进而习写行书、草书的起点。由于小楷笔画清晰，结构工整，书写缓慢，较费功力，要求临池学书者专心致志，聚精会神，保持静穆娴雅、甘受清寂的心态，故而又有修身养性的功能。欧阳修说：“善为书者以真楷为难，而真楷以小楷为难。”信哉斯言。

王澍华是一位自学成才的书画家。他原籍江西，幼年丧父，少年即当学徒，战乱时期，家里贫穷得把唯一的胞妹都送给他人抚养，至今难觅踪迹。但他刻苦自励，努力习字学画。新中国成立后携带寡母奔赴北京参加革命工作，在中国青年出版社担任美术编辑达十年之久。20 世纪 60 年代初，王澍华到云南支边，先后在中学和大专院校任美术、书法教师，具有高级教师职称。他的学生弟子人才辈出，多次荣获全国美展金、银奖。他自己的书画作品也多次参加海内外大展并获奖，有的作品被以云南省昆明市的政府礼品的名义赠送友好国家，在国外长期陈列。2003 年，中央电视台为这位年届古稀的艺术家的业绩和创作拍摄、播映了专题片。几十年来，王澍华对楷书艺术情有独钟，潜心钻研，尤其在小楷书艺上狠下功夫，朝夕磨炼，手不释笔，精益求精。即使在现代化书写工具日渐风行的形势下，他依然我行我素地挚爱和弘扬祖国的传统书艺，可谓“千磨万击还坚劲，任尔东西南北风。”他笃信“字无百日之功”的古训，坚持不懈地实践和探索，使自己的小楷书法不仅臻于圆熟、纯青，而且逐渐形成了高尚的艺术品位，建树了独到的艺术风格。窃以为，总的说来，王澍华的小楷特色是：端庄而秀丽，清新而儒雅，既有挺拔的外露的骨力，又有浓郁的内涵的书卷之气。苏轼认为，书之妙在于“端庄杂流丽，刚健含婀娜”，能将两种貌似对立的气质和韵味兼融互摄，化为一体，是一种很高的艺术境界，显现了中国传统文化所崇尚的中和之美。我们赏读王澍华的小楷书艺，不啻被那艰苦、灵巧的劳作与精细、遒劲的笔力所吸引和感染，同时可从中获得心目的愉悦和美的享受。

这部作品的书写内容是中国诗词，精选了从《诗经》到当代伟人毛泽东的诗词共一百余首。众所周知，诗歌是人类文化最精粹、最凝练的结晶，中华民族拥有最悠久、最优秀的诗歌传统，记得伟人朱德曾戏言中国应该称为“中华人民共和诗国”。几千年的无比辉煌的中国诗歌史，也是举世公认的。我书架上有一部日本汉学家主编的《中国古诗名篇鉴赏辞典》(1979 年出版)，编者前野直彬、石川忠久两位教授在序言里写道：“汉诗是世界上最高级的诗歌，是人类的珍宝。我们日本人，能同中国人一样欣赏属于中国的汉诗，应该感谢我们的祖先，堪称幸事。”“当前，人们对古典和传统艺术的兴趣越来越浓厚，以及由此而产生的学汉诗的愿望也越来越强烈。近年来，竞相参加吟诗、书法及茶道等活动的人数明显上升。这大概是因为日本战后已逾三十多年，并已成为经济大国，所以人们终于又把目光转向日本固有文化这一方面。这是值得我们引为庆幸的。有鉴于此，为了满足广大市民的学习愿望，亟有必要出版一部剥掉汉诗坚硬外壳的指导性书籍。”中国诗词这种“墙内开花墙外香”的现象，值得国人深长思之。必须正视，当前，在文化艺术和教育领域，尤其是在青少年中，对于我们固有的“人类的珍宝”包括诗词和书法等国粹，的确存在着“身在宝山不识宝”的问题，甚至不乏数典忘祖的情况。因此，王澍华将中国诗词作为书写对象是很有意义的。

在汉文化中，书法、绘画、诗歌的关系原本就是相当密切的。唐朝张彦远在《历代名画记》里指出：“书画异名而同体。”“工画者多善书。”唐朝王维就是因集诗人、画家、书法家于一身而受到苏轼“诗中有画”、“画中有诗”的赞誉的。我国历来都有“诗书传家久”的文化传统。因此，以清秀的小楷书写优美的诗歌，实乃珠联璧合、交相辉映的佳事，可收一举两得、相得益彰之效。

在中国这个世界上最大的诗歌宝库中，脍炙人口的精品佳作汗牛充栋、抽绎无穷。无论从哪个角度、以什么体例来编选其中的一二百首，都必然会挂一漏万，何况人们的择优标准和审美情趣千差万别，仁者见仁，智者见智，这是本书选材面临的一大难题。然而，作者以虚心、审慎的精神，多方求教，集思广益，反复推敲，从纷繁的诗林中采花撷果，又加以孜孜不倦地晨抄暝写，才完成了这样一部诗书并茂、字字珠玑的成功之作。我想，纵然本书尚有许多遗珠之憾和不尽如人意之处，但是这些名诗华章毕竟都堪称千琢良玉、百炼精金，能使人们在欣赏、临摹和效法这本小楷字帖的过程中，同时受到中国文化极品的陶冶、濡染和滋育。

综上缘由，我愿意向读者、首先是青少年朋友们推荐此书。

是为序。

彩虹般绚丽的艺术天路

——著名藏族歌唱家巴桑与她原唱的《天路》

“黄昏我站在高高的山冈，盼望铁路修到我家乡，一条条巨龙翻山越岭，为雪域高原送来安康。那是一条神奇的天路，带我们走进人间天堂。青稞酒酥油茶会更加香甜，幸福的歌声传遍四方……”这首名为《天路》的优美歌曲，如今已然唱红中华大地，可谓家喻户晓、妇孺皆知、雅俗共赏。不过，问起此歌的原唱者就鲜为人知了，因为她是远在世界屋脊土生土长的藏族女歌手，主要在雪域军营、边防哨卡为战士献艺，在山区、牧场为边陲各族百姓歌唱，很少在内地的大庭广众出头露面，更没有被人广为宣传，而她本人又极其淳朴、谦虚，诚如西藏军区副政委、将军作家吴传玖对笔者说的：“她的歌唱得非常好，广大军民都十分爱听，连江泽民、李瑞环等中央领导也当众赞扬她的歌声，可她很不张扬，更不会包装和炒作自己。”直到 2006 年 7 月 1 日举行青藏铁路全线通车典礼，胡锦涛总书记在格尔木车站讲话与剪彩的实况通过荧屏向全世界播出时，《天路》原唱者的美丽形象和动人歌声才同时在中央电视台的几个频道多次出现，为中外亿万受众所认识，给人们留下至善至美的深刻印象。她，就是西藏军区政治部文工团的著名歌唱家巴桑。

2007 年八、九月份笔者在拉萨期间，一直住在西藏军区大院里，与文工团宿舍互为邻居，因此有机会与巴桑经常接触，亲密交谈，对她的身世、家庭、成长过程和艺术经历有了翔实、细致的了解。

从农奴后代到军中百灵

我第一次应邀去巴桑家做客，是在军区礼堂观看她演出后的一个夜晚。在为成都战区某个重要会议举行的专场文艺晚会上，巴桑的独唱照例作为压台节目排在最后一个。谢幕后，她顾不得卸妆和换下演出服就匆匆赶回家中，以如约接待我这个远方客人，可见她待人接物的热情、忠厚与诚信。

巴桑的爱人阿旺晋美是位在自治区档案局任副处长的藏族干部，非常好客、爽朗、健谈，我请他首先讲讲巴桑和他们的家事。

阿旺晋美便一见如故地侃侃而谈："我是个很一般的搞文字工作的人，才不出众，貌不惊人，比巴桑大十一岁，怎么会讨了这样漂亮的演员当老婆呢？那得感谢歌唱家才旦卓玛一家人。我跟才旦卓玛都是日喀则城里人，两家关系一直很好。才旦姐的妹妹普珍是从小跟我一起长大的老同学，她后来考进了西藏艺术学校。"

巴桑："这样，普珍又成了我的同学。"

阿旺晋美："普珍介绍我们做了朋友，那是1990年，巴桑刚满二十岁。她是1969年出生在堆龙德庆县一个平凡的农民家庭。生她那天是星期五，就取名巴桑；藏族老百姓喜欢用出生日作名字。所以，在我们西藏，巴桑是个太普通不过的称呼。他们家祖祖辈辈都是农奴，解放、翻身以后，家庭生活大大改观了。他们一共五姐弟，巴桑排行老三，她大姐桑丹在自治区政府编译室工作，是位有高级职称的专业技术人员。她弟弟毕业于西藏大学，在堆龙县办公室工作。只有二姐和五妹同父母亲一起，还在家乡搞农牧业。"

笔者："哦，不简单，一个藏族农家出了三个国家干部！尤其是巴桑，在事业上成就非凡，为西藏人民争了大光啦。"

巴桑："那都是党和人民的培养，老师们的教导……"她低下头谦逊而腼腆地一笑，就戛然顿住了。

阿旺晋美："还是我来替你说吧。巴桑从小喜欢唱歌跳舞，十二岁就进了县文艺宣传队，是队里最小的演员。在一次演出活动中，自治区艺术学校的声乐教师李伟发现巴桑天赋不错，很有培养前途，就向有关领导反映，于是，在校长阿旺克村的关心下，巴桑于1985年成为艺术学校的一名学生。经过四年的专业培训，她打下了比较扎实的声乐基础。在毕业汇报演出时，被西藏军区文工团选中……"

笔者："这对巴桑的艺术事业和人生道路，可能是很关键的一步。"

阿旺晋美不无自豪地说："是的，巴桑参军后进步很大。她曾经荣立四次二等功，两次三等功，现在是国家二级演员（笔者按：后为一级演员），中校军衔，由于经常到基层连队、边防哨卡演出，受到广大官兵的欢迎和好评，被人们称为飞遍雪域哨卡的军中百灵。"据知，巴桑先后四次被总政治部选调晋京，参加春节"双拥"大型文艺晚会的演出。1990年那次演唱《吉祥颂》后，受到国家主席、军委主席江泽民的亲切接见和高度赞扬，江主席指着巴桑说："这个藏族姑娘唱得很不错，声音是从旷野中唱出来的，就像雪山上的清泉没有污染。"2004年原全国政协主席李瑞环在拉萨看巴桑演出时，竟情不自禁地击节称赏道："巴桑，巴桑，再来一个！"

笔者："请说说获奖情况吧。"

阿旺晋美："首先，1992年在全军第六届文艺汇演中，获得声乐表演一等奖；接着，在第七、第八届全军汇演中获得最高奖项——特殊贡献奖……"这位实心人正要如数家珍地一一陈述，被巴桑打断了。

巴桑："别罗嗦了，吴教授你也别记啦，我赠送你一盘个人专集吧，那上面有介绍。"说着走进卧室，拿出一张簇新的光碟，用美工笔签了两个"巴桑"名，一个汉字，一个藏文。

我接过光碟一看，扉页上果然印有巴桑的主要业绩：1997年，被解放军总政治部评为全军"热心为兵服务"的文艺战士。1998年获得"才旦卓玛艺术基金"银奖。2002年在全军新人新作大赛中获演唱类金奖，同年获全国第二届少数民族文艺汇演金奖。2005年因演唱《天路》获得"青藏铁路杯"全国征歌比赛一等奖，同年5月在国务院民族团结进步表彰大会上被授予“模范个人”称号。2006年演唱的《第二故乡》获全国第三届少数民族文艺汇演金奖，同年获全国听众最喜爱的十大“金号”奖。

我最感兴趣的是有关《天路》的情况，巴桑便应我之请，详尽地讲述了《天路》的创作过程。

《天路》面世的来龙去脉

巴桑：“2001年6月，根据总政治部主任于永波的指示，我到解放军艺术学院声乐专业进行深造，学期一年。主要指导老师是音乐系声乐教研室主任琴藜，美声、民族、通俗唱法都学，老师们教得很好，使我收获很大。当时，总政治部副主任袁守芳策划，为我‘量声定做’一首西藏题材的歌曲，并把这个创作任务交给了总政文艺局的词作家屈塬（按：现任二炮文工团团长）和作曲家印青（按：现任总政歌舞团团长）。他们二位曾经多次来过西藏，对我们藏族音乐相当熟悉。可是为我写个什么歌曲呢？怎样完成好这件指令性工作呢？这让两位老师很费了一番思索。有一天，屈塬偶然读到《人民日报》上的一条消息：党中央、国务院研究决定修建青藏铁路。这件具有重大意义的事情，立即激发了屈塬的创作灵感，他连夜写了两段歌唱青藏铁路的诗句，基本上就是现在传唱的《天路》的歌词原文。紧接着，屈塬就给我打电话说：‘巴桑，我为你写的新歌歌词已经搞好了，你马上来总政报到。’首长把屈塬、印青和我三个人一起安顿在空军指挥学院的招待所里，就借用招待所旁边的一间小学的琴房进行创作。那间小琴房尽管比较简陋，可并不影响我们聚精会神地合作。《天路》这首歌既然是为我‘量声定做’的，两位词曲作家就一个音符、一个乐句地让我试唱，印青老师根据歌词，一边谱曲，一边弹奏钢琴，一边让我定音高、哼旋律，就这样反来复去地试唱，一字一句地抠，不断地切磋琢磨，搭配词曲，修改订正，真正做到了一丝不苟、精益求精。”

笔者：“看来，你们三位词曲作者和演唱者是珠联璧合、配合默契啊。”

巴桑："应该说是很好的组合吧。所以创作和演唱都相当顺利。第二天，整个词曲结合的歌谱就整理出来了。我们三个又在小小的琴房里练唱了半天，直到每个人对每个乐句都满意了才罢休。第三天，正式进入录音棚。印青老师亲自主持录制。这时乐队已经完成了伴奏带，只需把我的歌声填进去、加以混录就行了。一般来说，录制一首新歌至少要一、两个小时，而《天路》首次录音只用了不到半小时就成功了。2001年在总政举办的建党八十周年晚会上，我首次公开演唱《天路》，在军内外受到欢迎和好评。可后来我很少在中央电视台亮相。我的大舞台主要在辽阔的家乡——西藏。西藏的军民更熟悉我的歌声。《天路》还有一个藏语版，是我特意为藏族同胞演唱和制作的，在藏族地区非常流行。那是我大姐桑丹亲自译配的，由于翻译的藏语相当准确、到位，体现了信、达、雅的高水平，又具有浓郁的藏族韵味和语言风格，藏语版的《天路》在广大农村和牧区特别受到喜爱。从格尔木到拉萨的铁路开始修筑后，我们经常到建设工地慰问演出，有些筑路工人握着我的手说：'巴桑老师，谢谢你了，这几年来，你演唱的《天路》一直陪伴着我们，使我们在巨大的困难面前增添了力量。'这是我最感动、最欣慰的。"

笔者："巴桑，看得出来，你心中最高的艺术目标是为藏族人民服务，为基层的工农兵服务，而不是追求个人的荣誉、利益和知名度。就拿《天路》来说，因为过去对你这个原唱和首唱者宣传不够，许多人只看到韩红、彭丽媛这样的名人演唱《天路》，甚至不知道你巴桑……"

巴桑淡然一笑，十分大度地："这没什么，只要别人唱得好，把这首优美的藏族歌曲推广出去，我也高兴嘛。"

笔者："不过，去年那个MTV搞得挺好，在中央台播映的效果不错，值得庆贺。"

巴桑："可我更看重的是，广大群众对一首歌的认可和喜爱程度。去年七一'天路'通车以后，知晓我和听过我的歌声的人群确实大大增多了。11月份我在北京参加文代会时，许多普通观众把我认出来了。有一次打的，司机望了我一眼就惊喜地说：'你不就是唱《天路》的藏族歌手吗！

你坐我的车，我感到太荣幸了。’硬是不肯收我付给的车费。你说，老百姓对我们如此厚爱和奖赏，难道不是最值得珍惜吗?”

永远高飞的鸿鹄之志

谈及当选为十七大代表的话题，巴桑说：“这是我在政治上的最高荣誉。我是作为藏族、妇女和部队基层党员的代表参加党代会的。我一定要把大会的精神学习好，带头贯彻执行好，决不辜负成都军区广大指战员的信任和重托。作为一名文艺工作者，我必须继续加强自身修养，提高艺术水准，为人民、为部队奉献更多更好的新作品。”

巴桑是个心口相印、言行一致的人，众多辉煌的荣誉、闪光的头衔丝毫没有令她骄傲自满，故步自封，即使在繁忙、紧张的战斗化的生活节奏中，巴桑还要孜孜不倦地学习，吸收新的知识和艺术养分，不断创作、录制和演唱新的歌曲。

有一天，我亲眼观摩了她的创作实践活动。那是在一个崭新的设备先进的录音室，巴桑正用藏语录制一组藏族民间抒情歌曲，是她自己收集、整理、加工的地道的原生态民歌，旋律非常优美、婉转、迷人，其独特的藏族情调自然是我闻所未闻的。这些歌曲尽管是在民歌基础上的二度创作，有较大的自由发挥的空间，然而巴桑在演绎和录制这些独创的新曲目时，态度极其严谨、认真，每支歌都必须试唱多次，反复比较录音效果，自己挑剔瑕疵，同时虚心听取录制人员的意见，经过不断地权衡、推敲与修正，才确定出一种最佳唱法。我为巴桑在艺术创作上精雕细刻的精神而感动和叹服，也终于心领神会了为什么她的歌声有那么强烈的摄人魂魄的艺术魅力，为什么她的许多代表作如《神奇的西藏》、《圣地拉萨》、《仰望喜玛拉雅》、《草原上的格桑啦》、《哈达的祝福》、《藏族人家》等等都那么好听、耐听，令人百听不厌。而她演唱的《藏族人家》，在刚刚揭晓的第十届“五个一工程”评选中又荣获优秀作品奖。

我向巴桑周围的音乐专家咨询、请教巴桑取得超群出众的艺术造诣的基本原因以及她那不同凡响的歌声的主要特色。录音师央金的回答颇有代表性，这位由中央民族大学音乐系毕业的藏族女作曲家说："巴桑演唱的藏族风味是从骨子里流淌出来的。一听，就能闻出她是吃糌粑、喝酥油茶长大的。那普通农牧民的淳厚、朴素的感情和气质，那高亢、奔放、清脆、嘹亮而充满雪域光色、旷野气息的天籁之音，是与生俱来的。巴桑除了天生素质好，音色美，乐感强，还善于继承、弘扬优秀的民族文化传统，发掘、利用丰富的地域艺术资源，同时又能借鉴科学的发声方法，把西藏的原生态音乐和民族民间唱法提升到更高的层次。因此，巴桑的一系列优秀曲目既可以在广阔的雪山、草原放声歌唱，又能登上海内外的大雅之堂。"近两年巴桑应邀赴印度和港澳等地区演出，均产生了热烈的轰动效应。

我们笃信，巴桑这只胸怀鸿鹄之志的高原百灵，会沿着彩虹般绚丽的艺术天路，飞得更高，飞得更远。

（原载2007年11月7日《音乐周报》）

工尺谱成革命调　桃李织就复兴花

——著名音乐家林之音的艺术生涯

“工尺谱成革命调　桃李织就复兴花”，这是林之音先生逝世后，他的堂弟林懋猷从台湾寄回的挽联。纸短情长，言简意赅，高度概括了这位大家不同凡响的艺术人生。工尺，系我国民族音乐音阶上各个音的总称，也是乐谱上各个记音符号的总称。信然，林之音的一生，正是为振兴和发展祖国的民族音乐、为培育一代又一代的艺术人才，谱写了声振林木、粲然可观的壮丽乐章。

聂耳的亲密战友

林之音（1909—1978），字懋绩，因立志从事音乐专业曾用名志音，1909年农历五月十八日生于昆明。祖籍福建古田县人，据传系林则徐后裔，祖辈当过清朝官吏，后随军到云南戍边而迁居昆明。林之音1917年至1923年在北区小学读书，1924年至1927年2月在云南高等师范附中读书，1926年在中共地下党员、中学老师李鑫教育、引导下，参加秘密的进步团体“云南青年努力会”，积极学习马列主义。1927年11月到江西南昌等地进行工运活动，1928年由中共党员刘焕章作介绍人在九江加入地下党组织。

1928年初到1934年3月，林之音在上海暨南大学教育学院就读，参加校内“实验剧团”和学生运动，因经济拮据不时到校外剧场当布景工和刻写油印蜡版。他热衷于京戏、昆曲和话剧艺术。1932年，参加左翼作家联盟戏剧协会。有一次参加话剧《怒吼吧，中国!》的演出，为借道具木枪与大鼓被法租界警察抓到巡捕房关了3天。从聂耳的日记里可知，1931年林之音与云南老乡聂耳就已经相识。又据聂丽华（聂叙伦之女）对笔者说，她四叔聂耳在昆明时就与林之音认识。

1934年，林之音考入上海百代唱片公司（法商）音乐部，该部主任是著名作曲家任光（1900年出生，1941年皖南事变时牺牲），副主任是聂耳。林之音与聂耳分别负责民族乐队（别名森森国乐队）和西洋乐队，关系密切，交谊颇深。聂耳担任乐队指挥与作曲、编曲、选曲工作，兼小提琴手。林之音担任乐队干事，兼管生活事务，主要业务是拉二胡，吹笛子，弹三弦，打洋琴，吹唢呐，还经俄籍音乐家阿龙·阿甫夏洛穆夫介绍向俄国人皮契纽维克学习长笛。聂耳组织乐队录制过一些民乐合奏的唱片，如《金蛇狂舞》、《翠湖春晓》等；曾为一些电影配制乐曲和歌曲，如《四季歌》、《毕业歌》、《桃李劫》、《牧羊女》、《大路歌》、《开路先锋》、《回春之曲》、《渔光曲》、《新女性》等。林之音与聂耳共事三载，创作中和谐交流，配合默契，相得益彰。如聂耳在《翠湖春晓》编曲过程中，有的段落听取了林之音的建议。吴学源先生在《恩师对我音乐道路的影响》一文里写道："2001年，我在与他（吴按：指林之音）的好友秦鹏章老先生的通信中，秦老先生曾回忆说：当年'聂耳创作《翠湖春晓》时，中间3/4拍子的那一段，就是林老师搞的。'但林老师从未向任何人提起过，足可以看出林老师的为人和高风亮节。"此外，林之音还曾与聂耳一起推敲、修改过《大路歌》和《开路先锋》。林之音特别敬仰聂耳对待艺术严谨认真、一丝不苟的精神，每次录音，不管哪个同志在音准、音节上稍有偏差，聂耳总是一而再、再而三地琢磨、修正，直至精确无误为止。

最值得一书的是，1934年6月30日和7月1日，在上海青年会的舞台上，林之音参加了聂耳编创的歌剧《扬子江暴风雨》的演出。该剧表现了上海码头工人反抗帝国主义和官僚资产阶级压榨的斗争，反响强烈，好评如潮，许多报刊发表了文章和剧照，连苏联《国际艺术》杂志都介绍了此次公演活动。林之音珍存了与聂耳、袁牧之等同台演出《扬子江暴风雨》

的剧照，新中国成立后他将此重要革命文物捐赠给中国音乐家协会收藏，并已刊印在《中国音乐辞典》里。

聂耳当时身居大都市上海，却十分关切故乡滇剧的发展，1934 年的一天，他向林之音询问：全国不少地方戏曲已经灌制了唱片，为什么我们云南没有？林之音随即向百代公司营业部提出灌制滇剧唱片的建议，并自荐负责组织此项工作。营业部赞同后，由公司派代表张宜纶赴昆明，与华乐唱片留声机商店经理罗翕堂洽谈灌制滇剧唱片，又经与新滇戏院经理王汉声、滇剧名票高竹秋等商量，选定了著名演、奏人员，签订了合同：每面滇剧唱片约三分钟，酬金法币十元，出售后再抽版税百分之三。因昆明尚无录音设备，就邀请滇剧名角李少兰、周锦堂、汪润泉，名票董竹君、董美堂，名琴师孙竹轩和场面彭幼山、惠彩臣共八人赴沪。此次灌制唱片 6 张共 20 个剧目，如旦角李少兰的《春花走雪》、《女盗令》、《女斩子》，生角周锦堂的《渡芦江》、《七星灯》、《八义图》等等。林之音除了做好组织工作外，亲自用昆明话作片头报目（宣布剧目和演员姓名），还帮助打场面的操作大锣大钹。首批唱片畅销全国，在云南，人们更是争相竞购。百代公司见有利可图，又派技术人员携带设备器材赴昆，租借兴仁街煤矿公司楼房作录片和办公场所，聘请了更多的名角名票录音。1937 年，上海胜利公司（美商）见百代公司再三复制，获利丰厚，也闻风而至，派英国人蒲朗带领译员阿三和技术人员在昆明租借崇仁街庾园南楼，广延滇剧名角名票，又集中灌制了一批唱片（与百代的不重复）。这三次录制的戏目共一百余种，均为 78 转速的紫胶制唱片。除武戏及丑角未录外，各种行当与声腔曲调应有尽有，体现了各种流派风格，记录了前后三代的老中青优秀演员发展定型后的声响。此一盛举不仅为滇剧保存了珍贵的历史资料，更重要的价值是，使云南最大的地方戏曲得以传承和远播四方，在群众中有了普及、推广的条件，也从而培养了一大批欣赏和学演滇剧的观众和专业人才。

在百代公司工作期间，林之音有幸与众多文学艺术家经常交往、合作，共创革命文艺事业，他们是田汉、聂耳、欧阳予倩、袁牧之、赵丹、姜椿芳、安娥、任光、贺绿汀、吕骥、孙师毅、吴体正、应云卫、陈法义、黄贻均、江应樑、秦鹏章、陈重等。这对于林之音提高自己的思想水平和业务能力，以及后来回到云南开展音乐、戏剧工作，都产生了重大影响。例如，1935 年 3 月中旬，即聂耳离沪赴苏联前夕，聂耳与任光、贺绿汀、吕骥、安娥、林之音等八九个人曾在孙师毅家聚会，共同评论俄籍犹太人音乐家阿龙·阿甫夏洛穆夫（1894—1965）创作的舞剧《古刹惊梦》（或名为哑剧《香篆幻境》），从中就可窥见林之音当时在上海文艺圈中的地位和活跃程度。1982 年 8 月 10 日《人民日报》发表的姜椿芳的文章《一位终身献给中国音乐事业的作曲家》中，还回忆了这次艺术研究活动，并写到了林之音参与其事等情况。

1935 年 7 月 17 日聂耳在日本溺殁，8 月 16 日上午 10 时在上海金城大戏院举行的追悼会，由明星公司周剑云主持，施超读祭文，王人美等明星演唱了聂耳创作的歌曲。林之音永远难忘当时的悲恸情境，一直保存着聂耳追悼会的海报，新中国成立后才将该革命文物捐赠给中国音协收藏。

1937 年，上海拍摄了以赵丹、周璇、魏鹤龄为主演、吴印咸为摄影师的《马路天使》，导演袁牧之深知林之音精通民歌音乐又熟谙戏剧艺术，特请他为该影片制作音乐，在片头上署名“音乐师林之音”。他在片中还兼任二胡演奏者。2003 年 3 月，曾在百代公司任职的林之音的挚友、后为中央民族乐团一级指挥秦鹏章在纪念文章《影外忆事》里写道：“这部片子另外一个成功之处，在于巧妙地应用中国民歌来表情达意。应用活泼的喜剧手法传达深沉的悲剧内容。《天涯歌女》、《四季歌》取自民间小调，通过离愁的词句与凄婉的曲调，既抨击了旧社会的黑暗，也歌颂了社会底层人民的善良。‘天涯海角觅知音’，‘咱们俩是一条心，家山北望泪沾襟……’把小红、小陈这对年轻人的千言万语融于一曲，真算是情深意尽了。所以《马路天使》被法国电影史学家乔治·萨杜尔盛赞为‘风格极为独特，而且是典型中国式的’影片。作为影片音乐师的林志音，当时还不到而立之年，就能用如此娴熟的音乐技巧、浑然一体的视听复合艺术，通过以歌传情表意，使观众的心声与影片的主题情感更加接近。”

革命文艺火种的撒播者

1937年日寇侵占上海，林之音与地下党组织失去联系后，他携带一家四口人经香港、越南回归云南。1938年上半年，在昆明民众教育馆（设在文庙）推广部歌咏培训班任音乐指导，讲授乐理和歌咏常识，排练、演唱《义勇军进行曲》、《黄河大合唱》等革命歌曲。同时在金马剧社搞舞台布景，也创作过剧本，1938年2月金马剧社公演的《九·一八以来》就由林之音编剧。此时，在滇军中工作的朱家璧同志邀请林之音和李家鼎（即李同生，中共地下党员）到部队去教唱抗日救亡歌曲。

1938年下半年，林之音应聘到镇南（今楚雄州南华县）师范任教时，曾辅导该校南星剧社的同学演出，还与学生共同演出街头剧《保家乡》。

1939年上半年到1942年上半年，林之音在省立大理中学任总务主任兼音乐教师，同时带头组织歌咏戏剧团体，开展抗日救亡活动。他指导排演的话剧有：《扬子江暴风雨》、《放下你的鞭子》、《八百壮士》、《三江好》、《自由的灵魂》、《一个游击队员》、《火》、《井》、《志愿兵》、《两兄弟》等，还演出过洪深的多幕多场话剧《米》，其中《米》剧的大幕、天幕和侧幕都是靠借债来缝制的，然后再用售票收入归还债款。每次上街头进行抗日宣传，林老师都很忙碌。从排练时角色的安排到演出时的化妆、服饰他都要精心设计。有时，林老师还要亲自参加学生演出，其演技十分纯熟。例如他主演的独幕剧《三江好》，讴歌了抗日敌后的一名游击队员的机智勇敢，出色完成侦察任务的事迹。

林之音在“省中歌咏队”教唱的曲目有《黄河大合唱》、《吕梁大合唱》、《青春之歌》、《五月的鲜花》、《开荒》、《青年颂》、《在太行山上》、《红缨枪》、《延水谣》等，他在私下还给部分队员教唱过《国际歌》、《延安颂》、《井冈山赞歌》、《八路军军歌》和苏联国歌。为增强歌咏队队员们的荣誉感，林之音亲自设计绘制了一枚长方形的队章。该队利用课余时间到街头进行抗日宣传。每次因敌机轰炸而停课时，林老师就带领歌咏队到大理城郊的瓦丁香、春牛寺、果子园等农村小学教唱抗日歌曲。1939年，西南运输处在下关召开欢迎从海外回国参加抗战的华侨机工的联欢会，“省中歌咏队”表演了《大刀进行曲》和《松花江上》等抗日歌曲，还用白族话唱了一首赞颂“青年参军上前线，抗日保家乡”的白族调，激发了军民们同仇敌忾、团结抗日的爱国热情。

林之音还与语文教师杨范修合作，创作了动员民众为前方将士捐献寒衣的歌曲：“机声轧轧，炮声轰轰，健儿不怕血流红，问何为至此英勇？只为保国与保种，前仆后继，风起云涌……”的歌声，在募捐现场激起了广大民众的爱国热情。大家解囊捐献的三千多元，悉数交给了“云南省抗敌后援会”。

此外，林之音还组织了大理儿童剧团，并委托省立大理中学高八班毕业的大理县中音乐教师李荫唐具体指导儿童剧团的活动，该团在两年中演出过许多歌咏和话剧，培养了一批爱国有志的音乐戏剧幼苗。

林之音曾协助大理省中美术教师王熙民（河南籍贯，后留法学雕塑，新中国成立后任中央美院教授），在下关闹市区的墙壁上绘制了大幅宣传画。如在饷械局大照壁上所作高约5米、长约10米的彩色宣传画，展现了正规军和游击队在民众支援下英勇抗击日本侵略者的壮烈场景，画面两侧是林之音工整书写的《义勇军进行曲》歌词。林老师还独自在大理省中图书馆内画了一幅抗日题材的油画，至今仍保存在大理一中。

1941年底，国民党积极反共，搜捕地下党员和进步人士。林之音被迫离开大理。1942年至1944年，他在昆明师范学校任教时，除了在省戏剧训练班兼上音乐课外，还在中共地下党领导的歌岗合唱团任指导。1945年在镇南师范任教期间，他因带头支持学生响应昆明“一二·一”运动而被校方解聘。

1946年至1948年，林之音重返省立大理中学任教，除培养二胡等器乐手外，还教学生唱《农家苦》、《山那边好地方》和《金凤子开红花》等进步歌曲，甚至把毛泽东的《论联合政府》等革命书刊私下给李强华等同学阅读。

1949 年 12 月，大理解放。林之音遵照组织意见，赴楚雄专署文教科工作，不久被派任楚雄中学任副校长兼教导主任。

1950 年云南全省解放后，林之音进入云南人民文工团（后改称云南省歌舞团），先后担任乐队组长、艺术指导、创作组长和团务委员会委员。当时林之音演奏的《光明行》、《空山鸟语》等著名乐曲，受到第二野战军四兵团司令员陈赓、政委宋任穷的高度赞赏。

1950 年 10 月 3 日下午，林之音以西南各民族庆祝国庆代表团附属文工团团员的身份荣幸地走进中南海，与各民族文艺工作者一道，为毛泽东主席和中央领导同志献演节目。由李晴海（白族音乐家、现为云南艺术学院副研究员）独唱、林之音用竹笛伴奏的彝族民歌《毛主席颂》在怀仁堂里绕梁萦柱地回响："毛主席，各族人民的大救星，您对各民族都一样的平等。如今，彝族人民也站起来了。我们永远感激您啊跟着您，敬爱的毛主席……"

1959 年 9 月云南艺术学院成立，林之音即奉调负责该院的民族器乐教学。他师德高尚，教学严谨，技艺精湛，一丝不苟，为培养音乐人才真正做到了呕心沥血，鞠躬尽瘁。直至年近古稀，依旧同时教授二胡、板胡、高胡、笛子、长笛、扬琴、月琴、三弦和民乐合奏等多门课程，每周课时达 26～28 节。

林之音老师的学生大都成为各地文化教育界的教授、专家和学者，如在云南艺术学院执教的夏鼎、尹懋铨、杨建生、张兴荣，云南省文化厅副研究员吴学源、四川音乐学院副教授舒昭及南京军区前线歌舞团团长张锐等。直到 2008 年，林之音的学生在纪念文章里还详尽地回忆和赞扬了恩师的博学多才、教学有方，可见其对后来学子影响之深远。如杨建生写道："林之音先生以严谨的教学，循循善诱、因材施教的教学原则，传授给学生音乐专业知识和技能。他以身作则、为人师表的教师美德，更是深深地感染着和教育着他身边的每个学生。从他那儿我们学到了自信自律、谦虚谨慎、刻苦钻研的治学态度和做人的原则。林老师的教学，深入浅出，循序渐进。他把自己的艺术思想、音乐专业知识和专业技能，在时间的推移中渐次地灌输、教授给学生。林老师的教学，内容丰富，涉及范围广。东西南北，中外古今，不同民族，各家各派，真是百花齐放，古为今用，洋为中用。他传授给学生的演奏艺术、演奏技巧，是从昆曲艺术大师俞振飞那里传承下来的风格独特的传统竹笛艺术，这里有着极精湛的管乐演奏气功；并通过交流与切磋，融合了冯子存、刘管乐等北派名家的北派笛艺精髓。林老师教授给学生的乐曲，无论是江南风格、北方风格，还是南北风格相结合的抑或是昆曲等戏曲音乐、古曲，还是外国乐曲，其音乐风格准确，技术技巧完整，音乐处理与表现严谨而独到。”①

云南民族民间音乐的传承人

早在抗日战争时期，林之音就非常重视对云南民族民间音乐的收集、记录、整理、改编和传播。在大理任教之余，他向来自农村的学生和小学教师了解、采集当地的民歌和民族乐曲。每学期结束、布置假期作业时，他都要求学生至少学会一首具有地方民族特色的民间曲调，返校后进行汇报。林之音将这些有价值的资料加以整理、汇编成册。在三月街和白族“绕三灵”等节日活动中，林之音就亲自深入农村基层，直接汲取原生态的民间音乐元素，认真地整理加工，配上反映群众生活、鼓舞抗日斗志的歌词。有的是以原曲调为基础进行二度创作，例如，20 世纪 40 年代在滇西广为传唱的白族小调《花阿朵》，就是林之音收集、整理并改编而成的一个作品；50 年代他创作的民族器乐合奏曲，也是以大理白族调为基础的。

新中国成立初期，为了弘扬云南各民族的优秀艺术，林之音不顾年高、

---

① 杨建生：《音乐教育家林之音先生》，载《金秋硕实——云南艺术学院离退休人员文选》，云南大学出版社 2008 年版。

体衰、多病，经常身先士卒，带领年轻的文艺工作者们深入少数民族聚居的山区农村，体验生活，挖掘民族民间艺术瑰宝，收集、整理、改编了许多民歌和民间乐曲，黄虹调入省歌舞团后演唱的《耍山调》、《绣荷包》、《猜调》等民歌，都是林之音亲自参与记谱和整理的，这些经典作品不仅使黄虹造就成为著名的歌唱家，而且至今享誉中外、盛传不衰。早在1951年就出版的"云南文艺丛书"《云南民歌第一集》、1954年上海自立书店出版的《云南民歌》和1956年云南人民出版社出版的云南民歌第一辑《耍山调》中的几十首脍炙人口的民歌，绝大部分都是林之音收集、记谱和整理的。现今仍在广泛传唱和深受欢迎的最好听的云南民歌，如《小河淌水》、《放马山歌》、《山对山来岩对岩》（弥渡山歌）、《绣荷包》、《赶马调》、《砍柴调》、《耍山调》、《猜调》、《雨不洒花花不红》等等，都荟萃在上述集子里，可以说，这些珍贵的文化遗产得以完好地保存和传承，都凝聚着林之音先生毕生的心血和汗水。

1952年，在北京举行的全国民间歌舞汇演大会上，林之音与黄虹联袂演出的《小河淌水》、《猜调》、《赶马调》及《昆明小调》等歌曲轰动了首都乐坛，倾倒了广大观众。郭沫若、梅兰芳两位大师特意写纸条递到台上，要求他们再表演一曲。音乐界名家王昆、赵芬、金紫光等都亲往云南队的下榻处，看望黄虹与林之音，庆贺他们演出成功，并要求再次聆听那些来自西南边疆的绝美的民歌。在这首次隆重推出云南原生态音乐的盛会中，林之音不独是黄虹的主要伴奏，更是在曲调的演唱处理上指导、帮助黄虹的老师，故而担任领队的金重先生称"林老师是黄虹当时名噪京都的有功之臣。"汇演结束后，国家文化部将黄、林二位留了下来，请林之音专门帮扶黄虹进一步提高艺术水准、在演唱上精益求精，准备参加出国演出。1953年，在周恩来总理率领下，黄虹随中国艺术团访问了罗马尼亚、波兰、东德等国家；1954年、1959年两次出访朝鲜；1955年、1957年和1960年三次出访缅甸；此外，她还先后出访印度、印度尼西亚、日本、苏联、老挝等国家以及我国香港、澳门等地区。黄虹将"东方小夜曲"《小河淌水》与《猜调》、《赶马调》、《昆明小调》等最富地域风味的优美民歌带到海外，使各国友人领受了云南人民美丽的艺术、淳厚的情谊。

林之音还为许多民族舞蹈作曲、配乐。例如，1953年他到德宏傣族地区体验生活，学到了一首民间的孔雀歌，就以之作为主要的音乐素材，为一台孔雀舞节目编写了管弦乐伴奏。舞蹈家刘金吾至今依然记得当年林之音用傣语演唱的孔雀歌，保存着林之音对《单人孔雀舞》文字台本草稿所写的六条眉批意见，如“舞蹈段落能结合曲调段落，同样的音乐也要结合舞蹈的情节，才可能完整地表现出一个整体的节目。”“一个舞蹈里面，有很多不同节奏的鼓点，如何能集中地使用？才能与音乐紧密联系”云云。刘金吾写道：“林之音老师学回的这首孔雀歌，成了我对孔雀舞内涵的理解，成为我对傣族与孔雀舞关系的理解，甚至是对傣族民族性格理解的最宝贵材料。以后在我的著作中，凡是写到孔雀舞，我都要写到这首孔雀歌。它随着孔雀舞、随着我的书走向了全国，走向了世界。以后人们又编了很多孔雀舞、写了很多音乐，但这第一个孔雀舞的第一支曲子，我认为是最珍贵的。”（《我最敬爱的林之音老师》）

此外，林之音对洞经音乐的研究也是颇有造诣的。他与聂耳一样，小时侯在昆明的洞经会里受到艺术启蒙和熏陶，才一步步走上音乐道路的。在大理教书时，林老师曾乘坐小马车，从古城专程到下关去考察和搜集洞经音乐，他请学生李莼将家藏的洞经音乐工尺谱和古琴谱分别抄写出来，供大家学习、使用。新中国成立后，林之音与王旦东共同在文庙召集、主持了艺人讲习班，组织洞经音乐爱好者开展活动，并成立了昆明礼乐研究者协会，由王旦东任总干事长，林之音任副总干事长。该协会组织会员演唱唐诗宋词，推举几位老秀才来选作品和曲调。1956年在昆明市文教局文化科领导下，又重新成立过一次洞经会。

总之，林之音先生在艺术创作、音乐教育和民族民间文化等领域都取得了卓著的成就，他的丰富人生和实践经验，他的高尚人品和优秀作品，值得我们景仰、学习和总结、研究。

美妙和谐的天籁之音

——评杨丽萍的新乐舞《云南的响声》

由于《云南的响声》就在云南艺术学院新建的实验剧场排练和首次演出，与寒舍相距咫尺，我有机会与总导演和领衔主演杨丽萍等主创人员多次接触、交谈，观摩他们实地排练的全过场，耳闻目睹了一些具体、生动的艺术构思和舞台演绎的真实情况，使我对于这一大型衍生态打击乐舞加深了领悟和感受。

《云南的响声》，是一部依托人类生活和大自然的无限丰富的固有声音来艺术地表现人生和赞美生命的作品。

万物有灵，万物有声，只是体现的方式和程度不同罢了。特别是一切有生命的物种（包括人体、动物、植物等）都会发出各自的响声，因为他（它）们无不处在运动状态，一旦不再运动就丧失了生命，也就不能主动地发声了。人之初，本有声；即使尚孕育在母亲腹内。故而，这台打击乐舞一拉开序幕，就迸发出生命的第一个“响声”——胎音。那充满活力和神秘感的胎音，竟然是从喇嘛化缘的藏钵里发出的。紧接着第一场《催生》，是以惊心动魄的场景来表现女人临盆生产的危重和艰难。正如民间歌谣所唱的“人生人吓死人，娘奔死儿奔生”。在科学卫生知识欠缺的时代和地区，女人分娩如过鬼门关，生死难卜。杨丽萍首次饰演的孕妇形象是神圣而凄美的：她沿着众多木鼓铺就的坎坷之路，如履薄冰地走上祭坛，踯躅在阴阳两界之间，如临深渊地面对母婴的生死抉择——繁衍后代、多多益善，曾经是古代人类生存的首要命题。所以，全村寨的男女老都会聚在产妇周围，为她击鼓打气，齐声呼喊：“使力、使力、再使力!”头包花巾、身穿宝蓝色长裙和红肚兜的产妇，以庄重而绰约的舞姿、朴实无华的肢体语言，呈现了腹痛、抽搐、扭动、鼓气、挣扎等一连串生产状态，她那颤抖的双手和急促的呼吸，传达了肉体的剧痛和精神的亢奋，使屏息凝神的观众们无不为之焦虑、惊悚、心灵颤动。而那石破天惊般的一声哭啼，终于爆发出一曲最嘹亮动听的生命的凯歌。庆祝的欢呼和鼓声洋洋乎盈耳。然而，当小天使似的新生儿被高高举起来的时候，难产的孕妇却被无情的魔鬼劫夺而去。此时此境，人们怎能不为母亲的博大襟怀和牺牲精神而扼腕浩叹、挥洒热泪？不过，产妇的遗体静卧在木鼓上的一刻，整个舞台一片沉寂，唯有顶灯惨白的光柱照射在亡母安详的脸庞上。老子曰："大音希（古字与稀通用）声"，是指"此时无声胜有声"，或者是说"采用最稀少的声音，表现最美好的音乐"，即以少胜多的意思。杨丽萍说："古代妇女不论难产还是顺产都是很痛苦的，我自己虽然没有生育过，但是我看过许多生孩子的场面，对其中的痛楚和苦难感同身受，我完全有信心体会和把握女人此时此刻的心理和情绪，给予典型化、审美化的集中表现。就像没有跟狮子拼斗过的作家，也可能写好打狮子的过程。过去有的少数民族没能力排解生育中的痛苦和危险，就采用了集体打鼓催生的办法。这种习俗反映了古老的生殖崇拜。像我们大理白族民间的《阿秧白》舞（笔者按：阿秧白，即剑川石宝山的象征女阴的石窟艺术，迷信者向其祈求生子），也是这类传统文化。"

诚然，表现崇拜生殖、敬畏生育题材的歌舞，在不少地区都曾存在，如哈尼族过苦扎扎节时，在舞蹈的开鼓仪式中，就往往要有一众望所归的男子对着鼓摹拟性交动作。这一动作形成了哈尼族群众性舞蹈阿腊搓的基本动作，即扭动臀部翩翩起舞，至今仍是哈尼族舞蹈的基本韵律特征。景颇族的《金再再》舞，不仅传授生儿育女的知识，还冀望借此求得祖先神灵的庇佑。（参见刘金吾著《云南舞蹈》）不过，直接在舞台上正面展露女人生孩子的情节，况且搞得兴师动众、锣鼓喧天、歌舞满堂、大悲大欢的，却似乎是《云南的响声》别开生面的创新。"当然，我也没有让孕妇抬个大肚子，作自然主义的表演，而是通过适当的形体动作和舞蹈语汇，还有那块红肚兜，来调动观众的想象力。要相信人们审美的主观能动性。"杨丽萍如是说。

不论在先声夺人的第一场《催生》里，还是在全部乐舞中，以木鼓为核心代表的打击乐器皆为营造“云南的响声”的主力。号称“植物王国”、“森林海洋”的云南，无疑是我国诞生和发展木鼓艺术的故乡，这种乐器历史之悠久、工艺之高超绝不逊于非洲、南美洲和大洋洲的土著人的乐器。人类最早的青铜质打击乐器——铜鼓——也出自云南，距今已有两千五百多年。所以，将古老的鼓声定为主旋律是顺理成章的。著名舞蹈家杨丽萍对木鼓的情有独钟，还缘于这样一段人生经历：一次偶然的机遇，让她在中缅边境的热带雨林中的原始部落里见到一种巨型乐器，是完全用手工制作的木鼓，最大的有三米多高，四个壮汉都抬不动。据当地少数民族的老人说，他们的祖先选取做鼓的材料是很有讲究的，要发动全寨子的人到山上去寻找一种“神树”，所谓“神树”，就是大家把鸡蛋扔到一些大树的根部，如果哪棵树下的鸡蛋没被打碎，证明有神灵暗中护佑，就认为它是一棵降福消灾的“神树”。于是把它浸泡在一个烂泥塘里，一年后再捞上来，待它阴干后方可制成木鼓。这样处理过的木材不易开裂、变形、蛀蚀，经久耐用。杨丽萍所见到的木鼓至少都有八十岁以上的高龄，依然完好无损。这些堪称鼓的祖先和活化石的宝物，让杨丽萍惊喜万分，心醉魂迷，她不惜一切代价，一处处地寻觅、收购沉睡多年的古老木鼓，再用牛拖、马拉、车载等方法，把几十面大鼓运到省城昆明。有趣的是，当地民众在欢送这些祖传乐器时，还沿袭古老风俗，举行了隆重的祭祀活动，他们围绕着即将远行的木鼓又唱又跳，依依不舍地祝祷它们一路顺风，叮嘱它们“好好清醒着，不要睡着了！”这些举止、仪式有个名称，叫作“醒鼓”。杨丽萍说：“有关专家学者看了这一大堆木鼓，确认它们是很有价值的历史文物。如今这些原始乐器和土风民俗，基本上已经失传了。所以，我才想到要抢救它们，奋力搬上舞台。这就是我创作《云南的响声》的初衷，也是艺术灵感的重要来源。”

为了让古老的木鼓文化真正“苏醒”过来，全体演职人员花了整整八个月时间。今天，展现在五光十色的大舞台上的各种尺寸和形态的木鼓，是华夏历史的见证，是远古文明的典藏，是民族精神的结晶，当然，也是整个打击乐舞的灵魂。早在汉代的《淮南子》一书里，就曾极言鼓在音乐中的特殊地位和作用："譬若鼓，无所与调，无所不比。丝、管、金、石，小、大、修、短有叙，异声而和。"（《缪称训》）是说鼓在乐队里与其他所有乐器都不相同，可是又与其他所有乐器都合得来。无论是丝弦乐器、吹管乐器、金属乐器、石制乐器，也无论是小的、大的、长的、短的乐器，尽管各种乐器发出各不相同的声音，可是它们互相间却很谐和。因此又说："鼓，不与于五音，而为五音主。"（《兵略训》）称赞鼓声虽然与五音不同，奏不出宫、商、角、徵、羽这些乐音，但它却成为五音的领袖，主宰着所有的乐器。可以说，鼓在《云南的响声》中的艺术表现，与我国古代的音乐美学思想遥相呼应，并将其体现和发挥到极致。纵然，在少数民族的歌舞艺术中，人们对鼓声隆隆、随鼓起舞的场景已然耳熟能详、屡见不鲜，2003年首演的《云南映象》的开场舞就是基诺族的太阳鼓，而且象征女阴的太阳鼓也是生殖崇拜、女性崇拜的图腾；但是，木鼓在《云南的响声》中是贯通始终的音乐领军，是控驭表演节奏的总指挥，其阵容之强大、气势之磅礴、表现形式之繁复多样确属罕见，所以也就具有空前的震撼力、鼓动力和感染力。

杨丽萍是位勇于标新立异、独步一时的艺术家，她声称在这部新作中既不能趋同他人，也不能重复自己。《云南的响声》标称为《云南映象》的姐妹篇，主创人员和表演队伍基本上是《云南映象》的原班人马，其实二者在构思立意、创作方法和艺术风格上不尽相同，后作与前作比较，可谓同中有异、异中有新。杨丽萍自己认为，《云南的响声》在艺术上有许多新的追求，比《云南映象》的想象力更丰富，包含了创作者更多的主观性的东西，所以就有了不少的创新，譬如水车、石磨、葫芦服、牛哆罗等等乐器、道具、服装都是前所未有的。当然，这些簇新的创意归根结底也源自于生活。"就拿牛哆罗来说，我小时侯在山上放牛，就经常见过、用过，因为怕牛丢失，就要让牛戴上它。在荒山野地里，我觉得牛哆罗的声音太美了，是我永远不会消逝的记忆。所以，这次把我曾经最亲近、最喜爱的牛哆罗和大牛角都变成了乐器，融进了《云南的响声》。”

《云南映象》被创作者和许多人定位为原生态的歌舞集，却也并非不刊之论，有的论者始终不认可《云南映象》乃至中央台青年歌手比赛中的一些民歌是“原生态”。然而，任何事物都存在绝对和相对的两面性。就《云南映象》的创作重心和艺术倾向而言，是尽量保持民族民间歌舞的原始形态，亦即原汁原味，换言之，就是注重表现原作的客观风貌而绝少改造加工的主观成分，至于那些没有受过专业培训的土生土长的少数民族演员（大都是来自穷乡僻壤的青年农民），也充分发挥他们与生俱来的艺术天赋，让他们以素有的本真的歌声和舞姿，无拘无束地释放自己的天性（包括某些粗犷的野性），毫不矫揉造作地抒发自己的喜怒哀乐的感情。而这一切回归自然的表现（不是刻意地故作“表演”）都会彰显一种纯粹的美、真率的美、炽热的美。近日笔者亲耳听见杨丽萍以抒情诗的语言，如数家珍地回顾她对《云南映象》的演员们的第一印象：“当我把他们首次请上舞台时，那些又土、又黑、又粗犷的伙子、姑娘，我感到真的美极了。他们的笑容像早晨的阳光一样明净，他们的歌声像深山的泉水一样清亮，他们的舞姿像芬芳草地上的骏马一样矫健、奔放……”《云南映象》的七个板块（《序》、《太阳》、《土地》、《家园》、《火祭》、《朝圣》、尾声《雀之灵》）尽管不乏对土根艺术的提炼、加工、整合，甚至注入了某些现代意识，但是大多保存了原始作品的固有基因，相对而言仍属于原生态范畴。

《云南的响声》则标称为“衍生态”。何谓衍生态？其与原生态仅只一字之差，差在哪里？衍者，开展、发挥之意也。若组词则有“推衍”、“衍变”、“繁衍”、“衍生物”、“衍生美”等。依我的理解，衍生态就是在原生态的根基上有所扩展、升华和演变。《云南的响声》之衍生状况，大致体现在以下三个方面。

首先，这部作品采集和展现了自然界和人类生活中的众多响声，但却不是对原本声音的简单摹拟和机械复制，而是经过选材、提炼、加工、糅合的流程，遵循一定的艺术规律和审美原则，使它们衍变成各种乐音，演化为悦耳赏心、养性怡情的艺术美。据《云南的响声》文学总监蒋明初统计，本乐舞大约有四百多种响声，既有震天动地、山呼海啸的打击乐器声，也有昆虫短暂微弱的吟唱；既有风声、水声、雷声、雨声的交响，又有新竹、鲜叶、山花、野草吹奏出来的乐曲——真正是千类争鸣，万籁齐放，美不胜听。倘若没有优美动听的旋律、疏密有致的节奏、谐调编织的和声，只是众多自然声响杂乱无章地凑合，则是不可能获得童叟皆晓、雅俗共赏的艺术效果的。例如第二场《太阳雨》，用簸箕簸洒麦子的画面和声音来表现人们求雨和祈望丰收的场景，既抒发了一群求雨女人焦灼而虔诚的心曲，又比拟了真切、细腻的雨声，收到一箭双雕之功。又如第五场《最后的马帮》，用竹篾编织的云南矮脚马艰难跋涉的影象和马蹄声声、马铃咚咚的音响，来宣告一个交通闭塞的时代的结束。这些独出心裁的创意，想必就是一种“青出于蓝而胜于蓝”的衍生美。

其次，《云南的响声》将音乐、舞蹈、戏剧三种艺术融为一体，汇于一台，具有高度的综合性。名为乐舞，无疑是歌舞合璧、耳目共享的艺术，不足为奇，边唱边跳也是司空见惯的原生态形式，如果同时融入戏剧元素就堪称凤毛麟角了。《云南的响声》第一场《催生》是比较典型的悲喜剧，生与死、命与运、欢乐与痛苦、希望与绝望的矛盾冲突紧紧缠绕着剧中人的肉与灵，也深深地触动了观众的心与情。第三场《老虎笙》是诙谐风趣的喜剧小品，一群公老虎和一群母老虎如同出家人在地上打坐，发表人类才有的各种奇谈妙论，互相揶揄嘲弄，令人捧腹不止。第六场《喝醉了的鼓》更是一出沸反盈天的闹剧，它淋漓尽致地演示了边地少数民族的酒文化，也不无夸张地刻画了酩酊大醉时的众生相。——有个化学名词叫“衍生物”，其定义是：“较简单的化合物所含的原子或原子团被其他原子或原子团置换而生成的较复杂的化合物，叫做原来化合物的衍生物。”（引自《现代汉语词典》）借以鉴之，是否也可把音、舞、剧三者化合的创新作品视为一种“衍生物”呢？

此外，《云南的响声》的演员们是拥有高度的创作自由的，许多艺术上的新构思、新点子，是演员们同杨丽萍一道琢磨出来的。身为总导演的亦师亦友的杨丽萍，堪称艺术民主的倡导者和践行者，她鼓励演员们在保持地方、民族特色的同时，不必拘泥于固有的原生态，要充分施展自己的聪明才智，不断发挥想象力、创造力，独立自主地推陈出新。杨丽萍说："我从来不爱坐在家里空想：怎么唱、怎么跳，我喜欢到生活中和舞台实践中去研究具体的艺术问题。有些演员在排练时很会现场发挥，即兴表演，往往搞出更新更好的东西来。有的光凭一件简单的乐器，就能花样翻新地演奏非常丰富、复杂的曲子。"她举了一个事例：来自剑川农村的白族青年——小阿鹏，在家乡就是个唱大本曲的好手，他把那把小三弦已经操弄到出神入化的地步。在第五场《最后的马帮》里，年仅二十一岁的小阿鹏只用一把小三弦，就能将马帮爬雪山、过草地等等风雨旅程绘声绘色地演绎出来，其中许多精彩的乐段是他通过想象、虚构而创造的艺术"衍生物"。

在排练场上，我亲眼看到杨丽萍是如何引导演员发挥各自的特长和独创性的。有一次，排完《尾声》后，她专门花了半个多小时，集中演练"谢幕"的程序和场景。原来，杨丽萍把"谢幕"设计为《云南的响声》的艺术构想的有机部分，而绝不仅仅是单纯地向观众礼节性的答谢致意。按照她的精心策划，在各种乐器重现和演奏的音乐背景下，全体演员分别以不同的组合方式和舞蹈动作一一亮相，要给观众留下最深刻、最美好、最独特的印象。可是，三番五次排列后，杨丽萍觉得都不够理想，要求大家返工重来。只见她瘦小精悍的身影忽而跳到舞台上指挥、调度，忽而跃入观众席检查效果，忽而向剧场最后一排操控灯光、音响的人员大声疾呼——酷似战场上的一位雄姿英发的女将军。然而，来回折腾了半天，她对演员们的谢幕形象依然感到不尽如人意。略加沉吟、思索，倏然，杨丽萍灵机一动，仿佛终于抓到了问题的症结似地大叫起来："注意啦！一个个自己看看，你们的谢幕方式和风格跟汉族演员有什么区别!？快！马上自己设计动作，从头来！"于是，心领神会的演员们纷纷现场构思，即兴演练。终于，一场精彩纷呈、别具一格的谢幕仪式产生了：有的展现本民族的独特舞姿，有的表演高难度的体育技能，有的显示自己强壮健美的身材，有的向观众献出鲜花般妩媚的笑容，更多的是弹拨、吹奏各种形制和音色的乐器……总导演满意了，她宣布休息、吃晚饭，然后抓紧化妆，因为晚上 8

点要举行彩排，而现在已经是6：40了。全体演职人员几乎都走完了，这时候杨丽萍却把搞灯光、音响的人员留下来，开始为本人的三个独舞进行排练，她没有忘记自己还有个领衔主演的角色，对饥肠辘辘的加班者们嫣然一笑："为了保险起见，咱们还得再排一次。"

这位艺术家的敬业精神和一丝不苟、精益求精的工作态度是随处可见的。在排练第六场《喝醉了的鼓》时，杨丽萍要求一位喝得大醉的汉子把捧着的酒罐丢到地上摔碎，自己同时重重地跌倒，整个身体都得俯卧在地，做出人事不省的情状。不料，那位高大粗壮的男主演试排了几次，他的动作都不到位，杨丽萍急了，神色庄肃地说："不行！这个动作一定要真切、准确，再演不好，就换人！"可一时间，那位男主演越紧张动作就越笨拙。于是，让笔者顿时惊愕的事情发生了：只听得一声"看我来！"杨丽萍做了个醉酒的动作，那苗条纤弱的身子就扑通一声砸到地上，静卧了一会儿才缓缓爬起来。这时全场人突然欢呼起来："好！好！杨老师演得漂亮！"接着，爆发出一片热烈赞美的掌声。那位男主演赧然一笑，就学着老师的示范动作一连摔了几次，才总算合格了。

在排练第四场《雀神怪鸟》（"雀神怪鸟"系云南方言土话，稀奇古怪的意思）时，演员们要穿一种特制的"葫芦服"，每件都缝缀了至少一百多个真葫芦。那新颖美观、独出心裁的服装穿在身上，会伴随着人体的活动发出奇异好听的乐音，可是没过两天，演员们就发觉脖子肿胀、皮肤过敏等症状，估计从葫芦里渗透出来的粉状物质是感染源。杨丽萍为了弄清事情的真相，不顾忌自己的玉体受到损伤，也亲身试穿了一件葫芦服。诊断出病因后，杨丽萍带头动手，把几千个葫芦加以改造：在其表面打个眼，将里面的粉粉清理干净，再用胶封好口。就这样，破解了"不知葫芦里卖的什么药"之谜团，清除了病源，前无古人的葫芦舞终于成功地面世啦。

"杨老师以身作则、身先士卒的事例很多，她在艺术创造上总是不断求新，往往今天一个主意，明日一个变化，目标是尽善尽美。我们这些合作者时常跟不上她的艺术思路和前进步伐。"音乐总监、云南艺术学院的杰出毕业生万里感慨系之地对我说。毋庸置疑，杨丽萍老师永无止境的创新精神是值得我们赞扬和学习的。我祝愿，才刚揭开演出幕布的《云南的响声》，经过舞台实践的检验，继续打磨加工，将会达到日臻完美的境地。

基于对《云南的响声》的喜爱、珍重和更高的期望，姑且从一介行外观众的角度提两点建议，谨供杨丽萍老师和各位主创人员参考。

第一点，作为一部完整的大型的乐舞作品，在艺术结构上尚有进一步斟酌和修饰、加工的空间，力求使其更加严谨、缜密。《云南的响声》一共六场，另有序和尾声，可谓层次分明，一目了然。每场有各自的中心内容，主题突出，审美焦点集中，给人们留下较深刻的记忆。然而，除了《序·胎音》与第一场《催生》衔接紧密、自然、顺理成章外，其他场次之间的内在联系和逻辑关系似乎不太明确、不够清晰；除了木鼓的统帅和定音作用外，其他音乐形象的连贯性也不很强。设若有一条哪怕较粗的情节线贯串始终，使各个场次承上启下的脉络流利畅通，毫无审美间隙，那么，各大板块的衔接就会天衣无缝、了无痕迹。与此同步，似宜设置一条基调较鲜明的主旋律，使各种响声、各种音乐形象有所附丽，易于化合为一个整体。当然，欲使整个作品结构完善无缺，最重要的催化物和黏结剂，是无形、无色甚至无声却又无所不在的思想灵魂，那就是对大自然、对全人类、对一切生命的敬重和关切，是对美丽、富饶、神奇的云南暨各族人民的真情热爱，是天人合一、万物合一、顺天应人的哲学观和审美观。惟其如此，才可能产生更加和谐美妙的音乐。自古以来，我国近三千年的传统美学思想都是把和谐视为音乐美的灵魂和本质。事实上，构成音乐的各种音的组合——音阶、调、音程、曲调、和声之类，是大自然使它们聚集在一起的“音群”，这些音群是按照乐音与乐音之间的亲和关系，依据自然法则组合在一起的体系，它们不是散乱无序的拼凑，而是具有高度谐和精神的“天作之合”。我笃信，《云南的响声》遵循这样的美学原则，精益求精，定然会锦上添花，响上加响。

第二点，既然冠名为《云南的响声》，顾名思义，就理应在“云南”的范畴内大做文章。通观全篇，杨丽萍老师和主创人员们无疑是极其注重云南的地域和民族特色的，这表现在素材的选取、音乐的处理与舞台美术、服装设计等方面，是有目共睹、有耳同闻、有口皆碑的。特别是第一场《催生》、第五场《最后的马帮》、第六场《喝醉了的鼓》中的“响声”，最是突出了浓郁的云南风味。可是毋庸讳言，有的“响声”并非云南所独有，甚而至于属于到处皆有的“大路货”，如镰刀锄头之类农具及其劳作声音与内地汉族毫无区别；又如《蝗虫翻山》虽然是用佤族民间独弦琴摹拟蝗虫糟蹋庄稼的声音，惟妙惟肖，活灵活现，但其题材本身并不新奇，表现手法和艺术效果也未必能超越西方小提琴《野蜂飞舞》之类经典曲目。因此，我建议再增加若干真真正正、地地道道的“云南”的响声。譬如，云南各民族（包括汉族、少数民族和人口较少民族）的原生态与衍生态民歌，云南独有的民族乐器的乐曲，云南特有的民族节日的欢乐喜庆声，聂耳的《翠湖春晓》、《金蛇狂舞》，云南的亚洲象、绿孔雀、滇金丝猴等珍禽异兽的形象和声音，还有云南名山大川的自然风物和天籁之音，如三江并流的气势磅礴的雄涛巨浪声、虎跳峡的震耳欲聋的轰鸣声、下关的风声、石林大叠水的瀑布声……举不胜举。试想，如果将云南最独特、最神奇、最美妙的响声加以精选、剪裁、衍变、整合，为《云南的响声》再输入一些富有“本土基因”的新鲜血液，这个作品是否会有更浓厚的独行特立的地域色彩和更强大的艺术生命力呢？

（原载2009年6月23日《中国艺术报》）

为“地球村”呼喊　为小人物立传

——《长青的丰碑》创作札记

惠特曼、狄更斯等西方著名作家早就在自己的作品中为保护生态环境而大声疾呼。随着地球生态环境的日益恶化，各种悲剧愈演愈烈，发达国家的“环境文学”（这是德国等西方国家的提法，日本则称之为“公害文学”）正在崛起，而且越来越受到人们的重视。中国有位评论家说：“环境文学面对的是全世界，拥抱的是全人类，地球有多大，环境文学的容量就有多大。环境文学思维结构的核心乃是人类意识和‘地球村’意识；环境文学的视野，它所沉思的热点和描述的对象，乃是任何题材性（如都市文学、农村文学、特区文学、体育文学、明星文学等）的文学品种都不能媲美的，它是没有疆界的广袤无际的文学。”（张韧《环境文学随想》，载 1992 年 8 月 11 日《光明日报》）诚哉斯言。

现代生活和科学知识昭示我们：环境保护和人类生存、发展的关系日益密切。文艺创作已不能仅仅满足于关注人类社会这个圈子，仅仅去表现个人与社会、人与人之间的关系，还应该放眼整个地球乃至宇宙空间，确立和增强生态环境意识，把审美的视线和艺术的笔触延伸、扩展到我们赖以为生的大自然，努力去探索、表现社会与生态环境、人类与自然界的纷繁复杂的辩证关系。从这个意义上说，环境文学突破了亘古以来的创作思想定式，是文学史上的一场革命。冯牧同志在北京召开的本人编创的电视连续剧《栋梁》首映式上有一段精辟的论述，他说：“过去讲文学就是人学，这话不错，是高尔基提出来的。现在看来这话并不完全，它只说明了文学的一部分功能。古往今来（包括中国）的许多佳作都反映了人与大自然的关系，表现了人们对大自然的热爱，对大自然的理解。唐代的大诗人们写了大量的有关人和自然的作品。旧俄、苏联、法国等国家的文学也都描写了人和自然、人和生态环境的关系。人和自然、生态环境的关系，是文学的大题材、大主题。可是，新中国成立四十多年来，没有人提出过这个问题；一讲文学就是人学。而文学不仅仅是人学。”冯牧同志强调：“我们的文学作品要教育人们和子孙后代热爱大自然，保护大自然，特别是保护森林和一切生态环境，表现和歌颂为我们国家的繁荣、富庶而忘我斗争、英勇献身的精神。”（根据录音整理）显然，这位已故作家、评论家的远见卓识，是富有开拓性、创造性的，是雄踞于时代的制高点，回顾文学发展的历史轨迹，展望和呼唤文学的神圣的崭新使命。

环境文学当然不应也不会排斥对人的描写、对社会生活的反映，它只能包容并超越纯粹的“人学”意义上的文学。它是把自然环境和社会环境有机地结合起来，使改造自然、利用自然和变革社会、建设社会的题材内容融为一体、相辅相成、相得益彰，进而在两者的彼此渗透、相互影响和联袂运行中，更丰满、更生动地塑造人物形象，表现人物的思想行为和心理变化，展示人物的命运的。这样的作品的艺术指归，是要达到人性美、人格美和自然美、社会美的和谐统一。拙著长篇纪实文学《长青的丰碑》的创作意图，正是在自然与社会浑然一体的大环境中，努力表现主人公周再学在保护“绿色金矿”——森林资源——的艰苦卓绝的历程里，同时敢于向社会腐败现象、党内外不正之风和陈旧落后的习惯势力进行顽强不懈的斗争。这位平凡而高尚的当代英雄在文明与野蛮、智慧和愚昧的较量中，在美与丑、善与恶、公与私、生与死的抗衡中，筚路蓝缕，殚精竭虑，长期奋战，无私奉献，最终以自己的鲜血和生命铸塑了一座长青的丰碑。这座丰碑既是大自然的物质形态（如满山遍野覆盖的森林和绿色植被等），也是人类社会最崇高的精神象征（如远大的理想、坚强的意志、美好的品德、高尚的人格等）。鉴于作者才疏学浅，力不从心，上述种种追求和尝试也许远远未能达到预期的鹄的，然而，区区小我学习写作环境文学作品，企望荷笔加入维护自然生态平衡的大军，甘当一名“绿色和平队伍”的列兵和马前卒的心愿，毕竟是真挚虔诚的。

真实性和文学性的统一，是纪实文学的思想价值和艺术生命的关键所在。真实性决定着作品的感召力、说服力，文学性维系着作品的吸引力、感染力。二者不可或缺。而由于真人真事具有质的规定性和局限性，文学描写具有高度自由性和灵活性，要使两种矛盾的因素合情合理地统一起来，是件煞费苦心的难为之举。要在创作中做到“从心所欲不逾矩”，使二者达到珠联璧合的境地，更属不易之事。

我写《长青的丰碑》首先恪守的原则是紧紧抓住矛盾的主要方面，即真实性问题，因为这是纪实作品的基础，一旦缺失真实性，文学性即无从附丽，就成为虚无缥缈、徒有其表的空中楼阁。

真实性来源于生活。确保真实性的唯一途径，是深入生活，实地调查，充分了解和感受、体验创作对象（主要是人物）和自然环境、社会环境、时代氛围、职业特性、人生经历、思想性格、人际关系、风情习俗乃至生活细节等等，尽其可能地搜集和占有丰富而具体的第一手材料。我与周再学烈士及其周围的人素昧平生，手里只有几篇记载他的事迹的报道文章，要创作一部二十余万字的长篇纪实文学作品，特别是要写好写活这个英雄形象，生动地再现“一个‘小人物’的生命轨迹”，几乎一切都得从零开始。“千里之行，始于足下”。于是，我迈开腿，一步一步地去寻觅和记录周再学的人生历程，包括那些或深或浅、或显或隐的脚印。我曾三下红河州开远市——周再学生活、工作了二十二个春秋的第二故乡，也是他为绿色事业洒尽最后一滴热血的地方，访问了他的妻子、儿女、同事、战友、领导、朋友，以及熟悉他或者与他有过交往的一切人，数以百计。他们从不同侧面和角度，向我详细讲述了周再学的思想品德、工作业绩、言行举止、性格特征、生活习惯、脾气嗜好、音容笑貌、五官肤色、手势动作、衣着服饰以及某些缺点、弱点……从而集体塑造和描绘出一个有灵有肉、形神兼备、个性鲜明的大活人，使周再学的形象——从外部特征到内心世界——在我脑海中逐渐清晰、完整、深刻，于是，一个生气勃勃、朴实无华的普通农民，同时又是一位英姿飒爽、光彩照人的森林卫士，仿佛就在我的面前，与我亲切、坦荡地促膝交谈，推心置腹，笑容可掬，似乎我们是相识已久、过从甚密的老友故知。

为了体察和感受周再学的生活、劳动、工作和战斗情状，我不仅多次到达他居住的木栖黑村，把那简陋破旧的土平房里里外外谙熟于心，如同自己的家园；他任站长的乐百道林业站我也进出过无数次，仿佛那是自己工作多年的办公室；我还踏勘了周再学日夜巡视的一座座山林，他曾驻守站岗的森林瞭望塔、木材检查站，他带领乡亲种植的杉木林，他为之扶贫济困的苗族山寨，以及他与盗伐木材的歹徒英勇搏斗的献身之地……我还到过周再学曾去取经引宝的几百公里外的屏边县乃至红河州、文山州的许多林场和自然保护区，以扩大视野，了解第一线的林业职工的生活和劳动。为了追溯英雄的成长过程，我沿着当年周再学赴滇支边的路线逆向而行，到周再学的故乡——江苏省南通市如东县于港乡，访问了他的亲人、老师、同学、小伴、邻居和当地的干部、群众，对他青少年时期的情况有了比较具体的感性认识，这对于感受和表现书中主人公的亲情、乡情、友情、师生情等都是非常有益的。

此外，我还收集和阅看了周再学烈士生前亲笔写的工作日志、笔记、总结报告，他读过的大量书籍（包括一些伟人和英雄的传记等），以及有关他的珍贵照片和录像；我还听人讲述他自己编创的新民间故事，欣赏了他购买和珍存的录音磁带《雷锋之歌》等等。

上海电影制片厂在开远拍摄电视连续剧《栋梁》期间，我以编剧、副导演和制片主任的身份，自始至终都与剧组一起活动。由于绝大部分镜头都是实地实景，甚至许多道具都尽量使用原物，并邀请烈士生前的同事、战友和上级领导充当演员，这使我有机会再次体验和重温已然流逝的生活，进一步充实和查证许多素材和细节。

上述种种，是创作《长青的丰碑》的最根本的条件。可以毫不含糊地说，这部作品的主要人物和基本情节都完全取之于真人真事，都是客观生活的真实写照，特别是周再学的人生道路、光辉事迹及一切重要的思想言行，都忠实于生活的本来面貌。如他在“文革”的混乱局面中出任护林员，“受命于危难之秋”；在惨遭盗木者的围攻、毒打的情势下，迸发出

“生为林家人，死为林家鬼”的豪言壮语；在“南盘江上的激战”里，带头跃入冰凉的浪涛与歹徒争夺国家的木材；一次又一次舍身冒死地扑灭山火；“在温情脉脉的分房风波”中，说服亲人，主动将已经配给自家的新楼房让给困难户；勇于排除权势的压力和金钱的诱惑，“僧面佛面都不看”，坚守“三万元也买不了我的良心”的誓言，等等，都是真有其事，言之凿凿的。即令是大量的生活中的细枝末节，也都有客观存在的依据，决不凭空杜撰。例如，周再学将在林中烤火烧洋芋的放牛娃领回家中，请他吃饭，送他衣裤，教育他保护森林；认贫苦农民的小婴孩为干女儿，取名“危险”；告诫亲家注意节制生育；教女大学生说苗语；在自己皮带上刻写“忍”字，以克制易于冲动的火爆的脾气；给妻子购赠一只花母鸡领养三只小鸡的瓷玩具，表示对她辛勤干家务的慰问；以及燕子飞进破败的土房，竟至在梁顶上筑窝等等无一不是完全真确的生活细节。至于围绕主人公出现的几十个人物与人物关系以及他们的身份和言行也都有一定的生活原型作蓝本，绝非向壁虚构。不过，出于文学创作的需要，对有的人、事、时、地作了某些调整、糅和、集中、概括。为了避免“对号入座”之嫌，对周再学周围健在的人大都没有袭用真名，有的仅是一字之差，如林业站长杨德林改为杨志林，烈士妻子高惠仙改为高惠芳。此外，本书中的宏观历史背景交代和有关林业数据资料等，均是翔实而准确的。这一切无不凸现了严格意义上的真实性原则，从而增强了作品的报告性。

当然，作为纪实文学，必须具有与真实性相适应、相匹配的文学性。缺乏文学性即可读性，没有较强的艺术魅力，无论多么丰饶、宝贵的生活素材都将化为一堆芜杂的废料，因而在确保真实性的前提下，文学性的强弱成了纪实文学成败优劣的关键。我在创作《长青的丰碑》时，对这个问题尽管有着比较清醒的认识，但仍然感到矛盾百出，困难重重。经过一番思考和摸索，我认为症结在于，如何处理好文学性和真实性的关系，既不能因“文”失“真”，也不能因“真”弃文，文学性的强化必须恰如其分，即把握一定的“度”。这个“度”，就是真实地、本质地同时又是形象地、审美地反映生活。可见，生活本身——纪实文学的最有权威的统帅，乃是文学性和真实性得以和谐统一的聚合力和黏结剂。为此，我决意尝试着采取小说的手法和笔调，去表现客观存在的错综复杂的生活内容，尤其是着力塑造周再学的文学形象，诸如人物肖像、性格特征、内心活动的刻画，故事情节的铺叙，环境景物的描摹，生活细节的穿插，矛盾冲突的悬念设置，以及人物语言的表达（如个性化、生活化、地方特点、感情色彩）等等，都尽量依照和采用小说的创作原则和方法技巧。毋庸讳言，这样做，势不可免地要对原始材料加以取舍、剪裁和提炼，对某些生活场景和人物心态表情进行有节制、有分寸的艺术想象和艺术加工，但是，这些想象和加工成分又都必须遵从实际生活的本质和内部规律，符合真实人物思想性格展现的必然逻辑，这一点又迥异于纯小说的自由选材和任意虚构。

综上所述，《长青的丰碑》的艺术追求，应当是报告性和小说性的有机结合。如果把该书称之为“报告小说”（或曰新闻主义小说），似乎更确切些，更符合作者的本意和作品的实际。这种非驴非马的文体样式，其实也算不得是什么独出心裁的发明，既然已有“报告诗”、“报告散文”、“报告电视”之类体裁面世，我想，又何尝不能出现“报告小说”这样的文学品种。自然，人们是否认可和接受这种“四不像”的东西则另当别论。至于拙著的成败得失，就更需要敬请各位读者赐予鉴别和批评，作者无权在此饶舌。

（原载《云南文艺评论》1998 年第 1 期）

电视剧《爱心无价》编剧手记

《爱心无价》在中央电视台第一套节目播映后，不少友人向我询问创作这部电视剧的情况和感受，促使我从远到近地回顾了一些往事。

10 年前，即 1988 年 3 月，我曾写了一篇题为《三勇士奋不顾身力擒暴徒，派出所拒不受理放虎归山》的通讯，刊于《春城晚报》头版头条位置。文章一出，舆论哗然，因为它公开而尖锐地点名批评了个别公安人员的不良作风和失职行为。第二天，中共云南省委书记普朝柱就在全省政法工作会议上，充分肯定了报纸“及时、鲜明地报道这一事件的做法”、“强调提高司法人员素质、加强司法队伍建设这个问题”。他说：“群众及时制止了暴徒行凶，但是把暴徒送到派出所，民警还要分你的管辖范围、我的管辖范围，那么群众又管辖哪个范围呢？大家都不管，社会上的歪风邪气就要上升。”这件事在全省“公安机关和广大干警中引起强烈反响”，“昆明市公安局和西山公安分局极为重视”，西山分局“认真贯彻省、市领导的指示精神”，“接受群众和新闻舆论的监督，决定在全区干警中，进行一次思想、作风、纪律整顿”，“同时在全局范围内开展‘见义勇为，助人为乐’活动。切实改变群众反映的‘门难进、脸准看、话难说、事难办’的状况”（以上引文均摘自《春城晚报》）。事后，黄土坡派出所有关干警不光作了认真检查，还在几天内将放走的暴徒捉拿归案。

一篇批评稿带来的连锁反应和始料不及的社会效果，使我深受感动和教育。公安系统干警将功补过，充分体现了人民警察为人民的本质特征。从此，我萌发了表现、歌颂公安战线的主流和正面典型的热诚心愿，尤其注意了解、学习许多卫国英雄、爱民模范的事迹。当我看到刘华友同志的先进材料后，非常振奋和激动：啊，这位淳朴、善良、廉洁奉公的户籍警，这位勤谨、忠实、助民为乐的孺子牛，正是我多年来孜孜寻觅、久久心仪的崇高的人物形象。

于是，我迫不及待地向刘华友飞奔而去。我急于走进他的工作、生活领域，更企望走进他的心灵和情感世界。我与刘华友进行过多次推心置腹、无话不说的交谈，有如久别重逢的故知老友。我访问了他的领导、同事、朋友、妻子、女儿，较广泛地接触了他周围的居民群众。我在南强派出所的办公室里，亲眼见到刘华友是怎样接待各类人物、处理各种繁杂事务的。我跟随刘华友一起去到居委会等基层单位，一起走街串巷，一起探望居民庭院里的普通人家。我亲身体察到刘华友与当地群众亲密无间的鱼水之情，广大百姓对他的无比喜爱、敬重和信赖。总之，通过全方位的扫瞄、多角度的观察，一个十分具体、生动、有灵有肉的立体感很强的新时代的民警形象，巍巍然耸立在我的心头。我更深切地认识到，刘华友是一位多么可敬又可爱、可贵又可亲的人，我们政法系统，不，我们整个社会，多么需要千千万万的刘华友式的好公务员啊！因此，我决心努力学习这位人民功臣的精神，运用电视剧的传播手段，为树立新风、激扬正气、振奋民魂、团结进取的文明事业奉献绵薄之力。

然而，在创作构思的过程中，我首先遇到的问题就是材料选取和主题定位。刘华友同志在公安基层单位长达二十七年，好事做了成千上万，其中大量情节、细节是零散琐碎和平凡无奇的，缺乏复杂曲折的矛盾冲突和引人入胜的戏剧悬念。

根据中央电视台有关专家的建议，要在上下两集篇幅里，塑造好一位健在的模范人物的屏幕形象，使他的主要事迹精华和思想性格特征得以展现，同时还力求实现纪实性、艺术性、观赏性的和谐统一。其难度是颇大的。这就迫使创作人员要对极其丰富、复杂的生活素材进行大刀阔斧的剪裁和高度集中的浓缩、提炼，不能事无巨细，面面俱到；也不能罗列现象，搞成新闻纪录片。而题材的确定和组织安排，又与主题的表现和深化密切相关。我的指导思想是，这个作品纵然是以真人真事为基础的，但不只是赞颂刘华友一个人，而旨在通过先进典型的艺术塑造，讴歌我们整个人民公安队伍，尤其是在平凡的岗位上默默无闻、无私无畏地服务人民、保护人民的英模们。所以，我在拟定剧名时，不考虑直接用“警察刘华友”、“好人刘户籍”之类专有名称。最初，题目是“最可信赖的人”，强调刘华友这样的户籍警或者公务员们是有求必应、有言必信、有行必果的，是人民群众可以完全信任和仰赖的群体。后来，又曾改名为“太平洋警察”，顾名思义，是突出刘华友“爱管闲事”和“管得宽”的品格和美德。但是金音导演（西安电影制片厂一级导演）担心“太平洋的警察——管得宽”这句歇后语在北方不大普及。最后经过反复商讨、斟酌，我们才共同确认了“爱心无价”这个剧名。

爱心，是人性的最本质的核心，是人类社会文明程度的重要标志，也是美好、和谐的人际关系的纽带。爱心，是良知的根基，是道德力量的源泉。爱心，是最灿烂的生命之花，也是最丰硕的创造之果。爱心，是人们灵魂和生存环境的净化剂，能化干戈为玉帛，可化腐朽为神奇。一个充满爱心的民族和国家，是大有希望、吉星高照的。一个富有爱心的人，是胸襟宽阔、道德高尚、情操优美的人，也是见义勇为、助人为乐、克己奉公的楷模。其人生价值也必然是高贵的。“黄金有价玉无价，爱心最是无价宝”。刘华友的所思所言、所作所为，无不都是从爱心出发，无不都是高尚的人性、真情和良知的具体表现。他关心、爱护管辖区的上千户人家，主动地扶危济困；他十几年如一日地抚养孤寡老人，视若亲生父母；他竭心尽力挽救失足青年（包括吸毒者），满腔热情地教育、感化他们，为他们创造弃旧图新的种种条件……这一切，都是阳光般温暖、春风般和煦、水晶般纯净的爱心表现。刘华友即令是同犯罪分子拼死搏斗，其嫉恶如仇的勇敢精神，也是出于对人民无限忠诚的爱护之心。我们将刘华友的一切嘉德懿行聚焦于爱心，就便于使各种散珠碎玉般的事迹联结起来，形成相对完善的艺术结构。

此外，取用“爱心无价”的剧目，还有更广泛、更深远的社会意义，那就是，希冀我们时代的每个人，都能崇尚爱心，珍惜爱心，让无价的爱心变成无穷的精神能源，熊熊燃烧，去温暖人心，照亮人生，造福人民。如果这样理解和阐释的话，那么，本电视剧从剧名到主题思想，或许会有更深邃的内涵、更宽广的外延。

鲁迅有句名言："创作总根于爱。"英雄模范们对人民的爱、对祖国的爱、对本职工作的爱，深深地感染和打动了本剧的全体编创人员，激发大家更加热爱我们这个新人辈出的时代，更加热爱我们善良、淳朴、勤劳、坚忍的人民群众，也更加热爱我们的在平凡的岗位上建功立业的英雄模范。爱心换来爱心，爱心相互辉映，这部电视剧应当说是编创人员和英雄模范心心相印的产物。因此，尽管它的制作周期很短，缺乏艺术上的精雕细刻，尚存在许多不足和遗憾之处，但是全体演职人员在拍摄过程中倾注的满腔激情和一片爱心，却是非常真诚和炽热的。特别是主人公的饰演者、著名的一级演员多布杰（藏族）非常敬业，将这位全国公安战线的一级英模形象塑造得相当淳朴、厚实、富有深度。我想，也许正是这种激情和爱心，使原剧本的缺憾得到某些弥补，从而使整个完成片产生了良好的社会影响和艺术效果。

（原载 1998 年 6 月 25 日《昆明日报》）

《让人生更美好——云南艺术学院作家班作品选》序言

开拓和扩展新的精神空间。

致

吴德铭教授

王　蒙

一九九九年六月

云南艺术学院作家班，是全国综合艺术大学和西南地区高校中的第一个作家班，其宗旨是培养、造就高层次的复合型文学创作人才，为社会主义文艺的苗圃浇水施肥，为建设精神文明的大厦增砖添石。在本班两届学员经过三年学习毕业之际，我们将学员们在校期间发表的部分作品选编成书，并借此时机追溯本班艰难曲折的创办历程，反思和回味教学中的甘苦得失，这对于探索和研讨文科（特别是语言文学专业）的教学改革也许不无助益。

一、创办作家班的原委始末

20 世纪 80 年代中期，我在云南艺术学院戏剧系任教时，受省文化厅委托，参与并主持创办了一个戏剧文学干部专科班（1984—1987 年），这是西南地区高校首次开办的以培养剧作家为目标的教学实体。为了博得全国文化、艺术、教育单位和专家对边疆戏剧教学的关心、指导和帮助，学院委派我到北京、上海及东北等地求教、取经，当时拜访的名家有：喜剧大师侯宝林教授，戏剧家吴祖光、新凤霞，中央戏剧学院戏文系主任祝肇年教授，戏曲作家范钧宏，戏剧理论家曲六乙，中国艺术研究院副院长薛若邻，吉林省作家协会主席王肯，上海戏剧学院院长陈恭敏、教授余秋雨等。回校后，曾将上述专家们对创建云南艺术学院戏剧编剧专业的高见卓识写成访谈记在报刊发表。接着，戏剧系又先后聘请了祝肇年、汪岁寒（北京电影学院）、吴光耀（上海戏剧学院）等专家前来讲学。云南省知名作家晓雪、苏策、彭荆风、张长、金重、黎方、李荫厚、冯永治、严亭亭及殷宗器、钱杰林等报刊主编均应聘任教。三年内，编导班学生创作、发表了许多剧本和文学作品，排演了不少话剧、戏曲（京、滇、花灯剧）、民族剧（彝剧、傣剧、壮剧等）和电视剧。该班的教学计划及其具体实施方案中即非常明确地强调，学习编剧，首先要打好深厚的文学基础。学生必须通过大量的阅读和一定的写作实践，对于各种主要文体（如诗歌、散文、小说等）的基本特征和艺术规律具有相当的理论知识和感性领悟，同时，在文学语言的操作上功底扎实、训练有素。我们倡导：一个优秀的剧作家，应该是一专多能的文学家。因此，要求学生不仅要系统地学习编剧理论、技巧，还须对其他文体有所涉猎，掌握多方面的艺术表现手段。结果，该班十八位学生在两年间不仅创作出三十多个大戏，四十多个小戏和小品，其中部分剧作已公开发表或汇编成《剧苑新葩》一书，该书系“云南戏剧”丛书之一种，由时任云南艺术学院院长的叶公贤设计封面。还在省级报刊上发表了上百篇诗歌、散文、小说和文艺评论。该班学生毕业后，普遍素质较高，具备较强的综合写作能力，可适应文化艺术单位多方面的需求，从而在各自的工作岗位上发挥了骨干作用，受到人们的欢迎和好评。例如，乔嘉瑞先后担任云南京剧院副院长和云南剧协常务副主席，一级编剧，其剧作曾获“五个一”工程奖；罗士祥任云南花灯团副团长，一级编剧，其剧作曾获文华奖；曹力原任省剧协专职干部，其作品获曹禺戏剧文学奖；杨辅任陆良县文联主席，创作了第一个滇剧电视剧；阎金仲任文山州文化、旅游局长；崔再娟在丽江市担任处级干部，她编创的两部电视剧在中央电视台播出；卜其明出版小说散文集及多篇戏剧作品，任云南当代文学研究会副秘书长；保元璋成为宁夏回族知名剧作家，出版了剧本选集……

1989年，由我牵头，云南艺术学院又与云南日报、春城晚报编辑部联合举办了一个综合写作班，由大学教师和作家、编辑、记者共同组成一支强大的师资队伍，为来自社会各界的文学爱好者传授各种文化知识，并以全方位地提高实际写作能力为指归。李乔、晓雪、张长、石振勤（云南日报社副总编辑）、殷宗器（春城晚报社总编辑）等都登台授课。一百多位学生在一年学习期间，共发表了上千件文学和新闻作品。有的从未在报端面世的学员竟连续发表了几十篇文章，被评为省报优秀通讯员，甚至还被提拔为报刊的专业编辑记者。如原在省军区招待所任职的高怀勇成长为省级报刊领导成员。

以上两次教学改革的实践经验昭示我们：综合性艺术院校理应进一步解放思想，大胆地拓宽办学路子，尤其应该注重开设和健全文学课程，努力加强学生的文学素养，以至把造就复合型的一专多能的文艺创作人才视为义不容辞、当仁不让的职责。于是，我从80年代末，开始在戏剧系的有关会议上，不止一次地提出倡议：办作家班，主要从既有高中毕业文化又有一定社会阅历和创作经验的成年人里招收学员。年复一年，这一设想，一直恍若美丽而虚幻的海市蜃楼，可望而不可及。

实际上，对于文科大学（主要是指中文系的汉语言文学专业和综合性艺术院校）该不该、能不能培养文学创作人才，长期以来都存在着壁垒分明的不同意见，说确切一点，是早已形成了一种顽固的、似乎不容争辩的思想定式：高校教学与文学创作是格格不入的，上大学和当作家是水火不相容的。例如："北大中文系在'文革'前的入学教育开宗明义便是：'我们系不培养作家、诗人，只培养教学和研究工作者，将学术与创作完全对立起来，往往愈到高年级，学识愈丰富，而才气愈削弱，行文愈呆板。毕业之后，不少学生便不会写散文、小说和诗歌，其论文也愈来愈八股，学究气十足"（引自1996年12月25日《光明日报》载《学者作家化浅说》）。"和北大中文系一样，我国所有的大学中文系都不是以培养作家为目的。北师大中文系的培养计划和方式也是基于培养一个合格的中学教师这一目标”(引自1998年8月4日《文艺报》载《我能当作家吗？——来自大学中文系的消息》)。确实，新中国成立以后，没有一所大学、一个系、一个专业以造就作家为鹄的。其他院校、系科都能理直气壮地宣称：它们培养的目标是未来的科学家、工程师、教育家（或人民教师）、医学家（或医生）、农艺师、哲学家、历史学家、艺术家……例如清华大学等就十分明确地将本校定位为“工程师的摇篮”。独有文科院校对“培养文学创作人才”、“作家的摇篮”之类提法讳莫如深。这不能不说是一个非常怪诞而发人深省的现象。究其原因，或许有一定的社会政治环境影响，如在“左”的思潮干扰下，对文学界成名成家思想及“一本书主义”的批判特别凶猛，致使搞中文的谈“家”色变。但我认为，更主要的根源是在思想认识上存在着误区和盲点，在教学的体制、内容、方式上因循守旧，故步自封。

“作家不是从大学里培养得出来的。”这种流行的绝对化说法几乎成了不刊之论，当然它也不无一定的道理；但是如果对这个问题不作辨析、不加区分，笼而统之地断而言之，就会得出十分片面、狭隘的结论，从而束缚人们的思想，阻碍文科教学的改革开放。诚然，一个作家的诞生和成长，是由众多复杂的因素决定的，诸如雄厚的生活资本、广博的知识学养、高超的形象思维能力、敏锐的情感反应，以及对把握语言艺术的特有的悟性等等，不一而足。然而，这一切素质都不是生而有之的，主要是在家庭、学校、社会环境中长期濡染、熏陶的产物，也是个人着意开掘、发展有关天赋和爱好的结果。而这一切素质的形成，与接受良好的高等教育非但没有矛盾，而且后者对前者只应产生积极的催化效应和提升作用。回顾现代文学史，鲁迅、茅盾、闻一多、朱自清、老舍、叶圣陶、李广田、沈从文、公木、冯至、卞之琳、吴组缃、许杰、施蛰存、徐中玉等等大作家，都是赫赫有名的大学教师。过去和现在许多成绩斐然的作家也都是大学生出身。当然，不可否认，不少人没有上过大学或者并非中文系科班毕业，也走上了文学创作之路，甚至成了大功，就了大名。但是这些通过“社会大学”

而自学成才、成家的现象，并不能否定高等教育本身的重要价值，也不可证实其“逆定理”的成立，即：大学中文系出来的学生一律不可能当作家。否则，岂不又陷入了“上大学无用论”的迷津？

中文系之所以培养不出很多大作家来，除了其原本就排斥文学创作的既定目标外，问题的症结在于：中文系那一套传统的办学思想、课程设置、教材内容和学习、考试方法乃至整个教学体系，都严重地远离时代精神和现实生活，轻视对当代国内外新鲜、丰饶、变动不居的文学现象、文学作品的接触、研讨和抑扬吐纳，与文学创作实践更是大大脱节，格格不入。这一套陈旧、僵固的教学模式，从中学语文课机械、刻板的应试教学沿袭而来，习以成性，束缚了学生自幼形成的感悟艺术形象的天性潜质，禁锢了他们对名篇佳作的审美欣赏，压制了他们提笔作文的灵感思维和创造精神。那些教条化、概念化、公式化的新八股式的教学法则，那些过于理性化的支离破碎的作品解析和字句诠释，那些死记硬背的考试方法，无一不挫伤了广大学生学习语言文学的热情和主观能动性，使他们进而对这一门本来非常生动、活泛、有趣的学科感到索然无味，敬而远之。难怪曾经担任过北大作家班班主任的博士生导师曹文轩教授感慨系之地说：“现在就有一个很奇怪的现象，即中文系的学生在本科时还有一定的才气，到了上研究生时才气已去了一半，等他上到博士时，他的才气基本上已没了。所以现在大学里文学作品写得最好的是本科生，其次是研究生，最次则是博士生了。这点跟我们大学中文系的教学方式有关。”（引自1998年8月4日《文艺报》头版头条文章）

所以，我们不能不正视这令人感到沉重而痛楚的事实，不能不清醒地深思中文教学的改革问题。大学中文系本来是可以成为培育作家的摇篮和基地之一的，至少它能增强学生的创作欲望和动手能力。现在学历越高、读书越多，越不会创作，越写不出好作品，这不能归咎于知识和学问本身，而只能在振聋发聩之后，直面弊端，寻根究源，从教育观念到教学机制上都来一个深刻的变革和创新。

近十几年来，我们正是试图在戏剧文学专业的教学改革和人才培养方面探索、开拓一条新路。1995 年，我们在成人高等教育的范畴内，向上级教育行政部门正式呈递了申办戏剧文学函授大学作家班的报告，详细论证了在综合艺术大学创立这个新专业的必要性、重要性和可行性，提出了一整套教学方案、计划以及课程设置、教学方法、措施、师资来源等等具体意见。当时云南艺术学院的主要领导同志（如院党委书记纳世华，院长张建中，副院长陈坚、李小明等）和省教委主任海淞等同志对这一新生事物都是非常理解和支持的。

云南省文联、作协负责同志和许多富有社会责任感的老、中年作家也是热情关心和扶植作家班的开办的，他们认为这是培养文学新人、繁荣云南文学创作的大好事，是他们应当积极参与合作和鼎力协助的分内之举。著名作家、评论家、中国作协副主席冯牧同志对于在云南创办作家班格外重视，倍加鼓励，他还向我们介绍了延安鲁迅艺术文学院建立、发展文学系的光辉历程和成功经验。这使我们更加坚定地确信，遵循鲁艺的方向道路，结合今天新时期的实际情况和特点，造就理论与实践相统一的学以致用的文学创作人才，不仅符合时代和人民的需求，前景也是广阔的。

早在 1938 年，毛泽东主席、周恩来副主席亲自发起和创办的我党第一个综合性艺术大学——延安鲁迅艺术文学院，率先设立了文学系，并将文学作为全校的带头、骨干专业，培养了一大批成绩卓著的文学创作人才。当时的院长周扬、副院长沙可夫、文学系主任萧三、何其芳和许多师生，如茅盾、丁玲、艾青、周立波、沙汀、李季、卞之琳、陈荒煤、冯牧、贺敬之、康濯、严文井、葛洛、秦兆阳、穆青等等，都是我国现当代文学史上著名的作家、诗人和文艺理论家，可见鲁艺的文学大军阵容之强大，实力之雄厚，功绩之丰伟。历史已经证明，综合艺术大学是应当而且可以培养作家和文学创作人才的。鲁艺的教育方针和办学的基本原则都是完全正确的。可是，非常遗憾，鲁艺在艰难困苦的战争环境和异常简陋的教学条件下所建树的上述丰功伟业和优良传统，在新中国建立后没有进一步坚持和发扬。半个世纪来，艺术院校只剩下音乐、美术、戏剧、舞蹈等专业，而把广义的文学专业几乎完全摒弃了，鲁艺所固有的培养文学创作人才的任务被一笔钩销。这不能不说是我们艺术教育的一大缺憾和损失。（尽管现在各艺术专业毕业生的学位证书都冠以“文学”二字，如“文学学士”等。）

文学与艺术是同一范畴的社会意识形态。文学又是一种重要的艺术门类，一般文艺理论根据文学的特性，将其指称为语言艺术、想象艺术或时间艺术。文学与其他艺术既有区别又有广泛的联系，它是一切艺术的文化内涵和创作基础。文学素养的高低，直接关系到艺术人才的人格生成和艺术品位的优劣精粗。因而，艺术院校应当加强文学教学，这是完善大学生的知识结构和总体素质的重要手段。一切艺术院校、艺术专业都必须把文学列为重要的基础课程，结合各类专业安排不同的文学科目和教材内容。综合艺术大学更应当重视文学教学，并尽力创造条件培养复合性高等文学创作人才。严格地说，没有文学专业的综合艺术院校是名不副实的，是一种残缺不全的艺术教育体制。然而，长期以来，我国许多高等学校一直存在着重专业、轻学养的倾向，片面强调培植“专才”，忽视整体素质的提高。多数艺术院校更是片面强调艺术专门人才的特殊性、排他性，从招生到教学都是重视专业，忽视学识，重视专业技能课，轻视文化基础课，文学课程实属无足轻重的副科，领导对其要求不严，教师对其抓得不紧抑或无能为力，学生更是不以为然，应付了事。缺乏系统、完善的文学教育和文学陶冶，是目前艺术院校学生文化修养普遍不高、创造活力不强的一大原因，这不仅导致其整体素质的缺陷，也严重地阻碍了其专业学习和艺术造诣的提高。现在从事音乐、美术、戏剧、舞蹈等专业的不少大学毕业生之所以在艺术领域里作为不大，他们的作品之所以缺乏文化底蕴和书卷秀气，追本溯源，是与其文学水平不高有着直接关系的，这也是艺术院校轻视文学教育而导致的一种恶果。

基于上述客观情况和理由，我们认为，提高文学教育在艺术院校的地位，在综合艺术大学恢复和发展培养文学创作人才的专业，以至创办作家班之类的教学实体，都是名正言顺、理所当然的。正因为在艺术院校开办作家班是教学改革中的一个创举，也是很有意义的好事，云南省委、省政府的主要领导同志都给予极大的关怀、热情的支持，并赐予具体的指导、帮助。现任省委副书记兼宣传部长王天玺，原任省委副书记、副省长、省政协常务副主席赵廷光等同志亲自担任本班顾问和兼职教授。当国家教委于1996年1月正式下达文件批准我们招生后，云南日报社等新闻单位立即进行义务宣传；省教委、省作协和一些地州市的宣传、文化、教育部门和报纸、电视台等也配合我们做了许多宣传报道、推荐生源、组织报考等工作，使我们深有“得道多助”之感，备受鼓舞。大家努力的结果，在短促的一个月内，便有数以百计的文学爱好者从四面八方云集昆明，要求上作家班，甚至连上海、湖北、四川、贵州等外地也有人闻讯而申请报考。

经过专业考试（命题散文和文艺评论写作）和全国成人高考的严格遴选，共有五十余名考生被录取。他们有些是省、地、市级作家协会、戏剧家协会会员，有些是文联、文化局、剧团和报刊的负责人，有些是宣传文化部门的专职文艺干部，有些是报刊编辑、记者，有些是党政机关、学校、企业、农村、医院和空军、武警、公安部队的创作骨干与文学爱好者。令人惊喜的是，其中一部分学员（十八名）已有大学本、专科学历，有的甚至已获得高级技术职称和处级干部待遇，他们上作家班的目的不是为了文凭和经济利益，而是出于崇高的精神追求和对文学创作的执著和热爱。有的学员从家乡来到省城，一边打工，一边上学，用辛勤劳动挣来的钱去交学费、买书本，令人感慨不已。学员中的少数民族有来自苍山之麓、洱海之滨的白族，来自哀牢山区的彝族，来自中缅边境线上的阿昌族，来自滇西北高原雪域的纳西族，甚至还有云南稀有的蒙古族。鉴于许多人错过了报考时间仍强烈要求入学，我们又陆续招收了一部分条件合格的进修生、旁听生，其中不少人经过第二年全国成人高考，已取得正式生资格，与首届作家班学员同步学习。

不同地区、不同民族、不同职业、不同年龄及不同文化程度和写作基础的男女学员，为了一个共同的目标和志向，克服种种困难和障碍（包括工作、时间、经济、家庭等方面的问题、矛盾和压力），走进了他们向往已久、梦寐以求的作家班。在当今拜金主义、享乐主义、世俗主义甚嚣尘上，精神文明严重滑坡，纯正文学的市场价值一落千丈的境况下，竟然还有那么一批虔诚的文学朝圣者，力排物欲横流的污浊浪潮，坚持要在文学领域开辟一片真善美的净土，进行孜孜不倦的耕耘，为弘扬民族文化和建设精神文明的事业而刻苦自励，尽心竭力，这是非常难能可贵的，因而有的报纸以“众人忙下海，学子登文山”为标题，予以盛情赞扬。同学们赤子般的拳拳之心和进取精神，又深深地感动了校内外的教师们，大大地激发了他们的积极性，从而推进了整个教学工作的改革、开放和发展。

二、作家班的教学改革之路

作家班特有的培养目标，确定了它的教学宗旨是提高文学创作水平，其教学的中心内容是传授各种文学知识，领会和掌握文学创作的内部规律和基本方法、技巧。由于本班归属于艺术学院函授大学的戏剧文学专业，其学习形式以函授为主，面授为辅，实行自学和辅导、写作实践和学习理论相结合；又由于广大学员是各行各业的成年人，都有各自的本职工作、专业特长和社会生活领域，因此，不可能也不必要像全日制全脱产的在校大学生那样，主要是在课堂里听讲，按部就班地学习理论知识，也决不搞满堂灌和填鸭式的授课方法，更不应采用死记硬背各种名词、概念和现成结论的考试手段。一切教条主义的食而不化的教学模式，只能铸造思想僵固、缺乏创新精神的“知识传声筒”，或曰装满各种文字符号而不能利用的“两只脚的书柜”。有鉴于此，我们从本班的实际出发，在以下几个方面进行了一些教学改革和探索。

首先，在课程设置和教材内容上，我们恪守少而精和学以致用的原则，既与普通高校的中文系有所不同，又与一般艺术院校的戏剧文学专业大相径庭。作家班开设的课程，除了教育部、文化部对艺术院校统一规定的共同课（“政治理论”、“艺术概论”、“中外名作选讲”）之外，专业课主要有：“新闻采访与写作”、“诗歌创作”、“散文创作”、“报告文学创作”、

“小说创作”、“戏剧文学创作”（主要是话剧和戏曲剧本创作）、“电影电视基础”等。显而易见，这是为了使学员较全面地认识和掌握各种文体的特点、本质及主要的创作法则。我们认为，虽然不能要求文学作者对每种文体都很精通，都能娴熟自如地驾驭，但是他们应当明了各种文体的基本状况以及相互之间的关系，这对于造就一专多能的创作人才是完全必要的，也有利于学员在比较之中深入研究某种文体，在重点发展各自喜好和擅长的文体时借鉴、吸取其他有关文体的艺术表现手法。与此同时，还开设了一门新颖、独特的“作家学”，较系统地分析、概括了古今中外作家们成长的主观因素、客观条件，作家创造性劳动的共通规律和个性特征，等等，这对于提高文学创作者的职业素质和促进他们的自我完善，都是必要的。

此外，为了增强学员的文化素养，扩大学员的艺术视野，帮助他们建立广泛的信息网络，形成合理的知识结构，作家班开设了内容丰富、灵活多样的专题课，如美学基础理论、音乐、美术、书法等艺术的基本知识和审美鉴赏等等。有时采取请进来或者走出去的方式，请有关领导和专家介绍当前文艺界的理论热点、创作动态以及有关信息。

为了建立全方位开放的教学体系，必须组织一支规模宏大、结构完备、专业理论水平高超、创作实践经验丰足的教师队伍。为此，调配本校一部分学有专长、术有专攻的教授、副教授担任一些基础理论课、文学专业课和艺术专题课，如：吴德铭讲授戏剧、电影电视、诗歌、散文、报告文学等课程；吴卫民讲授戏剧史论课程；陶增义讲授戏曲、诗词课程；宋杰讲授电影、电视导演和制作课程；王胜华讲授中国古代文学史课程；蒋永青讲授美学课程；李英讲授杂文；张建中讲授美术；刘蓝讲授音乐；樊端然讲授书法等。我们还广开师门，八方求教，依靠社会力量共同办学。我们首先聘请了省内许多著名作家、教授前来上课，如诗人、评论家、云南省作协主席晓雪，老作家、中国作协顾问李乔，老作家、云南省当代文学研究会会长苏策，一级作家张长，省作协副主席汤世杰，省作协副主席黄尧，昆明市文联主席李必雨，昆明市作协主席李霁宇，省文联副主席刘鸿渝，彝族作家陈志鹏，评论家、云南社科院研究员蔡毅，云南大学中文系教授李丛中、杨振昆、乔传藻、金丹元，云南师范大学教授骆小所，以及《云南日报》、《春城晚报》的副刊负责人杨伊达、原因，《云南日报》记者部负责人刘祖武等。他们都各擅其长，结合自己的理论建树和创作经验，把许多重要而深奥的学术观点和艺术问题讲得深入浅出，生动活泼、有骨有肉。一般说来，他们传授的知识、技巧具有较强的科学性和实用性，常能针对云南特殊的地域、民族文化状况，从学员的创作水平和实际需求出发，使大家得到一些切实有效的启示和帮助。这些知识和经验在一般理论书籍、统编教材中是难以觅取的，所以，所取得的成效也是照本宣科般的教学程式所无法企及的。

同时，我们还不时邀请一些海内外的作家、学者、评论家、编辑家前来讲课或座谈。他们大多数是因公到云南来的。如著名作家、中国作协顾问汪曾祺，中国作协副主席、天津市作协主席蒋子龙，《中国作家》常务副主编章仲锷，中国作协创作研究部主任雷达，百花文艺出版社编审范希文，《民族文学》编审查干，辽宁省作协副主席邓刚，北大中文系教授曹文轩，女作家张曼菱，以及美籍华人作家刘墉，菲律宾华文作家协会主席吴新钿，香港著名作家陈娟、金东方等。

此外，我们还结合文艺创作，邀请公安战线一等功臣刘华友、见义勇为模范何兴发（他们都是本班师生作品的主人公）介绍他们的英雄事迹，与同学们座谈。

特别值得一提的是，担任本班顾问、兼职教授的省领导王天玺、赵廷光等同志在百忙中拨冗来作家班讲课、指导，把自己的著作赠送给学员们。这在全国教育系统想必是颇为稀罕的事，也是本班师生的荣幸。

我之所以罗列那么一大串名单（三年中来本班上课者共五十余人），除对上述各位专家、领导表示深切、诚挚的谢忱之外，主要是想表明我们依照杜甫“转益多师是汝师”的精神，博采众家之长，兼收各派真言，让学员广泛汲取当代文化菁华，多方面吸纳营养繁富的知识食粮。这种综合性的、全方位的开放体系，不仅引进了大量的专家学者，解决了专业师资不足的问题，也活跃了学员的思想，这对学习文学创作是很有益的。

鉴于本班学员的文化基础和创作起点参差不齐，每个人对各种题材和体裁的爱好、熟悉程度和把握能力颇不相同，他们各自都有长处和短处、强项和弱项，为了互帮互学，取长补短，我们非常注意开掘本班学员的自身潜力，以“兵教兵”和“能者为师”的原则，让一部分学员提携、带动另一部分学员，乃至帮助他人修改作品，推荐发表。我们安排创作经验较丰富的学员当“先生”，走上讲坛，向全班同学介绍经验，交流心得。我们还围绕学员的作品开展过多次研究讨论活动。这对于互相勉励、互相切磋，营造一种浓郁、健康的比学赶帮超的创作氛围，无疑是有利的。

回顾三年的学习生活和创作成果，可以毫不夸张地说，我们作家班已树立起团结友爱的班风，形成了一个向心力、凝聚力颇强的集体，建立了弥足珍贵的新型的人际关系。

作家班最鲜明最突出的办学特点是：理论与实践的辩证结合和高度统一，既重视理论对实践的正确总结和指导意义，又强调实践对理论的检验、印证和丰富补充，尤其是把社会实践和艺术实践放在第一位，而理论和实践相结合的最终目的，是扎扎实实地提高文学创作能力，以求现在或将来能够创作出更多更好的文学作品。这是与目前任何文科院校（包括中文系）任何专业的办学宗旨和培养目标都不相同的。

为此，我们要求学员首先在本地区、本系统、本部门深入生活，努力工作，密切与群众的关系，把审美的视角对准周围的一切人、一切事物、一切环境，注意反映和歌颂自己熟悉和热爱的生活，尽可能把文学创作与本职工作或本人的日常活动有机地结合起来，取得领导的理解、支持，使自己的创作成为当地或本系统的文艺事业的组成部分。当然，与此同时，我们鼓励学员扩大生活面和审美视野，以开掘新的创作源泉，即：既要深挖细淘眼前的一口生活之井，又要创造条件到广阔的生活海洋中去遨游博览和采珠撷宝。毛泽东同志1942年在鲁艺作报告时曾提出：“鲁艺是个很好的学校，可以使你们获得许多知识，但鲁艺还是个很小的地方，你们生活着的这座教堂，还只是个小圈子，因此，只是个小鲁艺。你们也应当到大鲁艺中去生活，去体验，去实践，只有这样，才能使自己成为受人民欢迎的作家、艺术家。"（转引自冯牧《窄的门和宽广的路》）。因此，每年两次的面授期间，我们都要安排一定的实习活动，组织大家到云南省的一些地区、单位参观访问。我们先后率领学员到过云南农科院、嵩明县、昆明市盘龙区、罗平县（多依河、鲁布革电站）、澄江县（抚仙湖）、玉龙湾中国电影拍摄基地及杨林监狱等处采访，同学们据此写作并发表了一批纪实文学和诗歌、散文作品。许多领导同志对我们的艺术实践活动给予了切实有力的支持、帮助。如先后担任嵩明县委书记、盘龙区委书记和昆明市委副书记的田云翔同志，对作家班师生的工作、创作给予了人力、财力等方面的资助，并为笔者编创的电视剧《爱心无价》（北京青年电影制片厂摄制，中央电视台一套播出）担任总监制，主持举办研讨会。作家班师生都参加了上述活动，苏策、晓雪老师和田素昆、李国庆同学等撰写了不少宣传和剧评文章。

我们还特别注意引导学员放眼世界，关心国内外大事，走出课堂，超越书本，与时代同步，与人民同心，学会善于及时发现、捕捉和反映变革、发展的现实中的审美对象。每当生活中发生重大的事件、活动时，我们都鼓励学生增强参与意识，去观察、感受和开掘其中的诗意和美学价值，拿起笔来言志抒情，即所谓“文章合为时而著，歌诗合为事而作”（唐·白居易《与元九书》）。如1997年香港回归前后，我们动员、组织全班学员用诗歌和散文形式表现这个百年难逢的庄严神圣的重大题材，结果满怀爱国主义精神的血气方刚的莘莘学子们个个豪情洋溢、壮怀炽热，纷纷欣然命笔，激扬文字，创作了一批情真意切的水平不俗的作品，其中有些已在报刊上公开发表，有些已由省市电台和电视台播出，有些还获得了文学奖。我们将这些作品汇编成《珠回璧归颂》一书，并以此为题举办了一次规模宏大的诗文朗诵会。那天，云南电视台著名主持人王娟等主持大会，师生们同台表演了自己新创作的诗文，省文化厅、省文联领导和众多专家出席了这次盛会，云南省各大新闻媒体都前来采访、录音、录像，进行了隆重的报道。一家省报记者称赞“作家班教学紧扣时代脉搏”，“这次诗文朗诵会也是一次教学改革的新尝试。”

1999年中国昆明世界园艺博览会对于云南和中国来说都是一次规模最大、盛况空前的国际活动，我们希望学员以极大的热情关注之表现之赞美之。他们的一些作品已先后公开发表。

当然，毋庸赘言，我们决不是只要求大家局限于对眼前一人一事、一景一物的短平快式的反映，而是更强调深刻认识和感受我们时代的总体风貌和发展进程，对现实生活的本质和变革趋向作出切实的判断和把握，特别是要树立高度的社会责任感和艺术良知，关心广大人民的心灵、情思和命运。我们也不苛求每个学员在两三年的学习期间就写出什么惊世骇俗的鸿篇巨制和精品力作，那是今后的努力方向，只有经过长期的生活积累，以及学识修养和文学创作上千锤百炼的磨砺，才可能实现。但是，我们的课堂理论讲授和一切教学活动、教学环节（包括作业、考试等）都不应与创作知识无关、与写作实践分离，而必须有助于创作能力的提高。要一边学习知识一边动手写作，学而后知不足，写而后得真知。古人云："纸上得来终觉浅，绝知此事要躬行"（宋·陆游《冬夜读书示子聿》），"论先后，知为先；论轻重，行为重"（宋·朱熹《朱子语类辑略》），"知是行之始，行是知之成。"（明·王守仁《传习录》）。善哉斯言。如果只知不行、知行悖离，就会重蹈中文系许多学生饱读经书而疏于动笔和眼高手低的旧辙。

在上述教学思想的指导和驱动下，近三年来，作家班学员利用工作、学习之余的时间，创作了难以统计的作品，其中在全国乃至海外各种报纸刊物上就发表了数以千计的上百万字的作品，包括诗歌、散文、报告文学、中篇小说、短篇小说、小小说、剧本（话剧、电视剧、电影剧本）等各类体裁，有的出版了个人作品集。此外，大家还写作和发表了大量的新闻作品和文学理论、文学评论文章。为了检阅、展示云南艺术学院作家班的部分教学情况和创作成果，我们编选了学员们已经发表过的少量文学作品，结集出版。

三、《让人生更美好》一书编辑、出版

编选、出版作家班学生优秀作品集，是正式列入教学计划的举措。这一既定目标，从新生入学时便十分明确地树立在大家面前，而且我们非常果断地决策：这本选集一定要在国家级的大出版社出版，面向全国公开发行。因此，入选作品必须达到相当的思想、艺术水准，不可滥竽充数，以确保该书的质量。这个具体而诱人的鹄的，对于每一个身处边陲的学员（业余作者），无疑都会起到一种鼓舞和鞭策作用。尽管我们一再声明：学生们的作品一旦选入本书，不论篇目多少、篇幅大小，一概不付报酬，但是大家依然非常看重这本书的出版和本人作品的入选情况，这说明：纯粹是一种精神力量在推动和支撑着学员们在文学创作上的进取和拼搏。

我们认为，编选、出版这本书的积极意义，并不在于被选作品是否都是怎样的佳作精品；而在于它们全部都是作家班学员入学后创作并已经在各种报刊上发表过的作品，也可以说都是学员的课外作业，读者或许能从中略知一点学员习作的概貌，可谓“窥豹一斑”、“尝鼎一脔”耳。从这个尺度来衡量它们的水准和价值，也许尚能显现这本书的可贵之处。在校大学生的习作之所以冠以“优秀”二字，是从相对意义上而言的。一是指在这个班集体范围里比较好的作品，二是指本人作品中的佼佼者。不论从哪个角度来看，它们至少表明：作家班学员尽管原来的起点高低不等，现在的作品层次不一，然而经过近三年的学习，他们各自都有程度不同的提高和进步，有些成绩堪称优秀，这是他们本人勤奋努力和众多教师悉心指导、帮助的结果。

最为可喜的是，承蒙一些著名作家、评论家、编辑家的关怀和厚爱，为本书部分作者的部分作品撰写评析文章。他们是：云南的晓雪、张长、黄尧、汤世杰、李丛中、李必雨、李霁宇，北京的章仲锷、刘树生、刘颖南等教师。这些文章既有热情诚挚的褒扬、鼓励，又有中肯深刻的批评、

分析，还有对有关文体的艺术特征和创作问题的真知灼见，更有对文学新人的谆谆教诲和殷殷瞩望。这些言简意赅的评析、论述，不独对作者本人具有重要的指导、策励作用，对一般读者特别是年轻的文学爱好者、创作者都有借鉴启迪意义。如果对照名家们的点评意见，来审读、品尝、咀嚼学员们的有关作品，想必别有一番情趣和滋味，会激发读者思考和研讨一些问题，从而有助于文学创作和文学评论工作。因此，这本书就不是一般的文学作品选集，而具有它自己的特质和色彩。从某种意义上说，它含有一定的教学参考书或文学青年辅导读物的功能，同时这也是作家班教学工作的一种延伸和新的形式。

为《让人生更美好》题词的有：省委副书记王天玺的墨宝："铁肩担道义，妙手著文章。"副省长赵廷光的墨宝："培养新秀，繁荣创作。"原文化部长王蒙的墨宝："学也无涯，乐也无涯。"著名作家蒋子龙的墨宝："质直浑厚。"著名作家汪曾祺的诗词："莲花池外少行人，野店苔痕一寸深，浊酒一杯天过午，木香花湿雨沉沉。"

众所周知，成人教育是继续教育，也是终生教育。云南艺术学院作家班的两届学员虽然毕业了，但这只是他们学习文学创作的一个新的起点，任重而道远。他们发表的上千件作品以及这部作品选集的问世，也只是艺术苗圃里初露头角的小花幼木，只有满腔热情地呵护和扶植它们，实事求是地认识和指出它们的种种稚拙和缺陷，激励学员们继往开来，把在作家班的学习和实践活动长远地进行下去，为繁荣发展社会主义的文学事业作出贡献，那才是我们出版这本书的根本目的和价值所在。

这里，我愿重温王天玺同志在作家班的一次讲话内容，与全体师生共勉："云南艺术学院作家班，应该说效果是好的，为云南办了一件大好事。省委提出，要把云南建成独具特色的民族文化大省，急需培养一大批跨世纪的文艺人才，需要这些人才把自己杰出的才能贡献给这个事业。为了繁荣云南的文艺创作，大家从各行业走到一起来了。希望大家珍惜作家班这个学习环境，好好学习，然后到实践中去不断地磨炼，写出无愧于时代、无愧于人民的作品。"

本文写毕，此书的名称竟尚未敲定，正在踌躇之际，喜获梁晓声老师从北京惠寄的序言。这篇充满热情与真诚、远见与卓识的精彩文章，不啻表达了他对作家班的全体师生和所有支持者、领导者的高度赞赏、极力勖勉，更重要的是，这位富有社会责任感、历史使命感和敏锐洞察力的著名作家，对文学事业的意义作出了十分质朴、准确、深刻的阐释和概括。他一语破的地指出，作家班的学员们是“自觉地希望通过文学写作实践使自己变得更美好”，使“人生更有质量”。“故我认为——云南艺术学院作家班的学员们，那些将热爱文学写作与热爱生活，与提高自己综合素质自觉联在一起的普普通通的人们，他们对于阅读和习写的理解，是值得我们这个民族因而反省的……”信然，一切高尚的文学事业和优秀的文学作品，对人的心灵、品格、情操乃至整个人类的生活，都会产生美好的影响；而文学的热爱者和写作者们，也必定能使自己的人生更充实、更美好、更有情趣和意味。如此想来，那么，“让人生更美好”不正是一个值得大做文章的绝妙的题目吗?

这一部作品选的出版，应当感谢作家出版社副社长石湾和资深责任编辑杨葵老师的鼎力扶持和精心设计。本书问世后，众多报刊转载梁晓声和我分别写的两篇序言和作品评析文章，对该书赞语累累。

四、作家班在继续前进

作家班的两届学员毕业后，大都在云南各地的文化、艺术、教育、新闻界担任党政领导和业务骨干，坚持创作，服务社会，成就不凡，为建设民族文化大省发挥了良好作用。其中许多毕业生十分勤奋、笔耕不辍，不断地在著书立说，在全省全国的报刊上发表作品，获得各种奖项。比较突出的有：李国庆、李智红、李顺安、李承翰、周向东、周惠琼、孙宝廷、刘庆云、余音、张继云、曹振宇、苏东海、田素昆、包其祥、尹晓君、王寅戟、曹兴瑞、师红聪、亢恒学、张育宾、张锦彬等。如：李国庆出版了三十集电视连续剧剧本《护国风云》（中国文联出版社），他创作的剧本《卖花的女孩》获2001年文化部群星奖一等奖，纪实作品《大山之子》、《弄潮敢向涛头立》获人民日报等中央新闻单位举办的“新世纪之声”征文一等奖，并参与电视剧《东寺街西寺巷》编剧。李智红（彝族）出版了散文集《布衣滇西》（云南民族出版社出版）、《云南高原的嗓门和手势》（云南民族出版社出版）、《静夜煨茶》（云南民族出版社出版）。孙宝廷（阿昌族）出版了散文集《月亮刀魂》（云南人民出版社出版），该作品集于2008年11月16日获第九届全国少数民族文学创作骏马奖。

作家班广大师生始终保持密切联系，大家（特别是昆明等地区）经常聚首相会，在一起切磋、交流创作经验，互相帮助、合作，在社会上开展文学辅导、讲座、评论和采访、写作活动，共同编辑文学刊物，如目前云南省篇幅最大的县级杂志《盘龙江文化》（每期近百万字），就主要是由作家班师生编辑的，它面向全省组稿、发行，具有较高的质量，颇得社会好评，现已出版十一期。

作家班师生热衷于社会公益活动，在见义勇为、助人为乐、弘扬正气方面发挥了模范带头作用。例如：2005年，当作家班师生得知彝族残疾人青年作家潘柏君重病缠身、生命垂危，即率先撰写文章在《云南日报》、《云南当代文学》、《盘龙江文化》等报刊发表，向省关心下一代工作委员会主任刘树生、执行主任张宝三等领导反映情况，呼吁人们伸出友爱之手，援救这位身残志坚的年轻作家。大家还帮助潘柏君出版、发行、宣传他的处女作《生命绝唱》，苏策、晓雪老师分别写的《百折不挠的人》和《读潘柏君》作为代序，吴德铭老师写的《奏响生命的强音》（原载《云南日报》）也收录于该书。2007年春，作家班师生还为刚问世的《生命绝唱》在校内外举行了两次义卖、募捐活动，引起热烈反响，省内外众多人士纷纷慷慨解囊，省总工会、团省委、省残联等领导非常重视，亲自探望慰问潘柏君。在短时间内，各界为潘柏君捐助了7万余元，使他及时做了手术，挽救了生命。在人们自下而上的支持下，2008年11月潘柏君被评选为第八届“云南十大杰出青年”之一。又如：田素昆为生计在夜间开出租车，因服务优良、做了许多好事，受到众多顾客和行业领导的褒扬，2008 年被评选为昆明市先进出租车驾驶员，因在 2008 年抗震救灾和奥运服务工作中成绩突出，中国出租汽车暨汽车租赁协会向田素昆颁发了荣誉证书，给予表彰；他白天还挤出休息时间从事写作，主编社区报纸，成绩斐然，被多家媒体誉为“春城的哥作家”，予以宣传报道。

此外，基于工作需要和自身努力上进，作家班许多学员在本地区、本单位纷纷受到提拔、重用。如：李承翰（纳西族）先后被提升为迪庆州文联副主席、作家协会主席、《香格里拉》杂志主编和丽江市文联副主席；苏东海被提升为镇沅县文联副主席、《茶树王》主编；曹兴瑞被提升为姚安县文联副主席、《荷城文艺》主编；李智红被提升为永平县文联主席、《博南山》主编；赵阔被提升为《云南广播电视报》大理版主编；李莉升任云南艺术学院影视系党总支书记；孙宝廷升任畹町宣传部长；李顺安升任昆明铁路局所属公司党委书记；张继云升任曲靖市公安局办公室副主任；顾贵明升任陆良县委党校副校长；王寅戟从一个最基层的小邮政所的营业员升迁为省邮政局新闻中心干部；李承翰、简云江等获得副高级职称……

2008 年 7 月 27 日《生活新报》以两大版篇幅，发表了题为《两届作家班才子佳人十二年的无悔追忆》的长文和大幅彩色照片，将作家班的成功创办列为改革开放三十年文教领域的新生事物和重要业绩，加以浓墨重彩的宣传报道。2010 年 1 月 7 日《云南日报》刊登了通讯《因文学结缘　伴文学成才——云南艺术学院作家班创立 10 周年走笔》，其中写道：“名师出高徒。在老师们的辛勤哺育下，毕业 10 年来作家班学员人才辈出，硕果累累。”“作家班的师生不仅是文学写作能手，而且富有爱心，他们的善行义举，就是一篇美文。”

我们相信，云南艺术学院作家班，将以长盛不衰的凝聚力和与时俱进的生命力，朝着德艺双馨、绩能兼优的目标继续前进。

（原载吴德铭主编《让人生更美好——云南艺术学院作家班作品选》，作家出版社 2000 年版，本书收入时有所增补）

促进散文繁荣的盛会

——参加全国散文作家论坛暨征文大赛颁奖大会感言

国庆六十周年前夕，到北京参加2009年全国散文作家论坛暨征文大赛颁奖大会后，无论是首都抑或云南的许多老同学、老朋友，在向我表示热诚祝贺之余，每每会问得了几多奖金，答曰：一分钱没有，反倒自贴了一些旅费。但我认为不虚此行，收益匪薄，一个字：值！这不独是因为捧回了一张奖状、一个奖杯，上书“一等奖”及“论坛最佳散文奖”的字样（由原中共中央宣传部部长亲自颁发），最重要的是，切身感受到一个文学作者及其精神产品从未获得过的尊重与厚爱。

说实话，区区在全国性征文活动中荣膺特别金奖和一等奖（甚至名列第一）已好几次了，可都没有像这次的深受激励和鼓舞，抑制不住地有感要发，有情欲抒，有言想诉，不吐不快。何以然哉？一言以蔽之，这次散文作家论坛的征文、评选和颁奖活动不仅规模宏大，盛况空前，相当庄重，而且具有诸多与众不同的特色和亮点，值得称道和总结。

第一，征文的广泛性和群众性。

本人是在自费订阅的《作家文摘》上看到征文大赛启事的，其宗旨表述如下：“为全面展示当代散文的创作成就，加强当代散文作家的交流与创作，促进当代散文更好更快的繁荣与发展，2009年全国散文作家论坛将于2009年8月在北京隆重召开。此论坛将是当代散文界高层次、高标准的论坛，是当代散文界资深专家、理论家和编辑家的一次深层次对话。为团结更多的散文作家，发现和培养广大散文作者及散文爱好者，特举办2009年全国散文作家论坛征文大赛，即日起向海内外征稿。”由于规定“主题不限”、“发表与否不限”，我就把已经先后于报刊和拙著散文集《海外万里行》（作家出版社2008年版）面世的《向先贤顶礼的圣殿》发了出去。两个多月后，当我业已忘却此事，忽然收到论坛组委会给广大应征作者的统一回函，方知中央和各地几十家媒体都纷纷报道了论坛新闻和大赛征稿启事，其中有《光明日报》、《文学报》、新华网、人民网、中国新闻网、华龙网、搜狐网、中国散文网、凤凰网（香港）及《散文海外版》、《散文选刊》、《散文百家》等等。由于广而告之，宣传力度极大，应征稿件相当踊跃，至7月10日截止期限，历时近一年共有两万七千多件作品参赛，作者涵盖欧美、亚洲、我国各省市包括香港及台湾的华文作家，其中有多位省级、市级作家协会主席、副主席和五百一十六名中国作协会员，四百多名省作协会员。当然，更多的是来自五湖四海的各行各业的作者，他们当中有将军、中央机关领导、省部级官员，也有大学教授、中小学教师、编辑、记者等文化、教育、新闻界人士，甚至还有医院院长、法院院长等，不胜枚举。显然，这种人人皆可参与的“海选”和“直选”方式，能够最大范围地吸引人们径直向大赛组委会投稿，不必像某些官方组织的所谓“竞赛”和“评奖”那样，须由指定的部门和单位按照人为的清规戒律，步步设卡、层层遴选（实际上是由极少数人暗箱操纵，剥夺了广大作者自由参赛、公平竞争的权利）。因此，这次大赛的众多参与者是名不见经传的业余作者，他们可以与知名作家在同一个跑道上竞赛，凭自己的作品比量高下，争夺名次。赴会受奖者年龄最大的为八十五岁的老艺术家，最小的为十几岁的中学生。

第二，评选的公平性和公正性。

大赛组委会在征文启事和致参赛作家的专函中公开宣称：“评委会本着公平、公正的原则对所有来稿进行逐一评选，不厚名家，不薄新人，唯质是取。”“终评工作将于截稿日期后，由中国散文学会、北京市写作学会、华夏博学国际文化交流中心和部分散文名刊的主编、副主编组成的终评委员会进行评选，将按比例视作品质量评出一、二、三等奖。在一等奖中评出十篇‘论坛最佳散文奖’，在三等奖和优秀奖中评出十篇‘论坛新秀散文奖’，于颁奖大会上公布并颁发获奖证书。”组委会遵循“言必信、行必果”的信条，严格照章办事，每个评选环节都做得无懈可击。据组委会负责人在颁奖会上介绍，在评选过程中，一律不公布作者个人身份及相关资料，评委仅只针对作品进行评议和甄选。故此，一些大家、名人和高级干部没有入选或者获奖等次较低就不足为怪了。例如，著名作家、中国散文诗学会会长柯原的参赛作品虽然思想性很强但是艺术性不足，就未评为上乘之作给予奖励。一位省作协副主席的散文尽管在刊物上发表了，却也未被评以高等次奖。又如，评委们对于国务院某部委领导、某省军区副司令员的作品并不另眼相看，而对于无名之辈的作品则能一视同仁。为了确保评选的权威性、严肃性，评委会是由多方面的高水平的专家组成的，不仅有全国著名的散文作家，中国散文学会（国家一级文学团体、全国性文学专业团体）、北京市写作学会（首都一级社团学术组织）、中国作协鲁迅文学院等单位的主要领导和专家，还有《人民日报》原文艺部主任、《中国艺术报》原社长兼总编辑、散文名刊《散文·海外版》、《散文选刊》、《都市美文》杂志社主编等。经过逐级严格评审，最后评选出一等奖38名（其中十名论坛最佳散文奖），二等奖87名，三等奖142名，优秀奖200多名（在三等奖和优秀奖中又评出10名论坛新秀散文奖）。

为了增强评选的公开性、公平性和透明度，评委会对获奖作品认真书写了点评意见，并公开出版获奖作品汇编《全国散文作家精品集》里附录这些颁奖词，供世人监督、审验和鉴评。大赛组委会主任邵建国在大会上坦然宣称：“为什么有些作品获奖等级高一点，有些作品获奖等级低一点，大家可以对照作品，找找差距，达到互相学习、共同提高的目的。”

第三，颁奖典礼的庄重性和荣耀性。

以往全国性的文学评奖多为诗歌、小说、报告文学和戏剧影视剧本之类，专门为散文创作进行全国性征文和评奖是罕见的，像这次在海内外范围开展如此大规模、高层次的散文作家论坛活动更是前所未有的壮举。为了提升散文的地位，扩大这次论坛活动的影响，组委会作了精心策划和周密安排。首先，将颁奖大会设在至今尚未对外开放的京西宾馆，该宾馆系中央党政军会议中心，一些最重要的全国性会议（如中共十一届三中全会、党的十七大之解放军代表团分会等）曾在此召开。出席大会的八十多位获奖者，是手持京西宾馆请柬、胸悬代表证、身披红绶带（上书“全国散文作家论坛获奖作家”金字），列队步入会场的；从大门经由三层楼梯和走廊直至庄严的会场，铺设了鲜红、洁净的地毯，而且一路都有摄像机把每位获奖者的“光辉形象”一一录制下来。（最后，连同整个颁奖活动由中央电视台、北京电视台制成精美的光盘发给个人留作纪念）无疑，这一切都是为了营造热烈、喜庆的气氛，彰显颁奖仪式的庄重、严肃，增强获奖作家的荣耀感，特别是那条从右肩斜挎到左腰的美丽绶带，让人联想到电视和报刊上英雄模范人物的装扮——好不风光。获奖者们在感到兴奋、新奇和“受宠若惊”之余，会油然产生一种意念：莫非一介文学作者的作品的获奖，也可以享受如此的尊重、荣誉和厚遇？这委实是始料不及的。我揣想，组委会的意图莫非是以此激励大家更加热衷和致力于散文创作，提升多出精品佳作的社会责任感？

颁奖仪式是在庄严的国歌声中揭幕的。中共中央原宣传部部长、全国政协常委王忍之，中国作家协会书记处书记、全国政协委员张胜友，中国散文学会副会长、《人民日报》社文艺部原主任石英，《中国艺术报》社原社长兼总编张虎，中国作家协会鲁迅文学院副院长孙武臣，中国散文学会副秘书长、“中国散文网”总编辑陈长吟，《都市美文》杂志社主编古耜，《散文·海外版》杂志社主编甘以雯，《散文选刊》杂志社主编葛一敏，中国散文学会副秘书长、中国散文学会写作中心主任邵建国，北京市写作学会驻会副会长、《北京写作》报社总编辑王矢等领导出席颁奖大会，中国散文学会常务副秘书长红孩主持了会议。石英、王矢代表主办单位首先致辞，邵建国向大会做了大赛工作报告。在欢快的音乐声中，获奖作家一一上台领奖，与会领导、专家为他们颁发了奖杯和大证书，获奖作家捧着鲜红的证书和闪光的奖杯，个个笑容灿烂并合影留念。天津的李尘宇、辽宁的周毅代表获奖作家上台发言，感谢主办单位为全国散文作家和散文爱好者搭建了同台竞赛的舞台，将为当代散文的发展和繁荣确立方向和目标。张胜友、孙武臣、张虎等在致辞中充分肯定了举办2009年散文作家论坛活动的意义，在建国六十周年之际，为国庆献上了一份文化厚礼；高度评价了此次征文、评奖的成功，认为涌现了为数可观的高质量的作品，使散文展示了更新更美更高的资质和面貌，迈动了与时代发展相称的步伐。

第四，论坛活动的学术性和研讨性。

这次活动，自始至终非常重视有关散文的学术研究、理论探讨和经验交流，远远没有局限在授奖仪式上。8 月 28 日上午，2009 年全国散文作家论坛安置在北京大学百年讲堂召开，正是为了继承和发扬“五四”运动以来的新文化传统，加强这次散文论坛的学术氛围和社会影响。石英、陈长吟、古耜、甘以雯、葛一敏、邵建国和全国近百位散文作家出席了论坛，大会由红孩主持。陈长吟以《散文的现代性》、古耜以《泛散文的时代选择》为题目的发言；甘以雯、葛一敏等就《散文·海外版》、《散文选刊》办刊方针和发稿要求的发言，博得了与会者的阵阵掌声。他们肯定了当代散文的创作成就，认为目前的散文热与信息化、商业化社会同时而来，改变了以往散文存在的贵族化倾向，使其逐渐成为平民化的草根文学，而这些草根文学是未来精英文学的基础。他们也指出当今散文产量多，精品少，变革小，大多局限于山水、亲情和随笔、杂感式的散文，无新意、无激情，更无视觉和结构的现代性。当今社会是散文的时代，大部分博客以散文为主，博客的发展虽表面上繁荣了散文，但实质上却未得到提高，浅阅读多于深阅读。他们并就如何加强当代散文作家的交流与创作、如何为当代散文更好更快的繁荣与发展建言献策。甘肃的任远方、山东的吕守泰、陕西的林翠香等获奖者先后上台发言。代表们的提问，得到与会老师满意的回答，现场互动，高潮迭起，最后由石英会长做了总结发言。

会议期间，举行了名家学术讲座及获奖作家创作交流研讨会。大赛评委会主任石英老师结合自己的工作经历和创作经验，阐释了对散文的一些真知灼见。他说：他原来是写诗的，也写过 19 部长篇小说，后来在天津创办《散文》月刊，当了 9 年主编，接着调到《人民日报》社担任副刊主编，主要也是编发散文作品。他还说：“我们这个散文大国自古以来就有优秀的散文传统，散文是国粹，是中华民族文化的主要载体。现在作者群和读者群最大的仍然是散文，二者的数量成几万倍地增长，散文之路特别拥挤。散文的概念很宽泛，没有固定的体貌特征，但又有所规范和约束，这种最大众化的文体人人都可涉笔，写好却很难。我不是概念派，是体验派，主张将看到、听到、感受到的东西加以汲取、融化，于创作均有益处。我认为，只要有好的角度、意境和韵味，就都是好散文，不必定于一尊。'海纳百川，有容乃大。'散文界也应有这样的精神和胸怀。”著名文艺评论家、鲁迅文学院主管教学的副院长孙武臣着重就当前散文创作存在的问题作深入剖析，他一针见血地指出：“散文和一切文学的本质是一样的，都应该展示真、善、美，有教育、认识、审美、愉悦四大功能，但是现在有些作品只剩下了娱乐功能，就像马三立的相声说的：'逗你玩儿。'有人认为散文只是抒情，如抒发个人的孤独感、寂寞感，写些与小猫小狗相处的琐事。有的散文片面追求形式、技巧，但却有体无心，思想内容苍白，患了缺血症。当我们看到高楼大厦而惊叹不已时，还要看到在大厦的阴影下的角落里，某些人在干些什么勾当。谁更能接近事物的本质的真实，谁就可能写出深刻的作品来。目前散文最缺乏的是新颖、深刻，给人以美的感受。散文这种文体是最自由的，又恰恰是最不自由的，好的散文要求写出有感悟的哲理和体验。授人玫瑰，手留余香。怎样把散文写得更美丽一些呢?我认为文学创作是要有些天分的，要有想象力。缺乏艺术想象力就是才气不够的重要表现。爱因斯坦说过：'想象力比知识更重要。'同时，要学习点文艺理论。搞创作的人又搞理论，二者互动，是很有好处的。”

在这次论坛活动中，大家解放思想，各抒己见，畅所欲言，充满了百家争鸣的活跃气氛。无论在北大的百年讲堂上，还是在名家讲座的会场上，甚或在餐桌上、寝室里和参观游览的路途中，来自各地的文友们都会对散文的一些理论和创作实践问题切磋琢磨，进行探讨和争论。如对于散文的内涵和外延，对于散文诗的定义和特征，对于散文的神与形的关系，对于长篇散文（几万乃至几十万言）的得失、是否值得倡导等等，都展开过讨论和交锋。有的论题在与会专家之间有截然不同的观点。如在讲课中，孙武臣先生认为散文可以写大美、写长篇，他比较推崇张洁的散文《那个最疼我的人走了》。而石英先生则认为，几万字的散文，例如所谓“大文化散文”，一般不大能写得很精美、字字珠玑。长篇大论并不是散文的优势。

论坛组委会还组织获奖作家游览了奥林匹克公园、鸟巢、水立方、圆明园、北京大学等首都名胜。29 日的联欢晚会上，获奖作家纷纷登台献艺，有京剧、秦腔、越剧、云南民歌、陕北民歌、快板、桑巴舞、面点制作、街舞等。晚会洋溢着欢快、祥和的气氛。并现场评出了 5 个最佳表演奖，邵建国主任为获奖者颁发了奖品。晚会在《难忘今宵》的歌声中结束。

确实，2009 年全国散文作家论坛暨征文大赛颁奖大会是令人难忘的。云南赴会的还有昆明的青年女作家赵春（获二等奖）、红河州的哈尼族作家南马（获三等奖）、曲靖市的女作家史红燕（获三等奖暨论坛新秀散文奖），大家都感到这是一次学习、交流、取经的良机，收益颇丰。组委会和评委会认为云南作家积极参赛，成绩不错，获奖比例较大。云南省有一支庞大的散文创作队伍，实力雄厚，希望能建立一个省级散文学会。回昆后，我向省文联主席郑明等领导同志汇报后，郑明同志等非常重视，明确表示支持筹建散文学会，认为应当借此东风将各民族散文作家组织起来，进一步振兴和繁荣云南的散文创作，为建设民族文化强省多作贡献。

《云南日报》、《云南政协报》、《边疆文学·文艺评论》、《云南文艺界》等报刊都报道了本人获奖的消息，《云南政协报》等媒体还特意发表了获奖作品并加了编者按语。

9 月中旬，中国文联副主席、中国作协副主席丹增同志曾亲自打电话祝贺我获奖。

10 月 13 日下午，省长办公室主任吴长昆同志给我打来电话，转达了秦光荣省长对这次获奖的“诚挚的祝贺”，并告知秦省长“利用难得的国庆休假时间，详细读了获奖作品《向先贤顶礼的圣殿》，而且从头到尾看完了《海外万里行》整本书。”（作者按：《海外万里行》系本人 2008 年于作家出版社出版的散文集，此次获奖作品即收入该书中）吴长昆同志还详尽地陈述了秦省长对拙著的十分具体的评价和勉励之词：“这本书内容丰富，思想深邃，文笔优美。将知识性、艺术性、可读性结合得很好。其中许多篇章富有哲理性，使人产生思考。”2010 年 3 月的一天晚间，秦光荣省长在家中接见我时，他对区区的创作成果（包括其他新的作品）再一次当面表示了热忱而明确的支持和鼓励。

2010 年 1 月 5 日，云南省军区原司令员姚双龙将军还亲自光临寒舍，对我的获奖表示热烈祝贺。

以上这一切，都使我深受感动和激励。

回顾参加全国散文作家论坛暨征文大赛的前前后后，我更加坚定地确认，属于精神范畴的收获是弥足珍贵的，它们比多少奖金都更有不可取代的价值。

附录

专家对吴德铭作品的研究和评论

社会主义新风尚的赞歌

洪　军

吴德铭创作的长篇报告文学《未完成的交响乐》，新近由云南人民出版社出版。书中描述了云南省乃至全国各地群众伸出友爱的手，自发援救一名病危女中学生的感人事迹，生动地展示了许多普通人纯真、善良、美好的心灵。它是一部爱的交响乐，是一曲社会主义新风尚的赞歌。同时，它围绕这场救援活动，勾画了当今社会的种种世态人情，揭示了发展商品经济过程中人们不同的价值观、伦理道德观和思维方式。本书还以犀利的笔锋针砭时弊，提出一些发人深省的社会问题，如社会主义精神文明和物质文明建设的失衡，干群关系方面出现的某些矛盾等。作者针对现实生活中大量并存对峙的善与恶、美与丑，大声疾呼：这部充满爱的旋律的交响乐是未完成的。

该作品内容时代感强，不时闪现激越的诗情，在结构上也有特点。它借鉴交响乐曲的创作格式，将纷繁的人物事件和多色彩的“音乐形象”，按照一定的思想层次和艺术逻辑组合起来。除了“序曲”和“并非终曲的尾声”外，全书共分四个“乐章”。

值得一提的是，这部作品的生活素材，大多是作者亲身经历和耳闻目睹的事实；他不是以作家和记者的身份去作事后的采访、调查，而自身就始终参加了这场救援活动，宛如交响乐中的一个音符。因此，字里行间流动着真切的感受和深挚的情思。

（原载 1989 年 7 月 12 日《人民日报》，作者洪军，作家、评论家）

一部爱与美的交响乐

——读报告文学《未完成的交响乐》

晓 雪

最近读到吴德铭的长篇报告文学《未完成的交响乐》(云南人民出版社出版)，我很感动。它描写去年发生在云南的一件感人事迹：楚雄二中17岁女学生蔡彬因患双肾结核等疾病，危在旦夕却无力医治，于是她的老师、同学为她募捐。消息传开，从楚雄、昆明、云南全省乃至全国许多地方，成千上万善良的人们，纷纷伸出了温暖的友爱的手，援救这位素不相识的普通少女。团结友爱，助人为乐，一人有难，万众支援，这种中华民族的传统道德，在80年代的社会主义中国得到了新的发扬和体现。通过激情洋溢的艺术描写，作者真实生动地向我们展示了许许多多普通人的纯真、美好的心灵，展示了充满高尚情操和无私精神的群体形象，展示了社会主义时代新型的人际关系和优良的社会风尚。这是一部激动人心的爱与美的交响乐，是一曲感人肺腑的社会主义精神文明的赞歌。在雷锋精神曾被嘲笑、社会主义精神文明建设和社会主义文学的教育作用多年被忽略的情况下，像《未完成的交响乐》这样的作品就显得更加难能可贵，更加值得提倡和重视。

这部报告文学的动人之处还在于：作者绝不限于只对好人好事作平铺直叙的廉价赞美和一般歌颂，也不是以作家和记者的身份仅凭事后采访得来的素材作客观冷静的描述，而是把自己当作“交响乐中的一个音符”，根据自己直接参加这场救援活动的亲身经历和耳闻目睹，在满腔激情地高唱社会主义新风尚赞歌的同时，也以深沉的思考和犀利的笔锋针砭时弊，勾画了当今社会发人深思的各种世态人情，揭示了发展商品经济过程中人们种种不同的价值取向、伦理观念、道德标准和思维方式，并敏锐地提出了一些干部和群众普遍关心的社会问题，如社会主义物质文明和精神文明建设一硬一软不平衡的问题，党内某些不正之风和某些干部的腐败现象引起群众强烈不满等等。作者按照他掌握的大量事实，真实、清醒而深刻有力地告诉读者："丑就在美的旁边"（雨果），"真、善、美的东西，是和假、恶、丑的东西相比较而存在，相斗争而发展的"（毛泽东）。因而他给这部充满爱的旋律的新风尚赞歌，取了个耐人寻味的题目："未完成的交响乐"。

这个作品在艺术结构上也有可取之处。它借鉴交响乐曲的创作格式，主要部分由四个"乐章"组成，头尾有"序曲"和"并非终曲的尾声"，把错综复杂的人物事件按照作者的艺术构思和主题需求，巧妙而和谐地组合在一起，给人以耳目一新之感。作者是一位教师，写这样长的作品还是第一次，有些地方看得出技巧不够熟练，有的"乐章"没有放开写，使人感到底气不足。但作者歌颂新事物的充沛激情，直接来自现实生活的真切感受和强烈鲜明的时代气息，会使你忘掉作品在艺术技巧上的不足之处。

（原载1989年10月10日《光明日报》，作者晓雪，著名诗人、文艺理论家，写本文时任中国当代文学研究会副会长，云南省作家协会主席）

读《未完成的交响乐》感言

陈思雄

十年改革开放的经验证明，在发展社会主义商品经济的同时，不加强思想政治工作不行；在建设物质文明的同时，不重视社会主义精神文明不行。现在各级领导和群众都认识到：必须加强社会主义精神文明建设，特别是要重视和关心青少年的教育工作。

近年来，中央非常重视思想政治工作和道德教育，重视人的素质的提高。提高人的素质、教育人的问题，是全社会的大事情，是当务之急。每个单位都有这项任务，都应当成为建设社会主义精神文明的集体。新闻、出版、广播、电视都要注重这方面的工作，为人们提供丰富的、健康有益的精神食粮。

最近读到云南人民出版社出版的报告文学《未完成的交响乐》一书，出这样的好书，是很可贵的。我拿到这本书后，认真地读完了它，感到很受启发，很受感染，很受鼓舞。我相信它在社会上会产生反响，引起震动。当前，在社会风气有些方面不正，精神文明建设存在不少问题的情况下，有那么一批同志挺身而出，大声疾呼，倡导社会新风，是值得赞扬的。

这本书的题目很好，含义深刻。这部“交响乐”是未完成的。我的感受是在现实生活中，这样的“交响乐”还不是很多，声音还比较弱。正面反映我们社会中美好的光明的主流，激励人们团结、奋发向上的好作品还太少了。这方面的工作与改革和建设的发展要求差距还很大，还需要我们的共同努力。

倡导社会新风，建设精神文明，不只是党团组织的事，也不只是青少年的事，而是全社会的事，是每个单位的共同任务。这本好书，我认为不仅要向学校的师生推荐，机关、企事业的同志，包括领导同志都应当看一看。希望更多的同志、更多的学生都来阅读和讨论这部作品，并通过我们的感受，通过我们的工作，我们的言行，将这部“交响乐”继续演奏下去。希望宣传、教育、新闻、出版、文化、艺术各部门多为人民群众，为青少年提供优质的精神产品，像《未完成的交响乐》这样的很有现实教育意义的好书，应该多出一些。

未完成的交响乐，要靠大家来完成。每个单位都要行动起来，让更多的人都来参加演奏这部“交响乐”。

（原载1989年6月3日《昆明日报》，作者陈思雄，时任中共昆明市委副书记，后为云南省商业厅厅长）

“蔡彬现象”留给我们的思考

——读《未完成的交响乐》

李丛中

轰动一时的援救病危的17岁女学生蔡彬的热潮过去了，留给我们的是一段相互关心、友爱互助的美好记忆，留给我们的是一张社会众生相的曝光底片，留给我们的还有真实记录这次援救活动的报告文学——《未完成的交响乐》。

现在，《未完成的交响乐》就放在我的面前，我一口气读完了这篇并不算短的报告文学，它留给我的，则是对当前社会生活中存在着的美与丑、善与恶的深沉思考……

我们的社会，诚然是美好的。雷锋的毫不利己、专门利人的品德，焦裕禄为人民鞠躬尽瘁、死而后已的精神，志愿军战士为祖国的和平与安宁一口炒面一口雪的艰苦生活，老山战士为人民的幸福心甘情愿蹲猫耳洞的奉献精神，就足以证明我们的社会毕竟是充满友爱、充满阳光的社会。然而，近几年来，随着改革开放，随着商品经济的发展，在经济繁荣、生活改善、国力强盛的同时，也释放出丑恶与罪孽，如见义忘利、损公肥私、巧取豪夺、人格堕落、道德败坏，这些实在是不可否认的客观存在。在这种情况下，人们呼唤雷锋精神的回归，呼唤焦裕禄品德的复活，也就是必然的了。

正因为这样，援救蔡彬的彼伏此起的募捐活动，得到的就不只是一笔有数的医疗费，而是一颗颗正直、善良、美好的心，是一笔巨大的精神财富。

《未完成的交响乐》的作者看到了这一点，感受到了这一点，因而他没有把援救蔡彬的活动，写成一篇好人好事的表扬稿，而是把蔡彬的不幸中的幸运，作为一种典型的社会现象来加以描写和剖析。那些经济并不宽裕的市民，成为援救蔡彬的最热心的解囊者，这本身就说明我们的人民，是可贵的人民。那位幼年丧父，中年丧妻，老年丧子，一生坎坷的美术教师，在自己的痛苦和不幸尚未解脱之时，反倒去为别人解脱痛苦和不幸，更令人肃然起敬。这些可以说是我们这个社会正常的、理所当然有的品德和精神。然而，那个“以副养文”的哈尼族青年，在赚了一笔钱之后，有援救蔡彬之心，却不能不在制造了一点善意的谎言之后才达到目的，这就令人感到社会生活的复杂了。而蔡彬的父亲，不过是一个副处级的基层干部，“芝麻绿豆官儿”，可是在募捐时，却只有含糊其辞地称他是“国营单位职工”，怕他的这点“官衔”，影响宣传效果，导致捐款数减少。这些，就不是我们这个社会理应存在的，而实际生活却偏偏存在的畸形现象了。作者没有把自己的视野局限在蔡彬一人身上，而把这场援救蔡彬的活动，放在我们今天这个新旧交接、晨昏交割的特殊的社会背景下去加以剖析。这不能不说是这篇报告文学的独到之处。

新闻性、文学性、政论性三者的结合，是作者追求的目标，我认为，这个目标，基本上达到了。我固然欣赏作者描写事件、刻画人物的简洁与准确，我更欣赏作者的借题发挥，面对当前社会生活中的种种正常与不正常的现象所作的那些精辟的议论。

在这里，我们不妨抄录一段议论，以一斑而窥全豹：

“两个文明一起抓……它已成为文件、报刊和言论上的时髦口号，然而实际生活中，对精神文明的重视、倡导和鼓励大大落后于对物质文明的青睐和热衷，两者的不平衡、不相称，是显而易见、有目共睹的。也许，在某些领导人的心目中，前者是无形的、空虚的软任务，后者才是有形的、实惠的硬指标……”

我想，这篇报告文学的最终意图，或者说“蔡彬现象”给予我们的启示，恐怕就在对社会作大声呼吁：在抓物质文明的同时，千万不能忘了精神文明。

联想到最近中央领导同志在总结这几年的教训时，得出了最大的失误是思想教育的放松，是精神文明这一手的软弱无力的论断，不能不说作者确有自己的预见性。

在当前，加强精神文明建设，已经是关系我们国家、我们民族命运的大事。像援救蔡彬这样的闪耀着共产主义思想光辉的事例，正可以作为一个极好的材料昭告世人。因此我想，《未完成的交响乐》的作者吴德铭同志所作的工作，是应该给予充分肯定的。我愿意向读者推荐这篇虽则写得匆促，却很值得一读的报告文学。

（原载 1989 年 7 月 30 日《昆明日报》，作者李丛中，云南大学教授，当时任中文系系主任，原云南省当代文学研究会会长）

做社会主义精神文明的实践者和传播者

——《未完成的交响乐》代序

共青团云南省委员会

援救病危女学生蔡彬的自发性群众活动，是一部气势宏伟的爱的交响乐，是一曲社会主义精神文明的赞歌。

楚雄二中十七岁女学生蔡彬因患双肾结核等重疾而危在旦夕的不幸消息，首先牵动了她的老师、同学和楚雄人民的心。在《让世界充满爱》的歌声中，从楚雄到昆明，从昆明到全省乃至全国，成千上万善良的人们，纷纷伸出了温暖的手，援救一位素不相识的少女，生动地向我们展示了充满高尚情操和美好心灵的群体形象，体现了新型的人际关系和优良的社会风尚。

团结友爱，互相关心，一人有难，万人相助，是中华民族的传统美德，显示了千百年来华夏子孙固有的一种强大的精神内聚力，20 世纪 60 年代一段时期，我国曾掀起向雷锋同志学习的热潮，人们以雷锋同志为榜样，到处涌现了互相关心、助人为乐的美好景象。雷锋精神成为人们学习的典范和处理人与人之间关系的准则。那时和谐的人际关系、良好的社会道德风尚，许多老年人、中年人仍记忆犹新，留恋不已。今天，从群众性自发援救蔡彬的活动中，我们高兴地看到，60 年代的雷锋精神，在 80 年代人们的身上得到了生动具体的再现。无数活着的雷锋就在我们的身边。

时代在前进，社会在发展。今天，建设具有中国特色的富强、民主、文明的社会主义现代化国家，是我们全国人民，包括全体青少年的共同理想和奋斗目标。在建设社会主义物质文明的同时，大力加强社会主义精神文明建设，是一项长期而艰巨的任务，需要全社会的成员特别是广大青少年进行坚韧不拔的努力。随着我国改革开放方针政策的贯彻执行，由于国家社会生活的巨变和社会主义商品经济制度的逐步确立，人们的价值观、伦理道德和思维方式也随之发生了变化。而建立平等互利、团结合作的社会主义新型人际关系和良好的社会风尚始终是广大人民的热烈追求和崇高愿望。他们希冀：社会主义精神文明与社会主义物质文明比翼齐飞，同步发展。但是，腐朽没落的资产阶级思想和生活方式，“物质至上，金钱万能”也在侵蚀着一部分人和青少年的思想。见利忘义，见死不救，腐化堕落，道德败坏，损公肥私，损人利己，丧失国格、人格的现象，在现实生活中时有发生。这一切与我们中华民族的优良传统和社会主义精神文明格格不入。因此，在新形势下，我们的广大群众和青少年应当分清是非，在改革、开放、搞活中经受锻炼和考验，自觉培养社会主义、共产主义道德品质和高尚情操，争做有理想、有道德、有文化、有纪律的社会主义一代新人。当前，我国的改革已进入到关键时期，治理经济环境，整顿经济秩序，全面深化改革，是我们所面临的首要任务，在这攻关克险的重要时刻，更需要全体人民和青少年树立全局观念，从国家和人民利益的大局出发，认清形势，理解改革，支持改革，发扬优良传统，振奋民族精神，增强凝聚力和向心力，万众一心，团结奋斗。

中共中央《关于社会主义精神文明建设指导方针的决议》号召：“在全国各民族之间，工人农民和知识分子之间，军民之间，干部群众之间，家庭内部和邻里之间，以至人民内部的一切相互关系上，建立和发展平等、团结、友爱、互助的社会主义新型关系。”

建设社会主义精神文明，建立新型人际关系和高度文明的社会风尚，不仅需要社会各方的大力倡导，同时，有赖于我们全体公民和青少年的共同努力。人人勇做社会主义精神文明的实践者和传播者，形成强大的社会力量，就能创造一个优化的社会生活环境。值得欣慰的是，在我们这个社会里，千千万万个精神文明的实践者和传播者，正在为此而进行着不懈的努力，现在我们向大家推荐的《未完成的交响乐》的作者吴德铭同志，就是其中的一个。在援救蔡彬的活动中，吴德铭同志以一名普通共产党员和人民教师的社会责任感，在报刊上多次发表通讯报道，热情讴歌广大人民群众自发援救蔡彬的崇高精神和生动事迹，首先见诸报端的长篇通讯《一支抢救病危少女的进行曲》就是由他亲自采写的，这篇通讯对于尔后援救活动逐步走向高潮，起到了推波助澜的作用；他还积极地在社会上多方奔走呼吁，以取得广大群众对援救蔡彬活动的理解和支持。现在，我们向人们推荐的这部长篇报告文学《未完成的交响乐》，是吴德铭同志根据耳闻目睹和亲身经历的大量事实写的。作品全面、系统地展现了全省乃至全国各地援救蔡彬的壮丽情景和许多鲜为人知的动人事迹，以饱含深情的笔触抒写和赞扬了许许多多普通人的美好心灵和纯真感情，勾画了当今社会的种种人情世态，从不同的角度反映了人们对“蔡彬现象”的认识和态度，提出了一些发人深省的社会问题，不失为一部富有现实教育意义的生动教材。为此团省委向广大共青团员、青少年以及一切从事和关心青少年工作的同志推荐这部作品。

我们希望广大读者朋友通过阅读这部作品能从中受到一些教益，引起某些思考，使心灵受到启迪，精神得到陶冶，道德情操随之升华，共同为创造美好和谐、幸福安乐、朝气蓬勃的社会生活环境，为建设社会主义精神文明作出无愧于时代、有益于人民的积极贡献。

（原载云南人民出版社1989年版《未完成的交响乐》，1989年10月10日《春城文化报》转载）

森林之恋

——读《长青的丰碑》

苏 策

20 世纪 60 年代一个冬季我去高黎贡山，访问驻扎在山顶的著名的丫口排。第二年 4 月下山，我惊讶地发现，这片森林中的稠密的参天大树，都开着红得耀眼的杜鹃花；夹杂在它们中间的是香气袭人的缅桂花树，色彩鲜艳的木棉花树，宛如挂满了灯笼的木莲花树……把森林点缀得花团锦簇、一片馨香。写到这里，我仿佛又看见了那落英缤纷的花海，又闻到了那浓烈沁人的香气，又听见了群鸟和溪流的鸣啭……简直令人陶醉。

若干年后，我和朋友谈起那次高黎贡山之行时，他说："现在你再去丫口排，就不用背着背包爬山了，那里已经修起了公路。"

我问："那片森林太美了，它经常走进我的梦中来。它好吗?"

他皱起了眉头："交通方便了，除了建设用材外，偷砍盗伐太厉害了，那片森林已经所剩无几……"

我们美丽的森林就这样的被一块块"吃"掉了。据统计，解放至今，我省的森林覆盖率，下降了十六个百分点。

森林是人类的伙伴，离开森林，人类是无法生存的。基于这个认识，全球人民将每年 4 月 22 日定为"世界环境日"，宣传保护环境、保护森林的重要性；我国也颁布了《森林法》，投入大笔资金来发展林业，党和国家领导人每年都亲自带头植树……希望尽快改变我国缺林少材的状况。

但是，这种认识并未成为所有人的自觉行动，仍有不法分子，把出卖木材视为发财捷径，进行偷砍盗伐，甚至聚众哄抢，破坏森林建设，在遭到护林人员制止时，有的犯罪分子竟然辱骂、殴打甚至杀害之。

最近读到上海文艺出版社出版的吴德铭同志的长篇纪实文学《长青的丰碑》，叙述的就是为保护森林而被凶犯杀害的周再学烈士的事迹。

周再学是开远市一个乡的护林员，热爱森林，恪尽职守，一心为公。家中妻子有病、孩子幼小，他都无法照顾，全身心扑在森林事业上。

在林中巡逻，他经常被大雨浇成落汤鸡；为了扑灭林火，他曾摔到山崖下昏死过去，醒来后走不了路，爬了一夜才爬出箐沟。他收入很低，还拿出钱帮助那些靠偷伐木料生活的穷苦农民转变思想，另辟生路；也还给贫穷的村寨设计出致富之路，并提供技术帮助，改变人们只想砍树卖钱的老思想。

他的房子已破烂不堪，墙壁和屋顶到处是缝隙和窟窿。他当了林业站长，手上有八百立方米木材的审批权，妻子和朋友都劝他拿一点木料修修房子，合情合理，他却拒绝了。城里分了一套新房给他们，大家一致同意他去住，他却坚持分给了别人。他经手的公款多达几十万元，也是一清二白，一尘不染。

有人知道他“手头很紧”，家庭负担重，非常缺钱花，还有一屁股两肋债，就想贿赂他，但遭到他严词拒绝；有人想用“转正”（他是临时工）、“改行”（改待遇好的单位工作）来诱惑他，也遭到拒绝；有人请来上级高压他，也没有能叫他在原则上让步……这样的操守，自然得罪了上上下下不少人。

于是，有人写匿名信恫吓他，殴打他上学的孩子……这一切仍不能使他就范时，终于在一天夜晚于林中将他杀害。

周再学是个小人物，但他的形象是高大的。感谢吴德铭同志用他流畅的笔触，写出了这本热情洋溢的书。书中虽然只画出了周再学烈士一个人的生活轨迹，但“这滴水”能反映出太阳的全部光辉。可以相信，随着我国社会主义建设事业的发展，随着无数李再学、王再学等森林卫士与全省人民一起护林、造林，周再学的森林梦、我的那个森林花园梦一定能实现。

（原载 1995 年 7 月 31 日《云南日报》，作者苏策，著名老红军作家，原昆明军区文化部副部长、中国作协理事）

拯救的原义

——简评长篇纪实文学《长青的丰碑》

汤世杰

文学作品只是当代人阅读活动中的一个有限的方面，当社会处于转型期，阅读有了较大的选择余地后，情形就更是如此。纯粹的文学作品的创作，由于对生活要有一个较长的积累与酝酿过程，其对社会生活的反映从总体上看，也就有着它纯属正常的相对“滞后”的情形。而读者对于时代、对当前社会生活、对他们身边发生的种种事件的关注，常常只能靠阅读其他一类作品来得到满足。许多非虚构作品尤其是纪实类作品于是应运而生。对这类作品的评判，当然也有艺术上的高下之分，更重要的却在于它是否为我们揭示了时代的要义。优秀的纪实文学作品，总能让读者领略它为我们敞开的那个世界的重要性和真实性，把读者带进某个或是陌生或是尽管熟知却从未思考过的世界，经受一次生命和精神的历险，同时也体味一次审美的愉悦。

《长青的丰碑——一个“小人物”的生命轨迹》(吴德铭著，上海文艺出版社 1994 年 11 月版)，或许正是这样一本书，因了习惯的隋性、知性的麻木和舆论的误导，期望这本书迅即走红畅销，大概暂时还只是一种虚幻。但这确实是一本有益的书。它一反当今许多所谓的纪实作品流行的写作套路——贪大求全，搜奇罗异，大而无当，华而不实——只将朴实的笔墨凝聚于一个“小人物”，一个叫周再学的农家子弟，一个直至离世仍是临时工的林管员，一个为保护森林而惨遭杀害的英雄，由此显示了它独立的品格。作家用20万字的篇幅，为我们叙写了主人公周再学平实无华的一生，把一个普普通通的人的灵魂展示在读者面前。作家以十分细腻的笔触，深深地探进周再学的内心，描摩他灵魂中痛苦的悸动和细小却明亮的生命火花，把一个生活于社会底层的人如何从只知求得生存的温饱，到一步步成为一个情感朴实、憨厚善良、热爱土地、热爱生活的强者的全过程，表现得实实在在又淋漓尽致。在不少章节，作家写得动情，读者也读得潸然泪下。然而，娓娓述说英雄的身世，以让读者热泪涌流或许并非作家的终极目的——如果那样，本书充其量不过是一篇较好的长篇通讯报道而已。作家的真正用意、作家的敏锐和深邃恰恰在于，从偶然中发现了必然，从平凡的生活中提取出了一个带有警醒意味的道理：人类面临着危险，世界需要拯救。

这绝非是危言耸听。人类赖以生存的地球森林锐减，空气和大地急剧污染，生态环境迅速恶化，人类正面临丧失家园的威胁。这一无情事实，已使人类背上了“地球的不肖之子”这一恶名；以致环境保护业已成为当今的前沿科学。然而，人们在面对丧失家园的威胁时，要么盲目乐观，安之若素，无动于衷，要么虽也想过，却无力行动。而本书主人公周再学跟许多有识之士一样，早就开始投身于拯救人类家园的斗争。尽管他愿意当一名收入微薄的护林员的初始动机，或许只是为了挣得一碗饭吃，却在普通、平凡的工作中，逐渐认识到了那些由哲学家、环境科学工作者用连篇累牍的文字表述出来的道理。周再学的可贵正在这里。

荷尔德林说：“哪里有危险，拯救之力就在哪里产生。”何谓“拯救”？海德格尔说：“通常我们认为这个词只是指，抓住一个被毁灭威胁着的事物，以便把它保护在它的先前的持续中。……‘拯救’就是让某物，归于它的本质之家，以便将其本质带入真正的呈现。”周再学当然没有读过荷尔德林、海德格尔，可真理的朴实品格决定了它往往最易被普通人接受并理解。于是，一个只上了几年学的农家子弟成了当今的前沿斗士和名副其实的英雄。我并不大欣赏书中在描述周再学时有意无意营造的某种“自觉”，尤其是，即便周再学真有某种“自觉”，这种“自觉”与有识之士用理论表述出来的“自觉”相比，又还有很大的差距。事实上，周再学是从生活中而不是从理论上认识到海德格尔所说的“毁灭”的威胁的，这对他的高尚丝毫无损。正是他和像他一样的无数个有名无名的周再学们，在求取自己的最基本的生存权利的同时，决心以自己的热血和生命把森林“保护在它的先前的持续中”，让森林“归于它的本质之家，以使将其本质带入真正的呈现”；与此同时，他和无数个周再学们又以他们辛劳贫苦的一生为代价，让他们的生命“归于它的本质之家”，“将其本质带入真正的呈现”。这样的人生，谁能说他们不清醒不理智？在这场事关人类命运的“拯救”中，谁又能说他们不是先锋、不是佼佼者呢？

“拯救”无疑是个世界性的主题，“拯救”，这既是一场行动，又是一种精神；意味着既要“拯救”我们赖以生存的地球，还要“拯救”人类自己、“拯救”人类的心灵。是的，不管作家本人是否已意识到，读者在对周再学们满怀敬意的同时，自然会想到另一种“危险”与“拯救”：保护像周再学这样善良、崇高的“小人物”！使他们不致惨遭“杀害”。作为一个林管员，周再学工作中面对的，除了自然界的风风雨雨、生活中的拮据贫寒之外，更可怕的，还是现实中某些人的愚昧、贪婪、自私、伪善。这些人中有目光短浅、唯利是图的市侩，也有手握一定权力、丧失原则的官员。当然，现实生活中周再学的惨遭杀害即便不是一个特殊的个例，也是极少见的；但是，倘若不对“杀害”作狭义理解，那么，这类事就并不鲜见。传统陋习尚未彻底荡除，时下的金钱至上又让人性之恶急剧膨胀，为获取财富、权力和地位，有的人简直可以不择手段，在某种意义上，高尚、朴实、善良、正义与良知正在遭到鄙视甚至围剿。对此，我们当何以为之？对周再学们的表彰、宣传和颂扬当然必要，但总要等到大大小小的周再学们身卧血泊、猝然离世，才大吃一惊、痛心疾首，未免太晚，也终非良策。一个健康的社会，除了政治清廉、经济繁荣，还必须人心健康、正义高扬。然而，对于人们的心灵所遭遇的某种现实“危险”，我们是不是真地有所警觉、有所防范？尽管周再学们面对邪恶时无所畏惧，但拯救那些被邪恶腐蚀的心灵，让“病态”得到疗治，显然已刻不容缓。

说到底，拯救地球，拯救高尚、善良、正义与良知，都是为了拯救人类自己。于是，作家的倾扬周再学，无异于带泪而呼：人们呵，“危险”在前，该是我们凝聚起“拯救之力”的时候了！或许这才是作家大声疾呼的原义吧？顺带说一句：一个作家能这样做固然需要智慧，恐怕更需要的还是勇气。

（原载1996年1月5日《文艺报》，作者汤世杰，国家一级作家，时任云南省作协副主席）

一片冰心在玉壶

——《让人生更美好》序言

梁晓声

吴德铭先生是云南艺术学院的教授，从年龄上说，是长我半代的人。

三年以前，他在云南艺术学院办起了作家班，个中酸甜，无须详述。

作家班曾是20世纪80年代的新生事物，很使有文学向往的人们羡慕过的。比如北京大学的作家班，比如武汉大学的作家班，都真的造就过几批后来领骚文坛的作家。如今作家班的名气是特别的颓落了，因为想当作家的人不再像从前那么多了。严格意义上的文学——诗、小说、散文，都已先后沦至低谷，比中国电影界的情形略好些，比中国话剧的情形更好些，却也好不到哪儿去。一些纯文学的刊物，或者纷纷易帜变成了综合性刊物，或者已经根本不存在。存在并看得中，倘不依赖对文学有同情心的商企家们的赞助，分明的就办不下去了……

在这么一种大局面之下，云南艺术学院的作家班，却一如既往地为云南省热爱文学创作的人们服务着。而吴德铭教授的服务之心，有增无减。

这很令我感动。

我觉得，这是一些热爱文学创作的人们的幸运，也当然是文学本身的幸运。起码，在云南省，是可以这么看的。

吴德铭教授的努力，绝非孤立无援的一己的努力，云南艺术学院的领导们很支持作家班的教学活动，云南省的领导者们也很支持。两种支持，依我想来，也是云南艺术学院作家班的幸运，也是吴德铭教授的幸运。

云南艺术学院作家班，在云南这片红土地上，靠了有吴德铭教授这样为文学的未来不遗余力的人士，靠了理解他这份热忱的院领导和省领导的支持，默默地培育和播撒着文学的种子。

归根到底，作家班的存在，是以热爱文学创作，说得再平易一点儿，是以热爱文学写作的人们的存在为前提的。

倘若没了这些人，作家班又为谁们去办呢？

所以，在云南省，居然仍有不少热爱文学写作的人存在，真是令人为文学倍感欣慰的事啊！

吴德铭教授向我这样介绍：他们中有工人、农民、机关干部、武警战士、公安人员、科技工作者……五行八作的人都有，各种年龄的人都有。他们并不孤注一掷地沉浸在作家梦中。他们都是些本职工作的敬业者，也都是些非常热爱生活的人。他们并不打算靠写作创收。他们是些把热爱文学写作和热爱生活联系在一起的人，时代不是号召人们要提高自身综合的文化素质么？他们正是些希望通过文学写作实践使自己变得更美好的人……

这就尤其令人感动了。

我是相信通过文学写作之实践，能使男人和女人变得或多或少有些书卷气的。

因为谁如果热爱文学的写作，他或她则必是先对文学发生了阅读的兴趣。而阅读的习惯，乃人类最古老最良好的习惯之一。书卷气是由此习惯形成的。无论是男人或者女人，有了别种样呈现优秀的气质，进而又有了书卷气，则他们或者她们的气质，所呈现的气质内涵就更其丰富了。即或本无气质可言的男人或者女人，由阅读由习写而渐有了书卷气，也等于是有了人最特殊的气质之一种。

是的，书卷气，的确是最特殊的气质。在当代，几乎是宝贵的气质。

所以，云南艺术学院作家班的文学学员们，自觉地将热爱文学写作和热爱生活联系在一起，自觉地希望通过文学写作实践使自己变得更美好——这一种心愿，不能不说是很美好的心愿。

这使人真的不由不联系到所谓“法轮功”而沉思——为什么，在中国，那么多那么多的人，舍得花那么贵的钱整套整套地买些内容愚不可及的“法轮功”读物，却舍不得花钱买值得一读的书呢？为什么将那么多的时间浪费在愚不可及的练功中去，却不能静静地坐下来读读文学呢？

倘说当代中国作家的书都不值一读了，那么我们古代的文学中，还留给了我们许多经典吧？倘连我们古代的经典似乎也不值一读了，还有许多翻译过来的世界名著吧？我从旧书摊上买了一本仍较新的《唐诗精选》，才花了三元钱！

我相信读书习写是最好的修身养性、陶冶性情的方式，比什么“法轮功”效果强多了。

习写总是要有点天份的。

但阅读只需要认识三千字以上，就几乎什么书都可以读的了。我没见哪一个练功的人脸上真有仙气道气，但我的确从几乎一切有阅读习惯的人脸上看出过使我觉得可亲的书卷气。

故我认为——云南艺术学院作家班的学员们，那些将热爱文学写作与热爱生活，与提高自己综合素质自觉联系在一起的普普通通的人们，他们对于阅读和习写的理解，是值得我们这个民族因而反省的……

现在，吴德铭教授的学员们向他交卷了——便是这一本集子。他为他的学员们的这一本集子的出版，亲任主编，投入了不少心血和精力。

这一本集子中的某些篇章，也许还较稚嫩——但我们一想，是些并不打算当作家、仅仅出于对文学写作的热爱的人写的呀，那我们还有必要以过分专业的文学评论的眼光去挑剔么？

云南艺术学院作家班——我祝它的学员一年比一年提高。

云南艺术学院作家班的学员们——我祝你们的文学习写实践，真的使你们的人生更有质量！

1999 年 8 月 3 日于北京

（此文为著名作家梁晓声为吴德铭主编的《让人生更美好——云南艺

术学院作家班作品选》写的序，该书由作家出版社于2000年3月出版。本文曾由《云南日报》、《边疆文学》、《云南政协报》、《云南艺术学院学报》等报刊转载，作者梁晓声，著名作家，全国政协委员，北京语言大学教授）

人文精神的最佳典藏

——读吴德铭教授散文集《海外万里行》

蓝 芒

天下自然景物，需要有人赏识发现，进行宣传推荐，才能成为名山胜水，吸引游人，同样，天下高人韵士也需要名山胜水的陶冶触发，方能志趣高远，下笔千行。范仲淹从洞庭湖的“浩浩汤汤，横无际涯”受到“居高处远”的触动，从而唱出“先天下之忧而忧，后天下之乐而乐”的天籁之音；刘禹锡也从往昔衣冠鼎盛而今野草丛生的、发生了巨大盛衰反差的乌衣巷的触发，而在《乌衣巷》那寥寥28字的诗中装进那么多时代更替、世事沧桑的况味。

我国历代旅行家、作家和诗人是很讲究“登山则情满于山，观海则意溢于海”的，为此，他们为诗则追求高度人文情怀，为文则必定赋足人文内涵而后已。这样做，却并不是为了探究什么历史规律，梳理什么事物内部关系。而是也准备像刘禹锡和范仲淹那样为了感悟瞬间即逝的自然妙趣，揩亮历史陈迹和体验生命底蕴，要不就是为了借史事与名人俯仰低回，或从当下上溯千年，昭示人文传承。显然，缺乏人文内涵的自然景色，即便是超常秀美，也难以脱颖而出，去除“荒野”之名，而一旦有了人文内涵和人文观照，则它从此将不再是一滩既无意识又无思想的“客观存在”，将立即显现出钟灵毓秀、品位不凡的特质，诗文也将显得内涵厚重，词气迈往，可以一扫旅游散文干巴艰涩，仿若旅游地图或旅游指南的尴尬。

有人说，我们的旅游散文创作近年来已蔚然成风，其繁荣程度已远胜于其他品类的文学创作，甚至具备当年游击战的规模态势：省自为战，专、州自为战，县自为战，乃至乡村亦自为战！然而，这铺天盖地的“繁荣”，已形成铺天盖地的芜杂！面对这么多干瘪、平庸、人文内涵严重脱水的旅游作品，怎么就没有一个文艺评论家来疏通辅导 一下，就任其自流下去吗？我真有点“拔剑四顾心茫然”的感觉！正在无可奈何之际，忽然读到吴德铭教授的旅游散文集《海外万里行》，精神不禁为之一振！作品视角独特，谋篇宏大，凸显人文，韵味悠长。其中许多篇什不失为景中有文，文中有情，蔚然即成人文内涵的最佳典藏。

不过，我们在评论吴教授的作品之前，也首先应该对他以将近古稀之年，并在语言不通和没有向导的情况下，仅仅凭着一股比旅行家还旅行家的勇气和毅力，就单枪匹马闯巴黎的精神表示赞叹！看来正是他的这种特立独行的方式，才得以避开当下以导游和旅行社为主导的，以“追求感官享受，忽略文化吸收”的，以“吃、喝、玩、住、买”为宗旨的旅游时尚，从而有机会了解和接触到法兰西民族珍藏在旅游景点中的历代人文精彩。

在对旅游景点中的人文内涵坚持进行钩玄探奇方面，吴教授更像从安放在巴黎“法国先贤祠”中的“福科摆锤”得到启示：150 年来，“福科摆锤”为了证明地球自转的科学真理，一直在众神的怒视下有规律地、自信地徐徐摆动，仿佛不停地在宣示科学的坚持精神！吴教授则用一篇篇真挚优美、广博厚重、充满人文观照的旅游散文来表达自己的坚持，从而把寻常的旅游提升到“扩大视野、增长知识、加强素养、陶冶性情的学习良机”的品位和层次。他那支开阔飘逸、挥洒自如的笔，总是那么殷勤而缜密，不但引领读者“畅游”了被称为“丑陋的怪物”的艾菲尔铁塔，领略了写满 280 种语言和 311 种字体的“爱墙”的神奇，参访了文化气息无处不在的卢森堡公园、人类艺术三部曲的卢浮宫、奥塞博物馆和蓬皮杜文化中心，以及那座将罗马式与拜占庭式两种风格的建筑艺术熔为一体的圣心大教堂，等等。可谓穿壁引光，赏尽辉煌！然而，吴教授并不到此为止，他认为真正能充分展示法国人文内涵和人文传统的并不是艾菲尔铁塔，也不是卢浮宫和奥塞博物馆，而是先贤祠。因为，只有先贤祠代表了法兰西优秀的民族精神和最充分最广博的人文涵盖：

（先贤祠）真正体现了对人才、知识、成果、贡献的尊重。

为此，在他的心目中“先贤祠”是那样壮丽，那样崇高：

融合了希腊式建筑的壮丽和哥特式建筑的轻巧。步入宽敞的正厅，只见长110米，宽84米的均匀对称的希腊十字架形建筑空间的中央，由32根圆柱撑着高达83米的穹窿状的巨大圆顶……

这座用以安葬曾对法兰西作出过重要贡献的伟人的“祖国和自由祭坛”，在其和圣殿的圆柱和穹顶一样庄严和厚重的地下墓室中，安葬着伏尔泰、卢梭、雨果、大仲马和居里夫妇等一大批历代伟大的思想家、作家、科学家和革命家。正是他们用知识和睿智培育了法兰西乃至全世界的人文精神。这里，不妨借用书中对一位“世纪文化女杰”称许的话：

那些呼唤正义和良知的主旋律鼓荡着她（法兰西）的青春热血，也使她饱吮了丰美的精神乳汁……

吴教授更进而认为，凡是为国家民族增添过精神财富，创造过人文价值的人，不论古今，也不论是中国人或外国人，“都应当确认其崇高的历史地位，以最有效的形式表示整个民族对他们的敬重和纪念，绝不可妄自菲薄，割弃历史，数典忘祖，任意否定。”为此，他征引了郁达夫先生的名言：

没有伟大的人物出现的民族，是世界上最可怜的生物之群；

有了伟大的人物，而不知拥护、爱戴、崇拜的国家，是没有希望的奴隶之邦。

除了巴黎和西欧，在莫斯科、圣彼得堡和辽阔的俄罗斯，在马来西亚的吉隆坡、槟榔屿与马六甲，吴教授同样寻珍觅宝，广收薄发，给读者奉献出一篇篇充满人文内涵、别开生面、执意捕捉生命节律、叩问人生真谛、韵味隽永的旅游散文。

感谢吴教授让我们读到如许多的美文，又受到如许多的人文教益。有位希腊哲人曾经说过：

知识是最高的善行。

（原载2008年11月3日《云南日报》，作者蓝芒，著名归侨作家，原云南当代文学研究会会长）

万里最好是独行

——读吴德铭散文集《海外万里行》

张　长

当今旅游业兴旺发达，记述海内外旅游见闻的游记或曰旅游散文可谓汗牛充栋。然而，许多作者只告诉读者他们所见到的一些自然和人文的景观罢了；顶多再发些怀古之幽思，人云亦云，少有自己独到的视角和个性化的感受。一篇篇旅游散文，大多也就如一帧帧再普通不过的数码快照而已。读这些文章，对那些已有千万人去过的地方，其描述都有似曾相识的感觉。另外，任何一个作者收到一本集子中的文章质量都会参差不齐，不可能都在同一条水平线上。这一点，大家、大师都一样。

上面的意思是想说明，旅游散文因为大多是写同一景点，没有独到的视角难以见新，编到一起更难篇篇都好。一般而言，那些给读者印象深刻的、记得住的常常是作者感受最深的、写起来最顺手的。一本书中能有一两篇给人留下深刻印象，一段旅程中如有一二处经历叫人难以忘怀，这就很不错了。

文友吴德铭教授的新作《海外万里行》，记叙了他近年来先后在南洋、欧洲、俄罗斯等地工作、考察和旅游的亲身经历，许多题材具有他自己特有的见闻、视点、感受和思绪，有些内容甚至是鲜为人知的，例如在马来西亚参加纪念郑和下西洋六百周年活动后，作者独自深入采访和详尽描写了孙中山在槟榔屿的革命遗迹、南洋华侨机工回国抗战的故事以及幸存者的现状，还首次发掘和披露了文天祥后代在海外的业绩等。而给我印象最深刻并留下特别记忆的，当是《孤胆独闯大巴黎》这样的很有趣的作品。吴德铭写这类文章时俨如一个很不错的导游。

导游也有各自的风格。或重复背诵，喋喋不休；或伶牙俐齿，生动活泼；或如实直叙，娓娓道来……吴德铭的大多数游记属于第三种。他的语言不很灵动但也不直白。通过他朴素无华又不乏风趣的介绍，你能大体看到他履痕所及的地方的自然景观和人文景观，甚至能感受到这位“导游”的个性。我以为《孤胆独闯大巴黎》在整本书中，正是这样一篇既有作者独特感受，且极具作者个性的文章。随着开篇的第一问：“一个中国人，不懂法语，不参加旅游团，能独自闯荡巴黎这个国际大都市吗?”读者就很愿意看下去。于是和作者一起登上飞往巴黎的国际航班，一起在人地两疏的异国他乡找旅馆住，学乘地铁，独自去寻访各个名胜古迹、艺术殿堂，甚至去解决吃饭、上洗手间之类问题……其中的疑虑、紧张乃至恐惧以及相继而至的释然、陶然和盎然乐趣都感同身受。当读到三次乘电梯升而复降仍找不到住房的尴尬，因“内需”而记住了一句“最最紧要”的法语“脱了它”（“卫生间”音译），我不禁哑然失笑，产生一种阅读快感。凡文章，不论喜怒哀乐，写到能让读者产生阅读快感，喜欢读下去，这就成功了。

《孤胆独闯大巴黎》还向读者展现出作者本人的个性。那是一种不怕困难、不畏艰险、执著而又乐观的性格。“文如其人。”试想一位年近古稀的老者，一个不懂法语的中国人，居然在几天内就能在偌大的巴黎如鱼得水，来去自如。这当中，除了热情好客的法国人，还有我们无处不在的同胞给予的帮助之外，首先还得有吴德铭自己的勇气、机智和他旺盛的精力。老实说，这种“独闯”的决定，且不论这把岁数难能可贵，即便是懂点英语的年轻人恐怕也得考量考量之后才能作出的。正是这种“孤胆独闯”的冒险性使作者的观察、体验特别深刻，所以这篇文章写得就特别独到而传神，人们读来也就倍感新鲜而投入了。正如吴德铭自己所写的：独闯的结果，让“我这个独行者游遍了巴黎的四面八方，其受益的含金量和快乐感是一般旅游团队所不可企及的”。

“独闯”意想不到的快乐已被有个性、有胆量的旅游者体验和证实。那么，“独闯”于文学创作呢？对那些“独辟蹊径”者所取得的成功，怕也是快乐无比的。

（原载2008年9月《云南当代文学》，作者张长，国家一级作家，中国散文学会理事，中国作协会员）

霞客游踪谱新篇

——读吴德铭同志《海外万里行》

汪德荣

前些年我们曾经热情地称赞老作家冯牧是新时代的“徐霞客”，称赞他不畏艰险不怕困难，跋山涉水，风餐露宿，踏遍了云南数千里边疆，以优美的文笔、高度的热情写出了一篇篇美妙动人的散文，为我们描述祖国边疆的崇山峻岭、江河激流的旖旎的自然风光和兄弟民族多彩的生活习俗，以及驻守祖国边疆的英雄部队的艰苦卓绝的斗争生活。人们怀着敬佩的感情赠给他一个“冯霞客”的雅号，长久地留在我们的记忆之中……

最近我读到了文友吴德铭教授热情赠我的一册题为《海外万里行》的散文集，当我看到在书中他记述了出访欧洲等地的见闻和感悟时，使我不禁惊呼：又一个“霞客”式的作家出现在我们面前。

翻开这一本只有200页的文集，扑面而来的就是吴德铭同志烈火般的一股热情，那种对祖国对人民对改革开放对和谐社会建设的赤子之情，那种令人不胜感慨的一个学者、一个作家的高尚情怀！

首先映入眼帘的就是他那种学而不倦、力求博识的旺盛的求知热情。为了达到这个目的，他像古代的徐霞客和冯牧一样的鼓足了勇气，克服了许多想象不到的困难，虽然他去的是欧洲那些古老而又现代的通都大邑、繁华城市，有着各种现代的生活条件，用不着风餐露宿，听不到虎啸猿啼，也没有荒山野渡、荆棘载途之苦，但是，他却使人们大为震惊的是在完全不通语言的情况下，竟然大胆地独闯巴黎，凭着一张地图，几句英语和现学的法语单词，就走遍了世界名城巴黎的大街小巷，参观了闻名世界的巴黎圣母院、艾菲尔铁塔、卢森堡公园、先贤祠等世界名胜古迹，而且他是“每到一地，都以一个求知者、审美者的眼光和听觉，满腔热忱、情趣盎然地去观察一切，体验一切”，这一切对于一个年逾花甲接近古稀之年的老年人，需要鼓足多大的勇气、需要下多大的决心？这一切不都是一个徐霞客式的旅行者的吴德铭同志给予我们的印象吗？不都是他那高度的求知欲的生动表现吗？我们读到这些能不为之深深地感动吗？

作为一个学者、一位大学文科教授，吴德铭同志并不缺乏对西方文明史的一般性理解，但是令我们深深为他吸引的正是这种学者情怀，他那种对西欧文艺复兴以来的著名文学家、艺术家、科学家的深刻见解，对苏联卫国战争时期的英雄人物的生动描述，对一些著名建筑物的科学探索和研究，比照徐霞客对山川大地的探索和分辨，比照冯牧同志对边疆山川风物的描述，应该说有着一样的深意、一样的文艺和社会价值！同时，也使我们感受到一个教授的传播先进文化知识和人类先进思想的一股循循善诱乐于助人的高度热情！

改革开放以来，我国的旅游事业得到了长足的发展，出国旅游的人群络绎于途，中国人的足迹遍及世界各地，无疑这是一个可喜的现象。但是，作为人文学科的学者、教授，吴德铭同志的眼光更远大更高尚，他赞扬“旅游是思想的源泉”的说法，他不赞同那些重物质、轻精神、追求感官享受、忽略文化、一掷千金等现象，因此而深深慨叹，他说：“无论如何，作为具有社会属性的文明人，除了满足物欲、食欲和性欲，总还得有点求知欲、创造欲和奉献欲。”这种对社会、对广大旅游者们的热情的谆谆劝导和说服，不仅是吴德铭豪迈性格和见义勇为人品的高度反映，也是一个爱国作家的情怀的生动体现。这种提倡文明、鞭笞落后的风格不也是对许多文坛先辈精神的继承和发扬吗？

作为一个学者、一个社会活动家，吴德铭同志还肩负着开展海外文化交流和考察等多方面的使命，在他寻访郑和七次下西洋的路径中，对东南亚各地的有关史迹作了细密的考证，还对孙中山的革命遗迹、南洋华侨机工抗战往事，以及文天祥后裔的状况作了不少访问活动，这是他爱国主义情怀的又一方面的表现，对祖国的文化交流事业和海外友谊的发展表现了高度的热情和杰出的才干！

当然，作为一位资深的文学教授，他的笔下功力十分深厚，每一篇文章都给了我们以美学的享受和愉悦，就自不待言了。我国自古以来就有“读万卷书，行万里路”的优良文化传统，历代的学者、诗人、作家都在这方面树立了杰出的范例，吴德铭同志的这本书正是以他自己的实际行动实践这一优秀传统取得的丰硕成果。

30年前邓小平同志倡导实行改革开放方针以来，为我们古老的民族注入了无穷的生命力，实现了历史的大转折，今天，当我们热烈纪念改革开放30周年之际，吴德铭同志以他的全部热情和真诚意愿大力捧出的这本《海外万里行》恰好是为此献上了一份丰盛的厚礼！

（原载2009年2月4日《云南老年报》，作者汪德荣，著名老作家，原云南省作协副主席，昆明军区文化部副部长）

“饱以五车读，劳以万里行”

——读《海外万里行》感悟

李国庆

近几年来，吴德铭老师多次有幸出国旅游或参加学术、艺术及文化交流活动，足迹遍及马来西亚、俄罗斯及西欧等地，成了一个“富有的海外淘金者”。归国之后，他的创作欲望和文思犹如滔滔不绝的泉水喷涌而出，一连写了几十篇文章，把自己的所见所闻所感所思尽情倾诉，我陆陆续续读过一些，沉浸醲郁，含英咀华，喜爱之情不言而喻，然总以不能窥其全豹而深以为憾。近日喜闻佳音，吴老师的《海外万里行》已由作家出版社正式出版。我抓紧时间认真拜读，仿佛跟随吴老师的身影去海外免费旅游了一圈，掩卷之后，仍久久沉醉其中而不能自拔。情之所至，略抒所得，聊表寸心。

“饱以五车读，劳以万里行。”（陆游诗）作为一个大学教授，吴老师学识渊博，功底深厚，况且每次出国之前，他都尽可能地搜集、掌握所去国家、地区的各种情况，包括历史、地理、政治、经济、文化及风土人情、旅游景点等等；出国以后，每到一处，都以一个创作者的心境和姿态，用一个求知者、审美者的目光和听觉，满腔热情、情趣盎然地去观察一切、体验一切，随时随地都脚勤手快地去捕捉那些有价值、有意味的人物、事物和景物并将其及时地记录和拍摄下来。因此，现在呈现在我们面前的，都是那些国家和地区长期积淀、历经岁月淘洗而留存于今的“国粹”和人类共有的文化宝库，其中有法国的先贤祠、巴黎圣母院、卢浮宫、奥塞博物馆、蓬皮杜文化中心、艾菲尔铁塔、枫丹白露、巴比松、蒙马特高地、圣心大教堂、卢森堡公园，荷兰的国家博物馆、凡高美术博物馆，俄罗斯莫斯科的新圣母公墓、托尔斯泰故居、列宁格勒英雄保卫者纪念碑；他还在马来西亚寻访郑和的足迹，去槟榔屿参拜孙中山先生的革命大本营，瞻仰“华侨抗战殉职机工罹难同胞纪念碑”，参加马来西亚国庆观礼……收入文集中的一篇篇游记，顺应改革开放的时代潮流，思想解放，视野开阔，内容丰富、翔实、新颖，文笔优美、生动、流畅，将知识性、哲理性、艺术性、可读性精妙地融为一体，使读者如同啜饮一杯杯芳醇的美酒，于微醺之后犹觉余味无穷……

游记，不可能是大自然的全盘复制，事实上也根本做不到。艺术即选择，游记也是如此。一个真正高明的游记家，面对着眼前如此美妙奇特、多姿多彩的山水自然景观，他只能选择那些情不自禁地产生兴趣、最能打动自己的“兴奋点”，截取一山一水、一景一物，充分发挥自己的艺术才能，将其打造成一件精致完美的艺术品。这就要求游记家必须掌握一支灵动的笔。灵动灵动，灵须动，动则灵，僵滞呆板、一成不变，则无灵动可言。我们读吴老师的游记，有些篇什，时而写景状物，时而介绍历史沿革，时而展示民俗风情，如《可资借鉴的俄式露天婚礼》、《大马国庆节亲历记》等，这就是灵动；还有些篇什，时而叙述，时而描写，时而议论，时而抒情，如《向先贤顶礼的圣殿》、《巴黎圣母院面面观》、《举世无双的“铁娘子”》、《枫丹白露记行》、《历史和艺术珠联璧合——记莫斯科新圣母公墓》、《生产时代明镜的文学工厂——托尔斯泰故居巡礼》等等，这仍然是灵动；另有些篇什，虽以叙事写景为主，却在其中夹以考订，甚至天衣无缝地糅进人物活动的片羽，如《寻访郑和的足迹》、《文天祥后代的爱国情结——访马来西亚华社研究中心主任文平强》等，同样可以视为灵动。这也是我们心甘情愿被他牵着鼻子走，不知不觉入其彀中的内在魅力。

游记作为一种独特的文化存在，应该包括以下两个方面：一是游记家把他的文化素养、文化眼光，通过对山水自然、民俗人情等等的选取、再现，并且渗透进自己的情思，结撰成文本，诉诸于文字符号形态，从而获得了完整的“文化”的意义和价值；另一方面，就不少游记作品的具体内容而言，往往有着丰厚的文化内涵。我们欣喜地看到，读吴老师的游记，可以感受到他在上述两个方面兼而有之，体现出较高层次的文化禀赋、文化积累和文化水平，这是一般的游记写作者所难以企及的，这也是我们吟味再三感觉获益匪浅的秘诀所在。

在赞赏和歌颂别国文化瑰宝的同时，他也不忘从正反两个方面观察和思考问题，有好说好，有坏说坏，如给花都巴黎挑刺，从马来西亚三寸金莲馆说到国内的金瓶梅公园等，体现了一个正直作家的勇气和责任心，确乎难能可贵，值得我们敬佩和学习。

广视野，移感情，长知识，提高审美能力，感谢吴老师为我们打开了一扇重新认识世界的窗口。不言而喻，这样的幸福和幸运值得永久珍藏。

（原载2008年8月16日《云南法制报》，作者李国庆，中国当代文学研究会会员，云南省作家协会会员）

执著前行的长者

——读吴德铭及其散文集《海外万里行》

杨祝飞

2009年阳春三月，我的前辈同事吴德铭老师，欣喜地送了我一本游记散文作品集《海外万里行》（2008年1月，作家出版社出版），并题字："杨祝飞老师 雅正 惠存 赐评 吴德铭 二〇〇九春"。任务是非常明确的，就像老师布置给学生的作业，只是时间要求上有些弹性罢了。

然而，所谓"雅正"，我是把它当成吴老师的谦辞来理解的。因为，首先那个"雅"字，就够修炼几十年的，而且要达到悠闲、美好、大方的心境状态，在如今这个日新月异、瞬息万变的时代，加上我这样上有老下有小、东奔西走的年龄，几乎是做不到的；至于那个"正"字，就更是没多少指望了——正什么？连国门都没出过，而且自以为像样的文稿出手时，都会感到脸红心惊肉跳的"毛孩"，"正"名家之大作这不是班门弄斧吗？

而"惠存"的责任难度要小些，《现代汉语词典》中说是："敬辞，请保存"之意。读书人能有作家赠阅大作，那是相当幸运而幸福的事儿，否则就不会有签名售书的火爆场面啦！而且是同事的旅游见闻心得，分享熟人的成果会获得更多的快乐！读书人爱书那是自古以来的情结。鲁迅笔下的孔乙己有言：读书人窃书不算偷。这赠书当是合情合理合法的了。十几年前，少见身边人著书立说的，总以为能著书立说者都是圣人（圣人者，立功、立德、立言也），近几年接触到出书的人日渐多了起来，自己的书柜里也摆放了几十本同事、朋友、兄长的大作，五花八门的，还真是当宝贝一样珍藏着：有书在，就像作者也在我的书房里，暖融融的……

至于“赐评”这是最难的，于我等是难于上青天。以前读书是为了求得知识、学会做人。那时尽管知之甚少，却还没到无知无畏的程度，因而总是怀着一颗敬畏贤达圣人、崇拜知识真理的虔诚之心，默默地像干涸的海绵一样，沾到水就汲取，如饥似渴。更没有想过要去评判是非、评头论足一番。而今吴老师要求“赐评”，后生在细读吴德铭及其《海外万里行》后，以忐忑之心说上几句心里话。

一、吴德铭其人

敢于闯荡的游子。从《海外万里行》的开篇《放飞海外的曲折历程——作者自白》中，我们就看到吴老师是一位执著、认真，甚至是有些任性的人。为了实现自己的作家梦，青少年时代就敢于拒绝权威、谢绝名师名校，按照自己的志愿选择走文学创作的人生道路，哪怕中途被人视为“选错了行走错了路”。而作为文化人，驰骋于文学创作的梦想中与跨出国门畅游于精彩的大千世界里，该是同等的执著与向往吧！然而“到国外走一走，看一看”在国门尚未打开的改革开放之前“几乎是异想天开的事”，在那“南移”即为叛国的阴影下，他屡次站在国境线上的界碑前眺望异国大地，甚至“忍不住”跃入瑞丽江中游泳，到借出差“良机”得过境“一日游”，再到2005年后终于真正出国闯荡欧罗巴、遨游俄罗斯和南洋马来西亚采珠拾贝。最令人佩服的是孤胆独闯大巴黎和南海潜水的壮举，那是需要多么大的勇气和胆识啊！“在家千日好，出门一日难”和“远怕水，近怕鬼”是箴言古训。在言语不通、举目无亲，连东南西北都分不清的国际大都市里，对于通常的一位年近古稀的人来说，无异于是去受洋罪，而吴老师却以闯荡为乐趣，挑战自我，克服了重重困难完成了愉悦的巴黎之旅，甚至还有胜利的豪情和轻松的快感。我敬佩吴老师百折不挠的品格和执著进取的精神。

甘为人梯的师长。认识吴老师是从1993年我到学院工作开始的，他对本职工作的敬业投入和对年轻人的关心鼓励，给我留下了深刻的印象。记得那时吴老师是在负责学报的工作，为编辑一期介绍学院教师队伍建设情况的学报，他为收集到入刊者的资料图片，要与每位当着面交代多少遍、屁股后催促多少道。这是跟我没有关系的事。最初直接打交道的，是1996年他在编辑学报综合版增刊时，笔者提交了一篇《追求自由：论马克思的自由观》的论文，吴老师编后给予了极大的鼓励，希望年轻人多思考、多动笔。再后来是听说了他主持举办“云南艺术学院作家班”，几乎投入了他全部的时间、精力和资源，在十分艰难困苦的情况下终于带出了来自全省各行各业几十位作家班学员，而且以最成功的方式主编了《让人生更美好——云南艺术学院作家班作品选》。这64万字的大部头于2000年3月由作家出版社出版，仅是通读一遍都要花费些时间精力，更不要说文稿的修改、校对以及不少篇章还加上了名家评语附注了。只有热爱学生、热爱事业的人，才会有无私奉献的至高境界，才会不遗余力地真诚呵护鼓励鞭策幼苗的成长。2008年10月，我又见到吴老师主编的《金秋硕果——云南艺术学院离退休人员文选》由云南大学出版社出版了。也是55.8万字之多，其中收集整理了云艺离退休教职员工的文稿，算是提前为50周年院庆做的一项实实在在的准备工作。没有那一份热衷心肠是肯定完不成的。吴老师的热情之火似乎是不会熄灭的，学院50年校史的主编工作又落到了他的肩上……

勤耕不辍的作家。追求崇高的人生目标是其坚定不渝的信念，尤其是1960年工作以来，吴老师都是以师者职责进行着传道、授业、解惑，传播着文化艺术的知识、文明的。1998年他退而不休，在《未完成的交响乐》、《长青的丰碑》（报告文学）和《栋梁》、《爱心无价》（电视剧本）之后，以更大的热情拿起温润之笔继续进行着创作，为人们提供丰盛美味的精神食粮。老骥伏枥，志在千里。他正以文化文明的使者传播着人类的文化文明成果：以他的言行文章让更多的外国人感受到中华的文明，也同样以他的言行文章让更多的国人了解了外国的文明。摆在我们面前的《海外万里行》就是通途、桥梁，就是盛餐、美味。也许正是拥有只争朝夕的紧迫感和小蜜蜂酿蜜一样的勤劳习惯，每每见到吴老师，他都是要么行色匆匆，要么口若悬河，古稀之年的吴老师仍没有停止不前、缓慢休闲，总是保持着活力无限的状态与劲头。当然，吴老师的生活也不是一帆风顺的，当面对不公正待遇时，他进行了顽强的抗争——为了著作权的被侵犯，他拿起了法律的武器东奔西走；为了职称评审中的不公正，他向领导反映多方争取支持……鲁迅说："不平只是改造的引线，万万不可单是不平。""真正意义的行动是不应当考虑生命危险的，我被神派到这个城市里来，好比是马身上的一只牛虻，职责就是刺激它赶快前进。"吴老师在按苏格拉底的方式行动着。

二、《海外万里行》其书

传播文化艺术知识的好教材。作者以自身渊博的艺术文化知识和良好的道德文化修养，结合旅游欧罗巴、俄罗斯和南洋诸岛的所见所闻，在忠于历史事实和现实情景的前提下，以夹叙夹论的方式，向读者介绍了富含文化意蕴、历史风貌和风土人情的圣殿、教堂、村落、故居、公园、墓地、碑塔、博物馆等名胜古迹，展示了丰富厚重的文明文化史。名胜古迹是人类精神的家园，从中人们可以触摸到先贤圣杰的英姿、思想、精神。作者叙事、绘景、状物都是紧紧围绕人类社会中的人这个核心来展开的。所写之人，是历史真人，有血有肉、有灵有性，活生生的；所写之景，是人类的生存之景，无论自然美景，还是人类建筑之物，都发掘或体现了与人相关的核心价值。比如，作者在游览了法国巴黎的先贤祠后，记写的《向先贤顶礼的圣殿》一文中，清楚地介绍了先贤祠的古今历史变迁、重大事件、用途价值、象征意义和许多长眠于此的历史人物。既有对先贤祠本身精细入微、准确精彩的描述，给人身临其境之感，又把先贤祠放到更广大的时空之中，记述了与其相关的重大历史事件、历史人物和自觉反思。可谓珠玑成串，血肉丰满，意义深远。

作者还引用作家郁达夫的警句："没有伟大的人物出现的民族，是世界上最可怜的生物之群；有了伟大的人物，而不知拥护、爱戴、崇拜的国家，是没有希望的奴隶之邦。"先贤祠崇尚的正是法兰西的优秀的民族精神、雄踞时代高峰的思想哲理和先进的科学文化，真正体现了对人才、知识、成果、贡献的尊重。其实，作者所游历的和记写的巴黎圣母院、卢浮宫、奥赛博物馆、蓬皮杜文化中心、埃菲尔铁塔、枫丹白露、巴比松、蒙马特高地、卢森堡公园、荷兰的梵高美术馆，以及俄罗斯的莫斯科新圣母公墓、托尔斯泰故居、列宁格勒英雄保卫者纪念碑等，无一不是人类精神家园的栖息地，无一不是感知人类文明的"聚宝盆"、"总索引"和"大课堂"。

最为难能可贵的是：作者睹物思人，能超越时空自然而然地把我中华同胞中与之有关的良才俊杰的轶闻趣事编织其间，既亲切自然，又闪亮生辉；自愿自觉地汲取人之所长，反思己之所短，催人奋起直追。这些与众不同的视角，更具有启发价值和现实意义。

学习游记写作的好范文。以《海外万里行》为书名的文集，统领了作者"闯荡欧罗巴"、"遨游俄罗斯"和"南洋采珠记"三个部分的27篇以游记为主的散文。每篇独立成章，都是构思巧妙、思路清晰、表达准确、文采优美的游记散文。

首先，文章的标题是文章的眼睛，起到画龙点睛的作用。27篇散文各有一个标题，其中每一个标题都是作者精心拟定的，且"文"和"题"搭配得精妙独特。比如，《孤胆独闯大巴黎》就是描写了一个不懂法语的中国老头，独闯国际大都市巴黎的所见所闻、所思所想，无论欣喜若狂、温馨愉悦，还是担心忐忑、挫折误解，都栩栩如生、跃然纸上；而《向先贤顶礼的圣殿》、《巴黎圣母院面面观》、《人类艺术的三部曲》、《举世无双的"铁娘子"》、《枫丹白露纪行》、《艺术名城的画家村》、《啊，蒙马特高地》等是以景点的特色特点入题，指导读者直观直入其景，引领读者准确理解作者的观感心意。标题就是向导、路标，打通了时空界限。

其次，文章结构和叙述是依据展现游览景物的需要，选取了灵活多样的方式。有的是以游览者的行进线路为叙述顺序，如《向先贤顶礼的圣殿》、《枫丹白露纪行》、《艺术名城的画家村》、《啊，蒙马特高地》等；有的是以景物对象排列先后叙述，或以“列传”方式平行进行的，如《历史与艺术珠联璧合——记莫斯科新圣母公墓》和《血肉铸成的历史丰碑——瞻赏列宁格勒英雄保卫者纪念碑》；有的是以景物出现的先后和内在的联系为顺序，如《人类艺术的三部曲》，先介绍了古雅的卢浮宫，再介绍新美的奥赛馆，最后陈述奇特的蓬皮杜文化艺术中心；有的是全景式的总体观感陈述，有的是分镜头截取一点详细介绍，前者如《孤胆独闯大巴黎》、《提高国际旅游的文化含金量》和《遥远而亲近的俄罗斯》等，后者如《巴黎圣母院面面观》、《巴黎城的保容养颜》和《给世界花都挑刺儿》等。

探索革新思路的好对策。开放是当今时代的主题。在开放中接纳“新鲜空气”：成功做法、有效措施、可行思路、前车之鉴，都可为我所用。

首先，文中记述作者独闯巴黎的成功经验，为他人出行旅游提供了现成的经典模式，更为空前开放的世界提供了广泛交流的新路径。通过广泛深入的交流交往，可以让人类的文明得以相互欣赏、彼此借鉴，成为人类共同的财富和精神的家园，促进世界进一步繁荣、发展。

其次，作者许多精辟的见解和成文的论述，都是值得重视的好思路、好对策。比如，在《向先贤顶礼的圣殿》的文末，作者提出：

> 要振兴中华，复兴华夏文明，就必须首先重视继承、弘扬五千年的优良传统，推崇我们多如繁星的堪称先贤的英雄、伟人和著名大家。决不可妄自菲薄，割弃历史，更不该数典忘祖，任意否定；对于从孔夫子到孙中山，从毛泽东、鲁迅到当代的所有伟大的思想家、政治家、文学家、艺术家、科学家以及为中国、为人类作出卓越贡献的其他名人，都应当确认其崇高的历史地位，

以最有效的形式表示整个民族对他们的敬重和纪念。鉴于两千多年封建主义思想余毒的影响，对此，我们有些地区某些人和某些方面在认识和行动上是存在问题的。比如，对并非圣贤的帝王将相、才子佳人（甚至汉奸、罪人）和神魔妖鬼的宣传与颂扬过多，对无数真正的民族英雄、时代精英和大师巨擘则漠然不顾，乃至加以污蔑、嘲弄。再如，大搞封建迷信活动，新建庙宇、菩萨不惜挥金如土，对爱国主义教育基地、革命纪念馆、烈士陵园、名人故居等的保护则掉以轻心，甚或随意损毁、拆除。又如，对古今伟人、俊杰的婚恋秘闻和琐屑逸事热衷之至，不厌其烦地详细考证，而对他们的精神、思想价值及历史功绩的发掘和阐扬却缺乏兴趣……我想，如果我们只以保有明十三陵那样的帝后地宫而津津乐道和沾沾自喜，是比较渺小的。中华民族的文明古国理应建立更宏伟的“先贤祠”，不仅在辽阔的国土上，最需要在国人的心灵中。这对于重铸与振奋民族精神，树立社会主义的价值观、荣辱观，是大有裨益的。

在《艺术名城的画家村》中作者提醒人们：

巴比松画派的业绩和荣耀主要不呈现于他们兴起时的十九世纪中期……他们更重要的人生意义和美学价值是对后来艺术创作发展的贡献及其影响力，对后人特别是青年艺术家的启迪和昭示：艺术事业不是趋炎附势的奴婢，不是哗众取宠的小丑，不是顺应气候、迎合潮流的时装，更不是乞讨和贪求物质财富的钱袋，因此，真正有人格、有出息、有才华的艺术家，是甘于清静寂寞、刻苦自励，而拒绝浮躁、喧嚣和名缰利锁的禁锢的。

在《巴黎城的保容养颜》中作者指出：

巴黎的保容养颜术是不改原貌，小补小修，整旧如旧。我就亲眼目睹了卢浮宫和凡尔赛宫的修补场景，是相当谨慎精细的。总之，巴黎城市建筑所追求的，是尽力保持独有的天生美、历史美、人文美和精神美，而不是在所谓的“全球化”、“现代化”的海啸声中随波逐流，湮没自我，盲目地去迎合大一统的时尚和新潮。因此，她才能永葆古老、典雅的特色。……我想，巴黎的城市保护和建设经验是可以借鉴的，这对于振奋我们的民族精神，守卫和弘扬古老而优秀的中华文化，建设节约型的和谐社会，都是有好处的。

在《提高国际旅游的文化含金量》中作者说：

如果出国旅游的宗旨就是吃、喝、玩、住、买，未免失去了一次扩大视野、增长知识、加强素养、陶冶性情的学习良机，是非常可惜的。记得法国哲学家、文学家卢梭说过：旅游是思想的源泉。因此，提高国际旅游的精神价值和文化含金量，是组织者和参与者的共同课题。

还有《可资借鉴的俄式露天婚礼》和《坚持科学展览观，分清精华与糟粕》等文中都是良言上策。《海外万里行》在问世短短一年多时间里，正以香飘万里的魅力，吸引着海内外众多的读者，产生了良好的反响。最值得一提的是，其中《向先贤顶礼的圣殿》一文，在中国散文学会、北京市写作学会、华夏博学国际文化交流中心主办的2009年全国散文作家论坛征文大赛中，经过专家初评、复评、终评的严格程序评选，最后荣获一等奖，并被评为“论坛最佳散文奖”。中共云南省委副书记、省长秦光荣，中国文联副主席丹增，云南省军区原司令员姚双龙等向作者获奖表示了诚挚的祝贺。秦光荣省长、丹增副主席等领导同志还在百忙中，拨冗认真阅读了《海外万里行》全书，给予热情而中肯的评论、赞扬和勉励，并把该书推荐给办公室的同志们传看了。如大学中文系科班毕业的秦光荣同志的评语为："这本书内容丰富，思想深邃，文笔优美。将知识性、艺术性、可读性结合得很好。其中许多篇章富有哲理性，使人产生思考……" 这是对文艺家及其智力成果的高度尊重，也寄予了齐心协力建设民族文化强省的厚望。

拜读吴老师大作并见其"说真话，写真实，抒真情，求真理"的精神，正如其撰写了十多篇肯定赞扬巴黎这座世界名城古老、典雅等良好的市容风貌后，也以客观并爱其如掌中美玉的态度"给世界花都挑刺儿"一样，在下也以其为师，挑挑《海外万里行》的几点刺儿，却终是瑕不掩瑜：

一是第55页的"1045年"应为"1945年"，第57页的"1960年"应为"1860年"。

二是第77页和第199页的"宏扬"以"弘扬"为宜。

三是第128页的"桃李不言，下自成行"以"桃李不言，下自成蹊"为宜。

总之，吴德铭老师是一位不懈追求的作家、文艺理论家，他以旺盛的精力为金秋岁月增添了一幕幕灿若朝霞的色彩，以自己擅长的笔墨文字宣传颂扬着周围的名家、大师和进取的群体，许多人事因他的文字而被认识、了解，因他的劳作而被发扬光大、传遍四方，包括本校的袁晓岑、李丹、方于和许多文艺家如孙道临、侯宝林、吴祖光、新凤霞、关肃霜、冯牧等等。吴老师也有一颗善于思考和敏于感悟的心灵，总是把人物、情景的历史背景、事实依据和人文精神，精准地提炼、总结出来，又无私地传播他人、照亮前程，文艺的功能和价值他理解得纯正，践行得到位，因此，他又是一位负责任、有作为、识情趣、懂生活的富有使者。

衷心地祝愿：吴老师——走自己的路，执著有为，其华永茂！

（作者杨祝飞，青年学者，云南艺术学院人事处处长）

一个学者苦苦而有趣的旅行

——读吴德铭散文集《海外万里行》

毕自荣

古人说，秀才不出门，全知天下事。因为秀才们博览群书、博学多才而可知天下事。如今，IT 事业发展迅速，互联网几乎遍天下，人们照样可以足不出户，也能知天下事，这也许是媒体的功劳。

旅游成了当今一大热点。曾几何时，旅游仅有“游山玩水”、“不务正业”或“游手好闲”之类的贬义。如今，人们又为“游山玩水”正名，冠以“旅游文化”的雅称，于是，人们充分利用自己的人力资源、行政资源，开始了旅游。人们以各种各样的方式进行着文化旅游、民族风情游、民俗游、考察旅游、消遣旅游、学术旅游，不少人还到国外去旅游，大开眼界，旅游无一不是一种文化行为。于是，有关旅游的散文俯拾皆是，旅游散文创作越演越烈，越写越出精品。

近来拜读吴德铭教授的散文集《海外万里行》（作家出版社出版），这是吴教授到法国、荷兰、德国、比利时、卢森堡、俄罗斯、马来西亚等国游历的真实记录。在字里行间，我追随着作者的镜头、笔头的记录，很是大饱了眼福，大开了眼界，好像历经了一回海外万里行。

吴教授的出国梦是“早已蓄谋已久”的，在每回出国前，他都做了精心筹备，收集整理所去国家或地区的历史、地理、政治、经济、文化及风土人情、旅游景点，做了写作的充分准备。他凭着一部摄像机、一部照相机、一本笔记本和一张地图、几句简单的外语行走于巴黎的大街小巷，参观了举世闻名的巴黎圣母院、艾菲尔铁塔、卢森堡公园、先贤祠、卢浮宫、蓬皮杜文化中心、枫丹白露等名胜古迹，他“每到一地，都以一个创作者的心境和姿态，用一个求知者、审美者的眼光和听觉，满腔热忱、情趣盎然地去观察一切，去体验一切，随时随地都要勤脚快手地去捕捉那些有价值、有意味的人物、事物和景物，将其及时地记录和拍摄下来。这样，我就真正成了一个富有的海外淘金者，满载而归后的喜悦心情绝不亚于发了一笔洋财。”他人到身到心到手到笔到，身在宝途宝山便认宝、识宝、捡宝、写宝，于是他的创作欲望和文思犹如泉水喷涌而出，写出了近20万字的精美散文，让我们陶醉其中。

今天，大凡有点文化知识的国人，都想跨出国门看看外面的世界，观光旅游，一饱眼福，不留人生诸多遗憾，但，不一定每个人都有这种条件和机会，就如我，布衣草民一个，能生存而活下来就是莫大的幸福，到国外观光旅游更是难以实现，但读了吴教授的散文，我似乎也跟着他周游了法国、荷兰、俄罗斯和马来西亚等国，终于了却了我的心愿。我高兴着他的高兴，我快乐着他的快乐，我幸福着他的幸福。读着他精美的散文，他像个学识渊博的导游，滔滔不绝、津津有味地娓娓而谈，声情并茂地叙述着景点的历史渊源、地理状况、风土人情和文化美景独特的看点；读着他精美的散文，像在听一个历史学家慷慨而激情四溢的演讲；读着他精美的散文，像在观看一场情景影视剧，有历史片、风情片、风光片、枪战片。不论是对艾菲尔铁塔、蒙马特高地等细致的描写，还是对遥远又亲近的莫斯科红场、新圣母公墓、托尔斯泰故居、列宁格勒英雄保卫者纪念碑，他大笔一挥，详细记录了所见所闻；读着他精美的散文，像是在听考古学家的探索与发现，对所见所闻给予研究和探索。他在描写马来西亚见闻时采用一种觅珠寻宝的方法，对云南籍的郑和——中国走向世界的第一人——作了寻访、追踪描写，又对马来西亚槟榔屿上矗立的抗战丰碑作了重点描写。作者又怀着满腔的爱国热情，特意拜访了文天祥的后裔等，并作了生动而细致的描写，给我留下了深刻的印象，感到文天祥“人生自古谁无死，留取丹心照汗青”的浩然正气又在他的妙笔下生花放彩。

吴教授分明是一个文化特使，他用摄像机、照相机和文字忠实地记录所见所闻的景点的历史渊源、建造时间、规格等，并进行了细致入微的描写，他珍惜景点的资料，并对之倾注自己真挚的感情，从而，使我们这些读者获得一种身临其境、如闻其声、如见其景的的感受。

吴教授——一个学者，他的苦苦而有趣的旅游，不仅仅是走一走，看一看，放松一下自己的心情，走了看了就结束旅游，反之，作为一个大学文科教授，他受过传统的教育，也传统地教过学生，他桃李满天下，他始终有一种历史的责任感，他把旅游定位为追寻历史、研究历史的文化旅游。正为了这个目标，他从莫斯科乘车一百九十公里到古老的城市弗拉基米尔参观德米特教堂；特意从吉隆坡乘车五百多公里到槟城搜集华侨机工尽忠救国的史料，专程拜谒了槟榔屿华侨抗战殉职机工罹难同胞纪念碑。

作者在海外万里行中参观了那么多的博物馆、艺术馆、展览馆和历史遗址、名人故居，其作品中展示的几乎全是老外的文化精品、艺术杰作和各国之瑰宝。这些文化瑰宝无不向世人宣扬本国的“物华天宝，人杰地灵”，彰显超凡脱俗的民族精神，突出伟人、大家的文经武略、丰功勋绩，处处充满着广大国民强烈的优越感和自豪感。即使是故人的归宿地，如巴黎先贤祠、莫斯科的新圣母公墓等，都会激发人们对那些英雄、哲人、名流的崇敬和怀念之情。看到外国非常珍视标志光荣历史的遗址和纪念物，吴教授感慨万分，浮想联翩。

一个六十多岁的大学教授以学者的情怀在苦苦地旅行。他一直在寻找所到之处的文化精品。他像一个公务在身的学者苦苦探索；他像一个考古学家，根本不能放过蛛丝马迹；他像一个资深的导游，向游客讲述着一个又一个娓娓动听的故事和传说。我突然想起二十多年前，我在苏州旅游时，导游是一个七十三岁的大学教授。他说，他是中国最老的“导游”，读高中时遇上了解放战争，于是放下学业去参军。革命胜利后又继续读大学，毕业后在大学里教中文和历史，离休后一边写书一边义务当导游。老“导游”对苏州的历史文化了如指掌，并如数家珍地讲解。他的讲解分明就是苏州文化历史的再现，没有哪个游客不佩服他的惊人的口才和广博的知识。我永远不会忘记那个老“导游”。吴教授也和这位老“导游”一样，向我们讲述了他海外万里行的感受。他像一个拼命三郎，苦苦追求。通过这种“打有把握的仗”，他不断丰富自己的知识。于是他见识多多，收获多多，最后把全部的收获从笔端流了出来献给广大读者，他亲身体验了法国哲学家、文学家卢梭的名言“旅游是思想的源泉”。这才是真正意义上的文化旅游，他奉献给我们读者的是一道文化大餐。

如今，有人戏说，人一生下来就老了，“两眼一睁，开始竞争”。处于这种竞争激烈的年代，人们身累、手累、心累，许多人产生了吃着碗里的想着锅里的贪婪心理，欲望越来越大，越来越古怪，越来越稀奇。读吴先生的散文不但让我们大长见识，大开眼界，而且可以让我们“老”得慢一些，成熟得早一些。因为可以在知识里遨游，会让我们遇到一种不老的人生。

众所周知，任何文学创作，首先必须取决于作家自身的精神向度。只有作家自身拥有了独立自主的精神空间，拥有了丰富扎实的文化积淀，拥有了深邃独特的审美眼光，拥有了永不止息的超越意识，创作出的文章才能感动人。只有作家的精神内部具备了与众不同、绝对超前的思想秉赋，具备了对人类存在境遇的独特感受和发现，他才有可能去寻找新的审美表现和艺术表达的文本模式。一个民族的文学发展，最需要的，正是作家必须拥有这种卓尔不群的先锋精神。吴教授为了实现自己崇高的文学创作目标，出版过报告文学、纪实文学、散文集，编导的电视连续剧在中央台播放。同时，为了发展云南的文学创作，他主持创办了作家班，培养了不少来自新闻、文化、教育、党政、厂矿、医院等单位和部门的作家，还特意主编六十四万字的作家班作品选《让人生更美好》，在作家出版社出版。他以执著的教书育人的精神，为推动云南文学创作的发展，推动云南民族文化建设作出了贡献。今天，吴教授虽然退休了，但他始终在他所酷爱的文学创作的道路上奔跑，辅导着文学新人，默默地苦干着。

在物质主义甚嚣尘上的今天，吴教授的《海外万里行》的精美文字和图片，给我们带来了美的享受，给了我们意外的惊喜和沉甸甸的思索。今天，我们无法回避一个事实：物欲横流，人心被尘垢遮蔽。即使是须臾不离的衣食住行也渐渐暴露出粗鄙之相，在不少人那里也失去了滋养生存的温馨与从容。而《海外万里行》直面现实，对历史文明做了一次精心梳理、一次畅快淋漓的言说。有人说，旅游是出钱买罪受，而我说，旅游分明就是与各种景点作零距离的接触。吴教授的这种国际风情游，也许显得很苦很累，但当他获得这么多的知识和感悟时，苦一下子变得甜蜜。这又是一种红色旅游，让我们看到十月革命的发源地，知道革命成功来之不易，思考如何珍惜今天美好的生活；思考为了我们自己的新生活，我们该做什么，我们要做什么，我们如何做好。

感谢吴教授《海外万里行》的精美散文，它使我们用欣赏的眼光看待这个世界，相信，这个世界将变得越来越好。

（原载2009年11月15日《云南信息报》，作者毕自荣系云南省弥勒县人民医院高级政工师，彝族作家，中国医院协会医院文化专业委员会理事）

一枝纪实性影视艺术的新花

——在电视连续剧《栋梁》首映式上的讲话

孙道临

1992 年 1 月 18 日，在昆明举行的电视连续剧《栋梁》首映式上，作为该剧文学顾问和独白演员的孙道临老师作了热情洋溢的长篇演讲。其中许多借题发挥的真知灼见，今天看来仍然具有振聋发聩、启人深思的意义，摘录如下。

今天，我是第一次看电视连续剧《栋梁》的完成片，心情是很激动的。去年春天，吴德铭同志来家里找我，说要创作一部反映环境保护题材的作品，我看了剧本提纲，主要是歌颂周再学烈士为代表的护林英雄们的事迹，觉得非常感人，很有意义，很值得搞出一个像样的激动人心的好作品。剧本完成后，我感到写得很成功。

虽然我对剧情已经很熟悉了，但看了片子还是很受感动。感动之余还引起人们很多思考。在改革开放逐渐深入的今天，许多情况还是很复杂的。这部片子在激烈的斗争中所展示的英雄的品格，使人不能不想到：人应该怎样对待自己的生存环境。这个生存环境既包括社会环境，也包括自然环境。剧中主人公周再学烈士在对待自己的环境问题上，有许多非常动人的表现。人应该怎样对待和爱护自己生存的自然环境，这在当代世界上是个很大的问题。这个片子揭示了一个很好的主题，是一部发人深思的作品。

实践证明，当初，我和吴德铭同志一道研究剧本创作时，他的许多构思立意是深刻的，艺术见解是正确的。例如，他认为主人公的英雄形象不仅表现在护林斗争中，还应该挖掘他的内在的高尚品质，包括矢志不渝的雷锋精神等等。

这是一部纪实性很强的电视剧。它毫不矫饰地充分地把真人真事展现在荧屏上，这是它的一个重要特色。周总理在20世纪50年代后期曾经对上海电影工作者提出：要拍摄艺术性的记录片。那是针对着艺术创作所出现的任意虚构、胡编乱造、虚伪地矫饰生活、粉饰生活的现象提出来的，是希望我们创作者面对社会主义革命和建设的现实，应清醒地真实地从生活中吸取养料。今天这个任务仍然摆在我们面前。……为什么目前表现现实中的新人新事的作品少，这有各种因素。但是，作为文艺创作者怎样把这些题材重视起来，得到社会各方面力量支持，这是很重要的一个问题。目前，人们爱看大量的纪实文学，这是由于大家厌倦了那些完全虚构的不真实的东西。我们应当发展纪实性影视艺术这朵花。也就是从生活直接发掘那些真实、美好的东西，用艺术手段很好地表现它。这对我们电影电视更好地表现社会主义革命和建设会起到重要的作用。我们希望今后有更多的反映现实生活的好题材得到表现，有更多的《栋梁》这样的好作品问世！

在这个首映式上，我们感谢林业部和云南省各级领导对《栋梁》的重视和支持，感谢吴德铭同志创作了这样一部优秀作品，我要向他学习。谢谢！

（原载《云南林业》1992年第2期，作者孙道临，国内外著名的电影艺术大师）

北京专家对电视连续剧《栋梁》的评论

徐晓超　黄式宪　汪国辉　沈茂成　钟艺兵　孟繁树
薛　莱　林　毅　冯　牧

1992年1月10日，林业部教宣司、云南省林业厅、红河州政府和上影厂在北京举行了电视连续剧《栋梁》试映式，林业部领导及有关部门负责人，部分知名作家、影视评论家、影视工作者、新闻记者共四十余人应邀参加了这次活动并进行了座谈，现将部分同志的发言按发言先后摘要整理如下。

徐晓超（《教育艺术》杂志负责人）：

首先，我代表中华教育艺术研究会的刘吉、李燕杰、曲啸等领导同志，对《栋梁》的拍摄成功表示热烈祝贺。

两年前，我读了一本报告文学集《未完成的交响乐》，很受感动，很受教育。这是吴德铭同志写的。今天又看了吴德铭同志创作的电视连续剧《栋梁》，同样，很受感动，很受教育。我认为，这部剧也就是一部精彩的交响乐。艺术家们创作了它，表演了它，这说明艺术家们不仅是为人民服务的实践者，而且也是为人民立功的传播者。这个剧非常有教育意义，它既展示了电视艺术的特有魅力和磁性，又给人以教育。看了后，使人真正感觉到泰戈尔讲的：“不是锤的打击，而是水的载歌载舞，使鹅卵石日臻完善。”它使我们喜闻乐见，在潜移默化中受到教育。它用共和国的风格和中华民族的精神教育我们。今天有幸看了这部剧，可以预期，这部剧一定会给全国人民带来振奋精神激扬正气的好动力！

黄式宪（北京电影学院教授）：

这部剧充满社会的激情和对现实的关注。它有一个很大的特点，就是从平凡中揭示一种伟大的崇高的精神境界。把周再学烈士的事迹搬上荧屏，意义已不局限于林业战线。作为一个第三世界的国家，在建设中保护环境的意识和绿色工程的意识并不是大家都具备的。也就是说，通过这部片子，我们会想到更多事情。除了周再学本人的事迹教育我们以外，环境的保护，森林的建设也对我们有很大教育。这个剧的特点是人物写得好，没有惊人的大的事件，都是平凡的事件日常的事件，而在这些日常中，考验出人的精神的伟大。有一场戏很感人，就是他家的住房漏雨，他带着全家拿盆盆罐罐接漏，这时有一个分配房子的名额给他，可他没有要，他想的是站上其他的同志住房比他难，他把名额让给了别人。这些细节很平常，但要做到很不容易，做到了就是平凡而崇高的人。这是这部电视剧的成功之处，它没有用抽象的大的“英雄行为”来塑造人物，而是用一点一滴的深刻而感人的事件再现了这位烈士。

汪国辉（中央电视台影视部负责人）：

这部纪实性的电视片，目前放映有特殊的意义。它写的虽是林业战线的事和人，但给人以更多更深的启示。特别是在商品大潮的冲击下，能够默默无闻地坚守在本职岗位上奉献自己的一生，多么难能可贵，它的启示力将超越林业战线，具有普遍意义。而且作者是怀着激情写的，很多地方我们被感动得掉泪。我觉得，艺术创作在关注社会热点，在从平凡的生活中发现高尚的人和事。这也是这部戏给我们的启示。这里必须特别指出赵尔康这个演员表演得非常好，这部戏如果没有赵尔康这样一位非常富于内在激情的表演魅力的演员来表演，那就不可能很好地完成周再学形象的塑造。赵尔康完全征服了观众。

沈茂成（林业部副部长）：

总的感觉比较成功。比较真实地反映了林业战线上保护森林的艰巨斗争和面临的艰苦环境。确确实实地反映了林业工作的艰巨性和复杂性。我们广大的林业职工就像电视剧所反映的那样，在困难的条件下艰苦创业，默默无闻的为保护森林，为建设社会主义作奉献。电视片中有两句评价周再学的话很好。一句是："他不是正式工，但他的奉献精神，远远超过我们许多正式工和高级正式工。"一句是："他不是共产党员，但他的精神境界超过了我们许多共产党员。"这两句话我同意。这很能教育我们大家。当然，也有一些不足，如周再学热爱森林，他的思想基础是什么，还没有充分地表现出来，挖掘得不够，还有一点是有的地方对白台词显得比较生硬。总的来说是成功的，借这个机会我代表林业部向作者，向剧组表示感谢！

钟艺兵（著名文艺评论家、《文艺报》负责人）：

这部电视剧是成功的。很感人。一是把社会主义的重大题材搬上了荧屏。一方面形象化地说明了保护森林的重要；另一方面它不仅局限于农业林业，歌颂了社会主义新人。二是写了一个高尚的人，纯粹的人，脱离了低级趣味的人。但这不是孤立地写，不是为了说他高大，旁边的人都不高大。他周围有一批人，是一个群体。他虽然牺牲了，但他的岗位有人去接班，他的事业有人去继承。既突出了周再学，又突出他的战友。三是演得好。不只是赵尔康好，整台演员都好，都胜任。当然赵尔康的表演，有内在感情，有魅力。四是歌颂与抨击相并存。理直气壮地抨击，使人受到鼓舞。周再学牺牲后，那个受贿的缪大姐还活跃于追悼会上，这一笔写得很精彩，现实生活就有这样的现象。不足之处是，幕前曲过于纤细，没有林业工人的粗犷风格。再就是周再学牺牲的戏应该正面叙述。现在用倒叙手法，给人感到整个戏风格不太统一。观众要看的是周再学怎么战斗到生命的最后一刻的那种力量！用倒叙的方法不足以表现那种力量！

孟繁树（中国艺术研究院研究员、评论家）：

先读了剧本，感觉是不错的。搬上荧屏，更丰满，更动人。我受教育的一点是，对保护自然资源、保护生态环境有了更深的认识和感慨。毁坏森林、毁坏生态环境，实质上就是毁坏我们自己。二是烈士对我的感染。这个形象很朴实，很自然，特别是很真实。他深深地教育了我。这个普通的人为什么能有这么高的思想境界呢？一是他对共产主义理想的追求，对党的信仰。这就使他在思想上站在了最先进的行列。二是他追求一种高尚的人格力量。普通人可以做出伟大的事业。由此可见人的思想境界的高低，不是由人的职务和地位来决定的。周再学具有怎样做人的自觉性，他不断实现自我价值的完善。当革命理想和做人的自觉结合起来后，就造就了这样一些英雄。片中有几个地方还可商榷讨论，周再学应有一种爱森林的旋律在胸中跳荡，影片没有突出表现。牺牲前后的戏，没有充分地表现出来。使人感到遗憾。另外第一集的时代背景交代得还不清楚。

薛莱（中央电视台审片组主任编辑）：

《栋梁》一剧可以说是宣传部门没有搞的事，林业部门搞出来了。从宣传角度说，是帮了宣传的大忙。这部片子不只宣传了林业和林业的先进人物，而且宣传了人对森林的依附关系，人类不能没有森林。它不单单是一部行业片，而且有普遍意义。在精神文明的建设中必将起到积极作用。片子中有的细节还可以推敲。如背孩子雨中护林的戏似觉不足；给别人的二胎小孩子取名“危险”也觉不妥；追悼会哀乐过长；林光秀要求入党也过早，等等。总之，这个片子是不错的。播放时应做微调。

林毅（中央电视台影视部副主任）：

《栋梁》是对我们电视工作的支持。在我们中国要维护森林不是容易的，要付出巨大的代价。剧很朴素，不矫揉造作。这部戏有一定的分量，基点很高，但有的小地方还处理得不太好。如最后一集周再学牺牲前的行动是去救林火，后来追悼会上又说是被坏人打死的。观众会问这两者之间的逻辑联系是什么？情节不很合理。如抓到凶手后，公安局长向林业厅长汇报工作，也觉不妥。演员基本不错，赵尔康塑造的形象符合基层林业工人的形象，相比之下，童姣姣就显得太洋了。整部戏的地域特色表现得不够。从中央电视台的角度，我对林业部门拍摄出这样的好戏表示感谢！

冯牧（著名作家、评论家，中国作协副主席）：

1950 年我随部队到了开远，在那里住了两年。80 年代我又去过那里。

对片子里的地方非常熟悉。那里砍伐森林的现象十分严重。有的同志汇报工作说，砍伐了10亩，又种植了15亩。好像平衡了。实际上砍的是林木，种的是小苗，这不能同日而语。看了片子，我感到林业战线上的广大职工，从普通工人到领导干部，已经有了地球意识，已经重视了人们赖以生存的森林和绿化的重要性。片子表现了大主题、大题材，表现了人和自然的关系。片子写出了以周再学为首的广大基层林业工人对祖国、对大自然的深沉的热爱，表现了他们忘我的牺牲精神，并能教育子孙后代永远热爱森林，热爱大自然。整个片子我看了后很受感动，这是一部表现重大主题、重大题材的优秀作品，对保护环境将能起到一定的振聋发聩的作用。

过去讲文学就是人学，这话不错，是高尔基提出来的。现在看来这话并不完全，它只说明了文学的一部分功能。古往今来（包括中国）的许多佳作都反映了人与大自然的关系，表现了人们对大自然的热爱，对大自然的理解。唐代的大诗人们写了大量的有关人和自然的作品。旧俄、苏联、法国等国家的文学也都描写了人和自然、人和生态环境的关系。人和自然、生态环境的关系，是文学的大题材、大主题。可是，新中国成立四十多年来，没有人提出过这个问题；一讲文学就是人学。而文学不仅仅是人学。我们的文学作品要教育人们和子孙后代热爱大自然，保护大自然，特别是保护森林和一切生态环境，表现和歌颂为我们国家的繁荣、富庶而忘我斗争、英勇献身的精神。

（原载《云南林业》1992年第2期）

质朴与崇高

——且说《栋梁》

胡勘平

“有的人死了，他还活着。”（臧克家诗）我没有见过活着的周再学，却在他因与偷运国家木材的违法分子搏斗而被杀害近两年后的今天，真真切切地看到了他：他那瘦削却又巍峨的身影、他那善良而又威严的面容，甚至，他那质朴而又崇高的灵魂……

这得感谢《栋梁》剧组的同志们，是他们让我通过这部生动感人而又富于启示的四集电视连续剧，透过时间、透过朦胧泪眼，看到了不死的周再学，看到了他艰苦奋斗的一生，看到了他精神的亮色高光。

家园梦回，依稀是万木耸秀碧溪清潺鸟鸣啁啾。然而，曾几何时，如病菌吞噬一个人健康的脏器，愚昧和野蛮的毁林风潮，蚕食着我们这个国家本就不多的森林资源。毁树容易，种树却难，护林就更难。君不见，周再学这个堂堂云南省开远市乐百道林业站站长，所拥有和使用的护林武器，只是他那张苦苦宣传的嘴和那不知疲倦的身体。为了保护森林，他一次又一次地从自己那份菲薄得可怜的收入中拿出一部分来救助和感化那些准备靠盗伐森林改善生活的山民，他忍受了无数次的侮辱和殴打，他奉献了自己那难再的青春，让妻子和儿女也因为他而不得不忍受贫困和艰苦的重压。谁说“善有善报”？谁说“好人一生平安”？那只是一种祝福罢了。令人唏嘘不已的现实是：砍倒了无数大树小树的盗伐者，最后把周再学也伐倒了，让他也像那些树一样，永远无法重新带着生机挺立在他无比热爱的青山上了。这实在是一个悲剧，然而这悲剧不含任何艺术虚构的成分。我们必须正视这样一个事实：周再学和许许多多的护林工作者一样，身处的就是这样一种艰苦卓绝而又充满危险的现实环境。他们的奉献，就是这样的无私无畏、悲歌慷慨。

从局部和个别看，文明被愚昧击倒的事件，古今中外都不乏其例，但文明战胜和驱逐愚昧，却是历史的趋势和必然结果。站在高高的青山上，周再学迷恋和寻找的是绿色的梦幻；站在汹涌的盗伐浪潮前，周再学寻求和誓死捍卫的是一个社会主义国家公民的精神家园：对未来负责、为人民服务。没有对未来的信心，一个人何以支撑他艰苦的一生？有了对未来的信念，一个人又何惧一死！《栋梁》不是一首对被害者的凄楚挽歌，而是通过揭示主人公的精神世界，唱出了一首高亢的对理想和信念的赞歌。在艰苦的环境中，一个为建设林业保护森林而默默无闻地奉献了汗水、青春和生命的最普通最质朴的林业工人，成为了一个英雄、一种崇高精神的象征。《栋梁》正是由于准确而牢固地把握住了这一主题，才突破了一般林业政策宣传片和先进人物歌颂片的局限，产生了更广泛的社会意义和教育意义；进而，也达到了让全社会理解和尊重林业建设者和林业保护工作者的目的。

《栋梁》的艺术顾问、著名电影艺术家孙道临同志曾对该剧编剧吴德铭说："我们要追求和珍视另一种稀罕，也就是主题和人物的崇高美。要相信绝大多数群众是会赞赏这种稀罕的。"我们的电视荧屏上，的确曾出现过不少别样的"稀罕"之作，对一般电视观众来说，它们显得是那样的庸俗无聊和装腔作势。广大电视工作者，的确有必要通过像《栋梁》这样质朴无华的作品，把观众的精神引入崇高壮烈的境界，从而产生更高的信心和建设热情。还是以周再学为例吧：他已经死了，活着的是他的精神。这精神需要艺术宣传品的移植，才能在更多的人的心中生根发芽，使善的、文明的观念和舆论成为一种潮流，让这像山岳一样古老的国度，有更多更绚丽的新花，盛开出她的年轻。就林业行业而言，以周再学为代表和象征的林业职工的无私奉献精神，在它得到全社会深刻理解的那一天，就是中国的森林走向新生的又一个开始。

（原载1992年2月4日《中国林业报》，作者胡勘平，时任《中国林业报》记者，现在国家环保总局供职）

朴实的英雄赞歌

——《栋梁》纪实风格浅谈

乔嘉瑞

四集电视连续剧《栋梁》，是以我省革命烈士、护林英雄周再学为原型创作录制的一部文艺作品。它突破了好人好事的故事“框架”，宛如一曲苍茫而深邃的森林交响乐，感人泪下，催人向上。这当然是周再学本身那鲜为人知的动人事迹所致，但从艺术角度而言，纪实性的风格，是该剧在艺术上独具魅力、获得成功的关键所在。

从编剧构思谋篇到导演运筹画面，再到演员刻画人物，《栋梁》的主创人员，既发挥各自的艺术个性，又将这种个性融会在纪实性的风格之中，以纪实性的总体精神，深掘主题、精塑灵魂，唤起观众的美感、快感和悲壮感。

不人为地拔高人物，无苍白的“豪言壮语”，是《栋梁》纪实性风格的本质特征。创作伊始，剧作者便在深入生活、调查研究的基础上，由表及里、去粗存精，用朴实而真切的笔调，艺术地再现了周再学踏遍青山、育林护林的质朴形象。二度创作中，导、表演进一步深化了这种纪实风格。是的，周再学是英雄，但编导演深知，英雄不是脱离群众的孤家寡人，英雄也是群众中的一员，也是普通的人。他们从揭示周再学身上普通人的特点入手，不溢美，不夸张，让他普通得像一株“无人知道的小草”。随着剧情的发展、矛盾的深入，他忠于职守、热爱森林、嫉恶如仇的思想品质和本色作风得到了顺理成章的凸现，从而深刻地表现了他身上那种寓伟大于平凡的崇高精神。通观全剧，他的话都是婆婆妈妈式的凡人琐语，即使是在制止乱砍滥伐的群众大会上，在与歹徒的生死搏斗中，他也没有标语口号式的语言，正是这凡人琐语，体现了他的朴实美。

以烈士生前工作和生活的环境，为电视剧艺术地再现生活的环境，是《栋梁》纪实性风格的突出特点。《栋梁》一剧的主要人物和重大事件，都是现实生活中确有的人和事，拍摄这些人和事，又都是在当时发生事件的地点进行的。如周再学带领战友在泸江长虹大桥阻截不法分子偷运木材的场面；歹徒们残害周再学的场面；林业厅长参加周再学追悼会的场面等等。这无疑增添了电视剧的真实分量和凝重感，同时也为导、表演创作提供了最能触发感情的“真实之景”。在拍摄周再学牺牲后，林业厅长去看周的家庭那场戏时，当周的妻子高惠仙把周再学生前穿戴的保安服和圆盘帽捧交给厅长，忍悲含泪说道：“这……是再学生前最喜爱的服装和帽子，就让他穿戴上……走吧！”这时候，全场的演员达到了忘我的境界，整个身心都进入了角色，无一不热泪盈眶。这是在演戏吗？不！这是比生活更高的真实。整部剧，生活与艺术相交织，辨不清是戏是真、是虚是实的情景比比皆是，可以说，生活的真实、艺术的真实在《栋梁》中达到了高度的和谐统一。

（原载 1992 年 1 月 26 日《云南日报》，作者乔嘉瑞，国家一级编剧，云南戏剧家协会主席）

颂歌在森林中回响

——谈电视连续剧《栋梁》

赵 玲

电视连续剧《栋梁》以现实主义的手法，讴歌了我省开远林区护林英雄周再学的感人事迹，使生活真实与艺术真实相结合，在一系列生动感人的情节、事件中塑造和刻画了一个崭新的艺术形象。

《栋梁》从揭示人与森林相互依存的关系入手，在保护和破坏森林的激烈斗争中用英雄人物的事迹纵论人生的价值，引起了社会强烈的反响。在塑造英雄的过程中，作者并没有用抽象的“英雄行为”或一般的豪言壮语来表现人物，而是以塑造一个普通的、有血有肉有情的形象来打动观众，在新闻报道的基础上，通过艺术再创造，使周再学的形象更加熠熠生辉、光彩照人。

人与自然相处应当是一首和谐的交响曲，但当今许多人的愚昧和野蛮又吞噬着人类自身所创造的物质文明与精神文明。这种荒谬的自杀行为在某些时候、某些方面甚至会愈演愈烈。云南的森林资源惨遭浩劫，一排排树木被砍伐；一片片森林被烧毁，绿色意识的薄弱与消亡便是悲剧的开始。即使在“森林法”公布以后，盗伐、哄抢、非法贩卖木材的情况依然十分严重，老百姓中流传着这样一句话：“要想富，多砍树。”在严峻的局势和复杂的现实面前，这位来自东海之滨的“临时工”，怀着对大自然深沉的爱，同退伍军人杨志林一道，为保卫国家的绿色金矿，忍受着凌辱和皮肉之苦。

对打击报复，周再学毫不畏惧。因为没收了某位领导的木材，到分粮时，他只分得了应得口粮的一半；当8岁的儿子在学校里被同学们起哄，打得鼻青脸肿，回家时一头扑到他的怀里，哭着说："同学们说你没收了他们家的木材，他们就是要打我，说'看你爸爸还敢不敢多管闲事'。"周再学紧紧抱住儿子的头，强忍着眼眶里滚滚翻动的泪花。这位被许多人称为"死性了点"的人，陷入了种种矛盾的旋涡和世俗的人情网络之中。

亲家杨三偷砍木料卖钱，周再学照章办事，当即罚了款，事后在给杨三做耐心的思想工作同时，把身上仅有的一点钱给了杨三，并帮助他出主意，使杨三走上了劳动致富的道路。秦老板盗运木材的汽车被周再学扣留后，他们向周再学行贿300元，周再学严词拒绝："就是3万元，也收买不了我的良心。"一招不行，他们又通过周再学上级领导的夫人缪大姐去说情。缪大姐对周再学软硬兼施，要他"不看僧面看佛面"，周再学正气凛然地斥责对方："我们党的某些干部形象，就是叫你们这些人给搞糟了！"缪大姐恼羞成怒："姓周的，你别太狂妄了！别忘了，你还是个临时工！"

的确，周再学到死仍然是个临时工，就像省林业厅厅长在隆重的追悼会上所说："这位临时工，比我们许多正式工，包括高级正式工，都做得更好；再学同志不是共产党员，但他对党的事业无限忠诚，他的艰苦奋斗、无私奉献的精神，超过了我们许多党员和党的干部……"

《栋梁》展示的自然环境与社会环境，似乎并没有多少新奇之处，为什么通过艺术再现之后，却产生了振聋发聩的作用？关键在于作者从熟视无睹的事物中开掘出重大的题材，把握住周再学平凡中见伟大的精神本质，使观众从中感悟到：要保护人们赖以生存的自然环境，必须净化社会环境和人的灵魂，这也许就是影片《栋梁》给予我们的宝贵启示。

（原载1992年2月17日《云南政协报》，作者赵玲，女，时任《云南政协报》记者，现为该报社办公室主任）

感人至深的《爱心无价》

晓　雪

《昆明日报》编者按： 尽管我们已在6月编发了一组观《爱心无价》有感的特稿，但云南公安战线一等功臣、“人民满意的公务员”刘华友的感人事迹仍然不断地鼓励着人们，感动着人们，几个月来，类似稿件仍然一直不停地涌入编辑部，为此，我们特挑选了其中的一篇文章，继续以飨读者。

电视剧《爱心无价》是一首歌颂平凡而又崇高的活着的英雄人物的时代之歌。

它塑造的主人公，是云南省昆明市盘龙区南强街派出所的普通户籍民警刘华友的形象。刘华友在极其平凡的户籍民警岗位上，二十多年如一日，走街串巷，助人为乐；默默苦干，无私奉献，毫不利己，专门利人，以全心全意为人民服务的广阔胸怀和崇高精神，赢得了广大群众的普遍信赖和高度赞扬，被公认为“好人刘户籍”，近几年被先后评为盘龙区优秀共产党员、昆明市十佳职业道德标兵、云南省先进工作者、云南省公安战线一等功臣、“人民满意的公务员”和全国“五一”劳动奖章获得者。群众讲起他的先进事迹，真是滔滔不绝，有口皆碑。把这样一位活着的英雄模范人物搬上屏幕，把他长达27年内所做的无数先进事迹提炼和浓缩在一个多小时的故事情节之中，这无疑是一个光荣而艰巨的任务。

看了电视剧《爱心无价》，我感到编剧、导演和全体演职人员都满腔热情而又相当不错地完成了这个重要任务。

俗话说："黄金有价玉无价"。其实，玉也是有价的。真正拿钱买不到的，其价值、意义和力量无法估量的，只有人的爱心，只有集中体现人的优秀品质、崇高美德、伟大情怀的那么一颗公正无私、纯洁善良、真诚深挚的爱心。该电视剧的成功之处就在于，紧紧围绕"爱心无价"这一主题，以刘华友对人民、对普通老百姓，包括对失足青年的爱心为一条红线，把他那些经过选择的平平常常而又闪耀着崇高思想光辉的事迹像珍珠一样串起来，从而集中概括又真实生动、感人至深地揭示了人民警察为人民分忧解难谋幸福的本质特征，宣扬了公安工作在改革开放时代的崭新风貌，塑造了刘华友这样一个人民警察和"人民满意的公务员"的平凡而又崇高的光辉形象。夜幕中为大妈关上开着的窗户；小巷里叫大叔把单车搬回家中以免丢失；大街上看见病倒在街头的乡下人，就二话不说背起人家进医院；和妻子、女儿一起照料一个孤寡老人长达十几年，风雨无阻；吸毒青年杨小雄酗酒闹事，闯入他家偷窃，打伤了他的妻子，他不但不记仇报复，反而耐心地帮助杨小雄痛改前非，把他接出拘留所，给他买了全套修理自行车的工具，让他自食其力，重新做人；许多事情并非他分内的事，他都废寝忘食、奋不顾身地去做，不仅分文不取，还经常掏出自己有限的积蓄帮助别人，只说一句话："这都是我们应该做的"……这样的人和事，这样的品德和精神，在当今这商潮汹涌、物欲横流的社会环境里，更显得多么高尚、多么美好、多么难能可贵啊！普普通通的户籍民警刘华友可亲可敬的感人形象，通过电视屏幕走进千家万户，留在我们心中。

这样一部完全表现真人真事的电视剧取得成功，当然首先是因为刘华友本人的事迹感人过硬，是各级领导重视和全体演职员团结奋斗的成果，但编剧、导演和演员的共同努力，毫无疑问是最终起重要作用的。云南艺术学院作家班教师吴德铭以刘华友的精神投入剧本的创作，反复修改，下了很大功夫。在电影《红河谷》和《彝海结盟》中扮演主要角色的西藏话剧团藏族演员多布杰出演刘华友，演得朴实无华，真实感人。曾经在《京都纪事》、《银楼》、《大命运》等影视片中担任过女主角的北京电视艺术中心知名女演员邬倩倩，放弃了在外地主持春节联欢晚会和许多片子的重要角色，集中精力演好该片中的女民警万英。这些都是我们在评论电视剧《爱心无价》的成功之处时不应当忘记的。

（原载 1998 年 11 月 5 日《昆明日报》）

一部弘扬社会主义主旋律的好作品

——观赏《爱心无价》

苏　策

早就听说过刘华友，但对他的事迹了解得不多，观看了电视剧《爱心无价》之后，他的形象才在我的头脑中清晰起来，并为他的事迹深受感动。

刘华友是一位户籍警。虽然我国一贯推行“只有分工不同，没有贵贱之分”的人格平等思想，但刘华友毕竟是在最基层工作的“小人物”，“小人物”管的都是些“婆婆妈妈”的小事，不可能有惊天动地的大作为，这是人所皆知的事。但是“小人物”刘华友却在做那些“婆婆妈妈”的小事中，创下了惊天动地的影响。这真是一个值得我们深思的问题。

短短的两集《爱心无价》，只讲了刘华友几个小故事：赵秀妹是个无业女青年，母亲离异，跟着当工人的父亲长大，家庭生活十分困难，被一些坏人拉拢，跟着他们做了些不好的事。当人们摒弃她的时候，刘华友却以无私的爱心公正地评价她，耐心地教育她，认真地帮助她，终于使她改邪归正。但是坏人不愿放过她，深夜抢劫她的财物……在刘华友的帮助下，经过激烈搏斗，终于制服了坏人，使赵秀妹坚定地走上新生之路。

杨小雄是个吸毒青年，刘华友寻医求药帮他戒毒。为了彻底挽救他和其他一些失足青年，在女刑警的帮助下，拘捕了毒贩子。但恶习难改的杨小雄，竟然到刘华友家盗窃，还打伤了刘的妻子……在大家都认为杨小雄不可救药时，刘华友却以更宽广的胸怀教育杨小雄，使他终于认识到自己的罪行，决心重新做人。

多年来，刘华友都在照顾孤寡老人。但双目失明、半身不遂的何奶奶住处离他家较远，为了更好地照顾这位老人，他全家放弃了分到的新房，搬到何奶奶隔壁的破旧平房住……

当然，电视剧中还写了刘华友做的一些好事。短短两集电视剧的容量，只能讲述三五个小故事，正如大海中的冰山，人们能看见的只是露出水面的小尖尖，而绝大部分还埋藏在水下。

就是电视剧中写的这么一点点，也足以让我们领略到刘华友的精神风貌。他做了好事，当人们感谢他时，他总是说："这是我应该做的。"

这句谦逊的话，许多人都在说，也都在做，可都不及刘华友。

感谢《爱心无价》的播出，让我们有了一个向刘华友学习的机会。这样的电视剧应该多放，相信我们的社会将会有更多的刘华友式的人物不断涌现出来，我们的世界将更美好。这部电视剧确实像中央电视台审定时说的："故事情节真实生动，富有时代感和现实教育意义，揭示了人民警察爱人民的本质，展现了春城蓬勃向上的风姿，是一部弘扬社会主义主旋律的好作品。"

（原载 1998 年 8 月 28 日《昆明日报》）

赞美你，《爱心无价》

缪开和

对于电视剧家族来说，《爱心无价》只是一部短小的乐章。对于茫茫人海而言，刘华友实在只算极其普通的一员。但是，《爱心无价》及其主人公刘华友，却闪射出一缕清亮的光芒照耀着我，感动之余，我的笔端禁不住流淌出本篇稚拙然而真诚的文字。

刘华友是谁？云南省昆明市盘龙区南强街派出所一名干了30年户籍工作的普通民警。长时间里，外人知他甚少。近两年来，随着盘龙区优秀共产党员、昆明市十佳职业道德标兵、云南省先进工作者、云南省公安战线一等功臣、云南省"人民满意的公务员"、全国"五一"劳动奖章获得者等一顶顶桂冠拥戴到他头上，知道他的人渐次多起来了。他无愧这些称誉。近30年的户籍管理工作生涯中，他每到一片户籍地，总是因踏实认真而很快成为这片地方的"活户籍"，他把每个户籍地段的人家，都当成自己的亲密邻居，默默地、习惯性地、一桩桩一件件事替他们排忧解难。办证转证、立案破案、长期济养孤寡老人、扶助失足青年、背送病人就医、修补居民院落大门……随步所至，他随时都在替人做着实事好事，哪怕自己身骨累得趴下也乐此不疲。没有什么豪言壮语，未做惊天动地之事，也未显经天纬地之才，他的所作所为，都是常人常知应做可做然而少做未做之事。可是，正是他在人生之旅一路爱岗敬业、守土有责、播洒爱心，他于平凡平淡中显示出了非凡和珍贵，他让人可亲可敬又可信可学。

他的经历和情怀，让人感慨也给人启示。环顾眼前世界，有太多的麻木不仁，太多的为富不仁，太多的虚情假意，太多的浮躁不安，太多的自私自利和势利实惠之人，有时不免让人追问真善在何处、美好在哪里。反观普普通通的刘华友在城市灯火阑珊处数十年自信地、自然地举着爱心的灯盏一路向前，人们反倒觉得：于无声处显真善，平凡朴素也是美。

当前，党和国家正在积极推进社会主义精神文明建设。昆明市盘龙区、昆明市公安局和北京青年电影制片厂联合起来，及时创作摄制出《爱心无价》这部精短电视剧，我们不能不对他们的创作选择和艺术表现给予充分肯定。但凡怀有天地良心者，身抱社会责任感和使命感的人，都会把笔触和镜头对准刘华友这样的人。该剧的创作者让艺术形式、艺术风格与表现内容和对象恰当地吻合起来，显示出艺术上的匠心独具和创作心态上的平和真诚。全剧不是传记式表现，而是采取线性结构，把主人公刘华友的亲身经历串联起来，用第一人称的视角切入刘华友的内心情怀；表演上，观众熟知的名演员多布杰、邬倩倩等，完全进入角色，以生活化、口语化、毛边化的追求，几乎是原汁原味地把握了人物形象的生存状态和心理状态；还有布景、用光、镜头、音乐（尤其是主题歌的创作和演唱），也都极朴实自然，充满人情味，这就使全剧拉近了主人公与观众的距离。“动人春色不须多”，该剧较好地做到了纪实性、艺术性和观赏性的统一，短小而精美。

该剧创作者们着力挖掘和推出自己生活于斯的昆明的“好人”、“好事”以及“好景”（该剧出现好多表现昆明山美水美城市美的镜头并用字幕注明），不仅表明自己热爱先进、学习先进、热爱家乡、美化家乡的可贵思想，也表现出宣传昆明人事、扩大昆明影响的远见独识。

（原载1998年6月《春城晚报》，作者缪开和，作家、评论家，中共云南省委宣传部文艺处副处长）

大写的人间真情

——电视剧《爱心无价》观感

陈彤彦

《昆明日报》编者按：被中共云南省委宣传部列入“精品工程”的两集电视剧《爱心无价》在中央电视台第一套节目播出后，引起了观众的强烈反响。《爱》剧歌颂了云南公安战线一等功臣和“人民满意的公务员”、昆明市公安局盘龙分局南强派出所的一名普通户籍民警刘华友的感人事迹，揭示了人民警察为人民分忧解难、谋幸福的本质特征，宣扬了公安工作的新风新貌，更着力呼唤和推崇高尚的爱心、真情和良知。本版特编发这组由同刘华友一起工作的领导和同事、电视剧主创人员、观众撰写的文章，以飨读者。从而，促进在全省开展的“讲文明，树新风，学刘华友，做人民满意公务员”活动的深入发展。

中央电视台播出的电视剧《爱心无价》，看后令人思绪难平。

《爱》剧以亲切、自然、流畅的笔调，成功地塑造了派出所民警刘华友在平凡的工作中，真诚地为群众奉献出玉石般爱心的艺术形象，在商潮涌动的今天，他显得尤为高大和珍贵。

刘华友是南强派出所的户籍民警，本是一个走街串巷极其平凡的小人物。但他却总是在人们需要的时候出现在他们面前，默默地奉献出真诚的爱心——夜幕中为大妈关上开着的窗户；小巷里叫大叔把放在门外的单车搬回家中以免丢失；病床前为孤寡老人何奶奶喂米线；大街上背着病倒在街头的山民进医院……这一桩桩一件件不管是分内还是分外的事，刘华友都认为“这是我应该做的”。爱心的博大，在刘华友的人生里，已达到了无处不在、无所不包的境界。

《爱》剧在艺术处理上也有不少独到感人之处。刘华友与流氓搏斗被踹了一脚，伤痛难忍，这时剧中出现了一组充满深爱的妻子盼郎归、女儿等父回的宁静画面，描绘出刘华友的家庭本是如此温馨幸福，但他却在为人民的安宁栉风沐雨，甚至遭受肉体的伤残，感人至深，当刘华友蹒跚地出现在门前，妻女扑上前去扶住他的时候，观众也会潸然泪下。编导对刘华友教育感化失足青年小雄的艺术处理，尤见功力，刘华友的妻子被小雄打伤住院，他却强忍着心中的愤恨，喷涌出一股恨铁不成钢的强大的爱的热流，亲手为小雄打开手铐，亲自搬过一把椅子让他坐下，在促膝交谈中以深沉的爱心感化他，又亲自开车送他进戒毒所，其母临终，定要见刘华友一面，当刘华友赶到床前，她抓住他的手，才放心地闭上长眠的双眼……这一系列别具匠心的艺术语言，是如此生动、形象地展示出刘华友对人民的无价的爱心。当然，如若《爱》剧能不受时间的限制，对刘华友的内心世界作更深入细致的揭示，定能再上一个更高的艺术层次。

（原载1998年6月25日《昆明日报》，作者陈彤彦，戏剧家，云南省文化厅艺术研究所学者、资深编剧）

一曲高唱基层民警的赞歌

——电视剧《爱心无价》观后感

张继云

中央电视台播出的电视剧《爱心无价》，是云南艺术学院作家班班主任吴德铭老师编创的颂扬公安战线模范人物、具有纪实风格的电视剧。看后令人感慨。

《爱》剧是以昆明市公安局南强派出所户籍民警刘华友为生活原型，以他的模范事迹为主要故事内容，着力刻画一个对社会、对生活、对广大群众、对工作对象充满了爱心的具有崇高人格力量的优秀人民警察形象。

刘华友是我们公安战线的一等功臣和“人民满意的公务员”。他爱岗敬业，无私奉献，用一颗博大而火热的“爱心”书写着自己的人生。他几十年如一日，悉心照料一位双目失明、半身不遂的孤寡老人，教育、感化、挽救失足青少年，紧密联系群众严密治安防范，乐于为群众排忧解难。为了一片安宁，他默默无闻地在户籍警的岗位上奋斗了27年，在平凡的工作中为警徽增光添彩。

《爱》剧的编剧吴德铭老师是一位激情澎湃、创作勤奋，具有强烈社会责任感和良知的作家。他爱憎分明，嫉恶如仇，有积极的社会参与意识，是我们公安队伍的良师益友。当他喜闻刘华友的先进事迹后，振奋激昂，欣喜不已，急切地拜访刘华友，热切走进刘华友的工作和生活里，去体察和感受他那美好的心灵和丰富的情感世界，以尽快地将他的事迹搬上屏幕，为树公安新风振臂高歌。

由于编创人员同样有着一颗对人民警察的爱心，他们夜以继日地忙碌，两个月便制作出电视剧《爱心无价》，在中央电视台播出。该剧成功地塑造和表现了一个有鲜明人物个性和精神风貌符合生活原型精神本质特征的，让观众感到真实可信且可敬可亲的刘华友的艺术形象，它不仅是赞扬一个典型模范，还歌颂了一个群体、一支队伍。

该剧创作艺术上，颇为值得体味的是：

1. 立意深邃，主题宏大。毋庸赘述，该剧是纵情讴歌一个维护人民群众安宁的群体中的典型，题材本身就具有弘扬正气的高格调品位。但编剧并没有因题材优势去罗列现象，而是通过深层挖掘，高度提炼，发现了能体现作品主人公思想品德的精神本质，即是他有一颗对社会、对人民的“爱心”。拟定《爱心无价》为剧目，这个极富诗意的剧目即有震撼力，它一语道破了主题，不仅具有高歌主人公爱心的直观含义，还有向时代、向社会呼唤爱心、赞美爱心的内在力量。因此，有了歌颂“爱心”这个立意，就使该剧具有了区别于一般好人好事宣传品的主题思想深度。

2. 塑造和刻画的人物形象鲜活。该剧围绕“爱心”塑造和刻画的主人公刘华友是一位热爱人民，与群众心连心，甘为群众当孺子牛的好民警。其表现人物形象的技巧，一是摄取的情节生动感人，细节刻画入微。主人公刘华友一出场，便深入小街小巷走访群众，他在路上看到了一块有碍行人的砖头，也要弯腰捡起扔掉。夜晚巡查中，他帮小巷居民关窗户，唤出已休息的住户把遗忘在室外的自行车抬进家门。这些看来不起眼的小事体现了刘华友是一位工作责任心极强、关心群众生活的好民警。二是设置的矛盾冲突戏剧性强，表现的人物个性鲜明。一天，刘妻给孤老何奶奶送新衣服去了，帮教对象吸毒青年杨小雄闯入刘家行窃，作案过程中，刘妻回来了，拼命阻止杨的作案行为，杨竟然变盗为抢，将刘妻打昏在地。刘妻被送进医院抢救，刘的同事和街道群众都来看望刘妻，此时，群情激愤，纷纷指责杨小雄对刘家知恩不报、恩将仇报、不识好歹、不可救药，要求严惩，而刘华友却语平气和地说：“小雄是受了毒品之害，对他的行为只能依法处理。”他又主动地去到拘役所，给杨小雄打开手铐，进行和风细雨、苦口婆心的教育开导。刘华友冷静、安详、宽厚、善良的性格在这矛盾冲突中得到了充分的展示和凸现。三是运用对比手法，反衬刘华友对群众的崇高爱心，鞭笞社会不良风气。一位患有癫痫病远道而来寻找儿子的老人，由于儿子提供的地址不详而找不到，病发昏倒在翠湖边，围观的群众有许多，却无人救助。刘华友路过撞见，忽忙奔上去将老人扶起，不辞辛苦帮老人找到了儿子。几天后，这位老人又被丧尽天良的儿媳赶出家门，再次昏倒在大街上。但老人有幸又被刘华友遇见得救。这个情节一褒一贬，艺术效果极佳。四是巧用议论，深层揭示和升华刘华友燃烧自己，照亮别人，乐于奉献的高贵品质。作者很巧妙地把议论设置在主人公的陪衬人物宋志诚的日记里，化为宋志诚的感悟，这就更具启发感染力。

3. 故事串连紧凑酣畅，情节构置起伏跌宕。该剧只摄取了三个典型故事：其一，因父母离异失去家庭温暖的女青年赵秀妹染有不良行为，刘华友倾心帮教使她弃旧图新，走向自爱自立的新路；其二是早年丧父的独子杨小雄吸毒偷盗，恶习难改，但在刘华友的拯救下，终于洗心革面，改过自新；其三是孤老何奶奶生活不能自理，但在刘华友一家好人的精心照料下，仍然过着幸福的晚年生活。编剧以刘华友对工作对象的“爱心”为主要线索将三个故事紧密地穿连起来，使剧中人物互为穿插，情节交织。其中构置的赵秀妹涉嫌一起盗窃案，刘华友向她施展攻心战术，赵秀妹提供线索破了案；她在改过从新后的一个夜晚，遭流氓头子和贩毒团伙拦路抢劫，刘华友跟踪擒获首犯；杨小雄闯入刘家行窃，打伤刘妻；以及刘家母女、派出所民警、失足青年为何奶奶祝寿等精彩情节，使整个故事有了起伏节奏感，而不是一潭死水。

在该剧的编导上，特别值得一提的是道具设置，可谓独具匠心。刘华友手中拿着一只手电筒，而没有驾着摩托手持移动电话之类的凛凛威风镜头，极妙地体现了他的朴实与平凡，符合户籍警的工作特点。

要说该剧的缺憾和不足，首先应当指出的是，在赵秀妹夜晚遭拦路抢劫时，刘华友持手电筒神兵天降，这太突然，应设置相连的刘华友夜巡镜头做铺垫。再是侦破无名女尸案和贩毒团伙案，只有简单的语言交代，却没有情景，故事中很可能有惊心动魄的场面而没有编导进去，真遗憾。

但总而言之，这是一部纪实性与艺术性、观赏性相结合的成功之作，是一部高格调的电视剧，社会教育意义极强，也富有艺术感染力。其着力刻画的主人公刘华友，为我们基层公安民警树立了一面旗帜。该剧能使人在观赏的愉悦中受到教育和感染。

（原载1998年11月24日《云南公安报》，《人民公安报》转载。作者张继云，云南省当代文学研究会理事，作家，云南省曲靖市公安局警令部副主任）

真实的再现

——观电视剧《爱心无价》有感

李国庆

近日，怀着兴奋和激动的心情，观看了由中央电视台第一套节目播出的上、下集电视剧《爱心无价》(以下简称《爱》剧)。真没想到，咱们云南的“好人刘户籍”这么快就走上荧屏，走向全国，走进千家万户，《爱》剧的编导、全体演职人员及全力支持该剧拍摄的省委宣传部等领导部门真是有口皆碑，功不可没。

刘华友是昆明市公安局盘龙分局南强街派出所的外勤民警。他从事户籍管理工作27年，以满腔的爱和真挚的情，体察一方民情，赢得一方民心，保护一方安宁，创建一方文明，用心血和汗水，树立了一个人民警察的良好形象。将这样的先进模范人物搬上荧屏，用艺术手法进行生动形象的宣传，这是时代的需要、社会的需要、形势的需要、人民的需要。然而，刘华友27年如一日全心全意为人民服务，做过的好事数也数不清。要想在有限的时间和篇幅内比较集中而又突出地反映他的精神风貌和动人事迹，其难度之大，可想而知。所幸的是，《爱》剧的编导熟谙电视短剧的创作规律，他们巧妙地采用散装的线型结构表现手法，以主人公刘华友大公无私、服务百姓为主轴，以赵秀妹、杨小雄、何奶奶为陪衬支点，分别讲述了三个具有典型意义和深刻思想内涵的故事，并在其间有机地穿插了一个个真实感人的生活片段，堪称以少胜多，精华毕现。

第一个故事，挽救有偷窃恶习的无业游女赵秀妹。她从小生活在一个残缺家庭，三岁时母亲离异改嫁。这在她幼小的心灵中留下了永远抹不掉的阴影。跟随当工人的父亲长大后，生活拮据又没有一份赖以生存的工作相依，便逐渐被一些不三不四的社会渣滓所拉拢，干起了偷鸡摸狗的营生。刘华友准确分析了赵秀妹误入歧途的社会原因，客观公正地评价了她犯错误的性质，从爱出发，从信任入手，给她创造将功补过的机会，提供靠劳动挣来干净钱的职业，使她逐渐恢复了做人的自信和自尊，从而变腐朽为神奇，给社会注入了一个安定积极的因子。

第二个故事，改造被动吸毒，犯有轻微胁从罪过的失足青年杨小雄。父亲早逝，母亲善良、溺爱独子，构成了另外一种有害青少年成长的温床，其后果是：孩子软弱、任性、我行我素；缺乏辨别力和免疫力，一旦遇到挡不住的诱惑，就会走向深渊，不能自拔。刘华友清醒地认识到，要想把杨小雄拉回来，必须首先斩断伸向他背后的黑手。于是，在缉毒科女刑警万英的帮助下，生擒拘捕了毒贩子“马面鱼”。随后，又准确把握住杨小雄良知未泯、有强烈爱母之情这一特点，采取以德报怨、亲情感化、强制戒毒、关心爱护等方式，终于使杨小雄浪子回头，重归公民的行列。

第三个故事，无私地赡养与自己非亲非故的孤老太——何奶奶，长达13年之久，尤为可贵的是，刘华友不仅自己身体力行，而且带领全家尽心尽孝，给老人喂饭、挑水、洗脚、梳头、剪指甲、买新衣、过生日……真正把老人当亲人，把扶弱帮困当成自己生活和情感的需要，达到骨肉难离的亲情境地。何奶奶将自己积攒多年的感激之情倾泻而出，在刘华友为她庆贺八十大寿的餐桌旁泪如泉涌……

这三个故事都是由一个共同的纽带联结起来的，那就是刘华友的崇高人格和无价爱心！毋庸讳言，这正是刘华友不同凡响、光彩照人之处。我们从剧情中可以切实领悟到：人们多么需要呼唤高尚的人性、真情和良知，社会多么需要继承和弘扬乐于奉献的精神。而人民警察具有了这种传统美德和时代精神，就能在浩瀚无边的社会生活海洋中，经受任何狂风巨浪的磨炼和考验，为保一方太平，谋万家幸福，起到中流砥柱的作用。

刘华友曾经说过：“户籍警面前无小事！我们是党和政府联系群众的桥梁和纽带，每天面临的工作，看起来都是些微不足道的小事，但是哪一件不是关系到群众的利益、社会的稳定、政府的威望、民警的形象？能马虎吗？我们是国家公务员，常说要为政府分忧、为群众解难，其实，我们的工作群众满意了，就为政府分了忧；群众对我们不满意，不是给政府制造麻烦吗？'四难'（笔者按：门难进、脸难看、话难听、事难办）问题，关键是心里没有装着群众，屁股没有坐到群众一边！"对此，南强街派出所所长王自芳有一段精辟、中肯的评论："刘华友同志工作上兢兢业业，生活上艰苦朴素，对群众满腔热情。他千好万好，归结起来就是一条：全心全意为人民服务的宗旨记得牢！"正是基于这样的考虑，《爱》剧的编导在塑造刘华友这个典型人物的时候，注重揭示人民警察爱人民的本质和展现春城蓬勃向上的风姿。在表现手法上，力避浓墨重彩的肆意渲染和矫揉造作的故意拔高，坚持纪实风格，兼顾艺术美感，追求十六字诀：朴实无华、平易近人、入情入理、自然流畅。无疑，编导的这种创作意图获得了很大的成功。眼下，出现在我们面前的刘华友，是那样的平凡、普通，但又是那样的可亲、可敬，他的一举手、一投足，都准确真实地再现了生活中的刘华友"工作扎实、办事踏实、为人老实、对群众心实"的特点。难怪一些居民群众看了《爱》剧以后高兴地说："像！太像了！这就是我们的刘户籍！"诚然，这与剧中扮演刘华友的藏族著名演员多布杰较好地按照编导的要求"进入角色"有关。那就是："追求生活化、口语化、毛边化的表演风格，在生活的流动中去把握人物的生存状态和心理状态。激情戏要入心，只有自己动情，才能打动观众。"此外，《爱》剧编剧、云南艺术学院作家班教师吴德铭凭着崇高的使命感和责任心，深入生活、深入实际，经过与刘华友长达半年的接触、了解、交流，终于掌握了大量丰富而生动的创作素材，经过精心提炼，反复打磨，终于为我们献出了一部"源于生活、高于生活"，弘扬社会主义主旋律的好作品，应该浓浓地记上一笔。

（原载 1998 年 6 月 7 日《云南日报》）